中国自主知识体系研究文库

比较文学与中国现代文学

乐黛云 著

中国人民大学出版社
·北京·

"中国自主知识体系研究文库"编委会

编委会主任

张东刚　林尚立

编委（按姓氏笔画排序）

王　轶	王化成	王利明	冯仕政	刘　伟	刘　俏	孙正聿
严金明	李　扬	李永强	李培林	杨凤城	杨光斌	杨慧林
吴晓求	应　星	陈　劲	陈力丹	陈兴良	陈振明	林毅夫
易靖韬	周　勇	赵世瑜	赵汀阳	赵振华	赵曙明	胡正荣
徐　勇	黄兴涛	韩庆祥	谢富胜	臧峰宇	谭跃进	薛　澜
魏　江						

总 序

张东刚

2022年4月25日，习近平总书记在中国人民大学考察调研时指出，"加快构建中国特色哲学社会科学，归根结底是建构中国自主的知识体系"。2024年全国教育大会对以党的创新理论引领哲学社会科学知识创新、理论创新、方法创新提出明确要求。《教育强国建设规划纲要（2024—2035年）》将"构建中国哲学社会科学自主知识体系"作为增强高等教育综合实力的战略引领力量，要求"聚焦中国式现代化建设重大理论和实践问题，以党的创新理论引领哲学社会科学知识创新、理论创新、方法创新，构建以各学科标识性概念、原创性理论为主干的自主知识体系"。这是以习近平同志为核心的党中央站在统筹中华民族伟大复兴战略全局和世界百年未有之大变局的高度，对推动我国哲学社会科学高质量发展、使中国特色哲学社会科学真正屹立于世界学术之林作出的科学判断和战略部署，为建构中国自主的知识体系指明了前进方向、明确了科学路径。

建构中国自主的知识体系，是习近平总书记关于加快构建中国特色哲学社会科学重要论述的核心内容；是中国特色社会主义进入新时代，更好回答中国之问、世界之问、人民之问、时代之问，服务以中国式现代化全面推进中华民族伟大复兴的应有之义；是深入贯彻落实习近平文化思想，推动中华文明创造性转化、创新性发展，坚定不移走中国特色社会主义道路，续写马克思主义中国化时代化新篇章的必由之路；是为解决人类面临的共同问题提供更多更好的中国智慧、中国方案、中国力量，为人类和平与发展崇高事业作出新的更大贡献的应尽之责。

一、文库的缘起

作为中国共产党创办的第一所新型正规大学，中国人民大学始终秉持着强烈的使命感和历史主动精神，深入践行习近平总书记来校考察调研时重要讲话精神和关于哲学社会科学的重要论述精神，深刻把握中国自主知识体系的科学内涵与民族性、原创性、学理性，持续强化思想引领、文化滋养、现实支撑和传播推广，努力当好构建中国特色哲学社会科学的引领者、排头兵、先锋队。

我们充分发挥在人文社会科学领域"独树一帜"的特色优势，围绕建构中国自主的知识体系进行系统性谋划、首创性改革、引领性探索，将"习近平新时代中国特色社会主义思想研究工程"作为"一号工程"，整体实施"哲学社会科学自主知识体系创新工程"；启动"文明史研究工程"，率先建设文明学一级学科，发起成立哲学、法学、经济学、新闻传播学等11个自主知识体系学科联盟，编写"中国系列"教材、学科手册、学科史丛书；建设中国特色哲学社会科学自主知识体系数字创新平台"学术世界"；联合60家成员单位组建"建构中国自主的知识体系大学联盟"，确立成果发布机制，定期组织成果发布会，发布了一大批重大成果和精品力作，展现了中国哲学社会科学自主知识体系的前沿探索，彰显着广大哲学社会科学工作者的信念追求和主动作为。

为进一步引领学界对建构中国自主的知识体系展开更深入的原创性研究，中国人民大学策划出版"中国自主知识体系研究文库"，矢志打造一套能够全方位展现中国自主知识体系建设成就的扛鼎之作，为我国哲学社会科学发展贡献标志性成果，助力中国特色哲学社会科学在世界学术之林傲然屹立。我们广泛动员校内各学科研究力量，同时积极与校外科研机构、高校及行业专家紧密协作，开展大规模的选题征集与研究激励活动，力求全面涵盖经济、政治、文化、社会、生态文明等各个关键领域，深度挖掘中国特色社会主义建设生动实践中的宝贵经验与理论创新成果。为了保证文库的质量，我们邀请来自全国哲学社会科学"五路大军"的知名专家学者组成编委会，负责选题征集、推荐和评审等工作。我们组织了专项工作团队，精心策划、深入研讨，从宏观架构到微观细节，全方位规划文库的建设蓝图。

二、文库的定位与特色

中国自主的知识体系，特色在"中国"、核心在"自主"、基础在"知识"、关键在"体系"。"中国"意味着以中国为观照，以时代为观照，把中国文化、中国实践、中国问题作为出发点和落脚点。"自主"意味着以我为主、独立自主，坚持认知上的独立性、自觉性，观点上的主体性、创新性，以独立的研究路径和自主的学术精神适应时代要求。"知识"意味着创造"新知"，形成概念性、原创性的理论成果、思想成果、方法成果。"体系"意味着明确总问题、知识核心范畴、基础方法范式和基本逻辑框架，架构涵盖各学科各领域、包含全要素的理论体系。

文库旨在汇聚一流学者的智慧和力量，全面、深入、系统地研究相关理论与实践问题，为建构和发展中国自主的知识体系提供坚实的理论支撑，为政策制定者提供科学的决策依据，为广大读者提供权威的知识读本，推动中国自主的知识体系在社会各界的广泛传播与应用。我们秉持严谨、创新、务实的学术态度，系统梳理中国自主知识体系探索发展过程中已出版和建设中的代表性、标志性成果，其中既有学科发展不可或缺的奠基之作，又有建构自主知识体系探索过程中的优秀成果，也有发展创新阶段的最新成果，力求全面展示中国自主的知识体系的建设之路和累累硕果。文库具有以下几个鲜明特点。

一是知识性与体系性的统一。文库打破学科界限，整合了哲学、法学、历史学、经济学、社会学、新闻传播学、管理学等多学科领域知识，构建层次分明、逻辑严密的立体化知识架构，以学科体系、学术体系、话语体系建设为目标，以建构中国自主的知识体系为价值追求，实现中国自主的知识体系与"三大体系"有机统一、协同发展。

二是理论性与实践性的统一。文库立足中国式现代化的生动实践和中华民族伟大复兴之梦想，把马克思主义基本原理同中国具体实际相结合，提供中国方案、创新中国理论。在学术研究上独树一帜，既注重深耕理论研究，全力构建坚实稳固、逻辑严谨的知识体系大厦，又紧密围绕建构中国自主知识体系实践中的热点、难点与痛点问题精准发力，为解决中国现实问题和人类共同问题提供有力的思维工具与行动方案，彰显知识体系的实践生命力与应用价值。

三是继承性与发展性的统一。继承性是建构中国自主的知识体系的源头活水，发展性是建构中国自主的知识体系的不竭动力。建构中国自主的知识体系是一个不断创新发展的过程。文库坚持植根于中华优秀传统文化以及学科发展的历史传承，系统梳理中国自主知识体系探索发展过程中不可绕过的代表性成果；同时始终秉持与时俱进的创新精神，保持对学术前沿的精准洞察与引领态势，密切关注国内外中国自主知识体系领域的最新研究动向与实践前沿进展，呈现最前沿、最具时效性的研究成果。

我们希望，通过整合资源、整体规划、持续出版，打破学科壁垒，汇聚多领域、多学科的研究成果，构建一个全面且富有层次的学科体系，不断更新和丰富知识体系的内容，把文库建成中国自主知识体系研究优质成果集大成的重要出版工程。

三、文库的责任与使命

立时代之潮头、通古今之变化、发思想之先声。建构中国自主的知识体系的过程，其本质是以党的创新理论为引领，对中国现代性精髓的揭示，对中国式现代化发展道路的阐释，对人类文明新形态的表征，这必然是对西方现代性的批判继承和超越，也是对西方知识体系的批判继承和超越。

文库建设以党的创新理论为指导，牢牢把握习近平新时代中国特色社会主义思想在建构自主知识体系中的核心地位；持续推动马克思主义基本原理同中国具体实际、同中华优秀传统文化相结合，牢牢把握中华优秀传统文化在建构自主知识体系中的源头地位；以中国为观照、以时代为观照，立足中国实际解决中国问题，牢牢把握中国式现代化理论和实践在建构自主知识体系中的支撑地位；胸怀中华民族伟大复兴的战略全局和世界百年未有之大变局，牢牢把握传播能力建设在建构自主知识体系中的关键地位。将中国文化、中国实践、中国问题作为出发点和落脚点，提炼出具有中国特色、世界影响的标识性学术概念，系统梳理各学科知识脉络与逻辑关联，探究中国式现代化的生成逻辑、科学内涵和现实路径，广泛开展更具学理性、包容性的和平叙事、发展叙事、文化叙事，不断完善中国自主知识体系的整体理论架构，将制度优势、发展优势、文化优势转化为理论优势、学术优势和话语优势，不断开辟新时代中国特色哲学社会科学新境界。

中国自主知识体系的建构之路，宛如波澜壮阔、永无止境的学术长征，需要汇聚各界各方的智慧与力量，持之以恒、砥砺奋进。我们衷心期待，未来有更多优质院校、研究机构、出版单位和优秀学者积极参与，加入到文库建设中来。让我们共同努力，不断推出更多具有创新性、引领性的高水平研究成果，把文库建设成为中国自主知识体系研究的标志性工程，推动中国特色哲学社会科学高质量发展，为全面建设社会主义现代化国家贡献知识成果，为全人类文明进步贡献中国理论和中国智慧。

是为序。

序 一

乐黛云同志把她写的有关比较文学的论文集成了一个集子，要我写几句话，我立刻就承担下来。这并不是因为我自认为是什么专家，有资格这样做，而是因为我考虑到她的这部书很有用处，很有水平，而且很及时。杜甫的诗说："好雨知时节，当春乃发生。"我很想把这部书比为"当春乃发生"的及时好雨。

何以说这部书是及时的好雨呢？最近几年以来，我国文艺理论界对比较文学表现出浓厚的兴趣。青年学生对比较文学更是异常热爱。但可惜的是，在国际上这一门不算新兴的学科，已经相当流行了，而对我们许多人还很陌生。由此就产生了一种不协调的现象：兴趣与知识不成比例。兴趣大而知识少，算得上一个反比吧。救之之法就是多做启蒙工作。

乐黛云同志在一部分论文中正承担了这个启蒙的任务。她介绍了外国流行的许多文艺理论流派：新批评派、结构主义、精神分析学、接受美学、叙述学、诠释学、复调小说，等等。通过她的介绍，我们可以了解这些听起来非常新奇的流派究竟是怎么一回事，而不只是停留在名称上。

但是请读者切不要误解我的意思，认为这部书只是一个启蒙读物。我完全不是这个意思。我只是想说，书中有几篇文章起了启蒙作用而已。我们一方面不能否认启蒙的重要性，另一方面又要看到，全书的价值绝不仅仅是这一点。作者在那几篇谈比较文学与中国现代文学的文章中使用了新方法，根据新理论，又结合中国固有的理论传统，比较了尼采、左拉与茅盾。她对茅盾这位现代中国伟大作家做了深入的研究，得出了许多具有极大启发性的看法。她对另一位伟大作家鲁迅的思想和艺术也进行了探讨，同样取得了可喜的成果。她的论文《尼采与中国现代文学》发表后，得到了广泛的赞扬。大家感到，她的论文给中国文艺理论界吹来了新鲜和煦的风。

我想，读这部书的人都会同我一样感到这一阵风的吹拂，得到这样一个印象：作者以开辟者的姿态，筚路蓝缕，谈到了许多问题，发表了很多精辟的见解，给人很多启发，让人如行山阴道上，应接不暇；如入宝山，不知道捡哪一块宝石为好。接着上面引用的杜甫的诗再引上两句："随风潜入夜，润物细无声。"这部书难道不像是"润物细无声"的春雨吗？

近几年来，中国比较文学学者，甚至连一些国外的同行，都大声疾呼，比较文学中不能缺少东方文学，要建立世界比较文学的中国学派。我完全同意这个呼吁。但是什么叫比较文学的中国学派呢？这一个学派的特点何在呢？虽然有个别学者提出了自己的看法，但还没有得到广泛的承认。我个人认为，我们目前先不要忙着下什么定义。我们的当务之急是做些切切实实的工作，先就自己的研究范围，根据自己的理解和能力，再借鉴一下外国，努力钻研，深刻探讨，写出一些文章。鲁迅曾说："什么是路？就是从没路的地方践踏出来的，从只有荆棘的地方开辟出来的。"我们中国比较文学学者的脚底下，从没有现成的道路，只要我们走上去，锲而不舍，勇往直前，在个别时候，个别的人，也可能走上独木小桥，但是最终会出现康庄大道。这一点我是深信不疑的。

祝愿这部书像"知时节"的"好雨"一样，遍洒神州。

季羡林
1986年2月18日

序 二

乐黛云同志的论文集《比较文学与中国现代文学》这个书名起得好，它不仅是本书中一篇文章的题目，也不仅是表示本书包括了比较文学和中国现代文学这两个方面的内容，而且说明了作者治学的经历和途径、方向和特点，读后是可以从她的经验和成果中得到一些启发的。

中华人民共和国成立初期，"中国现代文学史"这门课程开始登上了大学的讲坛，成为中文系的必修课。在这门学科的草创时期，乐黛云同志参加了现代文学的教学和研究工作。在同她共事的过程中，我感到她不仅热情好学，而且思想锐敏、视野开阔，不满足于学科水平的现状，经常提出新的问题并力图加以分析和解决。虽然她曾经历过政治生活上的坎坷和曲折，但这些特点是一直保持下来的。正是在长期钻研的过程中，她感到由五四开始的中国现代文学同外国文学的关系是必须深入研究的一个课题，而且必须从世界文学的角度来看待这一问题。于是，她从中国现代文学出发，逐渐把兴趣和方向集中到比较文学方面。她为此下了许多功夫，并到美国专门考察研究了三年；深入了解了国际上比较文学这门学科的现状和学派、进行文学研究的思路和方法，以及外国学者对中国现代文学的研究和看法。应该说，这类知识在中国还是比较陌生的，因此她的这方面的文章都带有一定的开创和介绍的性质。但它对我们不仅有开拓视野、可资借鉴的作用，而且对现代文学本身的研究也是十分有益的。

从本书中关于中国现代文学的那些论文及其所显示的特色，我们就可以看出作者治学的着眼点和达到的深度。《五四以前的鲁迅思想》是写作较早的一篇文章，但它已把视野扩展到晚清，并注意到鲁迅与尼采的关系。后来她在《尼采与中国现代文学》一文中就对此做了深入的研究。她首先指出尼采最初是以文学家的身份被介绍到中国的，接着根据详细可靠的资料，全面考察了尼采思想在不同时期对中国现代文学所产生的不同影响。文章结合中国社会及思想界实际，具体分析了尼采思想所产生的不同的社会效果；特别是着重分析了它和中国现代几位伟大作家鲁迅、茅盾和郭沫若的关系，尤见功力。其中除鲁迅与尼采曾有人做过研究外，对茅盾与尼采关系的分析尚属首创；而且论证紧密，颇有创见。作者着重分析了中国作家从"重新估定一切价值"和树立不怕孤立的斗争意志出发，为了反封建的需要，才接受了尼采的影响，因而主要作用是积极的；但即使在20世纪20年代，中国作家对尼采的以强凌弱等主张也是有所批判的。作者还分析了20世纪40年代的"战国策派"鼓吹尼采思想的动机和反动作用，因而得出了一种外来思潮"必然按照时代和社会的需要被检验和选择"的结论。可以看出，这里所显示的作者研究问题的角度和方法是必然会把她引入比较文学的道路和方向的。

作者对茅盾进行过深入的研究，《茅盾早期思想研究（1917—1926年）》一文已强调指出茅盾"不断根据中国社会斗争的实际需要，广泛接触、批判吸收外国思潮"的开阔的胸襟。在《〈蚀〉和〈子夜〉的比较分析》一文中，作者更是就茅盾的主要作品进行了深入的分析。她引用朱自清说的《蚀》是"经验了人生而写的"、《子夜》是"为了写而去经验人生的"评语，对两部作品加以比较分析，对创作准备和创作意图、材料来源和生活基础、艺术结构和心理描写，以及语言风格等方面，都进行了细致的比较和分析。特别是比较了《子夜》和左拉《金钱》中的主要人物来说明《子夜》成就的那部分，尤有深度。她的关于现代文学的其余一些文章，也都具有类似的方法和特点。

在关于比较文学的原则和方法的多篇文章中，作者不仅介绍与引进了许多西方的理论和方法，而且强调了运用比较的方法有助于理解文学的本质特征，强调了开阔视野和运用比较方法的必要性与可能性。作者对创建中国的比较文学学科十分热心，本书中的这方面的文章虽然以倡导和介绍性质的居多，但因为它对许多人还是陌生的和新鲜的，仍然具有重要的开拓作用。比较文学研究具有总体研究的特点，它可以启发人们对文学研究进行宏观审视，以求取得理论上的突破。各种不同的新的研究方法也都在一定适用范围内有它的长处，可以供我们考察问题时借鉴，因此这些文章对读者是非常有用的。

我自己对于比较文学的理论和各种新的方法也是很陌生的，但从乐黛云同志的道路和成果中受到一点启发：每个人如果能根据自己的精神素质和知识结构、思维特点和美学爱好等因素来选择结合自己特点的研究对象、角度和方法，那就能够比较充分地发挥自己的才智，从而获得更好的成就。乐黛云同志的治学道路显然与她个人的知识面宽广和具有开拓精神等素质有关，但它却能给人普遍性的启发，特别是在当前各种新学科、新方法纷至沓来的时候。因此，我愿意将本书推荐给爱好与研究比较文学和中国现代文学的读者。

王瑶

1986 年 2 月 20 日于北京大学

目 录

中国比较文学的现状与前景 /001

比较文学的名与实 /027

比较文学发展的现实性和可能性 /037

比较文学研究的几个方面 /054

中国文学史教学与比较文学原则 /067

比较文学与中国现代文学 /071

中国现代文学研究在国外 /077

尼采与中国现代文学 /088

五四以前的鲁迅思想 /117

论《伤逝》的思想和艺术 /136

鲁迅属于全世界
　　——《国外鲁迅研究论集》前言 /152

茅盾早期思想研究
　　（1917—1926 年）/156

茅盾的现实主义理论和艺术创新
　　——为悼念茅盾同志逝世而作 /180

《蚀》和《子夜》的比较分析 /203

20 年代青年知识分子心态的探索
　　——论茅盾的《蚀》与《虹》/226

漫谈茅盾的抒情散文 /237

《雷雨》中的人物性格 /246

小说世界的外延研究
　　——传统的小说分析 /254

文学是一种特殊的语言形式
　　——新批评派与小说分析 /260

决定着表达方式的深层结构
　　——结构主义与小说分析 /269

潜意识及其升华
　　——精神分析学与小说分析 /281

作品的框架与意象的发掘
　　——接受美学与小说分析 /290

事序结构和叙事结构
　　——叙述学与小说分析 /298

"推末以至本"和"探本以穷末"
　　——诠释学与小说分析 /308

后　记 /315

中国比较文学的现状与前景

一、世界比较文学发展的总趋势

1958年,在美国北卡罗来纳州教堂山召开了著名的国际比较文学学会第二届年会。会上美国学者韦勒克(René Wellek)做了奠定他一生在比较文学学术界威望的题为《比较文学的危机》的挑战性发言。韦氏认为艺术品是"一个符号的结构",但却是一个有意义和价值,并且需要用意义和价值去充实的结构。这个"结构"一旦产生,就完全不同于作者在写作时的大脑活动过程,而成为一个独立存在的实体。他指出:"在作者心理跟艺术作品之间,在生活、社会同审美对象之间,存在着一条被人们正确地称为'本体论的沟渠'。我已把艺术作品的研究称之为'内在',而把对艺术作品与作家思想的关系、艺术作品与社会的关系的研究称之为'外在'。"[①] 这样

[①] 韦勒克.比较文学的危机.黄源深,译//干永昌,廖鸿钧,倪蕊琴.比较文学研究译文集.上海:上海译文出版社,1985:133.

把艺术作品与作家和作家的社会生活环境截然分开，在"内在"和"外在"之间划出一条鸿沟，显然是错误的（后来韦勒克本人也修正和发展了自己的观点），然而，在当时的情况下强调"内在的文学性"是美学的中心问题，指出文学研究必须"将文学作为有别于人类其他活动及其产物的学科来研究"，并从而提出"比较文学的危机"，则对世界比较文学的发展做出了重大贡献。

韦勒克认为比较文学的危机表现为以下三个方面：（一）内容与方法之间的人为界限；（二）渊源和影响的机械主义概念；（三）民族主义的、为本国文学评功摆好的强烈愿望。

所谓"危机"的关键在于第二点。当时，比较文学作为一门学科在欧洲已有七十多年历史，特别是法国学者在这方面取得了很大成绩，但他们大都强调"比较文学就是国际文学的关系史。比较文学工作者站在语言的和民族的边缘，注视着两种或多种文学之间在题材、思想、书籍或感情方面的彼此渗透"[①]。他们甚至强调，"比较文学主要不考虑作品的独创价值，而特别关怀每个国家、每位作家对其所借取材料（emprunts）的演变"[②]。这样就把比较文学限制在很狭窄的范围内，并越来越脱离对文学本身的研究。难怪韦勒克要攻击他们把"'比较文学'局限于研究二国文学之间的'贸易交往'"，"使比较文学变得仅仅注意研究外部情况，研究二流作家，研究翻译、游记和'媒介物'"，"使'比较文学'成了只不过是研究国外渊源和作家声誉的附属学科而已"[③]，这样，也就不可能从总体上来完整地研究一部艺术作品，因为"没有一部作品可完全归于外国的影响，或者被视为一个仅仅对外国产生影响的辐射中心"[④]。这样的研究

[①] 基亚. 比较文学. 颜保，译. 北京：北京大学出版社，1983：4.
[②] 张汉良. 比较文学研究的方向与范畴. 中外文学（台北），1978，6（10）：99.
[③] 韦勒克. 比较文学的危机. 黄源深，译//干永昌，廖鸿钧，倪蕊琴. 比较文学研究译文集. 上海：上海译文出版社，1985：124.
[④] 同③123.

只能脱离"文学"本身而被淹没于社会心理学研究、文化史研究等"外在"研究之中。

韦勒克反对法国比较文学学者梵·第根（Van Tieghem）把比较文学定义为"研究两国文学间的相互关系"，而"总体文学则着眼于席卷几国文学的运动和风尚"①，因为两者之间并无方法论上的不同。例如，研究历史小说家司各特（Walter Scott）在法国的影响，本身就是"浪漫主义时期历史小说研究"②的一个组成部分。他认为，这种人为的划分只会引起混乱。

对于那种把比较文学当作"文化功劳簿"，"竭力论证本国施与他国多方面影响"的倾向，韦勒克也提出了批评。他还特别谴责了那种只要撰文说明普希金的《金鸡》故事源出于华盛顿·欧文（Washington Irving），就被指斥为"没有根基的、膜拜西方的世界主义者"的"政治教条主义"③现象。

韦勒克提出了非常重要的问题，但却没有做出自己的回答。他只是强调"'比较'文学已经成为一个确认的术语，指的是超越国别文学局限的文学研究"④。然而，仅此一点已足以为比较文学在美国的发展打开一个崭新的局面。

韦勒克的发言引起了空前热烈的反响。激烈的批评首先来自苏联。1960年1月，莫斯科召开了讨论有关"文学联系与相互影响"的会议，1962年10月又在布达佩斯召开了讨论东欧比较文学的国际会议。两次会议的重点都是批评韦勒克的"形式主义"和"世界主义"。苏联高尔基

---

① 韦勒克. 比较文学的危机. 黄源深，译//干永昌，廖鸿钧，倪蕊琴. 比较文学研究译文集. 上海：上海译文出版社，1985：123.
② 同①.
③ 同①129.
④ 同①130.

世界文学研究所研究员聂乌帕科耶娃（И.Г. Неупокоева）强烈指责韦勒克"把民族性溶合于普遍性的世界主义"和只强调"艺术作品'本身'的狭隘的形式主义的分析方法"①。她认为"韦勒克对比较文学所提出的任务并不是从整个民族多面性的角度来研究活生生的文学史过程，而象是要把被分析的作品从那些构成作品的社会内容和民族特征中'解放出来'"②，同时，"文学间的民族界线被抹掉了，因而每一民族对于世界艺术文化的独特的贡献被溶合在某种人为构造的'全球'文学之中"③。聂乌帕科耶娃正确地强调了马克思主义的比较文学应"揭示每一个民族文化中的普遍性和特殊性的辩证统一，以深刻了解它对世界文化的贡献，确定它在不同阶段和不同社会条件下发展的规律性，促进富于民主主义的民族文化的进一步发展"④。大会还批评了"欧洲中心论"的倾向，提出应重视东西方比较文学的研究，并谈到中国文学在日本的影响以及中国文学与他国文学的联系如何影响了中国的现代小说。⑤

1966 年在美国出版了法国比较文学著名学者艾金伯勒（Étiemble*）的专著《比较文学中的危机》（原名《比较不是理由》）。艾金伯勒实际上接受了韦勒克的大部分观点。他提出比较文学就是"人文主义"，主张把各民族文学看作全人类共同的精神财富和相互依赖的整体，而比较文学正是促进人们相互理解、有利于人类团结进步的事业。他认为："文学的比较研究，甚至对那些相互之间没有影响关系的文学的比较研究会对当代艺术

---

① 聂乌帕科耶娃. 美国比较文学的方法论及其与反动社会学和反动美学的联系. 童宪刚，译//干永昌，廖鸿钧，倪蕊琴. 比较文学研究译文集. 上海：上海译文出版社，1985：346.
② 同①.
③ 同①345.
④ 同①344.
⑤ 参见康拉德（Joseph Conrad）的《东方各民族文学与一般文艺学问题》及谢马诺夫（Семанов）的《文学联系对十九世纪末二十世纪初小说发展的作用》。
* 今译艾田蒲。——编者注

的复原作出贡献。"① 例如，关于毫无联系的诗的结构的比较分析就会帮助我们发现诗歌或小说本身必须具备的特性。他认为"研究文学类型的历史演进"（即渊源、影响和交流）和"研究不同文化中创造出来的与文学类型相当的每一种形式的性质和结构"② 同样重要。在他看来，所谓"外在"的有关"历史的演进"和"内在"的有关"美学的沉思"，两者不但不对立，而且必须互相补充并结合起来。因此，既要研究"十八世纪到二十世纪期间道家学说在欧洲的传播""二十世纪美国电影对法国（或德国、或英国）文学的影响"这类历史性课题，也要研究像"'能乐'和悲剧""'狂言'和闹剧"③ 之类的相互之间并无事实联系的理论课题。艾金伯勒说：

> 历史和历史主义并不总是进步的，而美学也并非总是反动的；它会有助于发展这么一种比较文学：它将历史方法与批评精神结合起来，将案卷研究与"文本阐释"结合起来，将社会学家的审慎与美学家的大胆结合起来，从而最终一举赋予我们的学科以一种有价值的课题和一些恰当的方法。④

艾金伯勒的功绩在于，他沟通了偏重于历史方法的影响研究和偏重于美学评价的平行分析，并开始把两者结合起来。

真正体现了这十余年论辩成果的，是韦勒克本人写于1970年的《比较文学的名称与性质》和同年在巴黎出版的勃洛克（Александр Александрович Блок）的小册子《比较文学的新动向》。

---

① 艾金伯勒. 比较文学的目的，方法，规划. 戴耘，译//干永昌，廖鸿钧，倪蕊琴. 比较文学研究译文集. 上海：上海译文出版社，1985：117.
② 同①116.
③ 同①119.
④ 同①102-103.

韦勒克强调，比较文学是一种没有语言、伦理和政治界限的文学研究；它的目的是从国际角度来研究一切文学，因为一切文学创作和经验都有统一的一面，因而存在着从国际角度来展望建立全球文学史和文学学术这一遥远的理想。它的研究范围既包含"历史上毫无关系的语言和风格方面的现象"[1]，也包含历史上的渊源和影响。韦勒克说："研究中国、朝鲜、缅甸和波斯的叙事方法或抒情方式，同研究与东方的偶然接触——如伏尔泰的《中国孤儿》——一样名正言顺。"[2] 也就是说，比较文学不但研究文学史，而且也研究理论和批评。因此，比较文学所用的方法就不能只限于"比较"，而要和运用"比较"一样频繁地去运用"描绘、特性刻画、阐释、叙述、解说、评价"[3]等种种方法。

勃洛克更明确地提出："比较文学主要是一种前景，一种观点，一种坚定的从国际角度从事文学研究的设想。"[4] 正因为"时代赋予学者以世界公民的身分"，因此人们越来越可以"摆脱民族和语言的束缚，以便使文学研究接近文学的本质，也越来越转向比较文学"[5]。他认为，"比较文学家确实是专攻国际文学的学者"[6]。他强调，比较文学本来就是一门"边缘"学科，它的特点就在于"边缘"。他反对给比较文学"下精确、细致的定义"，反对"把它上升为一种准科学体系"，反对"把一个体系强加给一门不受体系束缚的学科"[7]，因为这样一来就会取消这一学科的"边缘"性质。

---

[1] 韦勒克. 比较文学的名称与性质. 黄源深，译//干永昌，廖鸿钧，倪蕊琴. 比较文学研究译文集. 上海：上海译文出版社，1985：144.
[2] 同[1]144-145.
[3] 同[1].
[4] 勃洛克. 比较文学的新动向. 施康强，译//干永昌，廖鸿钧，倪蕊琴. 比较文学研究译文集. 上海：上海译文出版社，1985：196.
[5] 同[4]186.
[6] 同[4]197.
[7] 同[4]197.

20世纪70年代以来，世界比较文学大体就是沿着韦勒克和勃洛克所提出的开放性方向发展的。关于比较文学名称和性质的讨论大致告一段落。

比较文学无论是通过不同语言现象和表达方式探索文学发展的共同规律，还是研究某一文学现象在国际范围内的渊源流变，都取得了很大进展。

首先，关于文学共同规律的探索引起了很多学者的兴趣。苏联学者日尔蒙斯基（Виктор Максимович Жирмунский）认为，"人类的社会历史发展的共同过程"决定着文学也有自己发展的共同过程，"比较研究之所以重要，是因为可以确定在社会制约中文学发展的共同规律"[1]。韦勒克也认为，"文学是一元的，犹如艺术和人性是一元的一样"，所以"重要的是把文学看作一个整体，并且不考虑各民族语言上的差别，去探索文学的发生和发展"[2]。他们的出发点显然不同，但承认和探讨文学的共同规律则是一致的。其次，从世界文学的角度来研究某种文学现象的传播、接受和发展也取得了一定成绩，正如美国文学批评家佩恩（William M. Payne）所说：

> 从进化角度研究文学，愈益趋向于成为一种比较研究。如同在某处被打乱了或者突然中断的地质岩系，能在别处被发现它在继续延伸那样，文学体裁中的某些发展线索在某一民族的产品中业已在某种程度上清理就绪之后，我们若把研究努力转到别的区域，便能从这一点出发，更好地勾勒这些发展线索的脉络。[3]

---

[1] 日尔蒙斯基. 对文学进行历史比较研究的问题. 倪蕊琴, 译//干永昌, 廖鸿钧, 倪蕊琴. 比较文学研究译文集. 上海：上海译文出版社, 1985: 285.
[2] 韦勒克, 沃伦. 文学理论. 北京：三联书店, 1984: 45.
[3] 勃洛克. 比较文学的新动向. 施康强, 译//干永昌, 廖鸿钧, 倪蕊琴. 比较文学研究译文集. 上海：上海译文出版社, 1985: 195.

从前者出发，比较文学愈来愈趋向于理论化；从后者出发，比较文学日益趋向于从国际角度来展望建立全球文学史和文学学术，这就不能不日益重视距离遥远的更广大、更不同的文学体系，如东方和西方文学体系的比较研究与探讨。

世界进入 20 世纪 80 年代，比较文学趋于理论化的倾向十分明显。正如普林斯顿大学教授厄尔·迈纳（Earl Miner）在 1983 年北京中美双边比较文学讨论会上指出的："近 15 年间最引人注目的进展是把文学理论作为专题纳入比较文学的范畴。"① 但是，由于当代世界文化发展的总趋势就是多中心和不稳定，当代西方社会再也产生不出稳固的思想体系和理论权威，各种新理论产生的频率愈来愈高，持续的时间却愈来愈短。而理论的构造又多基于理论假设，并在一定程度上脱离了创作实际或者仅仅断章取义，为我所用。这种为理论而理论、在理论上兜圈子的现象已经引起了一些学者的忧虑。例如，1985 年 8 月在巴黎召开的国际比较文学学会第十一届年会上，虽然也有许多学者提出了有关叙事学、互文性、符号学、结构主义等新理论的探讨，但也有一些权威学者反对这种"方法论的游戏"。30 年前曾提出"比较文学的危机"并把整个学科推向新阶段的韦勒克，就在年会上严厉谴责这种做法是"否认生活的感知的一面"，"否认美感经验"，"无补于实际批评"，反而"瓦解作品"，是"反美学的象牙之塔"，是"新虚无主义"。他强调文学理论不能不谈评价，不能不评善恶、美丑、丰富与贫乏、思想性与艺术性。美国比较文学学会前会长欧文·艾尔德里奇（Owen Aldridge）也反对脱离作品实际的"抽象的理论"和"形式主义的分析"。他强调必须重视文学研究中的道德标准。② 看来比较文学对

---

① 迈纳. 比较诗学：比较文学理论和方法论上的几个课题. 中国比较文学，1984 (1)：249.
② 杨周翰. 对新文学理论的两种不同看法在国际比较文学十一届大会上的反映. 文艺报，1985-11-24.

理论的探讨正面临一个新的危机，必须走向一种新的结合：既肯定理论的推演本身对思路的开拓及其长远的指导意义，同时又承认理论必须与价值相连，使理论为具体的评价所充实。

至于东西方比较文学的探讨，近年来也得到了很大发展，例如白之（Gyril Birch）教授关于中西小说和戏剧的比较研究，斯坦福大学刘若愚教授的《中国文学理论》，加州大学叶维廉教授的《比较诗学》[①]，以及厄尔·迈纳关于日本与欧美文学关系的研究，浦安迪（Andrew Plaks）关于中国小说叙述学的研究等。中国香港和台湾的比较文学学者也在这方面做出了有益的贡献。由于文学理论的层出不穷，每一种理论的出现都企图对旧的解释进行全面刷新，每一种理论都不满足于固守一隅，而要求对各种文学现象做全面的宏观的概括，要求新的理论既能解释西方，又能解释东方，这就大大激发了西方学者对东方文学的兴趣。1982年12月在美国夏威夷召开了"当代批评方法与中国现代小说"国际研讨会，会上不少学者试图用叙事学、结构主义、诠释学、符号学、语义学、心理分析等新方法来分析中国现代小说，就是这种兴趣的表现。

1985年8月国际比较文学学会巴黎年会上，75岁高龄的艾金伯勒教授以"比较文学在中国的复兴"为题，发表了他最后一次在国际会议上的公开讲演。他对20世纪80年代以来中国比较文学的发展给予很高评价并寄予深切希望。他的讲演获得了经久不息的掌声。中国比较文学刚刚起步，充满生机。它没有纯理论演绎的沉重负担，而有理论联系实际的深远传统，它正在走向世界，将以崭新的世界眼光重新评价中国辉煌的文学宝藏，从而使它对世界文学产生更重大的影响，并将清理全世界文学发展线索，弥补由于对东方文学研究不足而造成的整个文学"岩系"的断层。中

[①] 《侧看录——白之比较文学论文集》，深圳大学比较文学丛书之一，湖南出版社出版；《中国文学理论》，美国芝加哥大学出版社出版；《比较诗学》，台湾东大图书公司出版。

国比较文学的觉醒无疑将对世界比较文学的发展做出伟大贡献。艾金伯勒教授几十年来一直研究比较文学，他是这一领域内最杰出的学者之一。他选择"比较文学在中国的复兴"这个题目来作他的退休前带有总结性的讲演，正说明他以锐利的眼光洞察了世界比较文学的发展趋势，预见到中国比较文学的前景。如果说比较文学发展的第一阶段主要成就在法国，第二阶段主要成就在美国，如果说比较文学发展的第三阶段将以东西比较文学的勃兴和理论向文学实践的复归为主要特征，那么，它的主要成就会不会在中国呢？

二、比较文学在中国的复兴

比较文学在中国并不是新事物。且不说古代中国境内各民族文化（如荆楚文化、巴蜀文化、齐鲁文化、燕赵文化等）融合过程中，关于文学的比较、筛选和相互影响的研究；也不说魏晋以来印度思想文化与中国文学的关系以及当时有关翻译、媒介的论述，就从现代说起，中国比较文学的源头也可以上溯到1904年王国维的《尼采与叔本华》，特别是鲁迅1907年写的《摩罗诗力说》和《文化偏至论》。鲁迅在他的文章中通过比较各民族文学发展的特色，研究了文学的作用。他指出，印度、希伯来、伊朗、埃及等文化古国，由于政治上的衰微带来了文学上的沉寂；俄国虽也似无声，但"俄之无声，激响在焉"；德国青年诗人则以高昂的爱国热忱"凝为高响"，使人民热血沸腾；英国以拜伦、雪莱为代表的"恶魔诗派"，更是以他们"立意在反抗，指归在动作"的诗歌"动吭一呼，闻者兴起"（这些属于并无事实联系的"平行研究"）。他还研究过这一"恶魔诗派"在波兰、匈牙利等民族文学中的发展以及拜伦对普希金、密茨凯微奇等人的影响（属于有事实联系的"影响研究"）。他的最后结论是："首在审己，亦必知人，比较既周，爰生自觉。"也就是说，必须在与世界文学的众多联系和比较中才能找到发展中国新文学的途径。

茅盾在1919年和1920年相继写成的《托尔斯泰与今日之俄罗斯》和《俄国近代文学杂谈》等文章中，首先比较了"西方民族之三大代表——英、法、俄"的文学，指出"英之文学裔皇典丽，极文学之美事矣，然而其思想不敢越普通所谓道德者一步"，"法之文学家则差善矣，其关于道德之论调已略自由，顾犹不敢以举世所斥为无理为可笑者形诸笔墨。独俄之文学家也不然，绝不措意于此，绝不因众人之指斥，而委曲其良心上之直观"。他又曾指出托尔斯泰与易卜生颇有共同之处，都是写实主义，但"伊柏生（即易卜生）言社会之恶，独破其假面具而已，而托尔斯泰则立救济之法；伊柏生多言中等社会之腐败，而托尔斯泰则言其全体"。中国现代文学本身就是在这样的比较和借鉴中发展起来的。

"比较文学"作为一门学科在中国出现则是20世纪20年代末30年代初。1929年至1931年，英国剑桥大学英国文学系主任、新批评派大师瑞恰慈（Ivor Armstrong Richards）在清华大学任教，开设了"比较文学"和"文学批评"两门课。如果不算鲁迅1911年给许寿裳的信中提到的《比较文学史》，那么，"比较文学"的名目出现在中国，这是第一次。当时，清华大学教师瞿孟生（P. D. Jemeson）还根据瑞恰慈的观点和讲稿写成《比较文学》一书，主要是对英、法、德三国文学进行了比较研究。当时清华大学研究部文学课程分为文学专题和作家研究两类。"比较文学专题"是文学专题课中很重要的一门。除吴宓开设的"中西诗之比较"、温德（R. Winter）开设的"文艺复兴时期的文学"、陈寅恪开设的"中国文学中的印度故事的研究"外，还有"近代中国文学之西洋背景""翻译术"等课程。[1] 清华大

---

[1] 清华大学校史编写组. 清华大学校史稿. 北京：中华书局，1981：167.

学培养了一批学贯中西的比较文学学者，如钱锺书、季羡林、李健吾、杨业治等都是那个时期的学生。不久，傅东华和戴望舒又相继翻译了罗力耶（Loliee）的《比较文学史》和梵·第根的《比较文学论》，第一次在中国系统介绍了比较文学的历史、理论和方法。1934 年出版了梁宗岱的《诗与真》，作者以深厚的中国古典文学素养对西方文学进行了比较文学方法的探讨。1936 年又出版了陈铨的专著《中德文学研究》，全面评述了中国小说、戏剧、抒情诗在德国的传播和影响。

20 世纪 40 年代，由于战争的影响，许多工作停顿了，但有识之士进一步看到"走向世界"对于振兴民族的重要性。中国比较文学的理论在中国必须走向世界的理论中得到发展。例如，闻一多在他那篇著名的《文学的历史动向》里，论证了以中国的《周颂》《大雅》、印度的《梨俱吠陀》、《旧约》里最早的希伯来诗篇、希腊的《伊利亚特》和《奥德赛》为代表的四种约略同时产生的文化如何各自发展，渐渐互相交流、变化、融合的发展历程，认为："这是人类历史发展的必然路线。"① 闻一多特别指出："四个文化猛进的开端都表现在文学上"②，"第一度佛教带来的印度影响是小说戏剧，第二度基督教带来的欧洲影响又是小说戏剧"③。特别值得提出的是，闻一多当时就强调了对于一个民族文化的发展来说"接受"的重要意义。他说："本土形式的花开到极盛，必归于衰谢，那是一切生命的规律，而两个文化波轮由扩大而接触而交织，以致新的异国形式必然要闯进来……新的种子从外面来到，给你一个再生的机会。"④ 他认为上面谈到的其他三种文化都只勇于"予"，而怯于"受"，所以没落了。"中国是勇于'予'而不太怯于'受'的，所以还是自己的文化的主人……为

---

① 闻一多. 神话与诗. 北京：古籍出版社，1956：201.
② 同①.
③ 同①204.
④ 同①204.

文化的主人自己打算，'取'不比'予'还重要吗？所以仅仅不怯于'受'是不够的，要真正勇于'受'。……过去记录里有未来的风色。历史已给我们指示了方向——'受'的方向。"①

20世纪三四十年代显示比较文学实绩的，则是朱光潜的《文艺心理学》《诗论》和钱锺书的《谈艺录》。

《文艺心理学》和《诗论》的共同特点是，寻求既能运用于西方文艺现象又能适用于中国文艺现象的共同规律，同时应用从西方文学总结出来的理论阐发中国文学，也用从中国文学总结出来的理论阐发西方文学。随便举一个例子：关于诗歌与音乐、舞蹈同源的问题，作者不仅论证了希腊的诗歌、舞蹈、音乐三种艺术都起源于酒神祭典，也论证了澳洲的卡罗舞混合着狂热的姿势与狂热的歌调，同时也论证了中国的"风""雅""颂"正是由于音乐的不同而有所区别。朱自清对于朱光潜的"阐发研究"曾经颇为赞赏。他认为在《文艺心理学》中，朱光潜用西方文艺理论对中国文学做了"有趣的新颖的解释"，"最有意思的以'意象的旁通'说明吴道子画壁何以得力于斐旻的舞剑……又据佛兰因斐尔的学说，论王静安先生《人间词话》中所谓'有我之境'实是'无我之境'，所谓'无我之境'倒是'有我之境'"②。

钱锺书的《谈艺录》更多采取了这种超国别的研究方法。正如他在序中所说的"颇采二西之书，以供三隅之反"，因"东海西海，心理攸同；南学北学，道术未裂"。他在《谈艺录》中无论是阐明一种原理还是批判一种理论，都是以大量中外文学事实来加以证明，从不简单做出孤立绝对的结论（如中国诗学重"表现"，西方诗学重"再现"之类）。例如，他分析"模写自然"和"润饰自然"，前者从亚里士多德到韩昌黎，后者从克

---

① 闻一多. 神话与诗. 北京：古籍出版社，1956：206.
② 朱自清.《文艺心理学》序//朱自清序跋书评集. 北京：三联书店，1983：83.

利索斯当（Dio Chrysostom）到李长吉，说明中外都有同样的理论，因此是普遍规律。① 又如，谈到思想和表达的问题，他举出了许多中国文艺理论中有关"心—手—物"的看法，也引证了但丁、雨果有关这一问题的论述，这才批评克罗齐"执心弃物"，主张"意象与表达二而即一之论"，"何其顾此失彼也！"②

总之，朱光潜和钱锺书一开始就是"从国际角度从事文学研究"的。他们的著作为中国20世纪80年代比较文学的复兴奠定了坚实的基础。

正是因为有了这样的基础，我国一旦正确地实行了"对外开放"的政策，而且出现了上面谈到的要求理论联系实际和加强东西方比较文学研究的国际环境，比较文学就以崭新的姿态在中国迅速发展起来。

比较文学在中国的复兴是以钱锺书的巨著《管锥编》1979年在中国的出版为标志的。《管锥编》全面、丰富、完整地体现了比较文学作为一门"最广阔、最开放"，最"无法归纳进任何科学或文学研究体系中去"的"边缘学科"的特点。

《管锥编》四册写于"文化大革命"十年动乱期间。全书781则，围绕《周易正义》《毛诗正义》等古籍10种，引用八百多位外国学者的一千几百种著作，结合中外作家三千多人，阐发自己的读书心得。

全书的根本出发点在于，坚信"人文科学的各个对象彼此系连，交互渗透，不但跨越国界，衔接时代，而且贯串着不同的学科"③。钱锺书从不企图用什么人为的"体系"强加于并不受任何人为"体系"约束的客观世界。他认为用很多精力去建立庞大的体系是无益的。历史上"往往整个理论系统剩下来的有价值的东西只是一些片段思想"④ 而已。但这并不是

---

① 钱锺书. 谈艺录. 北京：中华书局，1984：60-61.
② 同①210-211，536-537.
③ 钱锺书. 诗可以怨. 文学评论，1981（1）.
④ 钱锺书. 旧文四篇. 上海：上海古籍出版社，1979：26-27.

否认规律，恰恰相反，他认为"艺之为术，理以一贯，艺之为事，分有万株"①，去发现那些"隐于针锋粟颗，放而成山河大地"②的普遍规律才是做学问的真正乐趣。《管锥编》最大的贡献就在于纵观古今，横察世界，从"针锋粟颗"之间总结出重要的文学共同规律。也就是突破各种学术界限（时间、地域、学科、语言），打通整个文学领域，以寻求共同的"诗心"和"文心"。钱锺书认为这种共同的"诗心"和"文心"是客观存在的，所谓"心之同然本乎理之当然，而理之当然，本乎物之必然，亦即合乎物之本然也"③。钱锺书在探索这些共同规律时从来都是从具体文学现象出发，而不做演绎的推理。他强调说："我有兴趣的是具体的文艺鉴赏和评判。"④ 鉴赏和评判，这就和目前世界比较文学"不做评价"、只做纯理论推演的危险倾向相反。在进行文学鉴赏和评判时，钱锺书认为最根本的还是要紧紧围绕文学"本文"，如果"尽舍诗中所含，而别求诗外之物，不屑眉睫之间而上穷碧落，下及黄泉，以冀弋获。此可以考史，可以说教，然而非谈艺之当务也"⑤。在他看来，"谈艺"，就必须从作品实际出发。如果仅用一些新奇术语来故弄玄虚，那就毫无裨益。他曾举出一些现代法、美文论家滥用结构主义的例子，批评了像克利斯蒂瓦（Julia Kristeva）这样一类人的理论。⑥ 但这决不等于说钱锺书不重视理论，恰恰相反，他总是竭力排除琐碎枝节的干扰，力求抓住事物发展的总的脉络。他提倡"把千头万绪简化为二三大事"，以便可以"高瞻远瞩"，必须"没有枝节零乱的障碍物来扰乱视线"⑦，才能发现事物的根本。因此，他认为

---

① 钱锺书.管锥编.北京：中华书局，1979：1279.
② 同①496.
③ 同①50.
④ 钱锺书.旧文四篇.上海：上海古籍出版社，1979：7.
⑤ 同①110.
⑥ 张隆溪.钱锺书谈比较文学与"文学比较".读书，1981（10）.
⑦ 同④3.

中国式评点的根本缺陷就在于常以"小结裹为务，而忽略造艺之本源"①。他本人则经常致力于探索"造艺之本源"，并对于国外许多新理论的出现十分关切。即使是在十年动乱、闭关锁国的环境下，他在写《管锥编》时也仍然尽量利用了近代国外理论的成果。这些成果遍及语义学、符号学、风格学、心理学、语言学、文化人类学、单位观念史学以及系统论、生理学等各个领域。

《管锥编》不仅探索了中西文学共同的"诗心"和"文心"，而且对比较文学的各个方面都有独到的建树。由于题材所限，《管锥编》关于渊源和影响的研究内容不多，但却也发表了一些非常重要的见解。例如，钱锺书指出，进行渊源影响的研究切忌"强瓜皮以搭李皮"，因为情况很复杂："学说有相契合而非相授受者，如老、庄之于释氏是已；有阳气相攻而阴相师承者，如王浮以后道家伪经之于佛典是已。"所以不能"归趣偶同，便谓渊源所自"，也不能"乍睹形貌之肖，武断骨肉之亲"，否则就会像清朝的一些学者，以为西洋之宗教、科学都出于《墨子》，政典国制都出于《周官》。②钱锺书本人在进行这样的渊源研究时往往"点到即止"，不做穿凿。如讨论波德莱尔散文诗所谓"中国人观猫眼而知时刻"源出于《酉阳杂俎·猫》和《琅嬛记》③；西方旧小说常谈到的"服暂死药，俾情人终成眷属"与《无双传》所载"茅山道士有药术，其药服之者立死，三日却活……刘无双服之"④类似。钱锺书对影响研究谈得较少，但这并不说明他不重视。他曾强调指出："比较文学是超出个别民族文学范围的研究，因此不同国家文学之间的相互关系自然是典型的比较文学研究领域……要发展我们自己的比较文学研究，重要任务之一就是清理一下中国文学与外国文学的相互关系。"⑤

---

① 钱锺书. 管锥编. 北京：中华书局，1979：1215.
② 同①440.
③ 同①816.
④ 同①836.
⑤ 张隆溪. 钱锺书谈比较文学与"文学比较". 读书，1981（10）.

《管锥编》用很多篇幅进行了以西方文艺理论阐明中国文学现象的所谓"阐发研究"。钱锺书不仅提倡"双向阐发"（同时也用中国理论阐发西方作品），而且对西方学者阐明中国理论时由于不求甚解而犯的错误常常提出尖锐的批评。例如，他认为日人遍照金刚所著《文镜秘府论》"实兔园册子，粗足供塾师之启童蒙"①；又指出西人引述陆机《文赋》常因"迻译者蒙昧无知，遂使引用者附会无稽"②。

在交叉学科（interdisciplinary，或译"科际整合"）研究方面，钱锺书一向强调各学科之间的相通，并早就指出，"对于日新又新的科学——尤其是心理学和生物学，应当有所借重"③。在《管锥编》中借重各学科以论证文学现象的例子很多。例如，第531页以西方心理学的"比邻联想"、生物学的"条件反射"解释《赵氏孤儿》；第589页以美学、修辞学、印度因明学解释"诗以虚涵两意见妙"等。

在翻译媒介的研究方面，《管锥编》也是独树一帜的。钱锺书指出"译事之信，当包达、雅；达正以尽信，而雅非为饰达。依义旨以传而能如风格以出，斯之谓'信'……译文达而不信者有之矣，未有不达而能信者也"④。因此，文学翻译的最高标准是"化"。把作品从一国文学转化为另一国文字，既能不因语文习惯的差异而露出生硬牵强的痕迹，又能完全保存原有的风味，那就算得入于"化"境。"译本对原作应该忠实得以至于读起来不像译本，因为作品在原文里决不会读起来像经过翻译似的。"⑤

总之，《管锥编》从各方面为中国比较文学的发展开辟了道路。它与当前世界比较文学"理论偏枯"的倾向相反，密切结合中西具体艺术实

---

① 钱锺书. 管锥编. 北京：中华书局，1979：1449.
② 同①1177.
③ 钱锺书. 美的生理学. 新月，1932，4（5）：128.
④ 同①1101.
⑤ 钱锺书. 旧文四篇. 上海：上海古籍出版社，1979：62-63.

践，总结出世界共同的"文心"和"诗心"，为中西比较文学的发展做出了开创性的卓越贡献。如果说比较文学学科要求从事于它的人"具备超乎寻常的能力……能比在传统领域中表现更多的个性"[①]，那么钱锺书正是显示了这种能力与个性；如果说当前比较文学所需要的更多的是"伟大的榜样，而不是抽象的方法论公式"[②]，那么《管锥编》就是这样的"榜样"。

继《管锥编》之后，北京大学的四位教授相继发表了四本重要比较文学论著：宗白华的《美学散步》（1981）在比较美学、诗、画、戏剧等交叉学科比较研究方面独树一帜；季羡林在《中印文化关系史论文集》（1982）中，对中印文学关系进行了独到的探讨，为中国比较文学的影响研究树立了榜样；金克木的《比较文化论集》（1984）着重研究了《梨俱吠陀》与《诗经》的比较，并论及"符号学""诠释学"在中国的应用，为中国比较文学的平行研究与阐发研究开辟了新的领域；杨周翰的《攻玉集》（1984）则以中国文学为参照系，重新解释莎士比亚、弥尔顿、艾略特等欧洲作家的作品。南京大学范存忠教授的《英国文学论集》和上海社会科学院王元化研究员的《文心雕龙创作论》，也都为比较文学在中国的复兴做出了卓越贡献。

正如勃洛克所说："当前没有任何一个文学研究领域能比比较文学更引起人们的兴趣或有更加远大的前途；任何领域都不会比比较文学提出更严的要求或更加令人眷恋。"[③] 人们愈来愈感到比较文学的难度，但也正因为如此，愈来愈多的优秀青年学者参加了这个行列。继青年学者王富仁所写《鲁迅前期小说与俄罗斯文学》之后，1985 年出版的《走向世界文学——中国现代作家与外国文学》一书几乎全部由 30 岁上下的年轻学者

---

① 勃洛克. 比较文学的新动向. 施康强，译//干永昌，廖鸿钧，倪蕊琴. 比较文学研究译文集. 上海：上海译文出版社，1985：198.
② 同①206.
③ 同①206.

撰写，这部长达 650 页的巨著，从小说、诗歌、戏剧、散文四方面探索了 30 位中国现代作家对外国文学的接受，以及 326 位外国作家在这些中国作家的作品中所显示的影响与痕迹。无论从比较文学研究或中国现代文学研究来看，这部书都是一个富于突破性的创举，它不仅说明比较文学可以赋予国别文学研究怎样的广度和深度，同时也说明出色的比较文学研究成果往往也可以由高瞻远瞩、具有国际眼光的国别文学专家所提出。

总之，20 世纪 80 年代以来，中国比较文学已经形成了一支朝气蓬勃的队伍。[①] 同时，中国比较文学也正在逐渐走向世界：1982 年，三位中国学者参加了在纽约举办的国际比较文学学会第十届年会，并都提出了学术报告，其中一篇被载入美国《比较文学与总体文学年鉴》[②]；1983 年，中美双边比较文学首次讨论会在北京召开；1985 年，杨周翰教授当选为国际比较文学学会副会长。在这样的形势下，举行中国比较文学界的一次荟萃精英、展示成果、切磋学艺、交流心得，以图更大发展的大会已是势所必然的事了。

三、中国比较文学的新起点

1985 年 10 月 29 日，中国比较文学学会成立大会暨首届学术讨论会在深圳大学召开。

---

① 1981 年 1 月，北京大学比较文学研究会成立，由钱锺书任顾问，季羡林任会长。研究会出版了《北京大学比较文学研究丛书》和《北京大学比较文学研究会通讯》。1983 年 6 月，南开大学、天津师范大学等联合发起，召开了全国第一次比较文学学术讨论会，会议论文见南开大学出版社 1984 年版《比较文学论文集》。1983 年，广西大学出版了比较文学的英文刊物《文贝》，向国外发行。1984 年，由季羡林主编的全国性比较文学刊物《中国比较文学》在上海创刊。此外，辽宁大学、广西大学、暨南大学随后召开了比较文学学术讨论会。辽宁、上海、吉林、江苏等地也相继成立了地方性的比较文学学会。截至 1985 年 6 月，开设比较文学课程的大专院校已达 36 所。

② 乐黛云.中国文学史教学与比较文学原则//韦斯坦因.比较文学与总体文学年鉴：第 31 期.布卢明顿：印第安纳大学出版社，1982.

这次大会是中国比较文学研究发展现状的一次巡礼，同时也是中外学者的一次学术交流。通过这种巡礼与交流，中国的比较文学研究将会有新的发展。

在会议收到的 121 篇论文中，首先最值得称道的当然是比较美学和比较文艺学所取得的成就。近几年来，我国对于世界范围内各国马克思主义美学和文艺学进行了广泛的比较研究，这种比较研究也是势所必然。过去，从 20 世纪 30 年代以来，我们在这方面的研究绝大部分依据苏联理论界消化过的材料（少数来自日本），许多重要的马克思有关著作被垄断或埋没，加以尖锐复杂的阶级斗争形势，不大容许从容和客观的研究，可以说我们还没有建立起中国自己的马克思主义美学体系，20 世纪 70 年代末，我们就这样毫无准备地面临了极其纷繁复杂的世界马克思主义美学领域。正如会议上有人提出的："在我们真正面向世界，面向现代世界马克思主义发展史和现状的时候，我们面前摆满了过去从来没有认真加以研究过的关系到马克思主义理论问题的人、事件和问题。"就以美学和文艺学领域来说，就有各种各样的观点和学说，对于教条主义者来说，这是一片混乱和危机，然而，对于勇敢的马克思主义者来说，这却是发展、充实自己，在比较和鉴别中建立中国马克思主义美学体系的大好时机。实际上，我国许多学者正在走这条道路，例如：李泽厚的《批判哲学的批判——康德哲学述评》；柳鸣九关于萨特的研究和朱光潜关于马克思《1844 年经济学哲学手稿》中的美学问题和有关维柯的研究；汝信的《西方美学史论丛续编》和蒋孔阳的《德国古典美学》都在这方面做出了卓有成效的努力。会议论文中还提出，要进一步建立马克思主义的比较美学，必须坚决抛弃日丹诺夫式的苏联教条主义，深入研究马克思主义美学史，站在当代世界马克思主义高度看问题，迎接当代世界对马克思主义美学提出的新挑战。

我国比较美学和文艺学的进展还表现在对许多过去已经提出的问题进

行了深入分析，得出了新结论。例如，有人从对艺术本质特征的理解（"表现"与"再现"）、对艺术创作心理特征的理解（"迷狂"与"虚静"）、对艺术和审美效应的理解（"净化"与"物化"）三方面着手，对中西诗学的不同特点做出了自己的解释，指出：西方诗学旨在以"再现"求"表现"，中国诗学旨在以"表现"求"再现"；西方的"迷狂"说注重主体的"放射"和"创造"，与"表现"可通；中国的"虚静"说注重对客体的"明鉴"和"内通"，与"再现"一致；西方的"净化"说注重善美统一，以道德"节制"人的天然情感，使人的发展统一于社会发展；中国的"物化"论注重美真统一，追求物我合一的自由境界，使人返归于自然本身。最后指出西方诗学以"历史感"胜，中国诗学以"审美感"胜；基于历史与美学的统一，中西诗学正在互相吸引。此外，还有一些会议论文从不同角度探讨了同一问题，从而把讨论带进了更深的层次。

深圳大会的第二个成就是在长期存在分歧的有关比较文学的定义、范围、方法等方面，达成了比较一致的意见。例如，是不是用比较方法研究文学就叫比较文学？对于这个问题，过去众说纷纭，目前一致的看法是："比较"是研究文学理论、文学批评、文学史都经常用到的方法，不能用它来区别一个学科，况且比较文学除了用比较方法外，还大量采用归纳、演绎、描述、阐发、综合、反证等不同方法，有时也甚至根本不用比较的方法。会上，大家讨论到用"国家"这个政治概念来划定比较文学的范围也不妥当，特别是对中国这样一个多民族的大国来说更是如此。有人提出应在中国建立两个比较研究体系：国内比较研究体系，包括汉民族文学与其他民族文学的比较研究、文人文学与民间文学的比较研究，以及地方文学之间的比较研究；中外比较研究体系，则包括中国文学与世界各国文学的比较研究。当然也有不少人不同意这种意见，但大家一致认为比较文学本身是一个开放性结构，可以先开展研究，再逐步形成学科的体系。

在方法论方面，会议上提出影响研究、平行研究和阐发研究作为比较文学研究的三种基本方法，得到了大家的赞同。有人援引台湾学者的论点，指出"利用西方有系统的文学批评来阐发中国文学及中国文学理论"的"阐发法""一直为中国学者所采用"。其实，阐发研究应是双向的。不仅用外国于中国，也可用中国于外国，用中国的文学理论来阐发外国文学和外国文学理论，同样会发现新的角度。这种双向阐发之所以可能，正是因为文学本身具有共同的发展规律，而相互的阐发适足以沟通彼此的"文心"，但这只限于寻求两种模式的重叠处，而不能以一种模式强加于另一种文学。会上有的同志强调"影响研究"容易"画地为牢"，有其"不可克服的缺陷"，但很多与会者不同意这种看法。他们认为任何方法都有自身的局限，问题在于是否能发挥其专长。目前，影响研究在中国仍有其十分重要的意义。这不仅是为了"清理"一下中国文学与外国文学的相互关系，更重要的是我们正处在一个走向综合的时代，文化的相互渗透与汇合愈来愈成为不可避免的必然。而我国的五四时期，几乎容纳了欧美、俄苏、印度、波斯、日本等各国文化，在短短的时间内，如此众多的不同体系的文化突然涌入，和一个如此古老、统一、广阔的文化相撞击，这种现象在整个文化史上恐怕也是独一无二的。特别是从新的"接受理论"的观点出发，通过"事实联系"来研究中国文化对众多外国文化筛选、吸收、容纳、改造的"接受过程"，这无论对研究世界各国文化的汇合，还是对研究我们自己（以"接受"作为一面镜子）的文化特点都具有重大价值。

最后，还应提到我国比较文学研究的某些薄弱环节在这次大会上都有了新的增强，特别是东方各民族文学的比较研究更是显得突出。这次东方比较文学论文的第一个特点是面很广，有关于日本、越南、印度、朝鲜等国家与中国在文学上互相影响的研究。第二个特点是数量多，加上研究我国少数民族文学的论文，东方比较文学的论文共 22 篇，占大会论文的约

20％，这个空前的比例说明了东方研究的繁荣。第三个特点是开拓了新的领域，如论文《从〈霍斯罗与西琳〉到〈帕尔哈德与西琳〉的演变看波斯与维吾尔的文化交流》《波斯文学与阿拉伯文学关系初探》等，都是发前人所未发的开创性研究。

在这次大会上，少数民族文学可以说是第一次大规模登上了比较文学的讲坛。自从以中南民族学院为中心的全国少数民族院校"外国文学、比较文学研究会"成立以来，少数民族文学专家做出了很大努力，这次大会显示了这种努力的实绩。正如有的大会论文中所说："我国少数民族地处边陲，在自然条件上与外国接壤，如新疆与苏联，西藏与印度，广西与越南，内蒙古与蒙古人民共和国，吉林、辽宁与朝鲜等。"发展少数民族文学的比较研究，无论是对于文学本身还是对于发展各民族的友谊，都有特殊重要的意义。这次有关这方面的论文除《汉族、纳西族龙故事的比较研究》外，都是少数民族与外国文学的比较研究，如《〈罗密欧与朱丽叶〉和〈娥并与桑洛〉》《〈霍岭大战〉与〈伊利亚特〉》《〈格萨尔王〉与〈荷马史诗〉》《中国少数民族英雄神话与外国英雄神话的比较探讨》等。少数民族比较文学是一块丰沃的处女地，目前的开垦只是开始，难免还停留在"X与Y"这样的比较一般性研究上，但我们有理由期望一个辉煌的未来。

特别值得提出的是"交叉学科（科际整合）"研究的迅速发展。文学与文化的关系得到了特殊的关切，这大概是由于国际比较文学学会会长佛克马（Douwe Fokkema）在会上所说的诗歌、小说面临着电影、电视的挑战，而"文化"在我们所处的"后帝国主义"时代又有着特殊意义的缘故吧。在这方面，有人描述了西方文化体系的解体，讨论了自尼采以来文化观念中希腊精神的复活以及黑格尔主义的终结，认为："文化成为一种全新意义上的诗学的对象（从而被'文学化'）与诗的模式进入一般的文化概念的中心地带并构成新的文化观念（从而被'哲学化'），是一个互相渗透而又互相说明的过程。"文化已不是旧观念中的"理论体系",而是"作为一种生动的富于创造力的生存活动本身来理解",因而表现出一种"诗的方式";这种文化本身又把诗说明为一种"意义的模式"而体现着"文化的本质"。文章中展示了三种模式,即"从传统写作意识到当代写作意识的转变中的海明威模式、从传统文化观到当代文化观的转变中的维特根斯坦模式,以及从文化的诗学到诗的文化学的转变中的海德格尔模式"。还有诗与画的交叉研究亦有所见,如以往诗画比较论中,莱辛《拉奥孔》中的论点被赋予一种超文化的意义,其实中西诗画比较说是基于不同的艺术实践,在不同的文化背景中展开的。如中国古代诗画比较说基于古代抒情诗和文人山水画,与莱辛所关注的史诗与故事画不同;中国艺术历来强调人与自然的默契,又与西方以人为中心的艺术概念不同;中国画使用的是晕染的墨色,其空间框架具有一定的虚拟性,突破了一般的造型层次,允许容纳许多非写实的因素,这与西方传统油画对色彩和线条的依赖及其对"模仿"的重视更是各异。因此,会议上认为莱辛着重分析诗画媒介的差异,而中国诗画论则强调诗画表现功能的趋同。

此外,有关中西神话比较研究的论文也有许多创造性的突破,其中有些文章已属于总体文学研究的范围,例如关于射手英雄的研究,关于"人格化的神话理想"的研究。属于纯粹总体文学的研究,有论大力士参孙形象在《圣经·旧约》、弥尔顿的《力士参孙》和茅盾的《参孙的复仇》中的不同表现,以及关于"狼"作为一个符号在全世界不同文学体系中的作用的论述。

与会代表中有14名国外学者,他们也都提交论文并参与了讨论,例如法国学者的专题报告介绍了接受理论在比较文学研究中的应用,其中介绍了接受理论的基本内容,并论述了运用接受理论研究比较文学时应注意的问题,指出实际读者对一部外国作品的"接受"与对本国作品的"接受"是不同的,他们常把本国文学的模式加于外国作品,进行选择、扬弃和改造。这些正是比较文学的研究对象。另外，比较文学学者也很难迁就"作品只能因阅读而存在"的"纯现象学观点"，因为这样就有可能把"接受"仅仅看作一种孤立的个人的阅读行为，而比较文学希望将文学纳入人类活动的整体，并充分考虑到文学作品被读者或观众接受的实际条件。接受理论还帮助比较文学学者更多地了解不同国家中的接受者本身。如吉莱（G. Gillet）的《从伏尔泰到夏多布里昂法国文学中的〈失乐园〉》一书，就以法国对《失乐园》的接受作为一面镜子，照出了法国乐观、进步的表象中暗藏着恐惧。接受理论使构造一部新的、从读者出发的文学史成为可能，这部文学史应由创作、传统、引进三要素构成。例如，法国超现实主义"重新发现了过去不被注意的作家（传统）同时向中国文学开放（引进）"。比较文学就是要研究不同国家文学的这种"创作—接受传统—引进"的过程，并探讨其相互间的关系。接受理论关于"永远不要以为穷尽了一部作品""永远不要以为穷尽了文学"的观点，对于比较文学研究也有十分重要的意义。报告最后建议"中国是否可以考虑开展对本世纪八十多年来翻译介绍外国文学及其在中国被接受状况的研究"，不仅注意"X作家在Y国"，而且也注意在一个特定时期内"X国文学在Y国"这样的论题。因为这种在"历时"的框架内关于"共时"的讨论常常帮助我们了解"视野转变"、"接受屏幕"与"接受条件"的变化以及"历史转折"等有趣现象。美国学者则着重论证了"接受"和"影响"的关系，强调指出西方的文学研究往往从某种假定和推断出发，特别是那些"故弄玄虚"的批评家，往往只依赖于几百年来不断变化的假想，而中国的诗论则更多研究诗人是如何在感情上或道德上被打动的，他怎样把自己的感动用文字表达出来，这种表达又如何影响了读者。德国学者提交的有关总体文学研究的论文，则探讨了世界文学中以疾病为主题或题材的作品所展示的文化、哲学、社会、心理、文学诸问题。论文指出，从这些研究"我们不仅获得了对于疾病的诠释，而且也获得了关于健康人的存在以及生存的意义和目的的各种人生观的精华"，又因为"疾病先由医学做了自然科学的客观描写，文学在这里就不仅是传递美和高雅的介体，而且也是已被深刻认识的存在着的真理之要素"。"这样，艺术和医学又互相补充，成为边缘学科和'交叉文化'的'人'的科学。"在学术讨论中，国外学者也与中国学者交换了意见，例如在关于鲁迅研究的讨论中，有的中国学者认为有的论文以浪漫主义、现代主义、现实主义来概括鲁迅早期、前期和后期三个阶段失之于简单，不大能完全解释鲁迅思想和创作的复杂现象；有的国外学者则认为有的论文通过鲁迅对"摩罗诗人"、《苦闷的象征》和《艺术论》的"接受"来研究鲁迅思想，提供了很有意义的理论假设，并建议应全面考察一下鲁迅自始至终十分复杂的个性。国外学者特别提到鲁迅晚年从未用白话写诗，他的旧体诗很难说是现实主义的。因此，很值得考察一下鲁迅早期的浪漫主义气质是怎样逐渐发展或消逝的。还有，在对欧洲现实主义与中国五四时期的现实主义的比较研究讨论中，国外学者同意有的论文中所提欧洲现实主义不具备中国现实主义那种强烈的历史使命感，但却举托尔斯泰为例，不同意把"民族自省精神"局限于中国现实主义。国外学者的这些研究成果与学术见解为我们提供了值得借鉴的新方法、新角度和新的思考。

这次会议既展示了我国比较文学研究的深度与广度，又检阅了具有合理的知识结构、活跃而敏锐的思维能力、年轻化的比较文学研究阵容[①]，以此为标志，中国比较文学研究进入了一个新起点，在这里我们已能眺望到那无限辉煌的中国比较文学发展的前景。

(1985 年 12 月于北京)

---

① 在会议参与者、论文提交者中，年轻人（22～40 岁）占 70% 以上。

比较文学的名与实

20世纪以来，人类大大改善了对于宇宙结构、社会结构和人类意识结构的认识。爱因斯坦使人类懂得了必须以认识主体的时间为一维的四维空间，人类第一次从无垠的星际世界看到了人类共同生活的蓝色球体。马克思、恩格斯早就预言，随着"一切国家的生产和消费都成为世界性的"，"各民族的精神产品"也"成了公共的财产。民族的片面性和局限性日益成为不可能，于是由许多种民族的和地方的文学形成了一种世界的文学"[①]。弗洛伊德学说证实了"原我""自我""超我"三层意识结构的普遍存在，创立了关于潜意识的理论。人类对客观世界和自身的认识都与过去大不相同了。这些新的认识必然引起各种观念，包括文学观念的革新，孤立、绝缘、割裂、封闭的状态已成为不可能，在人类知识领域，各种学科的相互切入、渗透、融合，各种边缘学科的勃兴已成为不可抗拒的趋势。世界，正在走向综合。

---

① 马克思恩格斯文集：第2卷. 北京：人民出版社，2009：35.

20世纪后半叶比较文学的繁荣正是这一趋势的产物。几十年来，比较文学大大开拓了自己的领域。

最初，比较文学仅仅被定义为"国际文学的关系史"，正如基亚（Marius-François Guyard）所说："比较文学工作者站在语言的和民族的边缘，注视着两种或多种文学之间在题材、思想、书籍或感情方面的彼此渗透。"① 他们强调"各国文学作品之间、灵感来源之间与作家生平之间的事实联系"②。比较文学着重研究的是不同文学之间的相互影响、这种影响的来源（渊源学）和媒介（翻译—媒介学）。

后来，比较文学自身的发展突破了这种只拘泥于"事实联系"的局限，人们发现并承认完全没有"事实联系"的不同文化体系中的文学也具有比较研究的价值。

从内容方面来说，文学反映人的思想、感情和心理状态。人类共有的欢乐、痛苦和困扰往往可以从完全不相干的文学体系中看到。例如，关于爱情与事业的冲突，我们可以从白居易的《长恨歌》、洪昇的《长生殿》中看到唐明皇与杨贵妃的悲剧，也可以从拉丁诗人维吉尔的《伊尼特》中看到罗马的创建者离开迦太基女王狄多，造成后者死亡的故事。另外，如对于人生短暂而自然却永恒长存的感怀、对于自我的认识和对于人生的领悟、对于理想的追求与破灭等，都常常在完全不同的文学体系中以相同或不同的形式得到表现。这就构成了并无"事实联系"的不同文学之间的一种可比性。这种比较在比较文学中被称为主题学。

从形式方面来说，一定的文学形式往往是一定的人类社会发展阶段的产物。例如，小说这种文类就不可能产生于远古社会，它的出现总是与商业化、都市化和印刷术的发展有关，往往都有较大的思想动荡或新思想的

---

① 基亚. 比较文学. 颜保，译. 北京：北京大学出版社，1983：4.
② 卡雷.《比较文学》序//基亚. 比较文学. 颜保，译. 北京：北京大学出版社，1983.

产生作为其兴起的背景，都需要比较自由的语言媒体，都有强大的叙事传统作为基础，其本身的发展规律又往往是从对现实客观世界的描写逐渐转入对人物内心世界的刻画……其他戏剧、诗歌等文类也都可以在不同的文学体系中找到发展的共同规律。这些共同规律和划分文类的标准以及各种文类发展的不同途径等，也构成了一种可比性。关于文类的比较研究被称为文类学。

关于文学发展历史的比较研究是一门最近才兴盛起来的学问。例如，关于大型诗文集的编排，西方多是编年序列，以时间为序，或以篇名的第一个字母为序。中国的诗文集则大致按文体区分。日本的《古今和歌集》又别具一格：描写自然的诗按春、夏、秋、冬四季排列，描写爱情的诗则按爱情体验的发展顺序排列。东西方关于文学发展历史的记载也有不同方式。西方文学史很多是根据"时期"或"文学运动"来划分，中国则多半根据"朝代"、"文体"和"流派"来划分。探索这些差异的原因，比较其优劣，发挥其特长，将是很有意义的工作。文学史的比较研究与主题学的结合也是一种很有趣的现象。例如，杨贵妃的故事从《长恨歌》到《梧桐雨》，再到《长生殿》；王昭君的故事从《汉书》的片段记载到《汉宫秋》到《双凤奇缘》再到郭沫若的《三个叛逆的女性》；潘金莲的故事从《水浒》《金瓶梅》发展到五四时期欧阳予倩的五幕剧《潘金莲》。这种同一主题的发展序列往往给我们提供文化、社会、思想风习变迁的丰富信息。在欧美文学中也能找到很多这样的发展系列。例如，浮士德的故事，从德国民间传说《浮士德博士》到拉丁文的《浮士德博士的一生》到马洛的《浮士德博士的悲剧》以至歌德的诗剧《浮士德》和托马斯·曼的长篇小说《浮士德博士——由一位友人讲述的德国作曲家阿德里安·弗来金的一生》；盗火的故事，从希腊神话中的普罗米修斯到埃斯库罗斯的《被缚的普罗米修斯》到歌德的《普罗米修斯》以至雪莱的《解放了的普罗米修斯》。显然，这许多作品构成的不同系列各有自己的革新和承传，东方和西方关于这种革新和承传的过程都有哪些共同点和不同点，也是比较文学研究的问题。

由于以上关于文学内容、形式、发展过程的比较研究，比较文学越来越向理论方面发展。正如厄尔·迈纳所说："近15年间最引人注目的进展是把文学理论作为专题纳入比较文学的范畴。"[①] 这是因为前面谈到的，人类知识正在趋于综合，过去文学研究孤立、割裂、封闭的局面正在被综合、联系的趋势所代替。人们越来越感到文学是属于世界的，离开了对于不同文学体系的综合考察，许多文学问题就难以得到圆满的解释。文学理论家们已经不满足于他们的理论只能解释某种文学体系，而是希望它既能解释西方文学，也能解释东方文学。1982年在美国夏威夷召开了关于中国现代文学的国际会议，主要内容就是探讨用结构主义、叙述学、精神分析学、接受美学、结构主义等西方文艺理论解释中国现代文学的可能性。许多学者正在探索可以解释各民族文学基本理论问题的文学理论架构。例如美国文学批评家阿布拉姆斯（M. H. Abrams）在他的名著《镜与灯》中提出艺术四要素的理论，即作者、作品、世界和读者。他把这种理论归纳为一个简单的三角形（如右图）。

他认为这个图形可以概括所有文学批评理论：或强调作品反映客观世界，或强调作品如何表现了作者的思想感情和心灵特征，或强调作品对读者的教育意义和认识意义，或把这一切都视为文学的外延分析而只注重作品本身。另一位美国学者唐纳德·A. 吉布斯（Donald A. Gibbs）写了《阿布拉姆斯艺术四要素与中国古代文论》一文，试图将中国传统文学批

---

① 迈纳. 比较诗学：比较文学理论和方法论上的几个课题. 中国比较文学，1984 (1).

评理论也纳入阿布拉姆斯的架构之中。美国加州大学叶维廉教授在探索建立一套足以概括中西文学理论的架构方面也做了许多很有意义的工作，他在《〈比较文学丛书〉总序》中，除阿布拉姆斯的四要素之外，又加入了语言（包括文化历史）作为第五个要素。语言是作者借以表达思想、作品借以形成、读者借以了解作品的重要环节。他根据不同文学理论对这五个要素的不同导向与偏重，归纳出六种主要文学理论。他的论文集《比较诗学》在这方面获得了某些成就。

这种综合的趋势不仅表现于文学架构的探索，也表现于文学思潮和文学运动的综合研究。例如，浪漫主义这一世界性文学现象，作为表现方法来说很早就存在于不同的文学体系之中。例如屈原、李白都曾运用这种方法来进行创作，使他们的作品获得了独特的艺术成就。五四时期，浪漫主义又作为一种特定的欧洲文艺思潮进入中国，影响了鲁迅、郭沫若、郁达夫等一代作家。如果不了解中国文学中固有的浪漫主义方法，也不了解五四以来浪漫主义在中国的传播和影响，对浪漫主义的研究就不可能是完整的。

上面所说的综合，不仅表现为类同和汇通的研究，也表现为对于殊异和差别的追索，所谓"不识庐山真面目，只缘身在此山中"。要真正了解一个文学体系的特点，必须从一个外在的立足点出发，有其他文学体系作为参照系统才有可能。而且，越是不同的文学体系，越能辉映出彼此的特色。过去，人们总认为全然不同的东西方文学根本没有可比性。近来，这种观念已根本改变。例如美国学者厄尔·迈纳，就曾以东西方比较文学的发展和重视理论研究作为同等重要的两大特色来讨论15年来的比较文学。在世界文学的背景下参照他种文学体系来研究某一文学体系的特点，是比较文学的重要内容。与此相关联的，无论是从西方人的观点来看东方文学，还是从东方人的观点来看西方文学，或用西方文艺理论来探讨东方文学现象，或以东方文艺理论来探讨西方文学现象，都会开拓文学研究领域，得出有意思的结论。美国斯坦福大学比较文学教授刘若愚的专著《中国文学理论》，可以说是在世界文学背景下研究中国文学理论的集大成的著作。全书分导论、形上理论、决定理论与表现理论、技巧理论、审美理论、实用理论、相互影响与综合七章，既用西方文学理论整理和解释了中国传统文学理论，又用中国传统文学理论丰富了世界文学理论的宝藏。

综合，也包含在新的基础上、在新的领域内，有关各种文学体系之间的相互影响和渗透，以及某种文学体系的迁移和流播的综合研究。正如法国作家罗曼·罗兰所说："我们现在谁也离不开谁，是其他民族的思想培育了我们的才智……不论我们知道不知道，不论我们愿意不愿意，我们都是世界公民……印度、中国和日本的文化成了我们的思想源泉，而我们的思想又哺育着现代的印度、中国和日本。"① 事实正是如此，1923年柏林就出版过德国人利奇温（Adolf Reichwein）的专著《18世纪中国与欧洲文化的接触》②，30年代又出版了陈铨所写的《中德文学研究》。关于中国古典诗歌对美国现代派诗歌的影响也出现过许多文章。目前，研究中国文化对世界文学影响的文章越来越多。另外，要研究中国文学，不了解外国文化对中国文学的影响也是不全面的。魏晋时期佛教传入中国，是唐代文学繁荣的明显诱因。五四时期，西方民主与科学思潮的传入是中国现代文学产生的重要契机。30年代马克思主义和苏联文学在中国的广泛传播，决定了中国左翼文学几十年的动向。特别是五四时期，如此众多的世界文化思潮大量涌入，与具有几千年历史的中国古老文明发生撞击，作为一个众多文化相互影响、冲突、排斥、吸收、改造、变形的范例，在世界文化

---

① 雅克·鲁斯.罗曼·罗兰和东西方问题.罗芃，译//张隆溪.比较文学译文集.北京：北京大学出版社，1982：161.
② 利奇温.18世纪中国与欧洲文化的接触.朱杰勤，译.北京：商务印书馆，1962.

史上亦属不可多得。事实上，世界四大文化体系，中国、印度、阿拉伯都出现在亚洲，关于亚洲各文化体系中文学的相互影响却是当前世界比较文学研究的薄弱环节。最近法国学者克劳婷·苏尔梦（Claudine Salmon）编著的《中国传统小说在亚洲》[①] 可以说是一个很好的开端。

当然，综合还包含文学与其他人类思维形式，如自然科学与其他社会科学和艺术形式之间的比较综合研究。美国比较文学学者欧文·艾尔德里奇曾强调，比较文学最简单的定义可以解释为通过一个以上的民族文学的视野来研究文学现象，或者研究文学与其他知识间的关系。[②] 目前，所谓"科际整合"（interdisciplinary），已经成为比较文学这一学科的重要组成部分。正如美国学者库勒（J. Culler）在他的《符号的追寻》一书中所呼吁的，必须突破文学研究闭关自守的状况，必须沟通自然科学与社会科学、心理学、哲学、语言学等的界限，这样，就可以为文学研究输入新的生命。他强调文艺理论在与其他学科的比较研究中发展正是目前比较文学发展的关键。我国文艺界正在探索将自然科学领域中的一些新观念（如耗散结构、系统论、控制论、信息论等）运用于文学研究的可能性，这种探索恰与库勒的呼吁相合。当然，文学与社会学（文艺社会学）、文学与心理学（文艺心理学）、文学与思想哲学（艺术哲学）的关系，以及文学与其他艺术形式的交相阐发，更是亟待开展的重要课题。

最后，作为各种文学体系相互沟通的手段，翻译的研究自然也是比较文学不可或缺的内容。

从以上的讨论可以看到比较文学虽是一门新兴的学科，但已形成自己独立而广阔的学科领域。不可否认，在比较文学的发展过程中，各种辩难和挑战不断出现，常常可以听到"比较文学的危机"的警报。这些辩难和

---

① 已由北京大学比较文学研究所翻译、国际文化出版公司出版。
② 艾尔德里奇. 比较文学：内容与方法. 厄巴纳-香槟：伊利诺伊大学出版社，1969.

挑战最普遍的无非是：（一）比较文学研究的也是文学现象，属于文学研究范围，并无必要成立专门学科；（二）比较文学带有很大的主观随意性，往往摘取两个作品任意比较，这种通过单独个例得出的结论不可能说明规律；（三）比较文学往往依赖于民俗学、文化史、社会学、心理学的研究，不能集中于文学本文分析，不是从"文学之所以成为文学"的"文学性"出发，因此不是纯粹的文学研究；（四）比较文学作为一门学科还缺乏独立的立法论体系；（五）比较文学这个名称名不副实，不能概括比较文学的实际内容。如果我们同意以上关于比较文学实际内容的讨论，第一、第二个问题不难迎刃而解。实际上，正如日本比较文学学者野上丰一郎所说：比较文学家的工作是以普通文学史家工作的终点为自己的起点的。[①]显然，比较文学的精髓恰恰不是个别作品的随意比较，而是过程和规律的寻求。关于第三个问题，我们认为美国新批评派强调文学本文的细读分析，注重"文学性"的发掘，在文学研究史上起过不可磨灭的历史作用，但在目前这个综合的时代，仍然企图把文学研究禁锢于文学本身而摒除文学与其他学科的联系，这是无法做到的，社会文化学派、接受美学、读者反应理论的兴起都说明了这一点。至于方法论体系的问题，任何学科都不可能在形成之初就具备系统的方法论体系。随着比较文学学科的成熟，这样的体系肯定会逐步建立起来。最后，关于比较文学名不副实的问题，那倒是确实的。从以上的分析可以看到，有些比较文学的内容并无"比较"的意蕴，例如对于文艺理论架构的探寻；有的比较文学的内容又不是单纯的文学问题，例如"科际整合"的各个方面。但是，"名"只是一个符号，只要对内容有切实的了解，符号的确切与否其实并不是最重要的问题。

总之，我们正面临一个综合、联系、交流的时代。中国正在走向世

[①] 野上丰一郎. 比较文学论要//刘介民. 比较文学译文选. 长沙：湖南人民出版社，1984.

界，比较文学正是我国文学走向世界的重要途径。我国辉煌的古代和当代文学应该真正成为世界文学宝库中的灿烂瑰宝而为世界人民所共享；我国历史悠久、内容丰富的传统文学理论应该成为世界正在寻求的文学理论综合架构的重要组成部分；任何新的文学理论，如果不能解释瑰丽多彩的中国文学现象，就应该说是跛脚的。要做到这一切，就必须通过比较与世界沟通，在比较中研究我国文学与他国文学的殊异和类同，以世界所能接受的方式呈现自己。

从我国文学本身的发展来说，开展比较文学研究也是当务之急。经过长期的封闭与隔绝，我们特别需要以世界文学为背景，以他种文学为参照系，重新估价自己，重新认识自己。我国文学理论将在这种重新估价和认识中完成重大突破，走向更高阶段。如前所述，我国现代文学发展的历史就是对世界各种文学进行比较、选择、吸收、改造，从而丰富自己的历史。正确理解和总结我国文学与外国文学的关系，找到中国文学与外国文学的结合点，对于开拓我国文学视野，指导今天的创作都会有很大帮助。

我国是一个多民族国家，各兄弟民族都曾创造了自己独特的文学，如蒙古族、藏族的宏伟史诗，纳西族、苗族的神话传说等。进行各民族文学的比较研究，不仅能促进兄弟民族之间的相互了解，而且可以总结出各种民族文学的特色及其相互影响、融合而仍保持其独立完整的规律。我国又是一个侨民众多的国家。华侨在许多国家仍然保持着自己的语言和文化，也有自己的文学。如马来西亚的"马华文学"、新加坡的"新华文学"、美国的"美华文学"，这类文学往往反映出中国文化与他国文化接触最前哨的种种动态，是研究比较文学和比较文化的极好标本。另外，我国地处亚洲中部，与阿拉伯、波斯、印度、日本、朝鲜以及东南亚各国都曾有过历史悠久的交往，在文学的相互关系方面也都有很值得追寻的历史踪迹。

无论是我国各族人民文学的比较研究,还是海外华人文学的研究和东方各地区比较文学的研究,目前都还是一片未开垦的处女地。我们诚挚地希望中国比较文学将逐步填补这些空白,为世界比较文学做出自己独特的贡献。

(1985年6月于深圳大学)

比较文学发展的现实性和可能性

一、历史的回顾

比较文学产生于19世纪后半期,它的出现和发展绝不是偶然、孤立的现象,而是一系列社会经济、政治、文化发展的必然结果。马克思、恩格斯1848年在《共产党宣言》中指出:

> 资产阶级,由于开拓了世界市场,使一切国家的生产和消费都成为世界性的了。使反动派大为惋惜的是……旧的、靠本国产品来满足的需要,被新的、要靠极其遥远的国家和地带的产品来满足的需要所代替了。过去那种地方的和民族的自给自足和闭关自守状态,被各民族的各方面的互相往来和各方面的互相依赖所代替了。物质的生产是如此,精神的生产也是如此。各民族的精神产品成了公共的财产。民族的片面性和局限性日益成为不可能,于是由许多种民族的和地方的文学形成了一种世界的文学。①

---

① 马克思恩格斯文集:第2卷.北京:人民出版社,2009:35.

比较文学就是在这种各民族的"互相往来"和"互相依赖"的基础上发展起来的。正是由于"民族的片面性和局限性日益成为不可能","各民族的精神产品成了公共的财产",比较各民族各地区文学的异同并研究其相互关系和影响的比较文学才有了勃然兴起的可能。英国文艺批评家阿诺德（Matthew Arnold）也才有可能提出：每位批评家除他本国的文学外，至少必须熟悉另一种伟大的文学，这种文学与自己本国的文学差异愈大愈好。①

当然，比较文学的产生还有其更直接的原因，那就是19世纪以来，比较解剖学、比较语言学的发展和民俗学的创立。这些新兴学科不断记录着国家之间的通用和假借，比较着各国语言和民俗的异同并研究其承传关系。特别是民俗学，往往研究传说或历史中英雄形象在各国之间的流传、转移和变形。唐璜、浮士德、漂泊的犹太人等典型人物的比较研究最先就出现在民俗学中。比较语言学和民俗学的发展必然导致对文学的更大规模的比较研究。此外，比较文学与浪漫主义及文学史的发展也有较密切的关系。

比较文学的发展是从研究两国或两国以上文学的相互影响和关系开始的，它首先在欧洲法国和德国发展起来。1840年至1860年间出现了不少文章研究法国和意大利或英国文学的关系；研究拜伦、歌德和密茨凯维奇的相互影响等。1860年至1885年间比较文学得到了切实深入的发展。勃兰兑斯（Brandes）的六大册巨著《十九世纪文学主潮》（写于1872年至1884年）就是这一时期比较文学研究的代表。他在序言中指出，必须"对欧洲文学做一次比较性的研究"，他说："我打算同时探索法国、德国和英国文学最重要的动向的源流，进行这样的一种研究。这种比较性的研究

---

① MATTHEW, A. The function of criticism at the present time. The national review, 1864, 19: 230-251.

具有双重的便利，一面可以把外国文学带到离我们那么近，使我们能够跟它合成一体，同时又把我们自己的文学放远了，使我们在真正的远景中看见它。"他的这些话中肯地说明了比较文学的意义。1886年，出现了比较文学理论的方法方面的第一部专著《比较文学》[英国波斯奈特（Posnett）作]，以后又出现了法国人贝兹（Louis-P Betz）的《比较文学书目集》（1900）和罗力耶的《比较文学史：自滥觞至二十世纪》（1903）全面收集和总结了比较文学的研究成果。专门的比较文学刊物《比较文学学报》[1877—1888，梅尔茨尔（Meltzl）编]、《比较文学杂志》[1887—1901，柯赫（Koch）编]也相继在匈牙利和德国出现。与此同时，许多大学，如美国哈佛大学（1890）、法国里昂大学（1897）都开设了比较文学讲座。1899年，美国哥伦比亚大学首先成立了比较文学系。从此，比较文学作为一门学科有了蓬勃的发展。

1931年，法国学者梵·第根的专著《比较文学论》全面总结了近百年比较文学发展的理论和历史，系统阐述了"影响研究"的范围、内容和方法。在这部著作中，他第一次提出把文学研究划分为"国别文学""比较文学""一般文学"三个区域的主张，强调本国文学是一切文学研究的基础，比较文学可以补充本国文学史，使它们"两个两个地沟通"，一般文学则着重在"对于许多国文学所共有的那些事实的探讨"。全书分"比较文学的形成与发展""比较文学之方法与成绩""一般文学"三大部分。他认为比较文学的研究中心是各国文学的相互影响，其目的在于刻画出文学的"经过路线"。研究者或置身于"放送者"的观点，研究一个作家作品或一种文体或一国文学在外国的成功，他们在那儿所产生的"影响"，以及在那儿"以它们为模范的各种模仿"；也可以置身于"接受者"的观点，去探讨作家或作品的源流，分析它们所曾受到的各国文学的"影响"；他们还可以认真研究那些促进影响之转移的媒介，如翻译、改编等。梵·

第根还着重研究了各国文学在文体和风格、形式和内容、题材和主题、典型和传说、思想和感情等各方面互相影响的可能性。梵·第根的《比较文学论》是集法国比较文学研究之大成的作品。和梵·第根一样,以"影响研究"为比较文学中心课题的学者被称为比较文学中的法国学派。

由于战争和别的原因,20 世纪 40 年代以来,比较文学没有很大发展。战后比较文学的复兴是从美国开始的。1952 年,《比较文学与总体文学年鉴》在美国创刊,按年分析总结比较文学的发展和问题。继 1954 年国际比较文学学会建立之后,美国比较文学学会也正式成立。此后,比较文学在美国有了很大发展。据 1971 年《比较文学与总体文学年鉴》统计,美国全国已有 70 多所大学设有授予比较文学学位的系科。

美国许多比较文学研究者都认为把比较文学局限于发生直接关系的国家之间,范围太窄。他们认为除"影响研究"外,还要去探讨不同文学体系的类同和殊异。例如美国学者艾尔德里奇在他 1969 年出版的《比较文学:内容与方法》中提出,比较文学应包括没有任何关联的作品的平行的类同比较,因为虽不关联,但也可有文体、结构、情调、观念上的类似。另外,他们还认为,比较文学应"研究文学与其他知识和信仰领域之间的关系,包括艺术(如绘画、雕刻、建筑、音乐)、哲学、历史、社会科学(如政治、经济、社会学)、自然科学、宗教等等。简言之,比较文学是一国文学与另一国或多国文学的比较,是文学与人类其他表现领域的比较"[1]。以美国为中心的这些主张形成了一个学派,被称为比较文学美国学派。

世界进入 20 世纪 70 年代,人们对世界的认识有了很大变化。过去的"欧洲中心论"逐渐被人们抛弃,许多学者都开始感到缺少了亚洲、非洲

---

[1] 亨利·雷马克. 比较文学的定义和功能. 张隆溪,译//张隆溪. 比较文学译文集. 北京:北京大学出版社,1982:1.

等广大地区，对世界文学的研究就不能构成完整的体系。美国哈佛大学比较文学系系主任纪延（Guillen）认为，只有当世界把中国和欧美这两种伟大的文学结合起来理解和思考的时候，我们才能充分面对文学的重大的理论性问题。这种说法是极有见地的。中西比较文学正在越来越成为大家关注的题目。许多东方国家如日本、印度、斯里兰卡等都在这方面做出了贡献。1968年台湾大学设立了比较文学博士研究班，以中西比较文学为中心的刊物《淡江评论》（英文版）和《中外文学》相继出版。1971年在淡江文理学院召开了第一届国际比较文学会议，1975年又在台湾大学召开了第二届国际比较文学会议。这两次会议都说明了世界学者对中西比较文学的浓厚兴趣，当然也有一些学者对这种背景完全不同的文学体系之间的比较研究仍持怀疑态度。美国印第安纳大学的威斯坦因（Ulrich Weisstein）就认为不注意两个文化系统的差异，就会导致一种支离破碎的、表面的、"忖测性"的"乱比"。这种警告对于中西比较文学的健康发展具有重要意义，但并不根本否定中西比较文学发展的可能性。目前一些国外学者和中国港、台学者正在大力发展中西比较文学研究，他们不同意像法国学派那样把比较文学仅仅局限于"影响研究"，也不同意像美国学派那样在比较文学中添加过多的非文学的比较内容（如民俗学、人类学、社会学、心理学等）。他们认为"学派"的分野已经过时。

在中国大陆，比较文学也有了新的发展。两年来，这方面的文章已发表了70余篇。这绝不是偶然现象，而是我国突破闭关锁国政策的积极成果，是力图使我国辉煌的文学体系屹立于世界民族文学之林的可贵努力，也是广泛汲取各国文学所长、建设我国现代化新文学的迫切需要。其实，我国比较文学的研究也并非自今日始。五四新文学的奠基者鲁迅、郭沫若、茅盾无一不是在广泛比较各国文学的基础上来探索我国文学发展的新路的。鲁迅早在1907年写的《摩罗诗力说》中就分析比较了各民族文学发展的特色，指出：印度、希伯来、伊朗、埃及等古国政治上的衰微带来了文学上的沉默，中国文学一定要记取他们的教训；俄国虽然也似无声，但"俄之无声，激响在焉"，不久就有果戈理等人，以"不可见之泪痕悲色，振其邦人"；德国青年诗人阿恩特（Arndt）、柯尔纳（Körner）以他们热忱的爱国精神"凝为高响"，使全德人民热血沸腾；英国以拜伦、雪莱为首的"恶魔诗派"更是以他们"立意在反抗，指归在动作"的诗歌"动吭一呼，闻者兴起"。鲁迅还研究过"恶魔诗派"在波兰、匈牙利等民族文学中的发展以及拜伦对俄罗斯文学的影响，他也比较过尼采与拜伦的不同、拜伦与易卜生的差异。他认为："欲扬宗邦之真大，首在审己，亦必知人，比较既周，爱生自觉。"也就是说，要发扬祖国的伟大精神，首先要审己知人，多作比较，只有在众多的比较中才能鉴别优劣，找到振兴中华的途径，进而兴建"致吾人于善美刚健""援吾人出于荒寒"的"新的文艺"。茅盾为了探索新文艺发展道路，也广泛比较了各国文学。1919年至1920年，他就指出英国文学家如狄更斯未尝不曾描写下流社会的苦况，但我们看了显然觉得这是上流人代下流人写的，俄国文学家如托尔斯泰、高尔基的作品则不然，他们使读者感到"如同亲听污泥里人说的话一般"；他认为法国作家如莫泊桑、雨果也写下层人民，但他们的作品"悲惨有余，惋叹不足"，而俄国作家则因联系到作者本人的自省而"使人泪下，使人悔悟"；他还谈到英国文学家的思想多半不大敢"越普通所谓道德者一步"，法国文学家关于道德的论调已较自由，而"独俄之文学家……决不因众人之指斥而委屈其良心上之直观"；他还谈到易卜生"多含中等社会之腐败，托尔斯泰则言其全体"，"易卜生言社会之恶，独破其假面而已……托尔斯泰则确立其救济之法"；他还进一步指出19世纪英美作家较注意故事情节，而俄国作家则着重思想用意。① 在这样广泛比较的基础

---

① 参阅1919年《学生杂志》第6卷第4、5、6期连载《托尔斯泰与今日之俄罗斯》，1920年《小说月报》第11卷第1、2期《俄国近代文学杂谈》。

上，茅盾提出了许多非常有益的意见，促进中国文学积极自觉地从世界文学宝库中汲取营养，走向新的发展阶段。

20世纪30年代，比较文学作为一门学科在我国有了相当规模的发展。世界比较文学的两本权威性著作梵·第根的《比较文学论》和罗力耶的《比较文学史》分别由戴望舒和傅东华翻译出版。1936年出现了陈铨的比较文学专著《中德文学研究》，这本书全面系统地、历史地分析评述了中国小说、戏剧、抒情诗在德国的传播和影响，并试图找出这种影响的客观规律。比较文学平行研究的最初成果则要算1935年尧子写的《读西厢记与Romeo and Juliet 之一——中西戏剧基本观念之不同》及其续篇《读西厢记与Romeo and Juliet 之二——元曲作者描写方法与Shakespearian Method 之根本不同》。[①] 40年代朱光潜的《诗论》、钱锺书的《谈艺录》等开拓了比较文学的新的领域。50年代也出现了不少研究我国文艺与外国文艺相互影响的文章。最近我国比较文学的新发展不仅继承了过去的成果，而且在比较文学的深度和广度方面都有所开拓，特别是在东方各国如中印、中日、中朝文学的比较研究方面取得了可喜成绩[②]；东方三大文化体系——中国文化、印度文化、阿拉伯文化——之间的交流和相互影响也已开始引起人们的注意，这些研究无疑将为填补世界比较文学研究的某些空白做出贡献。

二、内容和范围

目前看来，比较文学研究的内容主要是"平行研究"和"影响研究"

---

① 参阅1935年出版的《光华大学半月刊》第4卷第1期和第4卷第3期。
② 张隆溪. 1950—1980国内比较文学资料分类篇目. 北京大学比较文学研究会通讯，1981 (1)：1-14；严绍璗. 解放前国内比较文学资料编年目录 (1904—1949). 北京大学比较文学研究会通讯，1981 (1)：15-22；乐黛云. 中西比较文学专题目录. 北京大学比较文学研究会通讯，1981 (1)：23-28.

两大部分，许多法国学者也都同意"平行研究"是比较文学研究的一个重要方面。

"影响研究"本来是文学史研究的一个重要环节。如果不研究魏晋时期佛教的传入，就很难圆满解释隋唐文艺的辉煌发展；不研究唐代文化对日本的深刻影响，也很难说明日本文艺的特色。同样，不研究五四时期西方思潮对中国现代文学所起的作用，要总结 60 年来文学发展的历史也是不可能的。特别在"各民族的精神产品成了公共的财产"的今天，研究一个现代伟大作家而不研究他对其他民族的影响，也不研究其他民族文艺对他所起的作用，这种作家研究就不能说完整。例如研究鲁迅，不谈他从尼采、拜伦、果戈理、契诃夫等人那里所汲取的精神营养，不谈美国、苏联、日本、东欧各地研究他的成篇累牍的文章，这种鲁迅研究就算不得全面。

那么，什么是"影响"呢？两个民族文学之间的交往通常是沿着翻译—改编—模仿—影响这样一条途径来实现的，"影响"是这一过程的最高阶段。"影响"就是"存在于作品中的某种东西，这种东西如果作者不曾读过某个以前的作家的作品就不会存在"（艾尔德里奇）。但影响并不止于模仿，它"不能限于两个对象相似的一瞥。回忆、印象所产生的联系，飘浮的观点，脑中的奇想都是不可靠的"〔巴尔登斯柏耶（Baldensperger）〕。"影响"是一种艺术作品所呈现出来的渗透，一种有机的掺入，它必须"表明被影响的作家所产生的作品本质上是属于他自己的"〔弗伦兹（Frenz）〕。因此，也可以说，"影响"是某种文学现象的"创造性的变形"。例如，从鲁迅《伤逝》中的子君和茅盾《创造》中的娴娴身上都可以看到易卜生的娜拉的影子。如果鲁迅和茅盾没有看过《玩偶之家》，就不大可能产生这样两个人物。但她们又都不是对娜拉的模仿而是作者的独创。子君更深广地表现了娜拉式的出走，结局只可能是堕落或回来；更强烈地控诉了仍然强大的黑暗社会和旧道德对个人特别是妇女的桎梏和戕害。关于娴娴，茅盾则更细致地描写了"甘心当傀儡"与"保存自己独立人格"之间的矛盾斗争。娴娴的出走比娜拉更有思想基础，更有准备。这一切都和娜拉不同而又是从娜拉所引申出来，这就是"影响"。

另外，"影响"也不同于"接受"和"共鸣"。一部作品可以在某一阶段、某一部分人中畅销一时，为很多读者所接受，但它却不一定在当时文学创作中留下什么痕迹。美国作品《飘》20 世纪 40 年代后半期在国统区曾一度风行，但却不曾对中国文学产生什么影响就是一例。有时我们会看到两部作品很相似，但其间却不一定存在着"影响"。例如法国作家都德的《小东西》，许多地方与狄更斯的作品相类，但都德却多次否认曾看过狄更斯的作品。这里不存在影响，而只是从共同的潮流中吸取思想和艺术所产生的共鸣。接受和共鸣都是比较文学的研究对象，但它们本身并不等于"影响"。

"影响研究"是比较文学研究的重要组成部分，而且是很有实际意义的部分。有些人认为在文学领域中，直接有关联的两种或多种文艺究竟有限，因此"影响研究"不如"平行研究"重要，这是不符合实际的。世界各国文学正在越来越频繁的相互接触和影响中向前发展。例如在美国意象派大师埃兹拉·庞德（Ezra Pound）之前，可以说中国古典抒情诗还不曾对美国文学构成什么真正的影响，但在他的诗集《中国》出版以后，我们可以清楚地看到中国的《诗经》、李白的七言律诗和绝句怎样通过"创造的变形"而成为美国文学的一个组成部分（庞德的译诗绝大部分是再创造）。另外，如寒山诗对美国青年诗人的影响，卡夫卡、福克纳等现代派作家对当代中国小说创作所起的作用等，都充分说明"影响研究"的范围将越来越大，越来越丰富，越来越复杂。

"影响研究"之所以重要，还在于它可以告诉我们他国文化怎样经过

"创造的变形",也就是"汲取"(appropriation)的过程而成为本国文化的一部分。例如印度哲学和佛教传入中国,经过"汲取"而成为中国文化的一部分;20世纪初西方思潮经过"汲取"而帮助形成了我国五四新文化、新思潮。研究这个"汲取"的过程,对于我们今天文化的发展具有十分重要的意义。从大的方面来看,马克思主义及其文化思想对我们民族来说也是一种外来的东西,它同样需要被中国文化传统"汲取",与中国社会实际相结合,才能成为我们本民族文化的组成部分而得到新的发展;从小的方面来看,如何汲取世界文艺的优秀成果来丰富和发展我们的文艺,也需要对过去"影响"的历史进行分析研究,正确总结经验,才能处理恰当。因此,"影响研究"正是使我国文艺现代化并不断健康发展的重要一环。

比较文学的另一个重要组成部分是"平行研究"。"平行研究"就是对并无直接关系的两国文学在文学发展趋势、文体、风格、主题、题材等各方面进行比较研究。这种研究又可分为类同和对比两个方面。

类同就是"没有任何关连的作品在文体结构、情调或观念上的相似"(艾尔德里奇)。这种类同是实际存在的。例如两个毫无关连的社会在进入同一发展阶段时,往往会出现同一形态的作品。长篇小说的形成与市民阶层的发达和中小资产阶级的兴起密不可分,这几乎在世界各国都是如此。苏联比较文学学者日尔蒙斯基曾以社会阶层结构的相似来解释俄国和法国民歌中英雄观念的类同也是一例。甚至小到文学表现手法,也常常可以在毫无联系的不同文学中找到十分类似的实例。钱锺书在他的《通感》一文中列举了许多中国诗"通感"(即官能交错或感觉挪移)的例子,如苏轼的"小星闹若沸"用听觉来形容视觉,陆机的"哀响馥若兰"用嗅觉来形容听觉。这种手法在十六七世纪的巴洛克(Baroque)作品中已广泛使用,到象征诗派兴起,"紫的香""冷的色""暖的声"等就更是充斥诗坛。这种文学现象的类同研究，使我们可以更准确地总结文学的共同规律，使其能更深入地概括更广泛的文学现象。如果某种规律只适用于一个国家、一种体系，那它就不是全面的一般规律。当然，类同研究切忌表面的比附，如果我们说鲁迅曾学医、契诃夫也曾学医，仅停留于表面的相似，这并不能解决任何实质问题。类同研究要求揭示本质的一致，同时还要在一致中看到不同。例如长篇小说的出现都与中小资产阶级的兴起有关，但各国小说的起源又都有其不同的背景和特点，这些特点被具体的社会、政治、历史、风俗习惯及其不同的文学传统所制约。这样的类同研究不仅可以帮助我们找到共同的规律，而且也能使我们更深入地了解本民族文学的特色。

对比着重于比较不同文学体系的不同特点。对比必须存在于一定的联系之中。如果两者不能在某一角度构成同一平面，对比就毫无意义。例如有人分析西方作品中的英雄人物多英勇善战，壮伟有力，是尚武的英雄；中国作品中的英雄人物则多属温文典雅，博学多才，是德才兼备的崇文典型。英雄人物塑造就是这一组对比的共同平面，离开了这个平面，对比就不存在，例如西方的英雄和中国的丑角就没有对比的条件。

对比研究可以使我们更清楚地认识自己。苏格兰诗人彭斯（Robert Burns）曾感叹说：

> 啊！我多么希望什么神明能赐我们一种才能，可使我们以别人的眼光来审察自我！

对比可以起一种"以别人的眼光来审察自我"的作用。对比强调了不同文学体系的殊异，防止将只适合一个体系的概念强加于另一个体系，以致牵强附会，削足适履。例如许多比较文学研究者谈到中国批评方法着重在"不着一字，尽得风流"（司空图），强调"不涉理路"（严羽），追求浑然一体，无迹可求，目的不在于引导读者分析认识，而在于激起读者意识中的诗的活动，使意境重现。西方的批评则多用一套归纳或演绎的方法，抽出例证加以分析说明，遵循着始—叙—证—辩—结的论述方法。看到了这种区别，我们就会更深刻地了解自己的特点，既不会强求比附西方标准，也不会以为自己的标准就是一切而故步自封。

目前西方盛行的"主题学"，就是企图从主题入手研究各种文学的对比和类同。在毫无关连的各民族文学中，的确常常出现共同的主题，例如爱情和义务的冲突就是其中之一。长篇叙事诗《长恨歌》通过唐明皇和杨贵妃的爱情故事写这个主题；罗马诗人维吉尔的伟大史诗《伊尼特》通过王子埃涅阿斯为建立罗马国，抛弃深爱着她的迦太基女王狄多的故事写这个主题；电影《瑞典女皇》通过女皇克里斯丁娜爱上代表西班牙国王来求婚的信使，放弃王位酿成悲剧的故事，也是写这个主题。再如 T.S. 艾略特在他的名诗《焚毁的诺顿》中写道："所有的时光皆为永恒的现在，所有的时光亦弃我不可追。"它的主题是"在刹那间见永恒"。李白的诗句"今人不见古时月，今月曾经照古人；古人今人若流水，共看明月皆如此；唯愿当歌对酒时，月光长照金樽里"，以月光代表永恒，流水代表人生，以月光和金樽的辉映来求得一刹那间的时间的掌握。这种感于自然之永恒和人生之短暂的主题在全世界小说和诗歌中都是普遍的；但这一共同主题的表现形式、具体内容却不得不受具体社会、历史、政治、道德等条件的制约而显示出复杂的差异。关于主题的类同和对比的研究，往往可以在诸如题材的选择、情节的安排、主题的表现、风格、文体的差别等各方面得出有价值的结论；对于社会学、民俗学、人类学、伦理学、语言学等学科，往往也能提供富有特征的侧面。

韦勒克在《文学理论》中把文学研究领域划分为文学理论、文学批评、文学史三个方面。如果我们从国别文学、比较文学、一般文学这个层面来界定比较文学，那么，不同民族之间关于文学理论、文学批评和文学史的相互"影响研究"和"平行研究"，就是比较文学的内容和范围。

三、发展前景

当然，比较文学这门学科无论是在国内还是在国外，都还远不是一个成熟完整的体系，不少人因此而对于比较文学究竟能否构成一门学科仍持保留态度。问题可能来自两个方面：

第一，文学是不是可比的？两种不同体系的文学有没有比较的价值？首先，文学是一定社会环境、历史条件的产物，不同民族、不同体系的文学的比较是否会导致离开具体社会历史条件而得出形而上学的结论？其次，不同体系的文学的比较会不会导致将只适合于某一体系的文学理论概念强加于另一文学体系？的确，在比较文学领域中经常出现以上这类问题，或不顾具体社会历史条件，在两种文学中随意寻找表面的、片面的类同；或用一种文学体系的标准对另一种文学妄加评论，牵强附会，任意比附，以致形成了所谓"比较文学的危机"。但这一切显然只是实践上的偏差，而不是比较文学理论的谬误。比较文学正是要通过大量复杂丰富的事实，用比较的方法来说明文学必然受不同社会历史条件所制约这一普遍规律。例如关于上面谈到的爱情与义务这一主题的比较研究，归根结蒂就是要说明这一主题如何在不同的社会历史条件下取得了完全不同的形式和内容。比较文学始终强调必须重视不同文学体系的差异，认真研究这些差异。正是有了这样的研究，我们才有可能在讲到文学理论和文学批评时，不以一种体系的理论和标准来淹没或代替其他体系。例如，只有对中西比较文学进行了深入研究，我们才能在讲到批评方法时，既讲西方分析综合的批评方法，也讲中国评点启发式的使意境重现的批评方法，使世界文学宝库真正成为世界性的。

另外，还有一些人认为"比较"可以涉及思想概念、作者传记、时代风尚、社会环境、心理因素等，但这一切对于艺术作品来说都只是外在因素，真正决定艺术之所以成为艺术而具有审美意义的内在因素却是无法比较的。例如，比较两部作品的主题，那已经是一个离开了艺术构造的命题而不再是艺术本身。美国新批评派认为艺术作品可以分为两个部分：一是不具审美意义的材料，二是具有审美意义的艺术构造。他们强调应研究"艺术之所以成为艺术"的那些因素，在作品的艺术分析方面做出了重要贡献，但是他们往往把"内在"和"外在"割裂开来。最近国外一些学者也已经看到这种孤立研究方法的局限性。例如，威斯坦因就特别强调了作家和作品之间不可分割的联系，认为影响只存在于作品之间或只与作者有关都是危险的，原因和结果的紧密联系是一切影响的根源。[①] 他强调必须把作家和他的作品作为一个整体来研究。事实上，作者的思想概念、心理状态等必然以种种方式表现在作品的艺术构造之中，在一定程度上决定着作品的文体、风格、结构和用语等。因此，"外在"因素的比较对于作品的"内在"因素来说也具有重要意义，况且风格、用语等虽然具有更大的独创性，但也自有其纵的承传和横的影响，并非全然不可比较。

第二，比较文学是否可以构成一门学科？它有没有独立的方法和方法论？有人说文学史研究本身就离不开比较的方法，研究作品源流及其在国内外的影响也是文学史范围之内的事，是否必须有单独的比较文学学科？其实，我们所说的比较文学，是在国别文学、比较文学、总体文学这个层面来加以界定的。它是关于两种不同体系的文学的比较，而不包括一种体系内部的比较如李白与杜甫的比较等，后者当然也能促进比较文学的发展，我们应大力提倡比较的方法；但从学科体系来说，它仍应属于文学史的范围。至于将不同体系的文学比较纳入文学史范围固然也无不可，但这

[①] WEISSTEIN, U. Comparative literature and literary theory: survey and introduction. Bloomington: Indiana University Press, 1973.

样做，目前势必会削弱这种"两两沟通"的研究。况且，人类文化发展的总趋势都是从孤立的、封闭的个体逐渐发展到相互联系的开放体系。从以国别文学研究为基础发展到对两种或两种以上文学体系相互关系的研究，再发展到全世界文学的综合的总体研究（一般文学），这种倾向与人类文化发展的总趋势正相一致。

至于独立的方法和方法论，这正是比较文学研究者努力探讨的问题。1958年，韦勒克在国际比较文学学会第二届年会上就曾提出"比较文学的危机"问题，他指出"比较文学危机的最大标志是至今未能确定明确的主题和特殊方法论"。他认为这种危机具体表现在三个方面，即"唯事实论"（只停留于表面的比附、对照，而不能深入事物的规律和本质）、"文化民族主义"和"一般文学与比较文学观念的混淆"。他认为克服危机的途径首先在于精通文学，以具有审美意义的文学本身作为研究中心，并注意文学的特性。20余年来，许多学者都致力于对比较文学的对象和方法做出更科学的界定，但至今也仍然存在着分歧。例如，有人认为"比较文学要研究的是某些作家之间，以及不属于同一国文学的作家之间在作品上、灵感上甚至生活上有国际性的'实在关系'"[卡雷（Carré）]；有人认为比较文学"是要将一切文学的想象的主题或主旨在世界各民族的文学上所采取的表现形式加以调查并分类，以及研究这些主题的来源和散布方式"[马旭（Marsh）]；也有人认为比较文学是"借历史、批评以及哲学，将各语言间和各文化间的文学现象作分析性的描述、条理分明的比较、综合性的阐释，以对人类特有精神机能之一的文学有更深的了解[比修瓦（Pichois）和卢梭（Rousseau）]。另外，甘倍尔（Campbell）认为，"比较文学绝对不是一个独立的研究科目，而是研究文学的科学方法。比较文学要做的第一件事就是发现能超越一种国家文学的法则，例如，典型和形式在各国文学的渐进关系下如何发展。比较文学要做的第二件事就是在两种或多种国家文学之间找到类似关系。比较文学要做的最后一件事就是把比较后所找到的相似与差异作为解释个别作品萌芽并成长的依据。像一切科学化的文学研究一样，比较文学的方法基本上是要调查一件作品的创作过程，然后对造成这件作品的力量加以评价"。雷马克（Henry Remak）则强调比较文学是"越过国家界限的文学研究工作；一方面要研究文学间的关系，另一方面要研究文学与其他学科及信仰之间的关系。简言之，是一种国家文学与另一种或多种国家文学相比较，也是文学与他种人类表达思想感情的方式相比较"。1966 年法国学者艾金伯勒出版了《比较文学中的危机》一书，他强调必须开展东方和西方文学的比较研究，才能为比较文学带来新的发展。

综上所述，比较文学研究中的确还存在着各种尚待解决的问题，作为一个体系，它还处于正在形成和发展的阶段。它远不是一个已经成熟、完善的封闭性体系，而是处于不断吸收、交换、变化、发展中的，不稳定的开放性体系之中。1982 年 8 月将在纽约举办国际比较文学学会第十届年会，会上将讨论三大问题：（一）关于文学史的比较研究，如浪漫主义和批判现实主义的提出及其对世界各国文学的重大影响；各国文学发展的兴衰原因；剧本与表演的关系；各国文学史分期的标志问题（目前存在着以政治事件、哲学概念、文艺运动或年代分期的不同标准）；各国文学史的不同编写方法（描述的、鉴赏的、评价的）以及 17 世纪欧洲各国文学发展与革新的问题（如是什么因素使史诗让位于骑士文学，又让位于现代小说）。（二）关于比较诗学的研究，包括各国诗歌形式理论的研究，现代主义和超现实主义对各国文学的不同影响，诗歌与思想意识的关系和中西诗学体系的比较研究等。（三）对美洲各国文学关系的研究，如对美国和加拿大、墨西哥文学的关系研究等。预计这次大会的讨论必将进一步丰富和发展比较文学的科学体系。

比较文学研究在我国还只是刚刚开始,但就是这个开始也已经给我国文学研究界带来了某些可喜的新气象,例如过去大学各语言文学系虽然都同是进行文学研究和教学,但彼此孤立绝缘,很少进行真正学术上的交流,比较文学研究的开展使这些系科开始逐渐连成一气,预示着文学研究工作的新的突破。在我国,文学研究界、大学文学教学各系以及广大创作队伍往往也是互不关连的,比较文学研究的开展促进了这些领域的相互联系,把文学研究和文学教学的成果真正落实到促进当前创作繁荣的根本目的上来,帮助创作界正确总结经验,积极借鉴国内外文学成果,取得更大成就。

总之,按照唯物辩证法的观点,事物总是在广泛联系中发展前进的。在国别文学研究的基础上研究各国文学之间相互联系和影响的比较文学,必将在文学研究领域中做出更大贡献,前景是无限广阔的。

(1981年3月)

比较文学研究的几个方面

一、什么是比较文学

随着现代科学、文化、通信的发展，各个国家、各个民族闭关自守的情况，越来越不可能，文化日趋世界化，文学亦如此。马克思、恩格斯早就预言过，整个世界文学发展的趋势就是突破各民族的片面性和局限性，而发展成一种总体性的世界文学。① 一百多年前马克思、恩格斯的伟大预言目前正在全世界逐步实现。近百年来，比较文学这一学科的兴旺发达正是这一发展过程的结果。

我们研究文学，可以按照不同层次来进行分析。例如，划分为文学理论、文学批评、文学史三个方面，这是一种层次；划分为国别文学（如中国文学、英国文学）、比较文学、总体文学（从世界高度看文学的总体发

---

① 马克思恩格斯文集：第2卷．北京：人民出版社，2009：35-36．

展),这是另一种层次。

什么是比较文学呢?法国学者基亚说:"比较文学就是国际文学的关系史。"[①] 在他看来,比较文学工作者是站在两种民族语言之间,研究两种文学在思想、感情、主题、题材等各方面的相互影响和交流。例如18世纪,大量中国文学和艺术传到欧洲,引起第一次"中国热",从歌德和伏尔泰的作品中都可以看到明显的中国影响。五四时期,大量外国文艺思潮和作品传到中国,促成了中国现代文学的产生。按照基亚的定义,比较文学就是要研究这种互相渗透、吸收、接受和改变的过程。

在美国,人们感到这个定义太狭窄了。美国学者雷马克提出:"比较文学是一国文学与另一国或多国文学的比较,是文学与人类其他表现领域的比较。"[②] 他强调的不是"关系",而是"比较"。完全不发生关系的两种文学也可以进行比较。例如,中国的王维和英国的华兹华斯,他们毫无关系,但他们描写自然景色的山水诗,无论是在主题思想还是在表现方法方面,都可进行比较而得出有价值的结论。另外,他肯定了文学和其他人类思维表现方式如文学与心理学、社会学、自然科学以及绘画、音乐等艺术形式,也可以进行比较。他的定义大大开拓了比较文学的领域。

苏联学者日尔蒙斯基强调,比较文学"研究国际联系,研究世界各国文艺现象的相同点与不同点"。他指出:文学事实的相同一方面在于各民族间的文化接触与文学接触;另一方面也可能在于人类社会历史发展总过程的一致性和规律性。故可相应地区分为(一)文学过程的类型学的类似和(二)文学的联系和影响,通常两者相互为用,但不应混为一谈。[③] 他的贡献在于,指出人类既然经历着同样的社会经济形态如奴隶社会、封建

[①] 基亚. 比较文学. 颜保,译. 北京:北京大学出版社,1983:4.
[②] 亨利·雷马克. 比较文学的定义和功用. 张隆溪,译//张隆溪. 比较文学译文集. 北京:北京大学出版社,1982:1.
[③] 苏联大百科全书编委会. 苏联大百科全书:第3版. 莫斯科:苏联百科全书出版社,1976.

社会等，那么这种共同性就必然也反映在文学发展的过程之中。他所提出的"类型学"，就是要探讨不同民族文学中共同规律性的科学。

由此看来，比较文学的范围正在日益扩大。要研究各民族文学的接触和相互影响，研究文学现象的共同规律，这种规律往往在与其他人类思维形式的比较中更能显现出来。它提倡在国际的背景下，在与另一种文学的比较中更清晰地显示出某种文学的特色。它认为一种文艺理论如带有普遍性，那就不仅适用于欧美文学，同时也要能解释亚非文学或其他地区文学。它也容许用一种民族文学的理论来试图说明另一种民族文学现象的奥秘，从而激发出新的理解和欣赏角度（当然不是将一种模式强加于另一种模式）。总之，比较文学研究从国别文学走向世界总体文学这一过程中一系列极其复杂的现象和问题。

二、什么是影响研究

人们有时把影响和独创对立起来，认为受了某种影响就是缺乏独创性的表现。其实这是一种误解。影响并不等于模仿。那种"依葫芦画瓢"的纯粹模仿不能融汇于本民族文学之中，始终是外在而易于消逝的。模仿并不完全是坏事，特别是初学者都有模仿的阶段。但要变外族文学为自己民族的东西，就必须从模仿中走出来，经过一个吸收、消化、改造的过程。

接受和流行也不等于影响。有的作品流行很广，畅销一时，但不一定在文学创作中留下痕迹。如20世纪40年代傅东华翻译的美国小说《飘》，看的人不可谓不多，但却未必在现代文学中产生过影响。反之，有的作品并未广泛流行，如20世纪50年代苏联的一部中篇小说《拖拉机站站长和总农艺师》仅在刊物上登过一次，出过一次单行本（为时已较晚），但在中国当代小说创作中却产生过深刻影响。这本书描写青年人要破土而出，做一点有益的事，就必须和僵化的官僚机构进行殊死的搏斗。从20世纪50年代创作的小说《组织部新来的年青人》《本报内部消息》中显然能看到这部小说的影响。

另外，借用、同源、类似也都不完全等于影响。那么，什么才叫影响呢？约瑟夫·T.肖（Joseph T. Shaw）认为："一位作家和他的艺术作品，如果显示出某种外来的效果，而这种效果又是他的本国文学传统和他本人的发展无法解释的，那么，我们可以说这位作家受到了外国作家的影响。……一个作家所受的文学影响，最终将渗透到他的文学作品之中，成为作品的有机部分，从而决定他们的作品的基本灵感和艺术表现，如果没有这种影响，这种灵感和艺术表现就不会以这样的形式出现，或者不会在作家的这个发展阶段上出现。"[1] 他认为，"有意义的影响必须以内在的形式在文学作品中表现出来，它可以表现在文体、意象、人物形象、主题或独特的手法风格上，它也可以表现在具体作品所反映出的内容、思想、意念或总的世界观上"[2]。

影响的产生往往与社会变动和文学发展本身的需要有关。例如，德国思想家、艺术家尼采在五四时期产生过深刻的影响。中国现代文学奠基者鲁迅、茅盾、郭沫若都曾亲自翻译并介绍过他的作品，这首先是因为尼采"上帝死了""重新估价一切"的彻底批判精神恰恰适合五四时期彻底变革社会的要求；同时，中国文学发展到了20世纪已经陈旧不堪，从内容到形式都需要一个彻底转变。尼采作品精炼的表达方式、崭新的艺术形象，正为这种转变提供了借鉴的可能。

影响通常是一个启发—促进或加强—认同—消化和变形—艺术表

---

[1] 约瑟夫·T.肖. 文学借鉴与比较研究. 咸宁，译//张隆溪. 比较文学译文集. 北京：北京大学出版社，1982：38.

[2] 同[1]39.

现的复杂过程。这个过程往往开始于某一作家能够"逗引"起另一作家内心想说的话。一心想救中国的青年鲁迅深感西方世界"人惟客观之物质世界是趋,而主观之内面精神,乃舍置不之一省",以致"伧俗横行……全体以沦于凡庸"(《坟·文化偏至论》)。这时,他突然发现"深思遐瞩,见近世文明之伪与偏"(《坟·文化偏至论》)的尼采,大受启发,遂引为同好,产生共鸣。他引用了尼采在其巨著《查拉图斯特拉如是说》中所说的"返而观夫今之世……无确固之崇信……无作始之性质"(《坟·文化偏至论》),即缺乏崇高的精神信仰和生动的创造精神。尼采对西方社会的这种看法"加强"和"促进"了鲁迅关于中国社会的分析,他提出"健忘"和"苟活"正是中国民族性格亟待克服的精神危机。这种见解的一致使鲁迅"认同"尼采,对他给予很高评价:"若夫尼佉,斯个人主义之至雄桀者矣!"但鲁迅绝不是盲目地接受尼采的一切主张。尼采处于一个发达的资本主义社会,他对日益兴起的群众运动怀着恐惧和仇恨,认为"强者"压制弱者,凌驾于多数,成为"超人"是天经地义,是社会进步的必然。青年鲁迅也提倡"任个人而排众数",但他所面临的首先是怎样使自己和同胞从帝国主义、封建压迫中解放出来的问题。他虽接过尼采的口号,但内容截然不同。他所说的"任个人而排众数",是要反对那种"万喙同鸣,鸣又不揆诸心"的庸众纷扰,反对"以多数临天下而暴独特者",呼吁保障个人的特点和独创。其目的是"人各有己,而群之大觉近矣"(《鲁迅全集补遗续编·破恶声论》)。只有群众都觉悟起来,"沙聚之邦,由是转为人国",中国才能"雄厉无前,屹然独见于天下"。尼采和鲁迅的这种不同典型地说明了影响过程中的"消化"和"变形",凡不是模仿而是真正的"影响",这种变形都是不可避免的,但有程度的不同。最后,在"艺术表现"方面也常常可以看到这种影响的痕迹。例如,鲁迅所创造的那个"有许多伤,流了许多血",明知前途并非野百合、野蔷薇而仍然是坟墓，却不顾饥渴困顿，昂着头，奋然走去的"过客"，那个在"无物之阵"中大步前行，只见一式的点头、各种的旗帜、各样的外套，"但他举起了投枪"的"这样的战士"，苍凉、寂寞，显然都带着尼采式强者的色彩。除形象的类似外，在句式和用词方面也会发现某种程度的共鸣。例如，我们在读鲁迅的"难道连身外的青春也都逝去，世上的青年也多衰老了么？……然而青年们很平安"（《野草·希望》）时，不由得会想起尼采说的"那些青年的心都已经苍老了，甚至没有老，只是倦怠平庸懦弱"（尼采《查拉图斯特拉如是说·第五十二·叛教者》）。

由此可见，影响绝不是简单的借用、接受、模仿、类似或同源。当然在某种情况下这些也可以包括在内，但从根本上来说影响是一个复杂的选择和综合的过程。

影响研究在文学研究领域中具有非常重要的意义，举例来说，如果我们不了解俄苏文学、欧美文学、印度文学和日本文学对五四时期作家如鲁迅、茅盾、郭沫若、老舍、冰心、曹禺、巴金等人的影响，我们就不可能真正了解中国现代文学的产生和发展。如果我们不清楚苏联文学理论中以"拉普"为代表的极左思潮的影响，我们也不可能理清楚 20 世纪 30 年代到 50 年代我国文学发展的脉络。另外，我国文化，包括文学，对全世界的文学也有着重大的影响。诸如我国古典诗歌对以庞德为代表的西方意象派诗歌的影响，我国京剧艺术对德国戏剧家布莱希特（Brecht）的影响〔他的理论继斯坦尼斯拉夫斯基（Константин Сергеевич Станиславский）之后为西方戏剧开辟了一个最新的时代〕，还有中国儒、佛、道哲学对当代美国诗人如斯奈德（Snyder）等人的影响等。这些都是了解各民族文学汇合，发展为一个"世界文学"这一过程必须研究的课题。最后，影响研究还可以为当代作家提供吸收和借鉴的范例，有助于他们面向世界，丰富自己，在更高的层次上改进创作。

三、什么是主题学

影响研究建立在两种文学互相接触的基础上。未曾"接触"的两种文学如何进行比较研究呢？一般把这种研究称为"平行研究"，包括主题学、文类学、比较诗学、比较美学等。

主题学研究同一主题在不同文学体系中的表现，也研究同一主题在不同时代的演变。

人类社会无论相距多么遥远，既然同属人类，就必然有某些共同的东西。欧美学者强调人类共同的思想感情，苏联学者强调人类共同的社会经济形态（如奴隶社会、封建社会、资本主义社会都是人类社会发展的共同必由之路），共同的主题就是从这种共同性中产生出来的。

人生的短暂，自然的永恒，古今中外，多少作家为此兴叹！《论语》中早就记载："子在川上曰：'逝者如斯夫，不舍昼夜。'"李白、苏东坡等许多伟大诗人都和孔夫子一样，慨叹过时光之不可逆、人生之短促、天地之无极，以及人之渺小和造化之深不可测。这就构成了一个普遍的主题。例如，陈子昂的"前不见古人，后不见来者；念天地之悠悠，独怆然而涕下"，李白的"今人不见古时月，今月曾经照古人；古人今人若流水，共看明月皆如此"，这些诗都咏叹着同样的主题。再看现代派诗人 T. S. 艾略特获诺贝尔文学奖的《四个四重奏》中的一段：

　　一切过去和现在，
　　都曾经是未来，
　　一切的未来
　　都会成为现在和过去。
　　所有时光皆为永恒之现在，

所有时光亦弃我不可追。

显然这些诗都表现着同样的主题。

　　再如男女间的纯真爱情由于政治、事业、道德、家庭以至阶级偏见的干扰而造成悲剧，这也是一个相当普遍的共同主题。例如，中国的《长恨歌》（诗）、《长恨歌传》（小说）、《梧桐雨》（杂剧）、《长生殿》（戏剧）都写了唐明皇和杨贵妃的爱情故事。由于某种政治原因，唐明皇不得不亲自赐死杨贵妃而遗恨终生。生活于公元前1世纪的古罗马诗人维吉尔的著名12卷史诗《伊尼特》也写了同样的主题：主人公埃涅阿斯因风浪到达古国迦太基，受到女王狄多的垂青，但他无法放弃创建罗马的使命，继续自己的航程，狄多终于自杀。另外，如莎士比亚的《罗密欧与朱丽叶》，爱情阻于家庭仇恨，王实甫的《西厢记》，爱情阻于门第观念和其他阶级偏见等，故事虽各不相同，但主题则大致同一。

　　同一主题在不同地区和时代的流变也是主题学的研究对象。例如，类似《灰阑记》的故事很早就有流传。《圣经·旧约》《列王纪》记载所罗门王断案：两个妓女各有一子同住一室，其中一个孩子被压死，两个妓女都说活着的孩子是自己的。所罗门王下令将孩子劈成两半分给二人，真的母亲立即放弃了要孩子的权利。《古兰经》先知故事集中有同样的记载，佛经《贤愚经》中也载有"见母二人，共争一儿"，佛说"听汝二人，各挽一手，谁能得者，即是其儿"，生母遂不忍力争。元曲中，李行道所写《包待制智勘灰阑记》写马员外之妻谋杀亲夫，嫁祸于妾，霸占其子和财产。包公令画一灰栏，将孩子放入其中，告诉二妇人将孩子拉出者即是母亲，从而试出真情。以上这些故事，主题都是歌颂判决者的智慧。1944年，布莱希特在他的《高加索灰阑记》中又写了同样的故事：在格鲁吉亚一次贵族叛乱中，总督被杀，夫人出逃，扔下婴儿。女仆将孩子养大。叛乱平息后，夫人为争夺继承权，强要孩子，女仆却对孩子产生了真正的爱心。当一位偶然登上法官位置的普通士兵用同样方法来判决孩子归属时，不忍下死力拉出孩子的却不是生母，而是女仆。故事差不多，主题却不是歌颂判官而是鞭挞灭绝人性的贵族妇女，歌颂质朴而有真正爱心的劳动人民。

从同一主题在不同时代的流变，可以看出社会的进展、道德观念的变化、文学表现手段本身的发展等。从同一主题在不同民族文学中的不同表现，则可以在更广阔的背景下来了解不同文学的特点。例如，虽同是咏叹自然的永恒、人生的短暂，东方诗人和西方诗人在人生态度、心理结构、观察角度、表达方式等各方面都很不相同，而只有通过比较，这种特点才能更清晰地显示出来。因此，主题学是平行研究的一个重要组成部分。其他如文类学、比较诗学、比较美学等，都是在广阔的比较的背景下来探讨文类（如诗歌、小说、戏剧）的发生发展、文学的基本理论，以及各种美学原则的共同规律和不同特点。

四、什么是科际整合

前面提到很多美国学者认为，比较文学还应该研究文学与其他人类思维表现形式的比较。所谓"科际整合"，指的就是这种比较研究，其目的在于沟通自然科学、社会科学和人文科学的关系。美国学者库勒在他的著作《符号的追寻》中强调，必须突破文学研究闭关自守的状况，只有沟通文学与自然科学、哲学、心理学、社会学、语言学等学科的关系，才能为文学研究注入新的生命，他认为文艺理论在与其他学科理论的比较研究中的发展正是目前比较文学发展的关键。

苏联学者乌西尔（УРСУЛ）也提出了类似的论点。他认为三大科学，即自然科学（研究自然）、社会科学（研究人和人类）、技术科学（研究人类的创造物——机器）目前正在形成一体化，这种一体化进程的突出特点就是科际整合，亦即不同学科之间的相互渗透和相互为用。[①] 如某些学科的数学化、宇宙化、生态化、社会学化、经济学化，等等。

事实上，各门学科都是人类思维的一种表现形式，自然有相通之处。就拿似乎相距甚远的自然科学和文学来说，在某些方面也仍然可以沟通。例如，1977年获诺贝尔物理奖的普里戈金（Llya Prigoging）提出的耗散结构理论，对文学理论的发展就有很多启发。耗散结构理论研究客观世界平衡态和不平衡态两种不同形态的特点及其互相转化。平衡态是宏观上不随时间变化的定态，如果加以外力的扰动，这种扰动会逐渐衰减，最后仍然恢复扰动以前的状态。不平衡态与此相反，它与外界交换物质和能量的潜力很大，外来的扰动不但不会衰减，反而随时间的发展而增大，整个结构越来越偏离原有的状态而构成新质，同时释放能量。这样的结构就叫耗散结构。平衡结构用 P_0 来表示，经扰动后变为 P_1 但扰动会逐渐衰减，一切恢复原状，如图：

$$P_0 \rightleftharpoons P_1$$

这是一种封闭性结构。耗散结构用 A 来表示，它不断偏离原状，发展为新质。如图：

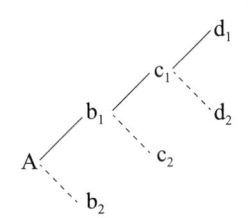

$$
\begin{array}{c}
d_1 \\
c_1 \\
b_1\cdots d_2 \\
A\cdots c_2 \\
\cdots b_2
\end{array}
$$

d_1 与 A 已经很不相同，但仍存留着 A 的某些质素，这种继承性是不可磨灭的，这是一种开放性结构。

[①] 乌西尔. 三大科学的相互作用. 苏联哲学研究，1981（2）.

耗散结构理论应用于文学很有意思。作为真正有价值的"创作主体"的作家,他的感受、他对生活的理解、他的表现方式都应是开放性的耗散结构,即不断结合新的生机,释放能量,构成新质。在真正艺术家的作品中,所有形象都是新颖的、独创的。在他的全部作品中没有一个形象重复其他形象,甚至任何一笔线条他都不会重复自己,但每一笔触又都蕴藏着他原有的独特的风格。

作为"欣赏主体"的读者,他所接受的东西取决于他所看到的对象,也取决于他"先前的视觉"——概念的经验引导他如何去看。这是心理学实验已经证实了的。一个想发展自己的读者,也必然在原有基础上破坏自己的平衡,学习欣赏新的成果,不把自己封闭于旧的、已经熟悉的、相对静止的平衡态,而将自己的知识结构改善为"耗散型"。

特别是对于文学史的研究,耗散结构理论更有参考价值。几乎所有文学的黄金时代都是外来的"扰动"不但不衰减反而越来越发展的时代。这种外来因素或指其他体系的文化与文学,或指某种哲学思潮、宗教、艺术等,如魏晋佛教的传入对于唐代文学的影响,五四时期外国文学对于中国现代文学的影响等。任何封闭的平衡结构显然都不能导致文学的大幅度发展。对于耗散结构的进一步研究,将有助于我们不是仅用一种线性发展的方式来研究文学史,而是尝试采取一种立体的、变动的、多因素的综合方式。正是在这个意义上,有的外国学者认为,比较文学的研究也就是文学进化的研究。

对文学研究有意义的自然科学理论当然不止耗散结构理论一种。其他如研究信息传递过程和制导系统的控制论、研究冲突系统的博弈论、研究符号系统的符号学等,都将对文学研究产生深远影响。

文学与其他艺术形式的沟通和互相阐发,也是比较文学研究的一个重要组成部分,目前这一领域正在不断发展。文学与其他艺术形式不同,最明显的就是传达媒介之不同,如文学唯一的工具是语言,其他艺术形式则通过线条、色彩、音符、动作等等。更重要的是其他艺术形式大多是"感知"的,依赖于对象的实际存在。我们欣赏一座雕像,首先必须有这座雕像的实际存在。文学则相反,我们欣赏阿Q,首先依赖于实有的阿Q并不存在。如果真有一个活生生的阿Q在我们面前,就会妨碍我们"赋予不存在存在"的"呈像过程",即我们自己在头脑中对于阿Q的创造。另外,视觉形象总是完整的,例如一幅画、一座雕塑,它们总是完整地同时呈现在我们眼前。文学作品则不然,在阅读中,我们必须把主人公在不同情况下所展露的各个方面整合起来,而任一方面都是在与其他方面的联系中才有意义。总之,绘画、雕塑等造型艺术局限于空间的物体,而诗歌小说则包含着时间的运动。

但这些不同特点并不妨碍文学与其他艺术形式的互相阐发和借用。"诗中有画,画中有诗",这在我国古已有之。现代派诗人和小说家所努力追求的正是打破传统的时间序列,希望读者不是通过一个行动一个行动的理解来获得完整的印象,而是在同一个时间片刻里,从空间去理解他们的作品,像欣赏一幅画或一座雕塑,同时得到作者所想传递的各种印象。

文学与音乐的关系也日趋密切。我国当代著名小说家王蒙就说过,他希望他的小说结构不是单线条的独奏,而是有着复杂变奏与和声的交响乐。现代派诗人艾略特也认为:诗人研究音乐会有很多收获,音乐当中与诗人最有关系的是节奏感和结构感。使用再现的主题对于诗像对于音乐一样自然。诗句变化的可能性有点像用不同的几组乐器来发展一个主题:一首诗当中也有转调的各种可能,好比交响乐或四重奏当中不同的几个乐章,题材也可以作各种对位的安排。[①] 他自己在他荣获诺贝尔文学奖的诗

---

① ELIOT, T. S. Selected prose of T. S. Eliot. John Haffenden, ed. London: Faber & Faber, 1975.

作《四个四重奏》中,就不仅严格地采用了五个乐章的四重奏结构形式,而且运用了许多变奏、和声、交响、重复等音乐特有的技巧。我国诗人闻一多早在五四时期就提出并试图创造诗歌的"音乐美、建筑美、绘画美",可以说是"科际整合"的先驱。

其他如诗歌、小说对于电影蒙太奇手法的借用,文学与社会学、语言学、心理学的关系等,当然也都是"科际整合"研究的重要对象。

上面仅就比较文学的几个方面做了一些简要介绍。这是一门内容丰富、需要广博知识的学科,目前这门学科在我国的兴旺发展,必将有助于开辟我国文学研究与文学创作的新局面,这是毫无疑义的。

(1985年)

中国文学史教学与比较文学原则[*]

任何文化的发展都不能脱离其他文化的影响，任何文化都是作为世界文化的一部分来发展的。历史事实说明，许多灿烂辉煌的文化都是在外来文化的影响和刺激下形成起来的。例如，盛唐文化的繁荣离不开印度佛教的传入，俄国19世纪文学的兴旺也离不开法国文化的多方面影响，中国现代文学的诞生更是和20世纪以来世界文化的发展密切相关。因此，如果没有一种世界性的比较眼光，就很难教好一国文学史。我认为，所谓比较文学的根本原则就是，把某国文学放在世界文学的宏观发展中来加以考察。

文学史教学首先碰到的问题就是对作家、作品如何评价。这种评价首先关联着某一作家或作品对整个世界文学宝库做出了哪些特殊的贡献，这一文学宝库又如何成为他汲取思想和技巧的源泉。例如，评价鲁迅，我们

---

[*] 本文是作者1982年8月在美国纽约举行的国际比较文学学会第十届年会上的发言，后来收入美国《比较文学与总体文学年鉴》第31期，该书1982年11月由美国比较文学学会与印第安纳大学联合出版，本文译成中文时略有修改。——编者注

就不仅要了解他如何接受尼采、易卜生、拜伦、安德列耶夫、果戈理等人的影响，还要研究他如何将这些外来的因素转化为自己的血肉。正如鲁迅所说，吃了牛羊肉，也绝不会"类乎牛羊"的。这种关于"牛羊肉"如何变为自己血肉的过程，正是揭示作家特点的重要环节。同时，要确定一个作家在历史上的地位，不仅要了解他在本国的影响，还要了解他如何用自己的独创性反馈于世界文学。不懂得鲁迅在日本、俄国、北欧以及其他国家的影响，不研究这些异国人民对鲁迅"接受"的不同特点，就不能全面评价鲁迅、理解鲁迅。又如，美国现代派诗歌的开山诗人埃兹拉·庞德，他的创作受到中国古典诗歌，特别是李白诗的深刻影响，他所开创的现代派诗歌又深刻影响了中国现代诗作，特别是台湾诗人和大陆青年诗人的创作。封闭地、只在一国范围内进行文学史教学，往往会忽略这些正在发展的、对学生很重要的文学侧面。

讲授文学史总是离不开现实主义、浪漫主义、象征主义等创作方法。20 世纪 60 年代初期的一本中国文学史就曾把中国两千多年来的文学发展史总结为现实主义与反现实主义斗争的历史，这当然有一定的片面性，但也可以说明某些创作方法是可以贯穿全局而有其不同阶段的发展的，例如作为中国文学源头的《楚辞》和《诗经》，前者代表了倾向于浪漫主义的荆楚文化，后者代表了倾向于现实主义的周原文化，如果不是对这两种创作方法作绝对的、僵化的了解，我想这种说法是有一定道理的。20 世纪初，作为西方文艺思潮的浪漫主义、现实主义、自然主义、象征主义相继在很短的时间内传入中国，在中国现代文学中形成了不同的流派，这些流派与中国固有的文学传统或抗衡或合流，形成了十分复杂的情形。文学史教学如果要给予学生正确的活的知识，就必须从世界的角度讲清楚这些正在发展变化的复杂关系，不仅要讲清楚这些外国文艺思潮传入中国后与中国文学结合发展的情形，还要从比较的观点讲清楚这些思潮在其他国家如印度和日本、印度文学和日本文学结合的不同情形。

实际上,世界各国文学往往有许多共同的观念、共同的主题,而以不同的形式表现出来。例如,中国传统文学理论,从《礼记·乐记》开始,就注重研究文艺与现实世界的关系。《乐记》强调:"凡音之起,由人心生也。人心之动,物使之然也。感于物而动,故形于声";"治世之音安以乐,其政和;乱世之音怨以怒,其政和;亡国之音哀以思,其民困"。西方传统文艺理论强调对于现实世界的模仿,但也并不是机械地模仿,而是对客观世界投射于人的心灵中所产生的影像的模仿,两者都强调"人心"作为中介所起的作用。在文学史中讲授文学观念的发展时,非常需要把一国文学观念的发展置于世界文学观念发展的脉络之中,非常需要比较的观点。至于世界各国文学作品中关于"爱情与事业"的冲突、"自然永恒与人生短暂"的咏叹,以及人如何发现自己、求证自己,如何为使自己成熟而阅历世界等共同主题,则更是在文学史教学中经常触及的问题,没有比较文学的原则就很难把这些问题分析透彻。

作为文学史教学重要组成部分的文体发展过程,也离不开比较文学原则。如果从世界文学发展的观点来看,我们就会发现各国小说的发展似乎都有一些共同规律,例如,都与城市的发展有关;都伴随着采取比较自由的语言媒体的过程;都不是突然出现而具有坚固的叙事基础;都有一种趋向,即从描写客观事件到揭示人的内心世界,从着重叙述故事到着重刻画人物性格;等等。戏剧的发展则有所不同。东西方戏剧都起源于舞蹈和祭神;东方戏剧日益向抽象化发展,西方戏剧则愈来愈注重细节的真实。中国京剧完成了脸谱和象征动作的体系,斯坦尼斯拉夫斯基戏剧体系则以观众为第四堵墙,要求演员完全进入角色。布莱希特综合了东西方戏剧艺术,为戏剧开辟了新的阶段。他在1936年发表的《中国戏剧艺术中的间离感》中强调,演员要在自己、角色和观众之间造成一种"间离效果"。

他所提倡的开放式戏剧结构、演示性技巧、象征性动作、抽象化布景，以及讲究韵律与节奏、夸张的化妆与服饰、讲唱的结合与风格化的演出等，都十分明显地表现出中国传统戏剧的深刻影响。令人深思的是五四前后引入中国的西方戏剧形式——话剧，在 20 世纪 30 年代也达到了自己的高峰。以曹禺为代表的戏剧家们完成了西方戏剧在中国的移植而且日益趋向于斯坦尼斯拉夫斯基的完美形式。这种互相汲取、交叉影响形成了一个非常有趣的连环，我们在讲一国戏剧发展史时显然不应忽略世界戏剧发展的这一总的连环。

最后，我认为文学翻译的历史和交叉学科发展的历史虽然不一定放进大学文学史教学，但至少是与文学史密切相关的亟待发展的重要领域。在关于文学翻译的研究中，我们不但可以追溯外国作品进入本国的原因和过程，而且可以看到两种文化如何接近、抵触而融合。例如，研究林纾的翻译作品，我们可以了解中国传统知识分子对于西方文学取舍的标准，以及他们如何用中国文学的传统观念去理解西方文学，并在这个基础上研究两种文化相遇时的种种复杂现象。

在进行文学史教学时，很难离开文学与哲学、社会学、心理学等社会科学的关系，更离不开文学与其他艺术形式的交相阐发，如文学与电影技巧的关系，文学与绘画、雕塑、音乐的关系等。这些复杂交错的关系构成了文学发展的不同层面，并愈来愈相互影响，相互包容。这是比较文学学科的一个重要领域，我认为应逐步将这一领域引入文学史教学。

总之，我们愈来愈感到在中国文学史教学中必须把中国文学作为世界文学的一部分来进行分析，在比较研究中了解中国文学的特点，并从比较文学的原则出发，对传统的中国文学史教学进行新的开拓。

（1986 年 4 月译于加拿大汉密尔顿市）

比较文学与中国现代文学*

  比较文学对于促进中国现代文学的研究来说有着特殊重要的意义。

  首先，五四以来，中国现代文学的发展受到外国文学的很大影响，这是现代文学区别于古典文学的一个重要标志。五四新文学一方面是中国社会发展的产物，另一方面是外国思潮、外国文艺大量涌入的结果。我们现在一般界定的现代文学只有 30 年历史（这个界定有待于讨论）。30 年是短暂的，在文学发展史上，有很多 30 年因未出现足以名垂千古的伟大作家而不留痕迹于史册。但中国现代文学的 30 年是不可泯灭的，因为它是一个新的开始，而这个新的开始又是以外来思潮大量涌入为特点的。如果我们弄不清楚外来的文艺和思潮如何对中国文学起作用、如何产生影响、产生过哪些影响，我们就不可能真正总结好这一段文学历史。如果说魏晋时代外国佛教的传入是引起盛唐文化辉煌发展的一个重要因素，那么，广

---

 * 本文是作者在北京大学五四文学社举办的演讲会上演讲的第二部分，全文曾刊于北京大学出版社出版的《大学生》丛刊第二辑。——编者注

泛吸收外来文化的五四新文学会不会也是一个更加灿烂的文化高潮的序幕呢？事实上，20世纪20年代初叶在中国发生的东西文化的交流，其规模之大，影响之深，在世界文化史上也是少见的。这种现象吸引了许多学者，使过去只着重研究中国古代文化的国外"汉学"研究界，转而重视研究现代中国，特别是五四时期的中国知识分子和中国文学，近年来出版了不少这方面的专论和专著。

当然，应该说明，我们这里所讲的影响绝不是一方施加影响，另一方接受影响的消极过程。事实上，一切外来思潮或文艺进入中国社会，都曾按照中国社会的需要受到筛选和改造。例如，易卜生是对中国影响极大的作家之一，但五四以来的进步作家从不满足于照搬他的作品，而是在他提出的问题的基础上结合中国社会情况进行思考。当易卜生的剧作《玩偶之家》在中国极为盛行时，1923年鲁迅就曾提出"娜拉走后怎样"的问题，指出在未改造的社会，娜拉的出路只有两条：一是回来，另一是堕落。因此，首先的问题是要有经济权，但经济自主了，钱少的仍然要受制于钱多的，成为他们的"玩偶"，除非社会制度发生根本改革。1925年，鲁迅在小说《伤逝》中再次强调青年们如果只追求"我是我自己的，他们谁也没有干涉我的权利"，这样并不能真正得到幸福，走上新路，结果仍是回到旧的生活。以后，许多中国现代作家都提出了自己对易卜生所提出的问题的新的理解。例如，茅盾著名长篇小说《虹》的女主人公梅行素就曾谈到娜拉这样的人还不够解放，还不懂得怎样对付压迫自己的社会，而她的女友林丹夫人才是值得学习的。这位夫人善于发挥自己的"优势"，知道怎样对付社会，掌握主动，达到自己的目的。她第一次结婚是为了养活母亲和弟弟，第二次结婚是为了拯救娜拉，她是更崇高的。梅女士自己正是以她为榜样，为替父亲还债而结婚，然后靠自己的力量冲出丈夫的牢笼，按自己的意志行动。茅盾的短篇小说《创造》写的也是一个脱离家庭出走的年轻女性，她的丈夫不仅把她作为玩物，而且企图按照自己的兴趣爱好来塑造她的精神，但她有自己的见识和理想，终于远走高飞，她的出走和娜拉相比，是更有思想基础、更自觉也更有前途的。显然，易卜生的《玩偶之家》在中国的这些发展必然会影响到国外对易卜生的进一步研究，有些外国学者已经指出了这一点。还有一个有趣的例子，就是美国意象派诗歌大师埃兹拉·庞德和胡适的关系。庞德非常喜欢中国诗，特别是李白的诗。他认为中国诗歌对于美国诗坛的"激发"，"将如希腊文学之于欧洲文艺复兴一样"(《庞德文学论文集》)。胡适提出"八不"主义，显然受到庞德在《诗杂志》上发表的《几个不》的影响，这一点可从胡适1916年的日记中看出。[①] 庞德以中国旧诗兴美国新诗，胡适受庞德的影响创白话诗，却从形式上反对中国旧诗，这不是很有意思、很值得研究的现象吗？总之，不弄清楚外国思潮如何对五四新文学产生影响，我们就很难总结好这一段历史。

其次，我们必须通过和其他民族的比较才能站在更高的立足点上来了解自己文学的特色。所谓"不识庐山真面目，只缘身在此山中"，也就是苏格兰诗人彭斯所说的："啊！我多么希望有什么神明能赐我们一种才能，可使我们以别人的眼光来审察自我！"有比较才能有鉴别，旅居美国的夏志清教授所写的《中国现代小说史》固然有许多我们不能同意的观点，但我认为他有一个长处，就是经常从比较的角度来突出中国现代小说的特色。例如，他认为20世纪以来西方文学多半描写个人精神上的空虚，不是失望，便是厌倦；而中国现代小说虽也暴露黑暗和腐败，但他们对祖国

[①] 周策纵. 五四运动史. 剑桥：哈佛大学出版社，1960.

仍存一线希望，相信某种制度可以挽救垂危的中国。这样从与同时期世界文学的比较中来看中国现代小说的特点，当然要比孤立地"就事论事"来得深刻。我想，中国现代文学史中的许多问题通过比较都可以得到更好的阐明。例如，西方的文艺复兴造就了今天西方的现代人，把西方社会从宗教神学的中世纪蒙昧中解放出来。五四运动是中国现代化的开端，它所面临的不是宗教神学，而是千百年封建伦理道德观念所造成的蒙昧。五四前后鲁迅最著名、最有影响的论文是《我们现在怎样做父亲》和《我之节烈观》，这绝不是偶然的。比较研究欧洲文艺复兴和中国五四运动的异同，将有助于我们更好地了解自己文化的特色。另外，也只有通过比较，才能更有效地向国外介绍我们自己的成就。我们要国外读者欣赏我们的艺术，首先就要了解他们的兴趣爱好和欣赏习惯。例如，英国的十四行诗和中国的律诗都要求严整的格律，而又各不相同，如果通过与十四行诗的比较来介绍律诗，显然更容易为外国读者所接受。

最后，既然"各民族的精神产品成了公共的财产。民族的片面性和局限性日益成为不可能"，那么我们就始终生活在与其他民族精神生活的关联和影响之中，这就有一个如何正确接受和对待国外影响的问题。鲁迅早就指出我们对于外来的东西不是接受多了，而是"知道得太少，吸收得太少"（《〈奔流〉编校后记》），必须"一面尽量的输入，一面尽量的消化、吸收，可用的传下去了，渣滓就听它剩落在过去里"（《关于翻译的通信》），因为"没有拿来的，人不能自成为新人；没有拿来的，文艺不能自成为新文艺"（《拿来主义》）。我们应很好总结主动地、正确地积极"消化、吸收"的经验。在这方面 30 年现代文学的发展为我们提供了丰富的研究内容。例如，从五四时期开始，我们就可以看到对外来影响的三种不同态度。第一种是从社会实际需要出发积极消化、吸收、改造。举例来说，德国思想家尼采自 1904 年被王国维以具有"极强烈之意志而辅以极伟大之知力"的"旷世之文才"的评价介绍到中国以后，鲁迅所取于他的是"深思遐瞩，见近世文明之伪与偏"，是"纵忤时人不惧"；陈独秀所取于他的是，以他"重新估价一切"的精神作为反击忠孝节义旧道德的利器；郭沫若所取于他的是"欺神灭像"，反对偶像崇拜，抗拒一切藩篱个性的束缚，追求内心世界的自由独创。尼采的超人学说本意在论证极少数杰出人物统治绝大多数群众的合理性，茅盾却把它改造为激励弱者不甘灭亡、努力向上、反对苟活的精神力量。这样，形成于资本主义垄断时期的尼采思想就被改造为中国 20 世纪反帝反封建的武器之一。第二种态度是不考虑需要，全盘照搬，而且认为愈新愈好。例如，学衡派胡先骕写的《欧美新文学最近之趋势》、吴宓写的《论写实小说之流弊》就是如此。第三种态度也提倡改造，但却是以中国固有的封建思想对外来思潮进行改造。例如，梁启超周游列国后，写了一本书，叫作《欧游心影录》，这本书指出西方"一百年物质的进步，比三千年所得还加几倍"，但人类不得幸福，反得灾难，"兼并之烈，劳资之争"，使人们精神十分痛苦。因此，梁启超提倡以孔孟之道，即"东方的精神文明来医治西方的物质疲惫"。

以后，20 世纪 30 年代、40 年代，在如何"拿来"这个问题上也都有不同的内容、不同的方法、不同的经验教训。用比较文学研究方法总结各时期外来影响如何发生作用，对于今天我们如何贯彻"拿来主义"，从其他民族文学中汲取营养发展自己的文学事业也有着重大意义。

当然，和其他国家相比，我国比较文学的研究还不很发达，但从 30 年代傅东华翻译《比较文学史》（罗力耶作）、戴望舒翻译《比较文学论》（梵·第根作）以来，我国有关比较文学的专门论著也已超过 200 篇，近三年来这方面的文章更多。1980 年夏天，在成都召开的外国文学学会上，已有成立全国比较文学学会的倡议。我国第一个比较文学研究的群众性组织——北京大学比较文学研究会已于1981年春正式成立并积极开展活动。研究会决定出版《北京大学比较文学研究会通讯》，编著《国外文学》的比较文学专辑，包括当代比较文学名著翻译和我国比较文学新著的《北京大学比较文学研究丛书》也正在进行中。预计比较文学研究必将在我国出现新的繁荣。

（1981年1月）

中国现代文学研究在国外[*]

中国正在走向世界，世界也在走向中国。这就是我们现在的时代精神，这就是我们历史的高度。这和我们党中央提出的要面向世界、要进行改革等精神也是完全一致的。现在我向大家汇报我在国外了解到的一些中国现代文学研究状况。我想分三个问题汇报。第一个问题，国外目前把中国现代文学作为了解中国现代社会的一个重要手段，这是一种趋势，也可以说是一种学派。第二个问题，是对现代文学的比较研究。第三个问题，是用一些当前流行的新的文学分析方法来分析中国现代文学。我觉得美国有一个办法很好，你在上面讲，底下就提问题。这对我有很大帮助，我如果能回答，就讲一讲，不能回答，就回去想一想。我想，今天也可以留出一刻钟到 20 分钟来谈谈大家所想要知道的问题。

现在来讲第一个问题。有一部分外国学者把中国现代文学作为了解现代中国的重要渠道，这与当前世界上关于"历史"的新概念有关系。过去

---

* 本文是作者在中国现代文学研究会第三次年会上的演讲。——编者注

我们对"历史"的了解，便是关注一些重大的历史事件和历史人物，并从中总结出规律性的东西。现在很多人认为，历史就是各个不同阶段的人民的实际社会生活。他们很重视实际的人民生活状况，特别是过去很少知道的偏僻地方人民的实际生活。譬如，地方史的研究非常盛行，我在法国巴黎就碰到一个和我年纪差不多大的女学者，她告诉我她的博士论文是关于贵州的历史。我听了吓一跳，因为我就是贵州人，但从来不知道有谁研究贵州史。她出版的那本贵州史，用了很多教会的材料，神父、教士深入少数民族地区，做了许多细致的调查，了解风土人情，有关民俗学、人类学，搜集了丰富的材料。我还知道很多人在研究上海史，而且很细，研究上海的警察史。我在加州大学伯克利分校就知道有个教授研究上海警察史，我问他为什么专门研究警察史，他说他发现20世纪20年代建立了上海警察制度的头头，便是伯克利大学的毕业生，这位毕业生的毕业论文便是对伯克利警察制度的研究，回国后便把这一套带回去，建立了中国第一个比较严密的警察制度。可见，他们对历史研究得很细，大量研究地方历史、口头历史，重视把留在口头的实际生活记录下来。美国现在有人在研究张申府（他属于中国的第一批共产党员），对他进行大量的录音，写他的传记，写他和罗素的关系，认为他是罗素哲学的传人。人们对口头历史、地方历史、文献记录都很重视。目前在美国知识分子圈子中，市面上流行的黄色片、武侠片、功夫片、科幻片，都没有什么市场。很多人最爱看的是文献纪录片，比如中国城的日常生活，各个角落、不同地方的人是怎样生活的。由于对"历史"观念的很大改变，文学就起了很重要的作用，因为它的确能具体展示社会生活的某些层面。当然文学不等于完全真实的历史，甚至一定是不真实的，因为它是被创作出来的，但是作者对现实生活的歪曲或理解和加工本身，也是历史的一个组成部分，也是一种人民的历史。所以，现在很多人在研究中国现代文学展示出来的中国现代生活。有些大学开了"从中国现代文学看中国现代社会"等课程，就说明了这种趋势。另外，政治系、社会系或历史系的有些课程中也常以鲁迅、老舍的小说和茅盾的《蚀》与《子夜》为例。国外重视对中国现代文学的研究，不一定是认为这一时期产生了伟大的不朽作品和作家，他们重视的是这一时期是非常复杂的世界文化对一个悠久的伟大民族的文化产生影响的最好范例。一般认为，世界各民族的文化是不断地接近、不断地互相影响的，这与《共产党宣言》一书中所讲的也相一致。各民族的"精神产品"逐渐化成大家共有的财富，民族的片面性和局限性日益成为不可能，将要由许多种民族的和地方的文学形成一种世界文学。国外新马克思主义者很强调这一点。中国文化曾受到三次大的冲击，引起很大的浪潮，对中国文化历史发展起了很好的作用。第一次是印度文化的传入，在魏晋时期印度佛教的传入，实际上是盛唐文化的先声，促进了盛唐文化的发展。第二次是五四时期资产阶级科学民主思想的传入，对封建意识形态是一次很大的冲击。于是产生了中国的新文化、新文学。第三次大的冲击，是马克思主义在20世纪30年代普及到全中国，马克思主义也是外来文化，它是在30年代逐渐生根、开花、结果的。这三次大的文化冲击和交触，各自具有不同的特点。第一次印度文化传入时，中国是比较强大的，魏晋时期思想家很多，中国的思想体系是完整的，而且是丰富的。印度佛教的传入，首先要依附中国文化本身。我不大懂佛教，好像开始依靠的是道家的一些说法，然后逐渐地加以改变，为中国所吸收，对中国有用的就发展起来，无用的就被淘汰了，逐渐形成了我们中国的佛教。中国的佛教和印度的佛教是很不相同的，具有中国自己的特点。五四时期，科学民主思潮传入时，我们的准备很不够，中国处于较弱的地位。各帝国主义国家带着政治、军事、经济、文化的强大优势，一下子涌进中国，所以产生了很多特殊现象。很多人用茅盾的《虹》和《蚀》来说明中国当时在中外古今之间的挣扎，我是同意这个看法的。

西方的东西进入中国有一个消化、变形的过程，和原来的不一样了。比如，《虹》里的梅女士，她们演易卜生的《娜拉》，梅女士认为，娜拉不怎么样，真正有价值的是林丹夫人。因为她牺牲了自己，把"牺牲"看作一种用她自己占有的东西来换取她所要求的东西，所以她是很勇敢的。第一次结婚她是为了母亲和弟弟，第二次结婚是为了救娜拉。所以，她是一个勇敢的女性。而娜拉自己却是脆弱的。她要救她的丈夫，可是真要付诸行动时，她却不敢向前走了。可见，梅女士对娜拉有自己的理解，与易卜生的原意并不一定相符。

五四时期资产阶级文化的传入在中国造成了很大的混乱，与印度佛教传入时的情况是不一样的。我们可以看到选择、消化、吸收和变形的复杂过程。鲁迅《伤逝》中的子君就是出走以后的娜拉，中国社会决定了她是没有出路的。这已经有一个变形了。从茅盾的《创造》中也可以看到，一个文化人把一个未成熟的漂亮姑娘拿来改造成自己理想中的妻子，但是女主人在读了许多书后，成长起来走掉了，她找到了一条正确的出路，比改造她的人更高一等，这是又一种娜拉。从这些现象中可以看到世界各种文化到中国以后所呈现的各种不同的状况。一般认为五四时期的文化汇合在全世界的文化史上也是少见的。因为当时不仅有西方的文化，也有东方的文化，如印度的泰戈尔诗歌，还有大量日本的思潮等。这是一个很好的标本，用来说明全世界的文化怎样集中在一个地方，怎样结合在一起与一个古老的文化相撞击，被消化、被吸收。现在外国研究五四运动的书很多，其中很多书用现代文学作品作为例子来讲。

第三次浪潮——马克思主义的传入，也在现代文学中引起了很大的回响。事实上，20世纪30年代以来，苏联的文学、文艺政策对我们的影响始终没有被很好地清理过：哪些是马克思主义，哪些是"拉普"的极左思潮，都起了些什么好的、坏的作用，等等。当时还有不少作品（如蒋光慈的）写到马克思主义传入以后在中国引起的反响。法国著名作家、曾任文化部部长的马尔罗（Malraux），20世纪60年代曾访问过中国。他写了三本反映中国革命的小说，其中一本《人的命运》，写的是20年代北伐战争时期的中国，和蒋光慈的作品又像又不像，他以一个外国人的眼光来看中国的北伐战争和地下工作。把他们两人的作品进行比较分析，可以从不同角度看到马克思主义在中国的反响。另外，在20世纪40年代出现的一些小说（如路翎的《财主底儿女们》）中也可以看到，马克思主义对中国文化的冲击及其在知识分子中的反响。国外的社会学家、历史学家常常把中国现代文学作为一种社会史料来看待。例如，目前关于研究中国历史、近代史的最畅销的三本书是斯彭司（J. Spence*）所写的《姓王的女人》**、《康熙》和《天安门》，这些书都大量引用了文学作品中的材料，用来综合反映中国社会的生活。

　　第二个问题我要谈的是用比较的方法来研究中国现代文学。这种现象并不是偶然的。文学研究到了现在，各国家、各民族间的距离近了，让人感觉到世界越来越小。而文学研究本身也遇到了一些困难。比如莎士比亚，研究了这么多年就那么些书，想达到一个新的高度是很不容易的。就莎士比亚研究莎士比亚，很难提出新的看法。于是，很多人就找到了新的角度，把莎士比亚同中国的某些作家如汤显祖比较。伯克利大学东方语言文化系的系主任白之教授把莎士比亚《冬天的故事》和汤显祖的《牡丹亭》做比较，研究景色描写在这两个剧本中的运用方法有什么不同，各自都有什么特点，这些特点又代表了什么不同的社会环境和历史时代，得出新的有意义的结论。在现代文学的研究方面，比较方法的运用也是较多

---

* 今译史景迁。——编者注
** 今译《王氏之死》。——编者注

的。例如，1983年白之教授开了一门课，专讲在文学发展的过程中来考察作品，他强调任何作品的出现都不是偶然的，都有一个承前启后的作用，要把文学作品放到一定的文学发展过程里面来研究。比如，卓文君在《汉书》里只有简略的记载，在元曲里发展成一个故事，五四时期郭沫若写了《三个叛逆的女性》，着重写了卓文君。这样，就可以把这些作为一个系列来分析。可以看到，在不同的时代，不同的作者怎样为同一个题材增加了新的内容，怎样表达，怎样发展。再如，潘金莲的形象，在《水浒》《金瓶梅》和元剧中都出现过，欧阳予倩在1923年也写了一部五幕剧《潘金莲》，认为潘金莲是一个非常勇敢的女性。她非常漂亮，因不愿屈从于财主而受到报复，被迫嫁给一个丑陋的人，她当然不愿意，因而追求自己喜欢的人，这是完全应该的。但在中国封建社会里，她接触不到别的男人，只能看到一个武松，她对武松的爱是很纯洁的，最后武松把她杀了，临死前她还认为死在武松手里很高兴。为什么五四时期会发生这么大的变化呢？这和过去有什么联系？显然五四时期的文学并不是完全从外面来的，它有自己的继承性。这两个潘金莲和卓文君的系列就说明了这一点。这是外来的个性解放思想、叛逆的思想等在当时起了作用。于是，产生了郭沫若笔下的《卓文君》和欧阳予倩笔下的《潘金莲》。然后，白之教授又把中国的文学系列和欧洲的文学系列进行了比较。例如，欧洲浮士德的形象，最初是民间传说，后来歌德写过，还有很多其他作家都写过，这也构成一个系列，也有历史的发展。然后，把这些系列和中国文学的系列做比较，看它们之间有什么共同和不同的地方，并用它们来说明这两个民族、两个地区、两种文化的不同。

白之教授开的第二门课是中国现代文学中的农民形象，他从鲁迅《故乡》里的闰土讲起，讲到茅盾描写北伐战争时期湖南农民运动中老农形象的《泥泞》、吴组缃《樊家铺》里的农妇、茅盾《水藻行》中两种全然不同的农民,再讲到台湾作品《嫁妆一牛车》中有点像阿Q的老实农民,再联系到《小二黑结婚》中的小二黑和《李顺大造屋》中的李顺大。他把五四以来的农民形象连成一气,着重研究作者和农民的关系以及主人公和读者的关系。例如,从《泥泞》看,作者与农民的关系是同情的关系,农民低一等,是麻木的,作者是高一等,是清醒的。在《小二黑结婚》中,作者则在农民之下,小二黑形象高大,作者歌颂他,向他学习。《故乡》呢,作者和农民是平等的,都不知道将来前面的路是怎样的。墙与隔膜从何而来,用何方式来消灭,只有模糊的希望。作者也没有高高在上,也没有歌颂农民,所以这是平行的。白之教授把这些不同的关系画成曲线,以纵坐标表示不同年代,以横坐标表示作者与农民的关系,或上或下,这个曲线与中国革命的发展基本吻合。再把这个中国农民的系列与曲线和欧洲小说、俄国小说中的农民相比,得出一些很有意思的结论。这种比较研究,不只是孤立地拿作品与作品比,限于表面地谈谈哪些地方受到什么影响。这种总的体系的比较,便于找出不同文学体系的特点与时代特点,不觉表面与单调。当然还有许多不同方法的比较,例如分析同一种文艺思潮在不同国家的发展,如现实主义在中国、欧洲、拉丁美洲、非洲就是不一样的;欧洲的浪漫主义思潮传到中国也变了形;先锋派思潮,像水一样流过中国,但并未生根;自然主义在中国,已不是原来意思的自然主义,而已接近现实主义。王瑶先生出博士研究生题,出得非常好,要考生解释写实主义、现实主义、批判现实主义、革命现实主义、社会主义现实主义在中国文学史上出现的不同历史时期,以及它们所代表的不同思潮与观念。这个题目能考出一个人的水平。这五个主义联成一个系列,考察其源流,能说明文艺思潮在不同时期的不同发展。哈佛有一个博士研究生,研究象征主义如何通过李金髪在中国风行一时,后来如何戛然而止。另外,还有不少人不仅研究外国文学对中国文学的影响,也研究中国文学对外国文学的影响。这比较多的是指古代，如李白对现代派诗的创始人庞德就有很大影响，庞德也承认；还有山水诗、禅宗、王维、寒山诗的影响等，也都有人研究。还有一些文章研究东方文学的互相渗透和影响，例如巴金的《家》对马来西亚的华语文学的影响，以及在朝鲜的影响等。我在巴黎遇到一些汉学家，他们正在编写一本书，讲中国文学在亚洲文化形成中的作用。有一篇文章讲《剪灯新话》如何流传到朝鲜，许多朝鲜小说都在《剪灯新话》的影响下发展起来。这是一个新课题，研究东方文学本身的影响。新加坡等华侨地区都在研究中国文学的影响。最后，还有一些学者致力于中西文学相互影响的研究，例如，1982年我去德国，有个挪威的学者，研究易卜生《娜拉》对中国的影响，如在《伤逝》《创造》《虹》里都有《娜拉》的变形，而这些东西反过来对挪威的易卜生研究也有很大影响。过去我们总是用西方文艺理论概念来解释中国文学，现在反过来人们开始重视用中国理论概念来研究西方文学，这是新的趋势。譬如普林斯顿大学研究《红楼梦》，改变了过去认为结构很乱、是无结构论、是低级阶段的看法，认为中国长篇小说《红楼梦》是一种不同的"间织"结构的方法，用不同色彩和线索交织起来，然后用"间织"理论来研究西方现代作品，像福克纳、普鲁斯特的作品，也有新的启发；用神似、意境、韵味等中国文论概念来分析西方作品，也会得到新的结论。这种交流可以打破文学研究停滞的局面，可以互相得到启发。当然，大多数学者还是研究西方对中国的影响，因自五四以来这方面很突出。

　　第三个问题，关于国外如何用西方的文学分析方法来研究中国现代文学。目前在文学批评方面用得很多的是"叙述学"。20世纪60年代以来，结构主义已经不再像以前那样盛行，叙述学强调小说写得好不好，动不动人，有没有艺术水平，关键不在于故事，而在于如何叙述。艺术性的不同关键在于叙述的不同。为什么会不同？他们分析得很细。首先列一个公式：

　　作者→拟想作者→叙述者→作品中的人物→叙述对象→拟想读者→读者。

公式中第一是"作者"，是真实的作者，"拟想作者"只是作品中表现出来的作者。"叙述者"是正在向其叙述故事的人，如《故乡》中的"我"。"叙述对象"是"叙述者"所叙述的对象，然后是"拟想读者"，最后是真正的"读者"。如用吴组缃先生的《官官的补品》为例。作品中少爷吃人奶做补品。作者是完整的吴先生，"拟想作者"则是表现在这个作品中的一部分吴先生，"叙述者"是官官。"拟想作者"与叙述者官官对待农民的态度是完全不同的。叙述者官官认为农民不交租坐牢是应该的，剥削是完全合理的，而"拟想作者"通过官官的口吻，给读者的信息却恰好相反，然后是"拟想读者"得到了与叙述者官官的愿望完全不同的结论。叙述学提倡把一个作品拆散成最小的因素，这便是"命题"。"命题"有三部分，第一个是名词，第二个是属性（形容词），第三个是动词。如"一朵红花枯萎了"这是一个命题，"一个小姑娘把这朵红花摘下来"也是一个命题。叙述学相信只有一个命题又一个命题的比较分析，才可能发现艺术的魅力所在。他们认为《官官的补品》之所以好，之所以有"反讽"的意味，正是由于叙述者与拟想作者的观点完全相反，叙述者官官讲得愈是理直气壮，拟想作者传达给拟想读者的信息就愈是叙述者的蛮不讲理。再如台湾作家朱西宁的《破晓时分》，主要情节与《错斩崔宁》相似，叙述一个农村青年花了钱买得一个衙役的职务，头一天便遇到与错斩崔宁相类似的事。从《错斩崔宁》到《双熊梦》到《十五贯》都是一个封闭性的故事，最后都有一个结局，善有善报，恶有恶报。《破晓时分》整个故事大部分是通过小衙役的眼光来叙述的，结尾时这个小衙役很觉不安，感到这碗亏心饭没法吃。但究竟如何，并无结论，结局是开放性的。一个美国学者曾把《破晓时分》和《错斩崔宁》分解成许多命题，逐个加以对比，用来说明中国传统小说与现代小说在叙述方法上的不同。

另外，现象学的哲学思潮也在文学批评方面引起了相当强烈的反响。现象学提倡不只注意经验中的客体或经验中的主体，而要集中探讨物体与意识的交接点。现象学派的文学理论特别强调在探讨文学作品时，不但要顾及作品本身，而且要同样重视对作品的种种反应。所以，作品并不等于印好的书，因为书一定要通过读者的阅读和意识才能有生命，成为"作品"。对于不识字的人，书只是一堆纸。因此，小说必须能激发读者自己去建造一个"小说世界"，也就是说作品的意义不得不有赖于诠释活动才能存在。这就产生了所谓诠释学。诠释学在西方首先从解释《圣经》开始，就跟我们要注释六经一样。现在把诠释学运用到文学上来，比如分析肖军的《羊》。这个故事发生在监狱里，一个囚犯一面看着窗外的海，一面看着监狱。这里有很多不好解释的地方，比方说这个囚犯是什么人，他的待遇为何与别人不一样（他还有看报的自由）？为什么这个窗户一面向着海，一面向着囚牢，这有什么象征意义？为什么小说的题目叫《羊》？监狱里有个偷羊贼带来一只母羊，她在牢里生了小羊，没东西吃，小羊便死了，偷羊贼也被折磨死。后来有个小孩与囚犯说话，小孩又到苏联去了，这里有很多谜。诠释学的方法就是要找出所有悬念，由读者自己来解释各种问题。提倡诠释学的人认为，没有读者创造性的艺术活动，所有的文学都是没有价值的。再如，他们分析师陀的《一吻》，把它和鲁迅的《故乡》比较，因为它们的结构都是一个人经过许多沧桑变化又回到故乡，但效果不同，都有很多隐藏的东西难以解释。从现象学的角度来分析，看读者和作者在哪些地方能汇合。用这种方法来分析茅盾的《水藻行》也很有意思。《水藻行》的结尾是开放性的，作者并没有说明作品冲突的结局，那位强壮的农民可能是打官司，可能被抓，也可能造反，或许就照原样活下去，读者可以根据不同的分析得出自己的结论。总之，作品愈能最大限度地调动读者的想象力，就愈是好作品。

总之，西方现在的文学理论、文学批评方法，甚至历史概念，都变化得很快。30 年来，继新批评派之后，结构主义、叙述学都很强调与作者和读者绝缘的"本文分析"，但许多学者已经感到这种绝缘的分析不行，如诠释学，特别强调诠释的循环，读者要了解作者想讲些什么，必须回到作者的时空。想了解肖军的《羊》，必须了解肖军所处的时代和社会背景、条件。但读者在了解《羊》时必然带有自己的主观色彩，不可能完全客观。所以，必须回到读者本身的时空，才能了解作者的时空，这便是一个循环。从这里可以看到文艺理论的发展，又逐步回到社会生活，回到人与人的关系，回到作品与读者和作者的联系，不能孤立地只看一个小的结构。这是总的发展趋势。德国的法兰克福学派、新马克思主义，在英、法、美都有很大发展，特别在英国，特雷·伊格尔顿（Terry Eagleton）的《文艺批评》小册子（已有中译本）和 1983 年出版的《文学理论》[①]，试图把马克思主义文学理论推向前进，以解释几十年来新发生的各种文学现象，做出了很有意义的贡献。实际上马克思主义文学理论在最近 30 年来有了很大发展，很值得注意，至少应该认真研究。马克思主义本身也不是一个封闭性的体系，而是开放性的，要不断汲取人类新的历史经验，在解释各种新事物、新现象的过程中发展、更新、创造，使自身更加完美，这就是几年来我深深感觉到的。

（1984 年 10 月）

[①] 中译本题为《二十世纪西方文学理论》，由陕西师范大学出版社出版。

尼采与中国现代文学

一

20世纪初叶，由于一系列政治经济文化变动的原因，西方各种思潮大量涌入停滞落后的中国，其规模之大而纷乱，影响之深而复杂，在世界文化史上也是少见的。这一时期以中国为中心的东西方文化的相互影响和渗透，已成为近年来世界学者研究文化思想发展史的重点之一。自1954年美国哈佛大学出版社出版了费正清（John King Fairbank）的《中国对西方的回响》之后，从事这类研究的专论和专著日益增多。举其要者，如A.R.戴维斯的《中国进入世界文学》（1967），普鲁塞克的《中国文学革命过程中传统东方文学与现代西方文学的对立》（1964），波利叶·麦克杜戈的《西方文艺理论对现代中国的影响导论》（1971），等等。1974年在美国马萨诸塞州召开的"五四时期的中国现代文学"国际讨论会，又提出了多篇有关西方文学潮流、俄国文学和日本文学对中国现代文学影响的专论（见 1977 年哈佛大学出版社出版的会议论文集《五四时期的中国现代文学》）。可惜我们在这方面的研究开展得还很不够，即使有过一些研究，也往往或多或少受到形而上学的束缚，不能像真正的马克思主义者那样，破除一切政治、哲学乃至个人的偏见，正确地对待全部人类创造的精神财富。而马克思和列宁早已在这方面做出了很好的榜样。例如，当政治上无疑是反动的复辟主义者黑格尔被有些人看作"一条死狗"的时候，马克思却宣称："我公开承认我是这位大思想家的学生"[1]。列宁也曾指出："至于在反动分子（历史学家和哲学家）的学说中包含有关于政治事件更替的规律性和阶级斗争的深刻思想，这一点马克思总是明确地毫不含糊地指出的。"[2] 但是我们长期以来未能很好坚持这一思想。一些思想家、艺术家的客观成就往往由于政治上的原因而被一笔勾销；他们所曾产生的客观影响也被一概抹煞，甚至把好影响说成是坏影响，或者把这种影响归结为受影响者个人思想的弱点和错误，而不去分析产生这种影响的社会原因。尤其当同一个思想家或艺术家在某个历史阶段起过好的作用，在另一历史阶段又起着坏作用时，情况更是如此。这就妨碍我们全面认识历史的本来面目和对客观存在过的历史现象做出正确评价。本文想就德国思想家尼采与中国现代文学的关系，对这类问题做一些初步探讨。

尼采（1844—1900）的思想和著作主要形成于 19 世纪 70—80 年代，这是自由资本主义开始转变为垄断资本主义、巴黎公社革命运动虽遭失败却产生了重大影响、马克思主义正广泛胜利传播的时期。尼采一方面想要挽救资本主义的没落，另一方面力图抵制社会主义的发展，他的思想可被概括为"重新估价一切"、超人学说和权力意志论。他深刻地揭露了资本主义社会的虚伪和罪恶，鲜明地提出"上帝已经死了"，必须彻底粉碎过去的

---

[1] 马克思恩格斯选集：第 2 卷．北京：人民出版社，2012：94．
[2] 列宁全集：第 20 卷．北京：人民出版社，1958：197．

一切偶像和传统，重新估定价值。他的超人学说认为，由于社会的压迫和分工的琐细，人已经歪曲变形，支离破碎。因此，必须超越这样的凡人（包括超越自身内部的平庸），成为健康的、完整的、新的人类，即超人。而能达到这种境界的只是极少数天才，广大群众不过是他们役使的工具。因此，任何群众思想的觉悟和力量的发展都只能是超人成长的障碍和威胁。尼采还提出，最坚强、最高尚的生命意志不在于微不足道的生存挣扎，而在于战斗意志、权力意志。他认为，这种趋向权力的冲动是唯一的基本冲动，由此而产生的思想行为都合理而伟大。尼采最后死于疯狂，他的著作中到处都是缺乏逻辑论证，但却深邃而独特，能够使人信服的比喻和象征；还有许多潜意识的难解的表述，也不乏狂人的梦呓。他的学说丰富而纷乱，充满着复杂的矛盾，也包含着不少有价值的东西。早在30多年前，艾思奇就曾指出尼采的理想主义"曾是对于没落时代寄生的资产阶级的、庸俗腐化的物质主义的暴露"，尼采的极端个人主义也"曾是对于那假多数的名义来操纵社会生活的、资产阶级的虚伪民主的抗议"①。这些有价值的东西正是尼采在五四前后的中国产生很大影响的根据。

尼采最初是作为文学家被介绍到中国的。他在中国文艺界的影响远比在哲学界深广而早。1904年王国维最初介绍尼采时，首先强调了他的"以旷世之文才鼓吹其学说"，指出尼采学说的目的是要"破坏旧文化而创造新文化"，为"弛其负担"（指旧传统负担）而"图一切价值之颠覆"，并"肆其叛逆而不惮"，赞扬他"以极强烈之意志而辅以极伟大之知力"，"其高掌远跖于精神界，固秦皇、汉武之所北面，而成吉思汗、拿破仑之所望而却步者也"（《静庵文集·叔本华与尼采》）。稍后，鲁迅在他写于日本的几篇文章中多次称道尼采是"个人主义之至雄杰者"，是"思虑学术

---

① 艾思奇. 鲁迅先生早期对于哲学的贡献//延安鲁迅研究会. 鲁迅研究丛刊：第1辑. 延安：延安新华书店，1941：29.

志行"都"博大渊邃，勇猛坚贞，纵忤时人不惧"的"才士"。1915 年，陈独秀在《新青年》发刊词《敬告青年》的第一条中就引用了尼采关于奴隶道德和贵族道德的论述，以为反抗封建统治的武器，强调指出："忠孝节义，奴隶之道德也；轻刑薄赋，奴隶之幸福也；称颂功德，奴隶之文章也；拜爵赐第，奴隶之光荣也；丰碑高墓，奴隶之纪念物也。"因为这一切都是"是非荣辱，听命他人，不以自身为本位，则个人独立平等之人格，消灭无存，其一切善恶行为，势不能诉之自身意志而课以功过，谓之奴隶"。1917 年元旦，蔡元培在《政学会欢迎会之演说》中提到"迨至尼塞（德国之大文学家——原注），复发明强存弱亡之理……弱者恐不能保存亦积极进行，以与强者相抵抗，如此世界始能日趋进化"①。1918 年 2 月，陈独秀在《人生真义》中又再次强调，尼采主张"尊重个人的意志，发挥个人的天才，成功一个大艺术家，大事业家，叫做寻常人以上的'超人'，才算是人生目的；什么仁义道德，都是骗人的说话"②。显然，五四以前，尼采已相当广泛地为人所知，他作为一个大文学家被介绍到中国，他的思想的传播为五四反封建的民主革命的大潮做了积极准备。

五四运动后，尼采的作品在文艺界更加广泛地传播开来。就在五四游行示威发生的当月，傅斯年就在《新潮》杂志上号召，"我们须提着灯笼沿街寻超人，拿着棍子沿街打魔鬼"，赞扬尼采是一个"极端破坏偶像家"③。同年 9 月，田汉在《少年中国》上详细介绍了尼采早期的著作《悲剧之发生》，特别强调"人生越苦恼，所以我等越要有强固的意志"④ 去进行战斗。紧接着沈雁冰在《解放与改造》杂志上发表了尼采名著《查拉图斯特拉如是说》中最富于批判性的两章"新偶像"和"市场之蝇"的译

---

① 蔡元培. 政学会欢迎会之演说. 新青年，1917，2 (5).
② 陈独秀. 人生真义. 新青年，1918，4 (2).
③ 傅斯年. 随感录. 新潮，1919，1 (5).
④ 田汉. 说尼采的《悲剧之发生》. 少年中国，1919，1 (3).

稿，并在前言中盛赞"尼采是大文豪，他的笔是锋快的。骇人的话，常见的。就他的《查拉图斯特拉如是说》看，可称是文学中少有的书"①。1920年年初，他又写了全面介绍评论尼采思想的长篇专著《尼采的学说》，在《学生杂志》第七卷分四期连载。同年8月，《民铎》杂志也出版了尼采专号，全面介绍尼采，驳斥了尼采是欧战罪魁的说法。9月，《新潮》第二卷第五期发表了鲁迅翻译的《查拉图斯特拉如是说》序言②，并附有鲁迅对序言各节的解释，指出"尼采的文章既太好，本书又用箴言集成，外观上常见矛盾，所以不容易了解"。这一时期，鲁迅多处引用尼采的文章，或联系尼采的思想来分析问题，他所取于尼采的，与1907年前后相比，已有显著不同。这时，郭沫若对尼采也是醉心的。他曾因上海一家外国书店竟然没有尼采的《看哪！这人》，而大骂这家书店是"破纸篓"③！1923年，他翻译了《查拉图斯特拉如是说》第一部全部和第二部一部分，在《创造周报》分三十九期连载。"起初每礼拜译一篇，译得相当有趣"，后来因感到"反响寂寥"而中断，但是后来当他偶然到江苏吴县东南一个偏僻小镇去参加一个小学教师的婚礼时，新娘的第一句话却是："我喜欢尼采的《查拉图斯特拉如是说》，为什么不把它译完呢？"可见反响并非寂寥，所以郭沫若说："早晓得还有良才夫人那样表着同情的人，我真是不应该把那项工作中止了。"④

1925年以后，由于革命形势的蓬勃发展，广大工农群众和很多知识分子都已找到了适合中国社会的革命道路，纷纷投身于反帝反封建的革命洪流中，尼采的影响遂逐渐减弱以至消亡，正如郭沫若所说，"那时（1926

---

① 雁冰.新偶像·前言.解放与改造，1919，1 (6/7).
② 在此之前，鲁迅曾用文言文译过这篇序言的主要部分，见《察罗堵斯德罗如是说》译稿》第一册，现存北京图书馆.
③ 郭沫若.沫若文集：第7卷.北京：人民文学出版社，1958：399.
④ 同③261.

年），尼采老早离开我的意识中心了"①。这时，中国革命的道路和方向都已十分明朗，再停留于呼唤"我们需要动的力，狂呼的力，冲撞的力，攻击的力，反抗的力，杀的力"②，就再也不能像五四初期那样起到激励人心的作用了。因此，1925年至1926年以高长虹、向培良为核心的狂飙社，他们以"尼采声"为其"进军的鼓角"，"教人们准备着'超人'的出现"，并常"拟尼采样的彼此都不能解的格言式的文章"（鲁迅《〈中国新文学大系〉小说二集序》），反响却真是空虚而寂寥了。然而，他们所取于尼采的仍是扫荡一切旧的传统束缚，为争取做一个强者而打倒一切障碍，这使他们从本质上不同于在20世纪40年代初期鼓吹尼采思想的"战国策派"。最后，1930年，郁达夫在对旧势力的愤懑和因革命失败而产生的感伤颓丧之中翻译了尼采的情书七封，题名《超人的一面》，赞赏了尼采的"洁身自好""孤独倔强"（《断残集·超人的一面》）。在一片白色恐怖的氛围里，尼采仍以一个傲世独立的反抗者形象出现于读者面前。

但是，到了20世纪40年代，由于整个世界和中国政治形势的变化，尼采却以完全不同的面貌在中国产生了全然不同的作用。1940年前后，正值世界法西斯和国民党蒋介石反共反人民都极为猖狂之时，尼采学说也已被纳粹分子利用改造，以作为他们法西斯思想理论的基础。这时，在中国文坛上出现了所谓"战国策派"。他们奉尼采为当代"最前进的、最革命的、最富于理想的政治思想家"，他的著作是"生命力饱涨的象征"，是"生命的顶峰""创造的纯火"③。在他们主办的《战国策》半月刊和《战国》周刊上陆续发表了《尼采的思想》《尼采的政治思想》《论英雄崇拜》《再论英雄崇拜》《德国民族的性格和思想》《狂飙文学》《民族文学运动》《力》

---

① 郭沫若．沫若文集：第7卷．北京：人民文学出版社，1958：262．
② 向培良．水平线下．狂飙（不定期刊），1924（1）．
③ 林同济．序言：我看尼采//陈铨．从叔本华到尼采．上海：大东书局，1946．

《力人》，等等；此外，还出版了《从叔本华到尼采》《文学批评的新动向》《时代之波》等专著或专集，大力宣扬尼采思想，"尝试着运用尼采的这些思想来建立战国派的文艺理论"①，俨然掀起了一阵尼采热潮。尼采对他们来说，是只能顶礼膜拜的绝对偶像，也是维护反动统治、鼓吹战争、镇压群众的有力武器。

从以上简括的叙述，可以看到尼采对中国现代文学确实有一定影响，这种影响随时代和政治需要的不同而变化。辛亥革命前，人们从尼采那里找到的是具有伟大意志和智力的"才士"，希冀雄杰的个人可以拯救中国的危亡。五四前后，人们心目中的尼采是一个摧毁一切旧传统的光辉的偶像破坏者，他帮助人们向几千年来的封建统治发起挑战，激励弱者自强不息（虽然这并非尼采本意）。1927年后，由于革命形势的发展，进步思想界已经很少提到尼采。到了20世纪40年代，为适应国民党法西斯统治的政治需要，尼采思想又在国统区一部分知识分子中广为传播，这时对于尼采思想的介绍无论是目的、方法还是社会效果，都与五四时期截然不同。可见，一种外来思想能不能在本国产生影响，产生什么样的影响，其决定因素首先是这个国家内在的时代和政治的需要，全盘照搬或无条件移植都是不大可能的。下面将通过对几个文艺界代表人物与尼采关系的分析，进一步探讨这种影响发生和发展的具体情形。

二

鲁迅与尼采思想上的联系是显而易见的。把鲁迅贸然概括为"托尼学说，魏晋文章"，尊为"中国的尼采"固然不对，但无视这种联系，或把

---

① 欧阳凡海．什么是"战国"派的文艺．群众，1942（7）．

这种联系说成是出于鲁迅的错误或弱点或不幸，认为尼采对鲁迅只有消极或反动影响，甚至把鲁迅与尼采分明一致的地方也说成是对尼采的批判，这也并不符合历史事实。

早在1939年，唐弢就说："我想，鲁迅是由嵇康的愤世，尼采的超人，配合着进化论，进而至于阶级革命论的。"① 1946年，郭沫若在《鲁迅与王国维》一文中也曾提出"两位都曾醉心于尼采"，并强调："不可忽视地，两位都曾经历过一段浪漫主义的时期，王国维喜欢德国浪漫派的哲学和文艺，鲁迅也喜欢尼采，尼采根本就是一位浪漫派。"他们都曾正确地把鲁迅和尼采思想上的联系看作鲁迅思想发展某一阶段的重要特点。

尼采对鲁迅思想上的影响在五四前和五四后是不完全相同的。五四以前，中国先进的知识分子纷纷向西方寻求救国救民的真理，他们中间的先进人物不能不看到西方资本主义文明的日趋没落。正如列宁所指出的：中国战斗的民主主义思想体系，首先是与"使中国避免走资本主义道路即防止资本主义的愿望结合在一起的"②。鲁迅在日本留学时期，"尼采思想，乃至意志哲学，在日本学术界正磅礴着"③。尼采对于资本主义文明庸俗颓靡的批判和对于"创新"的执着追求，很快就吸引了鲁迅的注意。但是，当时的鲁迅并不是把尼采的思想作为一个完整的体系来研究和接受的，也不一定深入研究过尼采思想产生的时代背景和社会作用，他只是"为我所用"地择取尼采思想中引起自己共鸣、符合自己意愿的部分，按自己的理解加以应用。尼采的许多著作，特别是后期的《权力意志论》等，可以肯定鲁迅并没有完全看过。

鲁迅这一时期的社会政治思想集中表现在《文化偏至论》中。这篇文

---

① 唐弢.鲁迅的杂文.鲁迅风，1939（1）.
② 列宁选集：第2卷.北京：人民出版社，2012：292.
③ 郭沫若.鲁迅与王国维//沫若文集：第12卷.北京：人民文学出版社，1959：535.

章的主要内容就是指出吸取西方的物质文明是可以的,但如果把那些"已陈旧于殊方"的"迁流偏至之物","举而纳之中国","馨香顶礼",则非常危险。鲁迅认为,西方19世纪文明中"至伪至偏"的东西就是"物质"和"众数"。前者指的是"人惟客观之物质世界是趋,而主观之内面精神,乃舍置不之一省",不少人失去了心灵的光辉,为物质欲望所蒙蔽,因此"诈伪罪恶,蔑弗乘之而萌",以致"社会憔悴,进步以停";后者指的是"同是者是,独是者非,以多数临天下而暴独特者",无视个人的独创和个性,这样"夷隆实陷"(削高填平)的结果必然是"伧俗横行……全体以沦于凡庸"。鲁迅认为,19世纪末叶,西方思想界之所以发生了很大变动,就是因为当时的"大士哲人"要"矫十九世纪文明"的"通弊","于是浡焉兴作,会为大潮,以反动破坏充其精神,以获新生为其希望,专向旧有之文明而加之挞击扫荡焉"。在这些"大士哲人"中,鲁迅谈得最多的就是"深思遐瞩,见近世文明之伪与偏"的尼采。鲁迅在文章中引用了尼采名著《查拉图斯特拉如是说》中的话:"返而观夫今之世,文明之邦国矣,斑斓之社会矣。特其为社会也,无确固之崇信;众庶之于知识也,无作始之性质。邦国如是,奚能淹留?""无确固之崇信",就是只重物质而没有精神上的坚定信仰;"无作始之性质",就是不少人随波逐流,无独创精神。尼采的这段话正是鲁迅把19世纪文明通弊概括为"物质"和"众数"的由来。

如何来扫荡这些通弊呢?鲁迅提出的主张是,"掊物质而张灵明,任个人而排众数"(《坟·文化偏至论》)。"张灵明",就是强调发扬人们内在的主观精神和坚强的意志力,能够"勇猛奋斗","虽屡踣屡僵,终得现其理想"(《坟·文化偏至论》)。鲁迅回顾了这种主张发生发展的历史过程,最后归结为"尼佉、伊勃生诸人,皆据其所信,力抗时俗,示主观倾向之极致",而最高理想则在尼采所希求的"意力绝世,几近神明之超人"和易卜生所塑造的"多力善斗,即迕万众不慑之强者"(《坟·文化偏至论》)。"任个人",就是反对无视个人特点,提倡发扬个性和个人的独创精神。鲁迅追溯了19世纪以来个性主义发展的源流,从极端个人主义的斯蒂纳到叔本华、克尔凯郭尔、易卜生,最后仍是归结到尼采:"若夫尼佉,斯个人主义之至雄桀者矣!"(《坟·文化偏至论》)

由此可见,鲁迅"掊物质而张灵明,任个人而排众数"的思想,显然正是以尼采思想为其根据,同时又是以尼采思想为其归宿的。值得注意的是,鲁迅接受尼采思想是把它作为一种武器,意在挽救垂危的祖国。他所面临的问题首先是怎样使自己和同胞从帝国主义、封建主义的压迫下解脱出来;而尼采却是处于一个向垄断的帝国主义过渡的资本主义强国,他所面临的问题首先是怎样遏制日益兴起的群众革命运动。这就使鲁迅虽然接过尼采的口号,运用尼采的某些思想形式,但目的与内容都与尼采不同。例如,鲁迅提倡"尊个性",目的是突破当时"万喙同鸣,鸣又不揆诸心"的庸众纷扰的局面,要使人们各有独立思考的能力和自己的创见,做到"人各有己","人各有己,而群之大觉近矣"(《鲁迅全集补遗续编·破恶声论》)。他提倡"张精神",也是期望"古国胜民"具有百折不回之意志力,然后能在"狂风怒浪之间","以辟生路"。鲁迅认为真正能做到尊个性而张精神的人并不多,"而属望只一二士,立之为极,俾众瞻观"(《鲁迅全集补遗续编·破恶声论》)。但群众可以向他们学习,根本目的仍在"群之大觉"。鲁迅明确提出救国之道,"首在立人,人立而后凡事举;若其道术,乃必尊个性而张精神"(《坟·文化偏至论》)。只有"国人之自觉至,个性张","沙聚之邦"才能"由是转为人国"(《坟·文化偏至论》)。"人国既建,乃始雄厉无前,屹然独见于天下。"(《坟·文化偏至论》)这就是青年鲁迅的最高理想。可见,鲁迅虽然接受了尼采的超人学说,和尼采一样认为"惟超人出,世乃太平,尚不能然,则在英哲","与其抑英哲以就凡庸,曷若置众人而希英哲"（《坟·文化偏至论》），但鲁迅心目中的超人和英哲显然正是少数先觉者，他们的任务就在于广泛唤起群众的自觉和心声。这和尼采力图巩固极少数人对绝大多数人的统治的理想，显然有着本质的区别。然而，不可否认，鲁迅"尊个性而张精神"的思想确实来自19世纪末叶的新理想主义和唯意志论，尤其是来自尼采。且不论这些思想在彼时彼地影响如何，在此时此地对鲁迅本人来说确实产生了积极进步的影响，使他得以突破"竞言武事"的洋务派和专事制造商估立宪国会的改良派的扰攘，看到救国之根本在于唤起人民之自觉，而投身于改造国民思想的伟业。当马克思主义在中国广泛传播以前，鲁迅这样的思想和言行使他足以厕身于最先进的思想家的行列。

五四运动前后，曾经历了辛亥革命并受到十月革命鼓舞的鲁迅在思想上有了很大进展，他不曾斩断与尼采思想上的联系，但他所取于尼采的，已不同于前一阶段。

首先，配合着彻底反帝反封建的时代需要，鲁迅特别强调了尼采彻底破坏旧传统的反抗精神。他把尼采和易卜生、托尔斯泰一起称为"近来偶像破坏的大人物"（《热风·随感录四十六》），赞扬他们"不单是破坏，而且是扫除，是大呼猛进，将碍脚的旧轨道不论整条或碎片，一扫而空"（《坟·再论雷峰塔的倒掉》）。而"旧像愈摧破，人类便愈进步"（《热风·随感录四十六》）。

其次，鲁迅看到中国传统积习太深，即使小小改革也不免付出重大牺牲，"凡中国人说一句话，做一件事，倘与传来的积习有若干抵触"，便"免不了标新立异的罪名，不许说话；或者竟成了大逆不道，为天地所不容"，甚至"可以夷到九族"（《热风·随感录四十一》）。因此，他认为在中国立志做一个改革者、偶像破坏者，就必须像尼采那样不怕孤立，不仅"决不理会偶像保护者的嘲骂"，而且也"不理会偶像保护者的恭维"（《热风·随感录四十六》)。他特别引了尼采名著《查拉图斯特拉如是说》中"市场之蝇"的一段话警醒人们:"他们又拿着称赞,围住你嗡嗡的叫:他们的称赞是厚脸皮。他们要接近你的皮肤和你的血。"(《热风·随感录四十六》)(后来鲁迅在杂文《这个与那个》中又进一步发挥了这样的思想。)鲁迅热烈祝愿中国的青年们"都只是向上走,不必理会这冷笑和暗箭",要像尼采所说的海,"能容下你们的大侮蔑"(《热风·随感录四十一》)。鲁迅在《译了〈工人绥惠略夫〉之后》中说,绥惠略夫"确乎显出尼采式的强者的色彩来",这"强者的色彩"就是"用了力量和意志的全副,终身战争,就是用了炸弹和手枪,反抗而且沦灭"。鲁迅在《野草》中塑造的一些形象,如"有许多伤,流了许多血",明知前途并非野百合、野蔷薇,仍不顾饥渴困顿,"昂着头奋然走去"的"过客",在"无物之阵"中大步前行,只见"一式的点头、各种的旗帜、各样的外套","但他举起了投枪","终于在无物之阵中老衰寿终",他还举起了投枪的孤独的"这样的战士",都带着这种尼采式的强者的色彩,都是鲁迅认为在中国的特定条件下特别需要强韧的意志力这一思想的形象再现。

另外,鲁迅在这一时期对尼采采取了比前一时期更鲜明的批判态度。如果说1907年鲁迅所瞩望的还是"惟超人出,世乃太平",那么到了1919年,他已经感到尼采的超人"太觉渺茫"。但鲁迅绝非全面否定尼采的超人学说,他的着重点显然是"确信将来总有尤为高尚尤近圆满的人类出现"(《热风·随感录四十一》)。鲁迅所不同于尼采的是,认为不必等候那"炬火",而应该"能做事的做事,能发声的发声。有一分热,发一分光,就令萤火一般,也可以在黑暗里发一点光"(《热风·随感录四十一》)。鲁迅已经批判了自己在前一阶段所接受的尼采的"置众人而希英哲"的思想,认为最现实、最有希望的还是每一个人都能贡献自己即便是微薄的力量。如果说前一阶段,鲁迅与尼采在一致的思想下已存在着目的和内容的不同，那么在五四时期的社会条件下这种分歧有了新的发展，鲁迅进一步突破了尼采。但这并不是说鲁迅已经抛弃尼采，远非如此，他自己甚至把这种充分发挥个人能力和意志，有一分热，发一分光的思想也认为是尼采的思想延续。1930年，他曾在回顾自己和《语丝》的关系时说："我的'彷徨'并不用许多时，因为那时还有一点读过尼采的 Zarathustra 的余波，从我这里只要能挤出——虽然不过是挤出——文章来，就挤了去罢，从我这里只要能做出一点'炸药'来，就拿去做了罢。"（《三闲集·我和〈语丝〉的始终》）这里所说的"余波"，显然指的就是"能做事的做事，能发声的发声。有一分热，发一分光"的精神。不仅如此，在鲁迅这一时期的某些作品，特别是《野草》中，无论是意境、构思还是形象，往往都若隐若现地有着尼采的《查拉图斯特拉如是说》的影子。把两个人的作品做一些外在的比附是没有什么意义的，但是我们在读到鲁迅所塑造的那个"终于彷徨于明暗之间……将在不知道时候的时候独自远行"（《野草·影的告别》）的"影"的形象时，尼采笔下的另一个"细瘦、黧黑、空廓、凋敝"，有过"很坏的白天"，要"注意更坏的夜晚"的"影"（《查拉图斯特拉如是说·第六十九·影子》），就会浮现在我们眼前；我们在读到鲁迅说的"难道连身外的青春也都逝去，世上的青年也多衰老了么？……然而青年们很平安"（《野草·希望》）时，又不由得想起了尼采说的"那些青年的心都已经苍老了，甚至没有老，只是倦怠平庸懦弱"（《查拉图斯特拉如是说·第五十二·叛教者》）。尽管这些作品的内容和思想都不尽相同，但这种艺术表现上的微妙联系确是真实可感的。

鲁迅和尼采的彻底决裂是在20世纪30年代以后。1929年，在《致〈近代美术史潮论〉的读者诸君》中，他还把尼采和歌德、马克思并提，称他们为伟大人物。1930年，在《"硬译"与"文学的阶级性"》一文中，他又因尼采的著作只有半部中文译本而深感遗憾。但是到1934年，鲁迅写《拿来主义》时，他对尼采的态度就有了非常明显的改变。他说："尼采就自诩过他是太阳，光照无穷，只是给予，不想取得。然而尼采究竟不是太阳，他发了疯。"与五四时期相比，这段话所表现的对尼采的思想感情和立场态度显然都有了很大的不同。第二年，在《〈中国新文学大系〉小说二集序》中，鲁迅又进一步分析了这个问题，指出尼采的超人哲学只有两条出路：一条是发狂和死，另一条是"收缩而为虚无主义者……成为沙宁之徒，只好以一无所信为名，无所不为为实了"。鲁迅在这篇文章中不仅批判了尼采的思想，同时也批判了那种"彼此都不能解"的"格言式"的文章。这表明了鲁迅和尼采思想上的决裂。但这并不排斥鲁迅有时也采用尼采的某些思想形式来说明问题。例如，1933年在《由聋而哑》中，鲁迅就运用尼采的"末人"这个概念来说明"用秕谷来养青年，是决不会壮大的，将来的成就且要更渺小，那模样可看尼采所描写的'末人'"。他大声疾呼，指责反动派正是"要掩住青年的耳朵，使之由聋而哑，枯涸渺小，成为'末人'"。

　　由此可见，早期鲁迅曾以尼采的新理想主义（新神思宗）和唯意志论（意力说）为理想，但他的目的在于使中国避免资本主义的缺陷，改造国民精神，提倡奋发自强以挽救祖国。五四时期，他把尼采"重新估定一切价值"的学说作为彻底反帝反封建的一种武器，以尼采"超人"的精神鼓励人们为改革旧弊，要不理嘲骂，不听恭维，不怕孤立。从20世纪30年代开始，鲁迅批判了尼采的脱离现实、脱离人民，但仍然肯定尼采对资本主义社会现象某些精到而深邃的观察。鲁迅早就指出尼采学说本身充满着矛盾①，鲁迅正是把尼采学说中某些有用部分加以吸收改造来充实和阐明自己的观点的。从当时的历史环境和鲁迅思想发展本身的规律来看，尼采

---

① 尼采. 察拉图斯忒拉的序言. 唐俟，译. 新潮，1920，2 (5).

对鲁迅思想影响的主要方面应该说是积极的。

三

茅盾和郭沫若接触尼采比鲁迅晚一些。

1917年，茅盾在他的第一篇论文《学生与社会》中以尼采思想为武器反对旧道德、提倡新道德时，还只有21岁。他比较系统地研究过尼采的著作，也参阅了不少评价尼采的书。他对尼采的看法比较全面，批判态度也更加鲜明。他的长篇专论《尼采的学说》[①]，可以说代表了当时中国研究尼采的最高水平。全文分"引言""尼采传略及其著作""尼采的道德论（上、下）""进化论者的尼采""社会学者的尼采""结论"共六部分。茅盾评论尼采的出发点首先是批判的，在"引言"中他就指出尼采的学说常常自相矛盾，而且他"是难得有机会住在平民队里的，平民的能力和情形，他全然不明白，他只是一个人在屋子里想"，又加以"他是文豪，文字是极动人"的，因此，"我们读尼采的著作，应该处处留心，时常用批评的眼光去看他，切不可被他犀利骇人的文字所动"，对于他的学说，"只要挑些合用的来用，把不合用的丢了，甚至忘却也不妨"。因为"前人学说有缺点，自是意中事，不算前人不体面。后人倘不能把他的缺点寻出，把他的优点显出，或者更发扬之，那才是后人的不体面呢"。茅盾正是本着这样的精神来研究尼采的。

茅盾认为"尼采最大的也就是最好的见识"是，"把哲学上一切学说，社会上一切信条，一切人生观、道德观，从新称量过，从新把它们的价值估定……扫荡一切古来传习的信条，把向来所认为绝对真理的，根本摇

[①] 雁冰．尼采的学说．学生，1920，7（1-4）．

动"。这显然是和五四彻底反帝反封建的时代精神相吻合的。茅盾认为，这一点可以"借来做摧毁历史传说的、畸形的、桎梏的旧道德的利器，从新估定价值，创造一种新道德出来"。他认为尼采指出强者、主者的道德观念和弱者、奴者之间的道德观念的根本对立，看到"狮子认以为'善'的，羚羊便以为'恶'"，"这种观察多少厉害……多少有力！"但他随即指出，尼采"对于道德的批评是很不错的，他下在道德趋势的断语却错了"。这个"道德趋势"就是强者道德崇高伟大，理应压服弱者。茅盾得出的结论恰恰相反，他认为中国长久以来，"君主以压力施于上，强人民以服从"，强使人民"不识不知，顺帝之则"①，造成了千百年来的奴隶道德，目前的急务就是要彻底摧毁这种旧道德，让人民觉醒起来创造新道德，成为强者。

茅盾和鲁迅一样，是从"人总是要跨过前人"这个意义上接受尼采的超人理想的。他认为"超人哲学就大体看去，不去讨论细节是不错的"。因为"他所称的超人是进步的人——超人和现在人比，犹之现在人和猿比……从前达尔文说'人是由动物进化来的'，现在尼采也说'将来的人也要从现代人进化而去'"。从这个立足点出发，茅盾所取于尼采的超人哲学的，首先是它横扫社会上种种颓象暮气，积极造就高瞻远瞩、英勇善战的新型的人。茅盾强调尼采时代的"精神病象"："一般人只知苟安醉梦，人渐渐要变成一种极驯的家畜了。"他痛心于当时一般民众"苟且偷活"，对"苛政暴刑"辗转趋避而不能崛起抗暴，深感"民族气质的衰颓已到极点"，期望尼采的超人学说将有助于改造颓靡的国民性。茅盾指出尼采所称扬的"战"，"不是甲国侵略乙国的战，不是军国主义国家主义的战，他是指勇敢有为的气象和昏沉黑暗的势力战"。因此，他赞赏尼采"不应该

---

① 雁冰. 学生与社会. 学生, 1917, 4 (12).

屈膝在环境之前,改变自己的物质构造去适应环境,以求生存"的说法。他认为如尼采所说,"人类现在所有的四周的条件都是不对的,如果只讲'适者生存',那么,寄生虫的社会里,一定是最肥的、最圆滑的、最柔弱的是最适宜的,最能生存。人类的生活倘然也依了这个例,便是瞎了眼的挣扎",人类要进步,要"达到超人","只有一个法子,那就是把这些条件的全体来变更了"。这与五四时期彻底推翻旧社会、建立新社会的精神是完全一致的。但是,对于尼采所谓"庸愚多,贤智少,若欲平等,便是退化","应得有贤智阶级在上为治者,庸愚者为被治者"的社会观,茅盾始终持明确的批判态度。他指出,"人类固是求进步,但进步不一定从竞争——强吞弱——得来",以为"强者求到超人,须得牺牲弱者,这便是大错特错了"。因此,对于尼采的超人说,茅盾的结论是:"倘若细论他的节目,便见得尼采是崇拜强权,惨酷无人道。"作为弱国一员的有识见者,是绝不可能赞同任何社会达尔文主义的观点的。

茅盾对于尼采权力意志说的理解也是别有天地的。他认为尼采说"人类生活中最强的意志是'向权力',不是求生",这"实在有些意思",因为"唯其人类是有这'向权力的意志',所以不愿做奴隶来苟活,要不怕强权去奋斗。要求解放、要求自决,都是从这里发出;倘然只是求生,则猪和狗的生活一样也是求生的生活"。如果说20世纪30年代的法西斯学者把尼采的权力意志论概括为"我愿成为其他民族的主宰者",强调有权力者对于较低级的人们,"亦像我们对待蚊虫一样,击毙它,并无任何良心的悲悯"[①],那么20世纪20年代初茅盾对权力意志论的理解却完全相反,他是把权力意志当作被压迫民族和人民反强权、求解放、求自决的意志来理解与运用的。他同时批判了尼采"不可不把大多数平凡的人民来打

---

① 斯皮迪曼(Spetman). 尼采的主宰观.

底"，以造就那金字塔尖上最高的一块石头，"人类命运中最悲观的事莫过于不能把地上的权力同时给予第一人"一类思想，指出"在现在德谟克拉西的呼声中这种话当然是不能存在的了"。

五四时期，青年茅盾一贯强调"不把古人当偶像"，不把古人的话"当'天经地义'，能怀疑，能批评"，才能在这个基础上创造新的东西。他的《尼采的学说》正是实现他这一主张的完整范例。由于这种鲜明的批判态度，尼采对于茅盾的影响也是积极有益的。

郭沫若对于尼采也很有研究并相当称赏。

早在1919年郭沫若就在他的名著《匪徒颂》中，把尼采称为"倡导超人哲学的疯癫，欺神灭像"的"学说革命的匪徒"，为他山呼万岁。1923年他译《查拉图斯特拉如是说》时，曾企图对尼采的思想做一个有系统的概括，并声称："我译尼采就是我对于他的一种解释。"他称这部名著为"只为杰出伟大高迈之士而说"的"心血和雅言的著作"，准备译完后再来总结自己"在尼采思想中跋涉的经历"①。同时他对尼采又是批判的，他指出必须"要有批评的眼光，于可能的限度之内否定原作，然后原书的生命才能成为自己的生命，作者的心血才能成为自己的心血，一切都要凭自力，不可依赖他人"②。

郭沫若除了把尼采的思想特点归结为"反抗有神论的宗教思想""反抗藩篱个性的既成道德""以个人为本位而力求积极的发展"，号召像尼采那样"秉着个动的进取的同时是超然物外的坚决精神，一直向真理猛进"③ 外，更强调发扬尼采所提倡的内心的创造精神，这一点他和田汉是完全一致的。田汉早在《说尼采的〈悲剧之发生〉》中就指出，"人生越

---

① 郭沫若. 雅言与自力//沫若文集：第10卷. 北京：人民文学出版社，1959：73.
② 同①74.
③ 郭沫若. 论中德文化书. 创造周报，1923 (5). 与《沫若文集》第10卷所载有出入。

苦恼，所以我等越要有强固的意志"，只有在与"生之苦恼"顽强战斗的过程中，才能充分发挥人类内在的"美与力"，这便是创造。《创造》季刊第二卷第一期扉页以大号字排印着尼采的话："兄弟，请偕你的爱情和你的创造走向孤独罢，公道要隔些时才能跛行而随你。"（《查拉图斯特拉如是说·创造者之路》）这正符合初期创造社反抗旧传统、蔑视旧束缚、只追求内心思想的独创表现的精神。郭沫若在《创造周报》第一期翻译的尼采的《查拉图斯特拉如是说》第一章"三种的变形"中讲到人类多少年来不得不被"汝当"所压制，这种"你应当如何如何"的重负使人的精神成了骆驼，排除了出自个人内心要求的"我要"的位置。要改变这种情况，首先要把创造新价值的权力拿在手中。要夺取这种权力，就不得不变为精神的"狮子"。但勇猛的狮子并不是创造本身，为了创造，狮子还要变为小儿，因为"小儿是无嫌猜，是无怀，是新的肇始，是游戏，是自转的车轮，是最初的运动，是一个神圣的肯定。是的，兄弟们哟，对于创造的游戏，一个神圣的肯定是必要的，于是精神得自主其意志……"① 五四时期的郭沫若对于这种不受约束、纯属内在心灵、无目的的创造性的"我要"是很推崇的。这种推崇在他本时期的文艺论著中经常可见。例如，在《中国文化之传统精神》中谈到如何做人时，他说："我们要不怀什么目的去做一切的事！人类的精神为种种的目的所搅乱了。人世苦由这种种的'为'（读去声）而发生。我们要无所为（去声）而为一切！我们要如赤子，为活动本身而活动！"② 这里，我们可以清楚地看到尼采"汝当"和"我要"的思想形式在郭沫若思想中所显示的轨迹。当然，由于时代和社会的不同，郭沫若的内心要求和创造精神与尼采有着很不相同的内容，那不是气焰逼人的为控制"群氓"、征服世界而高扬的心声，却是被压迫民族被压

---

① 尼采. 查拉图司屈拉之狮子吼. 郭沫若，译. 创造周报，1923 (1).
② 郭沫若. 中国文化之传统精神. 创造周报，1923 (2).

迫人民力图自强、为生存而奋战的呼唤。

总之,尼采在五四时期对中国文艺界确实有着不可磨灭的影响。所以产生这种影响,从外在的原因来说,固然是由于尼采思想在全世界,特别是在日本的广泛流行,但更重要的是内在的原因,那就是:首先,尼采彻底否定一切旧传统,重新估定一切价值的思想与中国彻底反帝反封建的历史要求正相吻合。其次,正如郁达夫所分析的:"尼采诸先觉为欲救精神的失坠,物欲的蔽人,无不在振臂狂呼,痛说西洋各国的皮相文明的可鄙。"①这又和中国有识之士反对帝国主义、力图使中国避免资本主义道路弊害的愿望结合在一起。最后,五四新文学本萌发于唤起人民自觉、改造国民精神以挽救民族危亡的历史要求,尼采提出的强烈的意志力,真实而奔放的创造性,顽强不屈的奋斗精神,如果先撇开其目的动机不谈,那么,对于改造半殖民地半封建社会颓靡、虚伪、妥协、因袭的风气,这确实是一股有效的推进力。因此,尼采这一时期在中国影响的广泛绝不是偶然的,这种影响的历史作用也是积极的而不是相反。这一点不容抹煞,也无须回避。当然,随着中国革命的深入,革命的方向和道路日益明确,人们对于尼采的热情也就渐趋冷淡。郭沫若说得好:"《查拉图斯特拉如是说》结果没有译下去,我事实上是拒绝了它。中国革命运动逐步高涨,把我向上看的眼睛拉到向下看,使我和尼采发生了很大的距离,鲁迅曾译此书的序言而没有译出全书,恐怕也出于同一理由。"② 这段话正确地概括了当时的实际情形。

四

20世纪40年代初期,当尼采学说被法西斯理论家加以修改发展,成

---

① 郁达夫.静的文艺作品//闲书.上海:上海良友图书印刷公司,1936:137.
② 郭沫若.《雅言与自力》附记(1958年)//沫若文集:第10卷.北京:人民文学出版社,1959:75.

为法西斯理论的重要组成部分时,中国也相应昙花一现地出现了一阵"尼采热"。当时,国民党奉行消极抗日、积极反共的政策,逐步法西斯化;而共产党所领导的敌后斗争正如火如荼。一些反对共产党、支持国民党的右翼知识分子急于建立一套有利于国民党统治的思想理论体系,以便和正在广泛传播的马克思主义相抗衡,尼采学说中最危险、最反动的部分就成了他们的依据。

1940年,陈铨、林同济、雷海宗等人创办了《战国策》半月刊,1941年又在重庆《大公报》开辟《战国》周刊。他们多方面宣传尼采,把他的学说运用到政治、社会、道德、文艺等各方面,其中积极致力于以尼采思想为指导,企图在国统区掀起一股文艺新潮的,是陈铨。

陈铨的专著《从叔本华到尼采》被称为"中国唯一阐明意志哲学的书籍"[1]。这本书不仅介绍了尼采思想的发展过程,而且讨论了"尼采的政治思想""尼采的道德观念""尼采的无神论""尼采心目中的女性"等专题。他的第二部专著《文学批评的新动向》,则力图用尼采思想来解决文艺问题,全书以德国狂飙运动为"导邦的借镜",以意志哲学为"伟大的将来",分析了"民族运动与文学运动""盛世文学与末世文学""中国文学对于世界的贡献""叔本华与红楼梦""尼采与红楼梦"等重要问题,最后得出结论:"人类的自我已经发现了,世界已经转变了;天才、意志、力量是一切问题的中心……我们再不要任何'外在'的规律来束缚我们自己,我们要根据'内在'的活动,去打开宇宙人生的新局面。"[2] 这就是战国派心目中文学的新动向。欧阳凡海早就指出"尼采是战国派的真正堡垒",陈铨等人是"尝试着运用尼采的思想来建立战国派的文艺理

---

[1] 陈铨.从叔本华到尼采.上海:大东书局,1946:内容述要.
[2] 陈铨.文学批评的新动向.南京:正中书局,1943:16.

论"① 的。这完全符合当时的实际情形。

但是,由于时代和社会条件的不同,这一时期尼采在中国的影响以及人们谈论尼采的着重点与五四时期也大不相同了。

第一,五四时期的批判精神已荡然无存,陈铨等人对尼采充满了绝对的英雄崇拜。他们认为是否崇信尼采本身就是"作奴隶还是作主人""作猴子还是作人类"的分水岭,"因为尼采的著作根本不是替奴隶、猴子写的"②。他们宣扬像尼采这样的英雄"伟大神秘,不可想象,不可意料,无论在什么时候,无论在什么地方,无论在什么表现,我们都发现他们与平常人不同,他们好像有一种不可思议的魔力",而"英雄就是伟大的力量的结晶,没有他们,宇宙万物也许就停止了"③。把这和茅盾当年说的"我们读尼采的著作,应该处处留心,时常用批评的眼光去看他""要评评尼采学说,果然有优点呀,在何处? 果然有缺点呀又在何处?"④ 相比,态度是多么不同!

第二,如前所述,五四时期鲁迅、茅盾等人介绍尼采,与他们改造国民性的思想密切相关,他们希望尼采的学说能起振奋民心的作用,激励老大羸弱的中华民族的战斗精神,使之猛醒而奋发,以自立于世界民族之林。与此相反,20世纪40年代陈铨等人介绍尼采,目的却在于巩固极少数所谓"英雄"对于广大人民的统治,始终致力于证实这种统治的"合理性",宣扬"弱者"活该灭亡、群众理应受治的思想。由于这种目的的不同,他们对于尼采的理解和阐述都是不同的。就拿尼采的超人学说来做一个例子。鲁迅认为超人学说的核心就是:人是可以而且应该被超越的,将来的人应该比现在的人更完善;人应该是现世的,肉体与灵魂相统一以发

---

① 欧阳凡海. 什么是"战国"派的文艺. 群众, 1942 (7).
② 陈铨. 文学批评的新动向. 南京: 正中书局, 1943: 148.
③ 陈铨. 论英雄崇拜//林同济, 陈铨. 时代之波. 上海: 大东书局, 1946.
④ 雁冰. 尼采的学说. 学生, 1920, 7 (1-4).

挥生命的极致；应该无视恶势力之干扰而傲然前行；人的生命与其漫长而平庸，毋宁短暂而辉煌。① 这与尼采在《查拉图斯特拉如是说》序言第三节中以"喂，我教你们超人"为标志提出的超人学说的四个方面相一致。在这段文章中，尼采说："喂，我教你们超人，人是一种东西，该被超越的"；"喂，我教你们超人，超人是地的意义"；"喂，我教你们超人，这便是海，在他这里能容下你们的大侮蔑"；"喂，我教你们超人，这便是闪电，这便是风狂"。应该说鲁迅的理解比较符合尼采的原意。20世纪40年代的陈铨却对超人学说做了不同的解释，他也明确地提出了四点：(一)"超人就是理想人物，就是天才……没有天才，人类一切的活动，就会陷于停滞状态"；(二)"超人就是人类的领袖……猴子在人类眼光中是笑柄，普通人类在超人眼光中也是笑柄。人类不能让猴子来领导，同样超人也不能让普通人类来领导……假如让群众来处理一切，等于我们回复到禽兽的状态"；(三)"超人就是社会的改革家……社会上一切的事物价值，一般的群众决没有智识勇气，来推倒反抗，只有先知先觉才能够发现他们的缺点，从事改革，假如没有他们，社会上就要死气沉沉，我们不能再有'人生'，我们只有'人死'"；(四)"超人就是勇敢的战士……战争是无情的，然而战争的好处就在无情，因为它淘汰弱者，使强者生存"②。显然，如果说鲁迅是把"超人"理解为"尤为高尚，尤近圆满的人类"的未来理想，理解为大家都要朝这个方向努力的人类进化的新阶段，那么，陈铨却把"超人"理解为已经存在的高踞于万民之上、天生统治一切、与群众对立的天才、领袖、英雄；如果说鲁迅介绍尼采始终着眼于"群之大觉"，希望鼓舞弱国人民自强不息，那么，陈铨鼓吹的却是弱者理应被淘汰："强者应征服弱者，智者应支配愚者，对于弱者愚者我们不应当有任何的

---

① 尼采. 察拉图斯忒拉的序言. 唐俟，译. 新潮，1920，2(5).
② 陈铨. 文学批评的新方向. 南京：正中书局，1943：145-147.

同情，因为他们根本不应该生存在世界，他们在世界占的地盘，应当让更优秀的人类来代替他们……假如我们立下一种制度，使弱者愚者得着充分的发展，那么世界的文化，一定会停滞、腐化、不可救药。"① 当然，由于尼采的超人学说本身就包含着矛盾，表达方式又极隐晦曲折，正如鲁迅所说，"用箴言集成，外观上常见矛盾"②，因此对超人学说历来就有不同的解释。但是我们可以清楚地看到陈铨的解释是与德国纳粹学者斯皮迪曼（《尼采的主宰观》）、果尔纳弗尔（《尼采——时代的先觉》）、阿屠尔·拉切（《尼采与德国的发展》）等人的解释相一致的，他们在提倡一个"主宰者阶层主宰一切"、仇视群众、颂扬战争、屠杀弱小民族等方面都相一致。陈铨所理解的超人与鲁迅所理解的超人有着本质的不同。茅盾当年所曾极力批判的"贤智者充分发展成为超人，庸愚者应得极力淘汰免得玷污社会的庄严"的"强词夺理已极"的信条，也已被陈铨等人奉为最高理想。

第三，五四时期，尼采曾以其对旧传统的反抗以及对坚强意志和创造精神的追求，对中国新文学的形成产生了良好的影响，到了20世纪40年代，陈铨等人却企图以尼采思想为基础，在腐朽的国民党统治区掀起一个以天才、意志、力量为中心的，所谓"盛世的""伟大的新文学运动"，以与五四以来的进步文学传统相抗衡。他们所提倡的文艺理论的哲学基础，如陈铨所说，就是"内心决定外物"的"自我哲学"，而尼采的超人哲学的完成恰恰使得这种"自我哲学"的思想潮流达到"登峰造极"③。从这个基础出发，"近代文学批评的新动向，就是对于天才加一种解放"，"天才可以随时创造规律，规律绝对不能束缚他们"，"我们再不要任何'外在'的规律来束缚我们自己，我们要根据'内在'的活动，去打开宇宙人

---

① 陈铨. 从叔本华到尼采. 上海：大东书局，1946：117-124.
② 尼采. 察拉图斯忒拉的序言. 唐俟，译. 新潮，1920，2 (5).
③ 陈铨. 文学批评的新方向. 南京：正中书局，1943：14.

生的新局面"①。这种"内在的活动"有时被称为"心灵的创造",有时被称为"内在的生命力"。"天才"的表现实际上就是这种力量的表现,因此,"世界第一流的文学就是能够提高鼓舞生命力的文学"。按照他们的解释,这种文学包括三个创作母题,那就是:恐怖、狂欢、虔恪。首先是"对这无穷的时空,生命看出了自家最后的脆弱,看出了那终究不可幸逃的气运——死、亡、毁灭,恐怖是生命看到了自家最险暗的深渊:它可以撼动六根,可以迫着灵魂发抖"②。这就是生命的恐怖的主题。恐怖,而后能渴慕,能追求,能创造,能征服:"你征服了宇宙……你之外再无存亡……你是一个热腾腾,你是一个混乱的创造……狂欢!狂欢!它是时空的恐怖中奋斗夺得来的自由乱创造。"③ 这就是生命的狂欢的主题。经历了恐怖和狂欢就会对超乎"自我"与"时空"之上的那个神秘不可知的"伟大、崇高、圣洁、至善、万能"的"绝对体""严肃屏息崇拜"④,这就是生命的虔恪的主题。这样就把文学引入反理性主义的神秘莫测的境界。他们认为尼采的作品就是这种文学的典范。"尼采是生命力饱涨的象征","尼采的写作是生命的淋漓……纯是一种生命力磅礴所至的生理必需,为创造而创造,为生命力的舞蹈而创造……他本无目的……只是生命力的一时必要的舞蹈与挥霍"⑤。这样,文学就成了脱离社会、脱离人民、无意义、无目的、仅为少数人所享有的东西,正如他们所宣称的,"文学只有天才才能创造"⑥,"文学的领域里没有平凡人的足迹"⑦。但是与此同时,

---

① 陈铨. 文学批评的新方向. 南京:正中书局,1943:16.
② 林同济. 寄语中国艺术人//林同济,陈铨. 时代之波. 上海:大东书局,1946:3.
③ 同②5.
④ 同②10.
⑤ 林同济. 序言:我看尼采//陈铨. 从叔本华到尼采. 上海:大东书局,1946.
⑥ 同①50.
⑦ 同①55.

他们又提倡"今后中国文学应当用艺术形式提倡固有的道德"①,并宣称"尼采超人的呼声也无异于孔、孟、释、耶"②。显然,战国策派一方面力图把文学引入脱离政治、脱离生活的歧途,另一方面又力图利用文学作为宣传旧传统、旧道德的工具,其目的都是巩固现存社会秩序,这与五四时期反对旧文化、旧道德,提倡文学为改造社会、改造人生的革命精神是完全背道而驰的。

第四,如前所述,五四时期,尼采的学说虽属唯心主义、极端个人主义,但仍以战斗的姿态汇入了中国反帝反封建的历史洪流,当时介绍尼采的人如鲁迅、郭沫若、茅盾等都不曾提到尼采直接反对社会主义的言论,这是时代条件所决定的。到了 20 世纪 40 年代,中国历史发展的趋势已十分明显,光明与黑暗、进步与反动的分野也已很清楚,陈铨等人介绍尼采已经是自觉地用尼采学说作为工具来反对人民,坚持倒退,抵制共产党所领导的群众运动。这种明确的现实性和针对性在他们的著作中随处可见。例如,当他们强调"规律"是"天才心灵的创造"时,他们就把坚持客观规律的人算为"侏儒""学究先生""政治小丑"③。当他们宣扬唯有天才能领导、能指挥时,他们就把组织群众进行斗争的人污蔑为"没有一点自主的能力","听着别人几句口号,沾沾自喜,直着脖子狂叫,自命为前进分子"④。当他们鼓吹弱者活该被淘汰时,他们就叫嚷:"现在世界弱小民族,口口声声呼喊正义人道,终究不能拯救他们灭亡的命运。"⑤ 当他们贩卖"群众不过是天才活动的工具"时,他们就诽谤说:"现在不让天才

---

① 陈铨. 民族文学运动的意义. 大公报(重庆版),1942-05-20 (4).
② 林同济. 序言:我看尼采//陈铨. 从叔本华到尼采. 上海:大东书局,1946.
③ 陈铨. 文学批评的新方向. 南京:正中书局,1943:16.
④ 同③121.
⑤ 同③97.

来领导群众，却让群众来压迫天才，人类前途还有什么希望呢？"不仅如此，陈铨等人还特别介绍了尼采痛恨的包括社会主义和民治主义在内的"七种东西"，并得出结论说："这是人类七毒，七毒不除，文化一定要平庸、堕落、腐化、崩溃、消灭。"①他们就是这样把矛头直接指向正在对帝国主义封建主义进行艰苦斗争的人民群众，指向社会主义。和五四时期相反，尼采的学说在他们手中已成为维护和巩固法西斯帝国主义、封建统治的有力武器。

五

通过以上简要的分析，不仅可以看到尼采确实在中国不同的时期产生了不同的影响，而且也可以看到产生这些影响的原因。

显然，在中国人民起来想要彻底推翻几千年封建统治的时候，他们不可能从长期封建统治下的中国社会找到新的有力武器。他们需要越过旧的范围，找到一个可以重新考察、重新评价的立足点，这个立足点不仅在中国是新的，最好在世界各国也是"最新"的。尼采学说正是作为一种"最新"的思潮，为一些先进的中国知识分子所注目。尼采对资本主义文明的虚伪、罪恶的揭露和批判，对于已经看到并力图避免资本主义弱点的中国先进知识分子来说，正是极好的借鉴。他那否定一切旧价值标准、粉碎一切偶像的破坏者的形象（这种形象在中国传统社会从来未曾有过），他的超越平庸、超越"旧我"、成为健康强壮的超人的理想，都深深鼓舞着正渴望彻底推翻旧社会、创造新社会的中国知识分子，引起了他们的同感和共鸣。无论是从鲁迅塑造的狂人所高喊的"从来如此——便对么？"的抗

---

① 陈铨.文学批评的新方向.南京：正中书局，1943：178.

议，还是从郭沫若许多以焚毁旧我、创造新我为主题的诗篇，都可以听到尼采声音的回响。这些因素就是五四前后尼采在中国知识界有着不可磨灭的进步影响的原因。但是尼采学说本身充满了混乱复杂的矛盾，包含许多非理性的因素，他的著作如他自己所说，只是一个山峰和另一个山峰，通向山峰的路却没有，也就是说缺少推理程序和逻辑论证，各种隐晦深奥的比喻和象征都可以被随心所欲地引证与曲解，加以他的学说中本来就存在着反社会主义、反人民的部分，这就使尼采在20世纪40年代中国特殊的政治条件下产生了与五四时期全然不同的影响。

另外，通过前面的简要分析，我们还可以清楚地看到，一种外来思潮要产生影响绝不是偶然的、盲目的，它必然按照时代和社会的需要被检验与选择。例如，五四时期，尼采的"权力意志论"就几乎不为人知，他的一些反对社会主义的言论很少被注意，即使有所涉及也必附有严肃的批判（如茅盾的《尼采的学说》）。除了这种时代和社会的制约而外，一种外来思想的传播还要受到传播者自身世界观、政治倾向和兴趣爱好的限制。无论是鲁迅、茅盾、郭沫若，还是林同济、陈铨，他们笔下的尼采都已经不是原来的尼采，而是加进了某些新的内容和色彩的尼采。任何外来思潮产生影响的过程都是这样一个选择、鉴别、消化、吸收、批判、扬弃的过程。人为的照搬或移植都只能是表面的，不会产生什么真正深刻的影响。

在如何对待外来思想这个问题上，鲁迅、茅盾、郭沫若在五四时期就已经做出了很好的批判继承的榜样，那种把五四时期对待外来事物的态度通通归结为好就一切皆好、坏就一切皆坏的形而上学的说法，显然并不符合历史实际。

五四以来，对中国现代文学颇有影响的人物除尼采外，还有托尔斯泰、易卜生、罗曼·罗兰、高尔基等。在这些人物中间，尼采的影响历来是最少被提及的。如果我们能对尼采的影响采取一种正确的、历史的、马克思主义的态度，那么对于其他人物的影响就更不难做出实事求是的正确评价了。

(1980 年 3 月)

五四以前的鲁迅思想

　　一切事物的发展都有着自己的根据，凭空出现的东西是没有的。鲁迅在其后期能够成为中国民族文化的伟人并非偶然，尽管他的道路有着中国革命文化发展的全部复杂性和曲折性，然而，只要回溯一下他的思想发展过程，即便是在其早年时代，也能找出那些正确思想的萌芽和开端。

　　关于五四前鲁迅思想的研究，主要是依据他在义和团反帝斗争至辛亥革命这个时期中所写的若干著作。

　　在这些年代里，祖国正经历着近百年来的第三次革命高潮。1898年戊戌政变的彻底失败用事实宣布了改良主义的破产。人们开始认识到由于清政府的顽固腐败和帝国主义的侵略，中国已不可能用改良主义的方法使自己强盛起来。1900年，义和团反帝运动遭到了残酷镇压，帝国主义与清政府重新勾结，在人民中间进行了野蛮的杀戮，这更激发了人民反帝、反封建情绪的高昂。人民的反抗在全国各地酝酿着、爆发着，拒俄运动、拒法运动、抵制美货运动、护矿运动、护路运动……此起彼伏。有记载的农民起义从1903年的19次骤增至1904年的52次，这一切说明了广大人民已经开始觉醒,他们要求有组织、有领导的大的革命斗争。这时候,大批知识分子在人民群众的鼓舞下从改良主义的绝路上转向了革命。更有大批新的知识分子在人民革命情绪的孕育中成长起来。"华兴会""兴中会""光复会"等革命团体先后成立,以它们为中心,出版了《浙江潮》《河南杂志》《二十世纪的支那》等鼓吹革命思想的报章杂志。1905年,同盟会成立并出版了它的机关刊物《民报》,形成了资产阶级领导革命的中心。

但是,在这个时期,中国无产阶级还没有登上政治舞台,马克思列宁主义尚未正式输入中国,中国资产阶级又不可能提出一套完整的、符合中国人民愿望的革命纲领,更不能创造出一套能使中国脱出半殖民地半封建社会境遇的思想体系,而西方帝国主义国家的各种资产阶级思想又潮水般涌向中国,这就不能不使当时的思想界呈现出极其复杂和混乱的状况。虽然如此,要推翻清政府,要反抗,要自由的意志,在一般先进的知识分子中则是一致的、热烈的。尤其是在一些革命势力较强的城市和外国的留学生集团中,革命的呼声更其高涨。年轻的鲁迅正是生活在革命思潮最为炽烈的日本留学生集团当中,他曾回忆这时的情况说:"时当清的末年,在一部分中国青年的心中,革命思潮正盛,凡有叫喊复仇和反抗的,便容易惹起感应。"(《坟·杂忆》)鲁迅和大家一样充满了摧毁清廷统治、驱逐帝国主义的革命雄心,他也和大家一样在有些问题上认识不清,充满着矛盾和混乱。然而,由于他的生活环境,他所特有的深刻的洞察力,他的忠于祖国人民的精神,他在许多问题的观察和分析上都有着独到的、超出一般思想水平的见解。这些特出的见解不但与鲁迅五四后的思想发展有着紧密的联系,而且对研究这一时期的思想史来说,也有着十分重要的意义。

一

鲁迅远在五四前10年,对于帝国主义、封建统治压迫下中国的处境曾做过深入的分析,在他的著作中,很早就表现出对封建统治的攻击和对帝国主义侵略的抗议。

鲁迅从来不像当时有些思想家那样,幻想借助外力,依靠资本主义国家来复兴中国,就连认为帝国主义可能不干涉中国革命或与中国革命无关的天真想法,他也从来没有过。他从来就是把对于帝国主义的斗争和反对清廷统治者的斗争结合起来的。他一直强调帝国主义对中国的严重威胁:"强种鳞鳞,蔓我四周,伸手如箕,垂涎成雨,造图列说,奔走相议,非左操刀右握算,吾不知将何以生活也!"(《鲁迅全集补遗续编·中国地质略论》)

鲁迅从来没有像当时某些人那样,幻想过任何帝国主义会成为中国的"友邦",他揭穿了一切"友好""帮助"的假面目,暴露了他们来到中国的真实目的,他说:"中国者,中国人之中国。……然彼不惮重茧,入吾内地,狼顾而鹰睨,将胡为者?诗曰:'子有钟鼓,弗鼓弗考。宛其死矣,他人是保。'则未来之圣主人,以将惠临,先稽帐目,夫何怪焉。左举诸子,皆最著名。其他幻形旅人,变相侦探,更不知其几许……"(《鲁迅全集补遗续编·中国地质略论》)他又说:"夫吾华土之苦于强暴亦已久矣!未至陈尸,鸷鸟先集,丧地不足,益以金资,而人亦为之寒饿野死……"(《鲁迅全集补遗续编·破恶声论》)帝国主义派遣了自己的大使、商人、政客、教士、科学家,深入中国内地,从各方面进行细密的研究和考察。鲁迅指出他们的全部目的就是要准备条件,对中国实行进一步的压榨和瓜分,而帝国主义侵略剥削的结果就是中国人民的"寒饿野死"。因此,鲁迅对帝国主义怀着深刻的仇恨,十分同情人民群众的反帝运动,远在义和团运动失败后不久的1903年鲁迅就说:"忽见碧瞳皙面之异种人,指挥经营,丁丁然日凿吾土,必有一种不能思议之感想,浮游于脑,而惊,而惧,而愤,挥挺而起,莳刘之以为快!"(《鲁迅全集补遗续编·中国地质略论》）表达了对当时千百万群众的这种反帝情绪和要求的热烈赞同。

鲁迅认为在这样严重的威胁下，非"左操刃右握算"是不能为生的了，而回顾国内封建统治，更是感到民族沦亡的危机。鲁迅从来不像当时某些思想家那样认为可以"扶清灭洋"。鲁迅把中国之"沉沦"归因于国内专制暴政与帝国主义侵略，虽然当时他还不能这样明确地说出来，但意思是同一的。鲁迅说："往者为本体自发之偏枯，今则获以交通传来之新疫，二患交伐，而中国之沉沦遂以益速矣。"（《坟·文化偏至论》）所谓"本体自发之偏枯"，显然是指几千年来的封建统治，"交通传来之新疫"，则是指后来的帝国主义侵略。鲁迅十分正确地指出，这就是使中国沦亡的两个主要原因。因此，鲁迅在攻击帝国主义的同时，并没有忘记对中国封建统治的激烈批判。他一再强调"主人荏苒，暴客乃张"，指出"广大富丽之中国"只能"任有恃者之褫夺""强梁者之剖分"，就是统治者"今日让与明日特许"（《鲁迅全集补遗续编·中国矿产志》）的结果。他指出那些为自己利益，不惜与帝国主义勾结，"冀获微资，引盗入室"的掌理国政者都是"我汉族之大敌"（《鲁迅全集补遗续编·中国地质略论》）。鲁迅深刻地洞察了几千年来的封建统治乃是中国社会长期停滞不前的主要原因。他批判封建统治说："中国之治，理想在不撄……有人撄人，或有人得撄者，为帝大禁，其意在保位，使子孙王千万世，无有底止，故性解（Genius）之出，必竭全力死之。"（《坟·摩罗诗力说》）"撄"就是触犯或触及某个问题的意思，"性解"这里是指天才。鲁迅看到统治者为了维持其长期统治，就不得不堵塞一切进步发展的途径，使社会生活永远保持原状，凡提倡进步发展、有才能、有智慧的人，在这样的社会必然遭到扼杀。而一切"中庸之道"、愚民政策就是统治者扼杀进步的武器。

鲁迅的第一篇小说《怀旧》也是以揭露和鞭挞封建社会为主题的。鲁迅在这里猛烈地攻击了封建教育方式，刻画了这种教育加于孩子们的精神桎梏，鲁迅对于这个问题的特别重视是与他后来在《狂人日记》中"救救孩子"的呼声及《我们现在怎样做父亲》等文章的精神一脉相承的。《怀旧》还描绘了满口仁义道德，实则不过是地主富家参谋走狗的封建知识分子——秃先生——的形象。在他的身上集中了很有代表性的适应于封建社会和统治阶级的长期积累下来的生活经验与权术，例如，善于当"顺民"，善于请"长毛"吃饭而又不"自列名"，"此种人之怒，固不可撄，然亦不可太与亲近……贼退后又窘于官军"，并擅长于"箪食壶浆以迎王师之术"，等等。鲁迅对于这些经验与权术给予了辛辣的嘲讽。

可见，鲁迅在五四以前论及中国社会性质的时候已经触及这个半殖民地半封建社会的某些本质方面，虽然他还不能系统地、明确地指出它们。但是可以说，鲁迅代表了当时广大先进群众对帝国主义、封建统治的强烈憎恶。这种憎恶驱使他们对帝国主义、封建统治必须"挥挺而起，莳刈之以为快"！因此，鲁迅号召说："夫中国虽以弱著，吾侪固犹是中国之主人，结合大群起而兴业，群儿虽狡，孰敢沮者？"（《鲁迅全集补遗续编·中国地质略论》）

二

中国既然处于帝国主义、封建统治"二患交伐"的情况下，那么怎样才能使人民的生活得到根本改善呢？鲁迅正如当时许多思想家和先进的中国人一样，从各方面研究、探索和寻求着拯救祖国的途径。但鲁迅寻找这种途径的方法与很多人有着根本不同，这不同首先就表现为鲁迅是一直着眼于"结合大群起而兴业"的。过去，不少研究者只是一般分析了鲁迅"个性解放"的要求，没有注意在当时中国具体的社会情况下，鲁迅"个性解放"的要求完全有他特殊的、独创的内容，这就是要求个性解放的目的不是别的，而是要唤起人民，"结合大群起而兴业"。因此，鲁迅对于如何拯救祖国有自己的创见，他不满于当时人们提出来的各种道路，反对那些热衷于"洋务"，认为只要有钱、有铁路就可以救国的人："将以富有为文明欤，则犹太遗黎，性长居积，欧人之善贾者，莫与比伦，然其民之遭遇何如矣？将以路矿为文明欤，则五十年来非澳二洲，莫不兴铁路矿事，顾此二洲土著之文化何如矣？……若曰惟物质为文化之基也，则列机括，陈粮食，遂足以雄长天下欤？"（《坟·文化偏至论》）鲁迅同时认为"金铁立宪"的改良主义是不可取的，他斥责这种不曾触及主要问题的"抱枝拾叶"的做法："将以众治为文明欤？则西班牙、波陀牙二国，立宪且久，顾其国之情状又何如矣？"（《坟·文化偏至论》）鲁迅明慧地看到，在这"二患交伐"的情况下，如果不从根本上改变中国的处境，则铁路、矿事、钱财只能使中国人民沦为"非澳土著""犹太遗黎"。在 20 世纪半殖民地半封建的中国，资本主义是绝对不能像西方资本主义国家一样发展的。立宪又有什么用？许多国家立了宪，人民的生活没有丝毫改变。鲁迅要求着一种根本的变革，这种变革必须"结合大群起而兴业"。鲁迅当时已经认识到这一点，有着十分重大的意义。但是，问题在于：怎样才能"结合大群起而兴业"呢？怎样才能掀起这种巨大的变革呢？"掊物质而张灵明，任个人而排众数"，这就是鲁迅对这个问题的回答。下面就对这些口号所包含的实际内容加以分析。

　　鲁迅针对 19 世纪末资本主义社会的流弊提出了"掊物质"的内容："诸凡事物，无不质化，灵明日以亏蚀，旨趣流于平庸，人惟客观之物质世界是趋，而主观之内面精神，乃舍置不之一省。重其外，放其内，取其质，遗其神，林林众生，物欲来蔽，社会憔悴，进步以停，于是一切诈伪罪恶，蔑弗乘之而萌，使性灵之光，愈益就于黯淡：十九世纪文明一面之通弊，盖如此矣。"（《坟·文化偏至论》）

鲁迅天才地看到了资本主义社会的某些重要现象，它的本质就是马克思、恩格斯早就指出来的，"人和人之间除了赤裸裸的利害关系，除了冷酷无情的'现金交易'，就再也没有任何别的联系了"①。鲁迅所反对的物质正是这一切，他反对对于物质文明（具体来说，就是资本主义工商业及其利润）"崇奉渝度，倾向偏趋"，"外此诸端，悉弃置而不顾"，反对在资本主义社会里想发财的欲望掩盖了一切以及因而引起的"诈伪罪恶"，他早已看出外表兴盛繁荣的资本主义社会实际上已经"憔悴"了，它的前途是"先以消耗，终以灭亡"（《坟·文化偏至论》）。但鲁迅并不是反对一切物质文明，他不止一次地肯定过科学和工业发达对社会所起的巨大进步作用。然而，由于他所特有的洞察力，他看出资本主义国家科学工业虽然繁荣兴盛，但社会生活仍然黑暗堕落，他得出了只是科学技术发达、市场繁荣绝不能彻底解决社会问题的结论。他已经看出资本主义的"黯淡"和"通弊"，不欲中国再蹈资本主义的覆辙，这就是鲁迅"捂物质"的具体内容。

在鲁迅的时代，资产阶级"民主"早已变得极其虚伪了，国家大权被一批政客、党棍掌握着。正如鲁迅所说："古之临民者，一独夫也；由今之道，且顿变而为千万无赖之尤，民不堪命矣，于兴国究何与焉？"（《坟·文化偏至论》）鲁迅所要"排"的"众数"，显然是这"千万无赖之尤"，被他们压榨得"不堪命矣"的"民"是绝不包括在内的。这"千万无赖之尤"横行霸道，"同是者是，独是者非，以多数临天下而暴独特者"（指有先进思想而尚未被群众接受的人）（《坟·文化偏至论》），并以此维持其"乐观主义"的"永久统治"。这"众数"，这"千万无赖之尤"在中国的表现是什么呢？鲁迅把他们分为三类：

---

① 马克思恩格斯文集：第2卷. 北京：人民出版社，2009：34.

第一类是少数"垂微饵以冀鲸鲵"的"巨奸","志行污下,将借新文明之名,以大遂其私欲者",他们是"干进之徒,或至愚屯之富人"(《坟·文化偏至论》)。鲁迅对这类人做了无情的揭露:他们"近不知中国之情,远复不察欧美之实,以所拾尘芥,罗列人前,谓钩爪锯牙,为国家首事……虽兜牟深隐其面,威武若不可陵,而干禄之色,固灼然现于外矣!"(《坟·文化偏至论》)对于这种"科学为之被,利力实其心"的巨奸,鲁迅说:"岂可与庄语乎,直唾之耳。"

第二类是"宝赤菽以为玄珠"的"盲子"。他们可分为两部分,其中一小部分是痛心于祖国的垂危,但没有办法,也不深入研究,只好人云亦云,他们对于自己所大声疾呼的东西还并不了解,但却自以为得了人生真谛,夸夸其谈,以相炫耀,对意见不同者,横加攻击,扰攘不已。鲁迅分析他们说:"中较善者,或诚痛乎外侮迭来,不可终日,自既荒陋,则不得已,姑拾他人之绪余,思鸠大群以抗御,而又飞扬其性,善能攘扰,见异己者兴,必借众以陵寡……考索未用,思虑粗疏,茫未识其所以然,辄皈依于众志。"(《坟·文化偏至论》)这一类的大部分则是鲁迅所说的"至尤下而居多数者,乃无过假是空名,遂其私欲"的人们。这类人愚昧、盲从、计较个人私利而不顾大局。于是,"事权言议,悉归奔走干进之徒,或至愚屯之富人"(《坟·文化偏至论》)——上面所说的第一类人。

第三类人则是"中心皆中正无瑕玷矣,于是拮据辛苦,展其雄才,渐乃志遂事成,终致彼所谓新文明者,举而纳之中国,而此迁流偏至之物,已陈旧于殊方者,馨香顶礼"(《坟·文化偏至论》)。这些人志在救国,也不完全是盲从,他们献出自己的身心,要为祖国找一条正确的出路。他们向西方学习,然而他们错了,不可能从那里得到什么正确的东西。资本主义日益显示出其内部矛盾,它已经陈旧了,而且本身就是"迁流偏至之物",不可能拯救中国。

鲁迅所要"排"的"众数",就是这三类人物的总称。

由此可见,鲁迅所谓的"掊物质",就是反对资本主义社会的黑暗,反对"冷酷无情的'现金交易'",反对人与人之间"赤裸裸的利害关系";"排众数"就是要打倒那"千万无赖之尤",反对那些利欲熏心的"干进之徒"和"至愚屯之富人",反对那些大声疾呼,但却空无一物、人云亦云的"志士",以及那些学了一星半点西方文化,"迁流偏至"之物,就拿到中国"奉为神明,馨香顶礼"的人。总的来说,就是鲁迅从西方看到了资本主义经济制度和政治制度的黑暗、腐朽,意图使中国避免和预防走向资本主义道路。列宁曾在谈到中国革命问题时说:"先进的中国人,所有的中国人,正在经历这种高涨,竭力从欧美吸收解放思想,但在欧美,摆在日程上的问题已经是从资产阶级下面解放出来,即实行社会主义的问题。"[1] 因此,列宁说:"……中国民粹主义者的这种战斗的民主主义思想体系,首先是同社会主义的空想、同使中国避免走资本主义道路,即防止资本主义的愿望结合在一起的"[2]。鲁迅"掊物质""排众数"的主张,就是使中国避免资本主义道路和预防资本主义的愿望的鲜明具体的表现。当然,这种避免和预防从根本上说是不可能的,但是,在当时举世向已经矛盾百出的西方资本主义国家学习的时候,鲁迅敏锐地指出了资本主义经济制度根本不能解决问题,这不能不说是一种杰出的先见。

鲁迅一方面看到西方资本主义国家"迁流偏至"之物对中国没有什么好处,另一方面却不得不绕一个圈子又去向它们找寻出路,这出路就是鲁迅的正面主张"张灵明""任个人"。鲁迅说:"故今之所贵所望,在有不和众嚣,独具我见之士,洞瞩幽隐,评骘文明,弗与妄惑者同其是非,惟向所信是诣,举世誉之而不加劝,举世毁之而不加沮,有从者则任其

---

[1] 列宁,斯大林. 列宁 斯大林论中国. 北京:人民出版社,1963:10.
[2] 同[1].

来，假其投以笑骂，使之孤立于世，亦无慑也。则庶几烛幽暗以天光，发国人之内曜，人各有己，不随风波，而中国亦以立。今者古国胜民，素为吾志士所鄙夷不屑道者，则咸入自觉之境矣。披心而嗷，其声昭明，精神发扬，渐不为强暴之力谲诈之术之所克制。"（《鲁迅全集补遗续编·破恶声论》）

鲁迅期冀着这样一些人，他们不阿世媚俗而有自己的见解，并能为坚持自己的信念牺牲一切。只有他们能冲破那"糜然合趣，万喙同鸣，鸣又不揆诸心"的"庸众"所造成的恶浊扰攘的氛围，这种人当然不可多得。作为"先觉"来说，他们将逐渐唤起国人，促使为"志士"所不屑道的"古国胜民"觉醒。鲁迅认为，只有人民觉悟，不为"强暴之力谲诈之术所克制"，中国才能"以立"。这里，鲁迅虽然借用了他所受影响的尼采等人"张灵明""任个人"的口号，但其内容、影响和目的都截然不同于尼采的"超人"——骑在人民头上，把人民当作"畜群"来统治的所谓"金发野兽"，压制和摧残人民的反动强力的化身。而鲁迅的"独具我见之士"则是和人民站在同等地位的，他们的存在本身就是为了唤起人民，促使人民"入自觉之境"。尼采企图从各方面使人民群众变成愚蠢、低能，以便于统治；鲁迅则是要从各方面发掘人民的智慧，使他们都各有自己的见解，以便依靠他们来拯救祖国。因此，鲁迅"张灵明""任个人"的口号表面上似乎受着尼采的影响，在许多方面却是和尼采的学说背道而驰的。这是因为鲁迅所处的时代和社会迫使他考虑的问题首先是怎样从帝国主义、封建统治下解脱出来，而不是像尼采那样首先面临着如何强固对本国人民和殖民地人民的压榨与统治的问题。

要用什么思想来促使人民觉醒？人民觉醒首先要具有怎样的物质条件？这就是鲁迅未曾解决也不能解决的问题。瞿秋白说："……群众这样落后怎么办？对于这个问题，当时革命思想界里有一个现成的答复，就是说，群众落后是天生的，因此，不要他们起来革命，等编练了革命军队来替他们革命，而革命成功之后也还不能够给民众自由，而要好好的教训他们几年。而鲁迅所给的答案却有些不同，他是说，因为民众落后，所以更要解放个性，更要思想的自由，要有'自觉的声音'，使它'每响必中于人心，清晰昭明，不同凡响'。这虽然也不是正确的立场，然而比'革命的愚民政策'总有点儿不同罢。"[1]

这不同是十分珍贵的，它几乎影响着鲁迅以后的全部生活道路。鲁迅提倡个性解放，提倡人民要有思想、不盲从，提倡人的尊严，提倡唤醒民众，这在当时中国处于软弱的资产阶级革命时期是有一定进步意义的。正如瞿秋白所说："在当时的中国，城市的工人阶级还没有成为巨大的自觉的政治力量，而农村的农民群众只有自发的不自觉的反抗斗争。大部分的市侩和守旧的庸众，替统治阶级保守着奴才主义，的确是改革进取的阻碍。为着要光明，为着要征服自然界和旧社会的盲目力量，这种发展个性、思想自由、打破传统的呼声，客观上在当时还有相当的革命意义。"[2] 瞿秋白的评价是正确而公平的。

三

在研究五四以前的鲁迅思想时，常常发现前面提到的这种情况，即不得不向西方资本主义国家去借取自己的解放思想，而这种思想尽管在西方已经没落甚而变得反动，但在鲁迅身上却产生了不同的作用，并且被鲁迅赋予了完全崭新的内容。鲁迅和进化论的关系就是很典型的一例。鲁迅在20年后回忆他早期所受进化论的影响时说："进化论对我还是有帮助的，究

---

[1] 何凝.《鲁迅杂感选集》序言//鲁迅杂感选集.上海：青光书局，1933.
[2] 同[1].

竟指示了一条路，明白自然淘汰，相信生存斗争，相信进步，总比不明白、不相信好些。就只不知道人类是有阶级斗争。"① 进化论首先赋予鲁迅唯物地认识世界的基础，他是一个彻底的无神论者，他对生命的起源一开始就有着科学的了解。他有力地驳斥了那些认为"官品（即有机体）所具，微妙幽玄"的人，无情地讽刺了绝不承认"猴子变人"的老顽固。鲁迅不懈地宣传"有生始于无生"，宣传"人类进化的历史"。鲁迅相信并尊重科学。他不但提倡而且刻苦研究。鲁迅很早就注意科学知识普及的问题。他写了许多科学论文，如《人之历史》《科学史教篇》等，努力宣扬最高的科学成就。他还翻译了一些科学小说，如《月界旅行》《地底旅行》。可以毫不牵强地说，鲁迅早在五四运动爆发前的 10 年，就作为一个先驱者吹起了科学的号角。

进化论赋予鲁迅比较彻底的发展斗争观念，他认为世间一切都在发展着、变化着。在他早期著作中，谈到每一问题，都是首先回溯其历史发展，如《人之历史》《科学史教篇》《摩罗诗力说》《文化偏至论》就是如此。发展变化不是偶然的、漫无秩序的，而是按照一定规律；不是直线的、简单的，而是曲折如螺旋。鲁迅说："诚以人事连绵，深有本柢，如流水之必自原泉，卉木之茁于根荄，倏忽隐见，理之必无。故苟为寻绎其条贯本末，大都蝉联而不可离。"（《坟·文化偏至论》）又说："……治几何者，能以至简之名理，会解定理之繁多。吾因悟凡人智以内事，亦咸得以如是法解。若不以不真者为真，而履当履之道，则事之不成物之不解者，将无有矣！"（《坟·科学史教篇》）鲁迅明确地论证了事物的出现必有其历史根据和一定的发展过程。它必然按照一定的规律来发展。如果找到了规律，按照规律处理事情，就不会不成。鲁迅认为一切事物的发展变化

---

① 冯雪峰. 回忆鲁迅. 北京：人民文学出版社，1957：触到他自己的谈话片断之二.

都是极其复杂的。他说:"所谓世界不直进,常曲折如螺旋,大波小波,起伏万状,进退久之而达水裔,盖诚言哉!"(《坟·科学史教篇》)过程虽然复杂,方向则是永远向上的、进步的,从低级发展到高级。鲁迅满怀信心,乐观地说:"世事反复,时势迁流,终乃屹然更兴,蒸蒸以至今日!"(《坟·科学史教篇》)正是由于鲁迅从来都相信进步,相信光明最终要战胜黑暗,他才能在最黑暗的时代也不为黑暗所淹没。

正因为鲁迅相信发展,认为事物"大都蝉联而不可离",所以他在早期就已经具有相当正确的历史观点,对"泥古"派和"蔑古"派展开了不调和的斗争。鲁迅说:"盖凡论往古人文,加之轩轾,必取他种人与是相当之时劫,相度其所能至而较量之,决论之出,斯近正耳。惟张皇近世学说,无不本之古人,一切新声,胥为绍述,则意之所执,与蔑古亦相同。盖神思一端,虽古之胜今,非无前例,而学则构思验实,必与时代之进而俱升,古所未知,后无可愧,且亦无庸讳也。"(《坟·科学史教篇》)这就是说,一切事物都有其历史阶段而不断从低级向高级发展。新生的、属于未来的东西不断发生着;过去的、腐朽的东西不断衰亡。一切"古已有之"是不对的,割断历史也是错误的。对任何事物加以评价,都必须把它放在一定的历史阶段来考察。由此,鲁迅认为"心神所注,辽远在于唐虞"之人,"为无希望,为无上征,为无努力……非自杀以从古人,将终其身更无可希冀经营……"(《坟·摩罗诗力说》)由此,鲁迅认为"掊击旧物,惟恐不力"的"轻才小慧"之徒完全不足为训。他的理论是:"外之既不后于世界之思潮,内之仍弗失固有之血脉,取今复古,别立新宗。"(《坟·文化偏至论》)鲁迅这种正确的历史观使得他在后来的斗争中,即使是在接受马克思主义以前,也能对接受文化遗产、评价历史人物等问题采取比较正确的态度。

同样由于进化论的影响,鲁迅认为事物的发展并不是和平地、统一地进行，而是通过不断的矛盾斗争来实现的。鲁迅说："平和为物，不见于人间。其强谓之平和者，不过战事方已或未始之时。"（《坟·摩罗诗力说》）又说："人类既出而后，无时无物，不禀杀机……使拂逆其前征，势即入于苓落……不幸进化如飞矢，非堕落不止，非著物不止，祈逆飞而归弦，为理势所无有……人得是力，乃以发生，乃以曼衍，乃以上征，乃至于人所能至之极点。"（《坟·摩罗诗力说》）静止是相对的、暂时的、属于现象的，只有斗争才是绝对的、永久的、属于本质的。既然世界上"无时无物，不禀杀机"，那么妥协调和、粉饰太平就是不可能的。只有揭发矛盾，面对斗争，借斗争之"力"才能"曼衍"，才能"上征"，乃至于"人所能至之极点"。在封建社会里，"有人撄人，或有人得撄者，为帝大禁，其意在保位，使子孙王千万世，无有底止……"鲁迅尖锐地揭露了正是统治者为了保持其永久统治，才宣扬停滞不变的理论，才掩盖、镇压一切事物的发展和斗争，"祈逆飞而归弦"，其结果就是导致邦国于"苓落"。鲁迅不但论证了必须通过斗争使新生的代替衰朽的，而且明智地看到这种斗争是激烈尖锐的，这里没有任何中间路线，也不可能四平八稳。他说："然既以改革而胎，反抗为本，则偏于一极，固理势所必然。"（《坟·文化偏至论》）"甲张则乙弛，乙盛则甲衰"，"每不即于中道"（《坟·科学史教篇》）。矛盾着的两方面，因为一定的条件而向着自己相反的方向转化了去，这种转化必然是在某一极取得优势的情况下完成的。鲁迅把这种优势称为"偏至"，提出了"偏至"是发展过程中的必然现象的光辉思想。不偏不倚的中道事实上是不存在的。中国两千年来早就被"中庸之道"等统治思想腐蚀得"苓落"不堪了。这种统治阶级思想很早就变成了中国社会的统治思想。在这种思想的桎梏下，大多数人正如鲁迅所说的"宁蜷伏堕落而恶进取"（《坟·摩罗诗力说》），苟安于现状，而长久处于麻木状态。在这样的情况下，鲁迅高呼：没有和平，没有"中道"，要走极端，要去斗争。鲁迅吹起了新时代的号角，高擎起斗争的旗帜！

由此可见，鲁迅主要是接受了进化论积极的、正确的方面。进化论使他在不少问题上持着初步的唯物主义观点，使他懂得发展、斗争和某些发展斗争的规律。这在他后来的思想发展中起着积极的作用。

鲁迅所处的社会环境和阶级地位使他与帝国主义时代的所谓"社会达尔文主义"根本无缘。帝国主义御用学者为了服务于臭名昭著的殖民主义侵略政策，把总结自然发展规律的进化论歪曲地引入社会领域，导致人类繁殖过剩必须"弱肉强食"的反动结论，像尼采这样的哲学家就是以"权力竞争"偷换了进化论的"生存竞争"，使一切有"权力"的统治者对广大人民群众的压迫剥削合法化、永久化。生长在半殖民地半封建中国的鲁迅，虽受着进化论的影响，但与这种反动的"社会达尔文主义"却是背道而驰的。中国被帝国主义侵略凌辱的地位决定了他对这种侵略论调天然的反感。如果说帝国主义是持"优胜劣败""弱肉强食"的论调来压制"劣"者、吞食"弱"者，那么，鲁迅恰恰相反，他是要用同一个道理来激发"劣"者赶上"优"者，"弱"者变成"强"者。鲁迅认为弱小的邦国都应该使自己强固起来，而且"使其自树既固，有余勇焉，则当如波兰武士贝谟之辅匈加利，英吉利诗人裴伦之助希腊，为自繇张其元气，颠仆压制，去诸两间，凡有危邦，咸与扶掖，先起友国，次及其他，令人间世，自繇具足"（《鲁迅全集补遗续编·破恶声论》）。显然，鲁迅与"社会达尔文主义"站在完全对立的立场上。帝国主义提倡少数"强"国压制大多数"弱"国，鲁迅则号召"弱"国联合起来"咸与扶掖"，"颠仆压制"。鲁迅一直对弱小民族怀着深厚的同情，他以极大的努力不倦地介绍波兰、匈牙利、捷克等国的文学和人民生活，同时十分憎恶"强"者持进化论幌子对"弱"国进行侵略。他把帝国主义者称为"兽性爱国之士"，揭露他们说："盖兽性爱国之士，必生于强大之邦，势力盛强，威足以凌天下，则孤尊自国,蔑视异方,执进化留良之言,攻小弱以逞欲,非混一寰宇,异种悉为其臣仆不慊也!"(《鲁迅全集补遗续编·破恶声论》)鲁迅相信进化论,但这里却把"进化留良之言"作为帝国主义侵略的假面具和盾牌而加以严厉驳斥,这是与鲁迅当时的反帝思想密切相关的。

由此可见,鲁迅虽在20世纪初叶才接触到进化论,但中国所处的地位和鲁迅的爱国主义热情却使他对于帝国主义歪曲了进化论——社会达尔文主义——有一种自然的抗拒,使他从崭新的角度来理解进化论,有选择地接受了它的积极方面。当然,在进化论对鲁迅的影响中也存在着消极的因素,例如不懂得"质变",不了解阶级斗争,然而在五四前鲁迅所处的历史环境里,这些消极因素还不能对他的进步起决定性的作用。

四

最后,还必须提到这一时期鲁迅对文学的创造性的见解。在物质和艺术的关系上,鲁迅首先肯定了必先有物质而后有艺术。他是这样来回答"什么是艺术"的问题的:"盖凡有人类,能具二性:一曰受,二曰作。受者譬如曙日出海,瑶草作华,若非白痴,莫不领会感动;既有领会感动,则一二才士,能使再现,以成新品,是谓之作。故作者出于思,倘其无思,即无美术。然所见天物,非必圆满,华或槁谢,林或荒秽,再现之际,当加改造,俾其得宜,是曰美化……"(《鲁迅全集补遗续编·儗播布美术意见书》)这里显然包含着十分重要的对于艺术的唯物主义理解。鲁迅一方面指出艺术并不是什么神秘的东西,它只不过是客观事物的再现;另一方面又指出这种再现绝不是简单机械的抄录。它必须通过人类头脑的整理、分析、选择和引申,经过人的改造,才能成为艺术的再现。因此,鲁迅说:"美术者有三要素:一曰天物,二曰思理,三曰美化。""美术云者，即用思理以美化天物之谓。"(《鲁迅全集补遗续编·拟播布美术意见书》)鲁迅强调指出，"天物"是第一性的，用以"美化"天物的"思理"是第二性的。不但反映自然现象的艺术是这样，在社会领域内鲁迅也持着同一的见解。鲁迅说："诗歌说部之所记述，每以骄蹇不逊者为全局之主人，此非操觚之士，独凭神思构架而然也，社会思潮，先发其朕，则遂之载籍而已矣。"(《坟·文化偏至论》)这就是鲁迅对文学与社会的关系的看法。鲁迅认为，文学不是空凭作家个人的"神思构架"而来，文学首先是反映社会；先有某种社会现象存在，引起了一定的社会思潮，文学就是把这种现象和思潮"遂之载籍"。为什么19世纪末叶会在文学中出现一批"骄蹇不逊"的人物形象？鲁迅认为，这是因为社会上有这样一些人，有代表他们和以他们为中心的社会思想，所以他们在文学作品中得到了反映。鲁迅对于文学艺术的这种唯物主义理解，可以说就是他后来始终不渝地奉行的现实主义道路的萌芽和开端，也正是他后来与"为艺术而艺术"这样的唯心主义文艺思潮始终无缘的一个重要原因。

鲁迅不但认为文学艺术反映社会，而且在这个时期，他已经坚信文艺可以改造社会，坚信文艺是可以唤醒人民、影响广大群众精神和思想的有力武器。他认为文学的最高境界和最大作用就是"动吭一呼，闻者兴起"；最好的艺术作品就是要在其中能听到一种"自觉的声音"，这种声音有力地召唤和鼓舞人民为争取自由、反抗压迫而英勇斗争。鲁迅之所以弃医学文，就是出于这种坚强的信念，就是出于坚信文学可以唤醒人民、拯救祖国。鲁迅写于这一时期的第一篇小说《怀旧》就是根据这种精神写成的。它显示了鲜明的倾向性，在广大人民面前，暴露了统治阶级的愚蠢和无耻。是否能够符合"动吭一呼，闻者兴起"这个原则也就是鲁迅当时用以评价一切文学作品的首要标准。他之所以特别赞美"立意在反抗，指归在动作，而为世所不甚愉悦"(《坟·摩罗诗力说》)的拜伦、莱蒙托夫等

"天魔诗人",就是因为他们的作品触怒了统治阶级而以号召人民争取自由解放为目的。鲁迅之所以十分着重翻译介绍这些作家的作品,目的也正是"在于号召反抗,推翻一切传统的重压的'东方文化'的国故僵尸"①。鲁迅是把这些作品作为一种唤起人民反抗压迫的武器来运用的。按照同样的标准,鲁迅在赞扬这些作品的同时,特别批判了过去"颂祝主人,悦媚豪右"的宫廷文学,蔑视"径入古初""人安其天"的超然文学,反对"著意外形,不涉内质"的形式主义文学。显然,早在五四运动爆发前10年,鲁迅就已经提出了五四文学革命的一部分内容。鲁迅对于文学的这种见解包含着强烈的反封建内容。鲁迅号召用文学这种武器从各方面揭露封建社会的黑暗现象,戳穿地主阶级"理想在于不撄"的封建统治。鲁迅的这种文艺见解在当时完全是独创的,有着极其重要的进步意义。五四时期,这种见解就更加明确地发展成为文学要"揭露社会的病苦以引起疗救的注意",并使鲁迅从一开始就以自己的创作服从于当时的革命斗争。

  热爱祖国,痛心于帝国主义、封建统治对祖国的损害和凌辱,想驱逐帝国主义,想摧毁封建统治,这就是鲁迅早期一切思想的源泉,也是他生活行为的动力。正是依赖于从这里产生的百折不挠的意志,加上他天才的智慧和洞察力,鲁迅英勇无畏地在黑暗和荆棘中寻求着拯救祖国的道路。毛主席说:"自从一八四〇年鸦片战争失败那时起,先进的中国人,经过千辛万苦,向西方国家寻找真理。"② 鲁迅就是这些先进的中国人之中最辛苦的一个,但他没有找到正确的道路。正如毛主席所说:"行不通,理想总是不能实现。"③ 一切理想都破产了,甚至连孙中山所领导的革命在那很有希望的时刻也惨遭失败。随着辛亥革命失败而来的又是无底的黑暗

---

① 何凝.《鲁迅杂感选集》序言//鲁迅杂感选集.上海:青光书局,1933.
② 毛泽东.论人民民主专政.北京:人民出版社,1960:2.
③ 同②3.

和沉默。正如鲁迅自己所说:"我觉得革命(指辛亥革命。——引者注)以前,我是做奴隶;革命以后不多久,就受了奴隶的骗,变成他们的奴隶了。"(《华盖集·忽然想到》)于是"怀疑产生了,增长了,发展了"[1]。鲁迅在1913年后几乎没有写什么文章,他沉默着、观察着,一直到"十月革命,一声炮响",一直到毛主席所说的这样一个时刻:"这时,也只是在这时,中国人从思想到生活,才出现了一个崭新的时期。"[2] 正是在这个"崭新的时期",鲁迅站起来,他站在前列,重新吹起反帝、反封建的响彻全国的号角!

(1957年)

---

[1] 毛泽东.论人民民主专政.北京:人民出版社,1960:3.
[2] 同[1]3-4.

论《伤逝》的思想和艺术

一

《伤逝》写于 1925 年 10 月。正如鲁迅自己所说,"这一篇的题材一年多前就已有了个大概。已经考虑得久了,所以这仅次于《孤独者》的大篇幅,四天工夫就写好了"[①]。鲁迅写这篇小说绝不是偶然想到,而是长期酝酿、精心构思的结果。要真正理解这一作品的深刻含义,必须首先了解几年来鲁迅反复思考的问题和当时复杂的思想斗争背景。

在中国的民主革命中,知识分子是首先觉悟的成分。辛亥革命和五四运动都明显地表现了这一点。鲁迅为了探索改革社会、拯救祖国的道路,很早就注意到知识分子的作用。辛亥革命前,他对知识分子寄予很大的希望,他曾认为社会的改革首先要靠敏感到社会病苦并起而与之斗争的"精

---

① 许钦文. 彷徨分析. 北京:中国青年出版社,1958:祝福书.

神界之战士",只有他们"动吭一呼","发为雄声",使"闻者兴起",才能"起其国人之新生"(《坟·摩罗诗力说》)。这时,他接受了西方资产阶级个性解放、民主自由等思想,提出"尊个性而张精神"的主张,对易卜生、拜伦、雪莱等人"任个人而排众数"(《坟·文化偏至论》)的思想也曾给予过很高的评价。辛亥革命失败后,冷酷的社会现实迫使鲁迅不得不重新考察自己过去的思想和信念。正如毛主席所说:"多次奋斗,包括辛亥革命那样全国规模的运动,都失败了。国家的情况一天一天坏,环境迫使人们活不下去。怀疑产生了,增长了,发展了。"[1] 鲁迅重新研究了知识分子在改革社会、拯救祖国的伟大事业中的地位和作用,得出了不同的结论。这些结论反映在他写于五四前后的一系列短篇小说中。

在《狂人日记》和《药》里,鲁迅考察了作为辛亥革命前驱的第一代革命知识分子。"狂人"第一个看透了四千年吃人的历史,看到统治阶级"话中全是毒,笑中全是刀",看到狼子村佃户的悲惨生活,相信"将来是容不得吃人的人"。然而,这个最先觉悟的人却被视为"狂人",对付他,只需"反扣上门,宛然是关了一只鸡鸭"!做了一番无益的挣扎之后,这位先觉者也就"赴某地候补矣"!《药》中的夏瑜和"狂人"不同,他忠于自己的信念,坚持革命到底,最后献出生命。然而,这样的牺牲并没有在群众中引起反响,他的鲜血对于尚未觉悟、麻木愚昧的人民只是一剂不起作用的"药"。

在《孤独者》和《在酒楼上》中,鲁迅着重研究了辛亥革命培育起来的第二代革命知识分子。吕纬甫在革命高潮时也曾"到城隍庙里去拔掉神像的胡子","连日议论些改革中国的方法以至于打起来"。直到今天,想起过去的革命行动,眼睛里还会"闪出……射人的光来"。然而,

---

[1] 毛泽东. 论人民民主专政. 北京:人民出版社,1960:3.

10年来，他"无非做了些无聊的事情，等于什么也没有做"，像"蝇子停在一个什么地方，给什么来一吓，即刻飞去了，但是飞了一个小圈子，便又回来停在原地点……很可笑，也可怜"。"孤独者"魏连殳原是一个激烈要求改革的"可怕的新党"，后来却"躬行我先前所憎恶、所反对的一切，拒斥我先前所崇仰、所主张的一切"，在表面的纸醉金迷和实际的失眠吐血中虚度了一生。

这些知识分子，他们也许曾最先觉悟，也许曾有过强烈的革命愿望，但由于他们离开了人民群众，没有一个正确的指导思想，他们终于不是战士，终于不能有益于中国实际的革命斗争。

那么，五四运动培养起来的第三代革命知识分子呢？那些五四统一战线中，在资产阶级个性解放、自由平等，易卜生、拜伦、雪莱等人的影响下成长起来的一代新的知识青年呢？他们将有怎样的命运和前途？

五四运动的杰出历史意义在于它所特有的彻底地、不妥协地反帝反封建的根本性质。在无产阶级领导的反帝反封建革命洪流中，资产阶级的个性解放、自由平等思想原有一定的进步意义，在推翻黑暗统治、推动社会前进方面能起好的作用；但是，如果以这种资产阶级文化思想与无产阶级思想相抗衡，甚至企图用资产阶级的思想领导来取代无产阶级的思想领导，那就是逆历史潮流而进，成为反动的了。

1918年，胡适把他在1914年美国康奈尔大学哲学会上宣讲的最早一篇论文《易卜生主义》写成中文，并在1921年重新修改发表。在这篇文章中，他极力宣扬所谓"真正纯粹的为我主义"。他引用易卜生的话说："全世界都像海上撞沉了船，最要紧的还是救出自己。"他认为"《娜拉》戏里，写娜拉抛弃了丈夫儿女飘然而去也只是为了救出自己"，而易卜生晚期的另一剧作《海上夫人》中的哀梨妲留在家庭，就因为她丈夫允许她"自由选择"，"自己担干系"，她有了独立的人格，也就是救出了自己。胡适把这一理论推而广之，认为"家庭如此，社会国家也是如此"，"只要个人有自由选择之权……对于自己所行所为都负责任"，那么"社会决没有不改良进步的道理"，因此"为我主义其实是最有价值的利人主义"。这一理论是胡适思想体系的重要组成部分。在革命形势迅速高涨的1925年，胡适再次搬出《易卜生主义》，在《爱国运动与求学》中反复宣扬"最要紧的是救出自己"，用所谓"在研究室里把自己铸造成器"来阻止学生参加革命运动。1930年，胡适把《易卜生主义》这篇文章说成是五四时期"最新鲜又最需要的一针注射"，具有"最大的兴奋作用和解放作用"（《易卜生主义》）。1935年，在《〈中国新文学大系〉建设理论集导言》中，胡适在回顾五四新文化运动时又提出"易卜生主义"，引用了上述那段"救出自己"的"名言"，并说这是"我借易卜生的话来介绍当时我们'新青年社'的一般人共同信仰的健全的个人主义"。

自从五四文化革命统一战线发生分化之后，鲁迅和胡适就逐渐形成尖锐的对立。鲁迅从来都是把易卜生的进步方面和胡适所宣扬的"易卜生主义"严格区分开来的。他在《〈奔流〉编校后记》中分析易卜生之所以在五四前后有较大影响时指出，这是"因为易卜生敢于攻击社会，敢于独战多数"，而当时的"介绍者""恐怕是颇有以孤军而被包围于旧垒中之感的"；他同时还指出了易卜生晚期与旧社会的妥协。这和胡适所鼓吹的"真正纯粹的为我主义"显然是不同的。特别是在半殖民地半封建社会的旧中国，鲁迅认为"娜拉"式的出走不但不能使社会"改良进步"，而且连"救出自己"也是不可能的。在1923年题为《娜拉走后怎样》的讲演中，他深刻地指出："自由固不是钱所能买到的，但能够为钱而卖掉。"娜拉表面上似乎是"自由选择""自己负责""救出自己"了，但由于没有钱，她追求自由解放，"飘然出走"的结局就只有两种可能：一是回家，二是堕落。因此，鲁迅认为首先要夺得经济权，要有吃饭的保障，要有生活的权利。但是"在经济方面得到自由……也还是傀儡，无非被人所牵的事可以减少，而自己能牵的傀儡可以增多罢了"，这也还说不上是真正的自由。鲁迅要求的是社会制度的彻底改革，所以他说："如果经济制度竟改革了，那上文当然完全是废话。"他号召妇女们不要走娜拉的绝路，不要空喊妇女解放自由平等，而要奋起从事"比要求高尚的参政权以及博大的女子解放之类更烦难……更剧烈的战斗"。

此后，鲁迅对胡适所谓"易卜生主义"的斗争一直没有间断，常常在什么地方出其不意地"讽它一下"。例如，在杂文《从胡须说到牙齿》中，他就曾对胡适的《爱国运动与求学》迎头一击，声明自己未能参加爱国示威游行的唯一原因是生病，而"并非遵了胡适教授的指示在研究室里用功……更不是依着易卜生博士的遗训正在'救出自己'"。在《春末闲谈》中，他又把胡适的"进研究室主义"作为帮助统治者"治人"的"精神麻痹术"之一来痛加"挞伐"。

在与胡适进行斗争的同时，鲁迅研究了"个性解放"问题，他的初步结论写在 1925 年 3 月和 4 月给许广平的信中。他说："要适如其分，发展各各的个性，这时候还未到来，也料不定将来究竟可有这样的时候。"他认为，空谈个性解放、自由平等绝不能彻底解决中国的社会问题。他得出结论说："无论如何，总要改革才好。但改革最快的还是火与剑。"他期望着日益增长的"压制和黑暗""也许可以发生较激烈的反抗与不平的新分子，为将来的新的变动的萌蘖"（《两地书》）。

在这样的思想背景下，鲁迅继《狂人日记》《药》《在酒楼上》《孤独者》之后，写了他探索知识分子道路的最后一篇小说《伤逝》。

二

《伤逝》的主人公涓生和子君不同于"狂人"和夏瑜，也不同于吕纬甫和魏连殳。他们是崭新的历史时期——五四时代——的知识青年。他们有着强烈的反封建要求，他们对周围黑暗势力的挑战无疑是英勇的。子君在背叛以家庭为代表的整个封建势力时，无疑比娜拉勇敢得多，坚定得多，对自己前途的认识也明确得多。自从她庄严宣布"我是我自己的，他们谁也没有干涉我的权利"而引起涓生灵魂的"震动"和"狂喜"的时候起，他们就决定向整个封建社会发起挑战，为"个性解放、自由恋爱"走一条崎岖的斗争道路。他们断绝了朋友、家庭，顽强地抵制一切"鲇鱼须的老东西"和"搽雪花膏的小东西"们，在"探索、讥笑、猥亵和轻蔑的眼光"中傲然前行。然而，他们毕竟是失败了。涓生和子君在拜伦、雪莱、易卜生等人"个性解放、自由平等"的思想指导下，由纯洁的爱情结合而组成的小家庭不到一年时间就全然崩毁。涓生从会馆来，还回到会馆；子君从封建家庭来，还回到封建家庭，并为这失败奉献了自己的生命。失败的原因是什么呢？为什么如此纯良的心地、如此坚强的意志却导致悲惨毁灭的结局？通过这一动人心魄的爱情悲剧，鲁迅想要向人们揭示的究竟是什么？

过去的研究者们多半把这失败的原因归结为失业、贫困等外界压力，子君逐渐滋长起来的庸俗倾向，涓生对子君的自私而卑怯的态度，等等，因而往往把《伤逝》的主题仅仅说成是对资产阶级爱情至上主义的批判。这样的解释显然只看到表面现象，而且也不完全符合作品实际。

涓生和子君建立起他们梦想的小家庭为时不到一年，他们暮春安家，子君在冬末离去，涓生的失业是在10月。这就是说，在他们的共同生活中，有大半时间是在并无经济威胁的情况下度过的。在这些基本上不愁吃穿的日子里，他们是否幸福呢？涓生的生活是"由家到局，又由局到家。在局里便坐在办公桌前钞，钞，钞些公文和信件；在家里是和她相对，或帮她生白炉子、煮饭、蒸馒头"。子君的生活则全部建立在"'川流不息'

的吃饭"的"功业"上。用涓生的话来说，他们都如"鸟贩子手里的禽鸟一般，仅有一点小米维系残生……只落得麻痹了翅子，即使放出笼外，早已不能奋飞"。还在失业之前，子君不是早就现出了"凄然"的神色，涓生不是早就感到了幸福安宁的"凝固"以及生活的空虚么？就在那接到失业通知的当夜，涓生不是也曾慨叹说："她近来实在变得很怯弱了，但也并不是今夜才开始的。"可见，失业和贫困固然促进了悲剧的发展，却不是造成悲剧的根本原因；鲁迅所说的"人必生活着，爱才有所附丽"，这里的"生活"也绝不是仅指吃饭穿衣，延续生命。

从作品中，我们看到的原来的子君确是一个善良纯真、稚气而勇敢的少女，她愿为自己认识到的真理无畏地献出一切。然而，她的遭遇使她变得呆钝平庸，她并非不感到眼前生活的"凄苦和无聊"，但却全然不知道怎样才能摆脱它而创造另一样的生活。因为表面上她似乎已经做到了"我是我自己的，他们谁也没有干涉我的权利"。像出走后的娜拉一样，她已是可以"自由选择""自己担干系"的了。然而最后她所能"自由选择"的却只是回到坟墓一样的旧家！因为拜伦、易卜生等她曾奉为生活导师的人全然不能指导她哪里是新的生路，怎样才能跨出新的一步！显然，子君的变得呆钝平庸并不是悲剧的原因，那使子君变呆钝、变平庸了的，那毁灭了子君性格的美善的，才是悲剧的真实原因！

所谓涓生对子君采取自私而卑怯的态度，因而导致悲剧产生的说法，更是不符合作者原意的。就算涓生能不采取这样的态度，用他自己的话来说，就是不将"真实的重担"卸给子君而永远奉献给她"自己的说谎"，难道就能拯救他们于毁灭么？涓生也曾多次对子君做出过"虚伪的温存的答案"，"将温存示给她，虚伪的草稿便写在自己的心上"，但换来的也仍然是子君的"怨色"和"忧疑"。可见，涓生对子君采取所谓"甩包袱"的态度不过是爱情已经消逝的结果，而不是悲剧产生的原因。为什么这在个性解放思想照耀下,以反抗为灵魂的纯真爱情会这样快就夭折了呢?看来要了解悲剧产生的原因,必先了解这爱情夭折的原因。

总之,无论是简单地用失业、贫困等外界因素,或是随意地用个别人的性格弱点或偶然态度来解释这一悲剧产生的原因,都不可能正确把握作品的主题,也不能正确揭示这一爱情悲剧所包含的极其深刻的社会意义。悲剧产生的原因必须从作品本身去探寻。

涓生重又回到会馆时,曾这样记述了自己的心情:

> 依然是这样的破屋,这样的板床,这样的半枯的槐树和紫藤,但那时使我希望、欢欣、爱、生活的,却全都逝去了。

那"使我希望、欢欣、爱、生活的",就是当时子君和涓生两人共同的信念和理想,就是作为他们爱情的思想基础而被他们经常谈论的打破家庭专制、打破旧习惯、男女平等,以及易卜生、泰戈尔、雪莱。然而,这一切与中国社会现实刚一接触,就全然破灭了。"伤逝"所"伤"的正是这"全都逝去了"的、曾使他们"希望、欢欣、爱、生活"的信念和理想。这些信念和理想的"逝去",才是悲剧产生的真实原因。

涓生和子君顽强地战斗过。当他们仗着资产阶级个性解放、自由平等的武器并肩傲立于整个封建壁垒之前时,生活也曾闪耀着"辉煌的曙色"。正如鲁迅在散文诗《野草》中所塑造的"这样的战士",他们曾举起投枪,那阻挡着他们去路的一切也曾"颓然倒地",他们则仿佛成为"胜者"。他们仿佛确是属于他们自己的了,他们完全可以"自由选择""自己负责",谁也没有干涉他们的权利,仿佛也确乎没有什么人去干涉他们。然而,他们得到了什么?失业前,是"仅有一点小米维系残生"的"鸟贩子手里的禽鸟";失业后,一并失去那"维系残生"的"小米","如蜻蜓落在恶作剧的坏孩子的手里一般,被系着细线,尽情玩弄、虐待,虽然幸而没有送掉性命,结果也还是躺在地上,只争着一个迟早之间"。无论是失业前还是失业后，这一对曾经充满希望而由爱情结合的青年夫妇的新婚生活竟是如此黯淡，简直令人触目惊心！是的，"人必生活着，爱才有所附丽"。这"生活"是涓生一再强调的必须有"更新，生长，创造"的人的生活，而不只是"川流不息"地吃饭！然而，在腐朽的旧中国社会，他们何尝能真正做到"自己负责""自己选择"！无非是鲁迅在《娜拉走后怎样》中指出的那种被社会牵着线的各色傀儡罢了！他们毕竟没有"更新，生长，创造"的真正的生活，爱情也就无所附丽！他们不是"胜者"，他们受骗了，堕入更广阔更深沉的黑暗，一并迷失了斗争的方向和对象。那曾使他们"希望、欢欣、爱、生活"的信念和理想在现实生活中早已失去了光彩和形象，无法指引他们跨出新的一步。他们绕了一个圈子又回到原点。涓生终于说："我觉得新的希望就只在我们的分离；她应该决然舍去，——我也突然想到她的死。""新的希望"竟只在于那抗拒整个封建壁垒而勇敢建立起来的"满怀希望的小小的家庭"的破灭！竟是那涓生曾"仗着她逃出这寂静和空虚"的子君的离去或死亡！那好容易才摆脱了的旧生活，如今竟又成为苦苦追求的目的！悲剧的深刻性就在这里。涓生和子君就这样在"无物之阵中老衰、寿终……无物之物则是胜者"。"无物之物"，这无所不在、无所不包的半殖民地半封建社会的黑暗制度扼杀了一切美好的希望，使一切敢于触犯它的东西，包括"自由选择""自己负责"之类，顷刻化为齑粉！它使子君不得不平庸，使涓生不得不冷酷，使生活扭曲变形，全无出路。要想抵制它，和它抗争，单凭个人的力量，单凭"自由平等"之类的信念和理想，是全然无望的。这就是《伤逝》的主题，这一主题的深刻性和高度概括性，使鲁迅这部以当时甚为风行的知识分子恋爱故事为题材的唯一短篇远远超出了同时代同类题材的所有作品。

《伤逝》十分鲜明地标志着鲁迅接受马克思主义以前思想发展的最后阶段，标志着鲁迅日臻成熟的革命思想的彻底性和不妥协性。如果说鲁迅在《狂人日记》中曾呼唤着"救救孩子",认为青年一代总会比老一代强,那么,在《伤逝》中,鲁迅不容置疑地表明如果不根本推翻旧制度,一切美好的新的萌芽都不可能有任何生机;而要根本推翻旧制度,既不能依靠以个性解放、自由选择相号召的资产阶级,又不能只依靠知识分子,也不能笼统地说依靠青年。在1925年4月8日给许广平的信中,他明确地提出:"现在我想先对于思想习惯加以明白的攻击,先前我只攻击旧党,现在我还要攻击青年。"一个多月后,他又感到对于旧思想、旧制度仅仅用笔来攻击是很不够了,他在5月18日给许广平的信中强调说:"我现在愈加相信说话和弄笔的都是不中用的人,无论你说话如何有理,文章如何动人,都是空的。他们即使怎样无理,事实上却着着得胜。然而,世界岂真不过如此而已么?我要反抗,试它一试。"他已经看到"孙中山奔波一世,而中国还是如此者,最大原因还在他没有党军,因此不能不迁就有武力的别人"。因此,他把希望寄托于正在胜利前进的北伐革命军。尽管他也看到"军队里也不好,排挤之风甚盛,勇敢无私的一定孤立……而巧滑骑墙、专图地盘者反很得意",然而他仍然对军队中的"勇敢无私"者怀着热望,甚至因为他在军中的学生"终于没有信来"而"常常痛苦"(《两地书》)。

　　由此可见,鲁迅写《伤逝》时,他的思想已远远高出于迷失方向的涓生。不能把鲁迅和涓生等同起来,更不能说涓生就是鲁迅自况。鲁迅是以批判的眼光来塑造这一形象的。例如,涓生屡次责备子君不懂得爱情需要不断"更新,生长,创造",而他自己又何尝知道怎样才能做到这一点呢!他感到了当前生活的停滞和凝固,却不知道怎样摆脱它,只好回到更加停滞凝固的会馆生活中去寻求逃避;涓生曾因追求新生活而断绝了一切旧友,但终于又回到他们面前向他们求助。当然,由于《伤逝》采取了涓生手记的形式,这一切弱点都是通过涓生自己的思想感情表现出来,带着浓厚的自我辩护和自我解嘲的色彩，但作者的批判态度仍然是很鲜明的。另外，我们也应看到涓生这个艺术形象确实也反映着鲁迅当时的心情和思想的某些侧面，特别是那种为了寻求新的生活道路，上下求索、百折不回的韧战精神。涓生不管多么痛苦，多么茫然，都仍然坚持着"要向新的生路跨进第一步去"。然而他又始终不能知道这新的生路究竟是什么，于是只能"用遗忘和说谎做我的前导"。鲁迅曾说："人们因为能忘却，所以自己能渐渐地脱离了受过的痛苦。"又说："人生最苦痛的是梦醒了无路可以走……倘没有看出可走的路……说诳和做梦，在这些时候便见得伟大。"（《坟·娜拉走后怎样》）涓生所说的"遗忘和说谎"，正是一个梦醒了而又无路可走的青年知识分子痛苦之余所说的愤激的话。然而，他并没有因为无路可走就止步不前。正像那明知前面是坟地却仍然艰苦跋涉、奋然前行的"过客"，明知"无物之物则是胜者"却仍然举起投枪的"这样的战士"，涓生找不到新的生路在哪里，却仍然执着地要向新的生路跨进第一步去。鲁迅在 1925 年 3 月说："走人生的长途，最易遇到的有两大难关。其一是'歧路'，倘是墨翟先生，相传是恸哭而返的。但我不哭也不返，先在歧路头坐下，歇一会，或者睡一觉，于是选一条似乎可走的路再走……其二便是'穷途'了，听说阮籍先生也大哭而回，我却也像在歧路上的办法一样，还是跨进去，在刺丛里姑且走走。但我也并未遇到全是荆棘毫无可走的地方过，不知道是否世上本无所谓穷途，还是我幸而没有遇着。"（《两地书》）他始终坚信新的生路是存在的，只要寻求就能找到。涓生在苦痛和渺茫中仍然坚持"向新的生路跨进第一步去"，正是从一个侧面反映了鲁迅以上的思想。

《伤逝》全面反映了鲁迅对半殖民地半封建社会的彻底否定，对资产阶级个性解放思想的深刻批判，以及对真理的坚信和始终不渝的追求。这正是鲁迅前期思想的三个组成部分，正是这些思想促使鲁迅到广州去，进一步寻求新的革命和斗争。深入分析《伤逝》的时代背景和主题思想，就可以看到这部作品不仅正确剖析了现实生活中的某些重大问题，塑造了五四知识青年的典型形象，而且也深刻体现了鲁迅前期思想的重要方面，预示着即将到来的伟大跃进。

三

1935年，鲁迅在《〈中国新文学大系〉小说二集序》中谈到自己的作品因"表现的深切和格式的特别，颇激动了一部分青年读者的心"。的确，鲁迅的每一个短篇几乎都因内容的不同而有自己特别的格式，很少雷同，从不"模仿自己"。例如，《狂人日记》用日记体，便于直接呼吁、控诉，抒发自己的愤懑；《药》中，为人民献身的革命者与麻木无知的人民两条线索通过人血馒头交织在一起，触目惊心地呈现出不为人民所理解的革命的悲剧；《孔乙己》通过孩子的眼光来写，更加动人地表现了主人公无辜受害的善良的一面；《在酒楼上》用旧友偶然相遇的一席谈话概括了一个知识分子的一生，充满了悲凉和感慨的气氛；《阿Q正传》有头有尾，按时间顺序写了阿Q的主要生活行状；《祝福》则只有"我"所接触到的几个片段，却也同样深刻地写出了祥林嫂悲惨的命运。

《伤逝》采取的独特形式是"涓生的手记"。"手记"，不同于记载每天生活的"日记"，不同于概括一生的"传记"，也不同于兴之所至、一鳞半爪的"散记"或"漫记"，它是对前一段生活的回顾和总结。《伤逝》采取"手记"的形式，是由它内容本身的需要所决定的。

第一，《伤逝》是鲁迅所写的唯一爱情悲剧。他要通过这一爱情悲剧反映出更广阔的社会现象，回答"娜拉走后怎样"这个问题，说明一些生活的道理，如"人必生活着，爱才有所附丽"，生活和爱情都需要不断

"更新，生长，创造"，而没有经济制度的根本改革，青年就只能有"禽鸟"和"蜻蜓"的生活，等等。要形象地说明这些道理，再没有比"涓生的手记"更动人、更恰当的形式了。"手记"开头写道："如果我能够，我要写下我的悔恨和悲哀，为子君，为自己。"这时，他所曾深爱的子君已在"无爱的人间死灭"。一年来，他经历过那样的狂喜，那样的悲痛，如今痛定思痛，自己再来重温过去的经历，追索酿成悲剧的原因，总结生活的道理，这样得出的结论当然是最能激动人心而又最有说服力的。

第二，要写好这一反映着深刻社会问题的爱情悲剧，需要有细致的思想分析和心理分析。但鲁迅从来不愿像某些欧洲作家那样，在作品中由作者出面来进行大段心理描写。采取"手记"的形式，通过主人公自己的思想和心理来总结回顾，就可以使作品情节的开展、人物性格的描述都带着主人公的思想色彩和心理特征，思想和心理的分析也就与作品中情节、性格的刻画融为一体了。举一个简单的例子。子君和涓生的生活终于出现了这样的局面："菜冷，是无妨的，然而竟不够；有时连饭也不够……这是先去喂了阿随了，有时还并那近来连自己也轻易不吃的羊肉。她说，阿随实在瘦得太可怜，房东太太还因此嗤笑我们了，她受不住这样的奚落。于是吃我残饭的便只有油鸡们。这是我积久才看出来的，但同时也如赫胥黎的论定'人类在宇宙间的位置'一般，自觉了我在这里的位置：不过是叭儿狗和油鸡之间。"这段话简明而逼真地反映了主人公悲惨生活的困境，细腻地刻画了子君在失去理想和前途之后的性格变化，以及她压抑郁闷而又带着几分虚荣的复杂心理状态。这一切又都是通过涓生的认识和分析表现出来的，所以同时也反映了他自己对生活的深刻观察、敏锐感受和对现实不满而又无路可走的痛苦和自嘲。这里没有长篇大论的心理分析，却把两位主人公的复杂心理表现得细致入微。如果不是用涓生对过去一年生活总结回顾的"手记"形式，要收到这样的效果是困难的。

第三,"手记"的形式使作品充满着浓郁的抒情色彩,强烈地烘染了整个故事无可挽回的、动人心魄的悲剧气氛。涓生在"悔恨和悲哀"中写自己的回顾,无处不流露着对子君的怀念和追思。连短短的景色描写也无一不反射着主人公浓厚的感情。例如,涓生重又回到会馆时,这里"依然是这样的破窗,这样的窗外的半枯的槐树和老紫藤,这样的窗前的方桌,这样的败壁……"一切都浸染着主人公沉痛空虚的心情。但一年前同样的景物却是完全不同的面貌。那时,"在久待的焦躁中,一听到皮鞋的高底尖触着砖路的清响,是怎样地使我骤然生动起来啊!……她又带了窗外的半枯的槐树的新叶来,使我看见,还有挂在铁似的老干上的一房一房的紫白的藤花"。同样的枯槐老藤在主人公不同的感情状态中幻出了多么不同的色彩!另外,如"一天,是阴沉的上午,太阳还不能从云里面挣扎出来,连空气都疲乏着"。这更难区别是写景色还是写人物心情。当然,这种把景色和人物心情结合起来写的方法是很多作品都采用的,但"手记"的形式使一切景物都涂染着主人公的主观感情,更加强调了作品的抒情色彩。

鲁迅从来都非常注意短篇小说和长篇小说在写作方法上的不同,他多次强调写短篇小说就要充分发挥短篇小说的特长。他说读长篇"譬如身入大伽蓝中,但见全体非常宏丽,眩人眼睛,令观者心神飞越",而读短篇则如"细看一雕阑一画础,虽然细小,所得却更为分明,再以此推及全体,感受遂愈加切实"。因此,写短篇小说必须"借一斑略知全豹,以一目尽传精神,用数顷刻,遂知种种作风,种种作者,种种所写的人和物和事状"(《三闲集·〈近代世界短篇小说集〉小引》)。优秀的短篇小说绝不是缩影或盆景,而是能"推及全体"的"一斑""一目"。从发挥短篇小说的特长来看,《伤逝》也是技巧极为圆熟的一篇。

《伤逝》的每一情节都以"分明而细小"的"一斑""一目"反映出更

多的人和物的事状，可以"推及全体"。例如，那只"花白的叭儿狗"阿随在作品中出现过四次，每次都只有寥寥数笔，却很有表现力地反映出人物的性格、心理和生活变迁。阿随的出现本身就生动地表明这一对新婚夫妇生活的凝固和无所寄托。涓生失业后，自己饿肚子，却让阿随吃羊肉，这不但透露出他们经济上濒临绝境、精神上饱受压抑，而且也表现着他们的软弱、虚荣和对现实的屈从。后来，阿随"终于是用包袱蒙着头，由我带到西郊去放掉了，还要追上来，便推在一个并不很深的土坑里"。小狗的被弃标志着主人公不可能再照原样生活下去。他们之间的共同联系既然只有"吃饭""饲油鸡""饲阿随"，如今吃饭发生困难，油鸡成了"肴馔"，而阿随被扔进了土坑，他们的共同生活也就从此完结。最后，子君已死，涓生"坐卧在广大的空虚里"，突然，"耳中听到细碎的步声和咻咻的鼻息，使我睁开眼。大致一看，屋子里还是空虚；但偶然看到地面，却盘旋着一匹小小的动物，瘦弱的、半死的、满身灰土的……我一细看，我的心就一停，接着便直跳起来。那是阿随！它回来了"。在这人去楼空、往事已难追寻之时，突然出现子君生前的宠物——他们婚后生活的唯一见证，它所引起的悲哀与联想是无尽的。而且，这盘旋着的、瘦弱的、半死的、满身灰土的……不就是涓生当时的写照么？总之，阿随的遭遇贯串整个故事，巧妙地反映着主人公性格的发展和思想的变化，把故事情节推向高潮，引向结局。从小狗这"一斑"可以"窥见"涓生和子君物质与精神生活的"全豹"。

《伤逝》中的每一细节也都是力求用最简练的形象的语言表现出最丰富的内容。例如，子君离去时，没有留下一句话或半个字迹，只是"盐和干辣椒、面粉、半株白菜，却聚集在一处了，旁边还有几十枚铜元。这是我们两人生活材料的全副，现在她就郑重地将这留给我一个人，在不言中，教我借此去维持较久的生活"。这里，没有痛哭流涕的描写，没有生离死别的渲染，有的只是干辣椒、面粉、白菜、铜元……但字里行间透露出来的悲痛绝望和无私的爱却在读者心中引起比任何直接的渲染和描写都更为深远的回响。这种"有真意，去粉饰，少做作，勿卖弄"的"白描"的方法，显然并不像有些人说的只是一种平面的、初级的方法，只能用来描写比较简单的情景；其实，白描同样可以写出复杂的思想感情和心理状态，而且往往收到浓墨重涂的"油画"方法所难以收到的效果，在短篇小说中更是如此。

鲁迅短篇小说"表现的深切""格式的特别"，以及充分发挥短篇小说写作方法的特长等，至今仍是我们取得更大艺术成就的极可宝贵的借鉴。

(1981年)

鲁迅属于全世界

——《国外鲁迅研究论集》前言

近20年来，国外对于鲁迅的研究有了很大进展。如果说20年前各国鲁迅研究的主要内容还止于对鲁迅思想、业绩和著作的复述、评介，那么近20年来，重点已转移到把鲁迅作为一个有世界影响的思想家、革命家和艺术巨匠来进行认真的研究和剖析。特别在美国和日本，情况更其如此。

从我们接触到的材料来看，目前国外对鲁迅的研究大体集中于以下几个方面：（一）鲁迅思想的起点及其发展和转变。不少学者认为鲁迅青年时期是把拯救民族的希望寄托在少数优秀人物身上，他认为西方民主制度不能不牺牲杰出的个人来迁就"平庸"的大众，他相信思想和精神的力量优于物质。他的这种信念和他对祖国命运的关注使他坚信可以借助"摩罗诗力"来达到改造社会的目的。进而，他们探讨鲁迅是怎样从这些起点出发，受到哪些外力的作用，又经历过哪些复杂的斗争而达到马克思主义的，他的这些经历对于各国知识分子具有什么意义。（二）鲁迅怎样继承了东西方文化传统？如何在继承的基础上创新？他对世界文化宝库做出了哪些独特的贡献？他的思想和艺术在哪些方面超越了他的前驱？他受到了哪些西方文化的影响，又受到了哪些中国传统文化的熏陶？为什么青年时代他对安德列耶夫、阿尔志跋绥夫（Mikhail Petrovich Artsybashev）尤为看重，却很少提到屠格涅夫、高尔基？是因为浪漫主义、象征主义能更猛烈地冲击旧中国传统的规范吗？是因为中国文化传统一向要求对客观价值标准做出评价而不习惯于以观察者的身份描摹现实吗？他怎样总结革命转折时期苏联知识分子叶遂宁（Sergey Aleksandrovich Yesenin*）、梭波里的经验教训？又怎样接受尼采思想而复加以扬弃？（三）关于鲁迅思想复杂矛盾的分析。有的学者认为鲁迅跨越了新旧两个时代，他既不完全代表新，更不完全代表旧。他对未来不像胡适那样盲目乐观，也不像周作人那样悲观。他同时受着三味书屋、诗云子曰的"大传统"和百草园、无常、女吊等"小传统"的影响，他恨旧中国，同时深爱着她那久远文化传统的许多方面；唯有鲁迅最生动地代表着新与旧的冲突及其他超越历史的更深的矛盾。在政治上，鲁迅把希望寄托于暴君的铲除，同时又感到"暴君的臣民比暴君更暴虐"；他把矛头指向压迫者，同时又怵目于几乎所有的人都在设法寻求比自己更弱小的牺牲品来加以压迫。在文艺方面，他强调文艺标志着一个民族的精神本质，它可以通过改造国民精神来对政治起作用，但他并不赞成把文艺看作单纯的政治教育工具，反对文学的实利主义，强调文艺从根本上"深邃人之性情，崇高人之好尚"的美学意义；但他从一开始就创作"遵命文学"，后来又认为文学起不了多大作用，犹如"一箭之入大海"。也有一些学者企图从这些矛盾的交错发展中找出鲁

---

* 今译叶赛宁。——编者注

迅中断小说创作的原因。（四）对鲁迅作品的艺术技巧进行精微的分析。许多学者研究了鲁迅作品的意象和象征、时间的框架、叙述的角度、视点的转移、作者的距离、讽刺和写实的模式，以及性格反语、描述性反语等艺术技巧的实际运用。

这些研究鲁迅的文章也有某些共同的特色。首先，在广阔的背景上进行广泛的比较。例如谈到鲁迅是中国现代小说的创始人时，就分析鲁迅小说哪些方面符合西方现代小说的模式，哪些地方有所独创，不仅比较中国现代小说与西方现代小说的异同，而且研究何以西方最后的古典小说与最早的现代小说几乎同时产生，而在中国，其间的距离却相差一二百年？有些学者在研究鲁迅世界观的转变问题时，把鲁迅和一些表面看来似乎并无关联的知识分子进行了比较，例如指出鲁迅、布莱希特和萨特有许多共同之处：他们同样背叛自己所从出身的阶级，都甘愿牺牲舒适的环境去换取并不确定的未来，他们都不相信未来的"黄金世界"会完美无缺，也不想从他们所投靠的即将胜利的阶级索取报偿；他们理性的抉择都被后来的批评家们误认为是一时冲动或由于"绝望"，甚至是受了"现代符咒——革命"的"蛊惑"！因为他们都不是在革命高潮而是在令一般人沮丧的革命低潮时期参加了革命。这样的比较，说明了鲁迅的道路并非孤立现象，而是20世纪前半叶某些知识分子的共同特色。其次，不少研究文章注意从历史发展中对鲁迅的思想和艺术进行纵的考察。例如有的文章研究了以鲁迅为代表的现代小说与中国传统文学的深刻的决裂，考察了这种决裂的原因、意义及特殊形态；有的文章从体裁、结构、性格塑造、创作态度、语言、描写等多方面论述了鲁迅小说与清末谴责小说的异同；也有文章研究中国古典小说传统和民间艺术传统对鲁迅创作的影响以及鲁迅的追随者如何继承了他所开创的事业。最后，当代不同流派的文学批评方法在研究鲁迅的学术论著中都有不同程度的反映。例如把作品分解为若干基本因素再探讨其构成原则的结构主义分析法（如《鲁迅的〈药〉》）；追寻作者经历的心理危机或心理模式如何表现在作品之中的心理分析法（如《一个作家的诞生——关于鲁迅求学经历的笔记》）；从不同文化体系的对比和类同中找出作品特色的比较分析法（如《自愿面对历史的必然——鲁迅、布莱希特和萨特》）；以某种哲学体系为出发点来对作品进行剖析的哲学分析法（如《〈狂人日记〉——"狂人"康复的记录》）；另外如社会学分析法、语言学分析法等在鲁迅作品的研究中也有所运用。

总之，20年来的发展趋势是对鲁迅的评价随着研究的日益深入而日益准确、日益崇高。从本书选译的有限的几篇文章中也能看出这种趋势之一斑。许多学者指出鲁迅以他"坚实的思想与清新的感觉的相互结合，开拓出崭新的表现领域"（木山英雄）；他所选择的主题"最具有政治意义，又最富于深刻的个性"（伊藤虎丸）；他的"每一篇小说"都是"技巧上的大胆创举，是一种力图达到内容与形式完美结合的新的尝试"（帕特里克·哈南）；他"奠定了一种既不是完全实用主义的，又不是纯粹独立的文学"，这种文学"既不仅仅被当作达到某种社会政治目的的手段，也不是一种独立于作家和社会之外自成一体的艺术世界"（李欧梵）。同时，国外研究鲁迅的学者和著作20年来也大大增加了，他们遍及于欧、美、亚、澳各大洲，本书附录中的"近二十年来国外鲁迅研究论著要目"雄辩地说明了这一点。毋庸置疑，鲁迅的思想和艺术已经成为世界文学宝库的灿烂瑰宝，鲁迅的辉煌业绩永远属于全世界。

（1984年）

茅盾早期思想研究

（1917—1926年）

茅盾自1917年用"雁冰"的笔名发表第一篇论文《学生与社会》以来，写了大量有关文艺、社会政治和科学的论文，仅在1917年到1926年的10年间，他就用德鸿的本名和雁冰、郎损、玄珠、玄瑛、佩韦、明心、希真、冰、玄、真等笔名写了论文360余篇（200多条海外文坛消息和大量译作不包括在内），其中230余篇是有关文艺的文章，其余则是讨论妇女、青年、劳动组织等社会政治问题和介绍外国哲学思想与科学知识的论文。总结研究茅盾这一阶段的思想，对于了解五四时期的思想史，特别是新文学发展史具有重要意义。

茅盾的社会活动和写作活动开始于十月革命之后，他没有留过学，较少受到欧美20世纪初叶流行思潮的影响。1919年，他刚23岁，他的思想是在五四精神的酝酿、勃兴和发展中直接孕育和形成的。这决定了他很快就被俄国革命和马克思主义所吸引。早在1919年，茅盾就鲜明地指出"今俄之 Bolshevism（布尔什维主义）已弥漫于东欧，且将及于西欧，世界潮流，澎湃动荡……"，"二十世纪后数十年之局面决将受其影响，听其支配"①。1921年，他在上海作为第一批共产主义小组的成员加入了中国共产党。1922年，他在纪念五四的一次讲演中回顾自己的思想发展说："我也是混在思想变动这个漩涡里的一分子，起先因找不到一个归宿，可以拿来安慰我心灵，所以也同样感到了很深的烦闷，但近来我已找到了一个路子，把我的终极希望都放在彼上面，所以一切的烦闷都烟消云灭了。这是什么路子呢？就是我确信了一个马克思底社会主义。"②

当然，绝不能因此就说青年茅盾当时就已经是一个马克思主义者了，但上述事实至少可以说明一种倾向。正是这种倾向决定了茅盾这一时期思想发展的主要特点。

一

五四运动是伟大的思想解放运动，在这个大变动时期，统治了几千年的封建教条顷刻瓦解，西方的各种思潮纷至沓来。面对新旧势力的激烈搏斗，每个人都必须表明态度，做出抉择。当时不少人还受着形式主义的束缚，对于旧有文化或外来事物缺乏批判精神，往往认为好就是绝对的好，一切皆好；坏就是绝对的坏，一切皆坏。只有少数先驱者突破了这种局限，能够以批判的眼光，根据中国社会现实的需要，对中国固有的和外国传来的东西加以检验、扬弃和改造。茅盾就是这些先驱者中间的一个。

茅盾对一切外国和古代的思想学说都采取了一种批判的、为我所用的态度，他明确提出："前人学说有缺点自是意中事，不算前人不体面，后

---

① 雁冰. 托尔斯泰与今日之俄罗斯. 学生杂志，1919，6（4-6）.
② 雁冰. 五四运动与青年底思想. 民国日报·觉悟，1922-05-11.

人倘然不能把他的缺点寻出,把他的优点显出或者更发扬之,那才是后人的不体面呢。"只要我们不把古人当"偶像",不把古人的话当作"天经地义","能怀疑,能批评",那么"古人的书都有一读的价值,古人的学说都有一研究的必要"①,而新的东西也正是在这个寻出缺点和发扬优点的过程中创建出来的。从这种认识出发,他对外国传入的种种"新"思潮总是采取批判改造的态度,从来不认为是绝对的好、一切都好。

1920年《学生杂志》分四次连载了茅盾所写的长篇学术论文《尼采的学说》,这篇文章很能说明茅盾这种批判精神的实际运用。

尼采在中国曾经有过很大影响,五四时期的杰出人物如鲁迅曾多次谈到过他,郭沫若翻译了他的代表作《查拉图斯特拉如是说》(1923年在《创造周报》多期连载)。青年茅盾也不例外,他对尼采做了相当深入的研究。茅盾从总体上否定了尼采的思想体系,在《尼采的学说》中,他一开始就指出尼采"有很多自相矛盾的地方",他的学说"驳杂不醇","读尼采的著作应该处处留心,时常用批评的眼光去看他"。茅盾尖锐地批评了尼采的社会二元论,指出他在"社会组织习惯风俗方面……极端的保存,信赖","从此方面看去,尼采诚然是人类中的恶魔,最恐怖的人物",是"错谬",是"简直无理","以致发生了根本的误会"。但茅盾却从尼采的个别论断中得到启发,根据中国社会斗争的实际加以改造和发展,有时甚至引发出与尼采原意恰恰相反的结论。

例如茅盾认为"尼采最大的——也就是最好的见识,是要:把哲学上一切学说,社会上一切信条,一切人生观道德观重新称量过,重新把他们的价值估定。……扫荡一切古来传习的信条,把向来所认为绝对真理的,根本摇动"。在五四时期提倡新道德、反对旧道德的伟大运动中,茅盾认

---

① 雁冰. 尼采的学说. 学生杂志, 1920, 7 (1-4).

为"这一点可以借来做摧毁历史传统的畸形的桎梏的旧道德的利器，重新估定价值，创造一种新道德出来"。他认为尼采指出统治者（强者、主者）道德和被统治者（弱者、奴者）道德的根本对立，看到"狮子以为善，羚羊便以为恶"，"这种观察，多少厉害，多少有力！"。但是他随即指出尼采"对于道德的批评是很不错的，他下在道德趋势的断语却错了"，这个"道德趋势"就是强者道德崇高伟大，理应压服弱者。茅盾得出的结论完全相反，他认为中国长久以来"君主以压力施于上，强人民以服从"，强使人民"不识不知，顺帝之则"[①]，造成了千百年来的奴隶道德，目前的急务就是要彻底摧毁这种旧道德，让人民觉醒起来创造新道德。

茅盾在"人总是要跨过前人"这一点上同意了尼采的超人说，但他所理解的超人只是"从前达尔文说，人是由动物进化来的，现在尼采说将来的人也要从现代人进化而去"，"超人和现在人比，犹之现在人和猿比"。因此他说："尼采的超人哲学就大体看去，不去讨论细节目是不错的。"他特别赞赏尼采"不应该屈膝在环境之前，改变自己的物质的构造去适应环境以求生存"的观点。因为他同意"人类现在所有的四周的条件都是不对的，如果只讲'适者生存'，那么，在寄生虫的社会里，一定是最肥的、最圆滑的、最柔弱的是最适宜的，最能生存。人类的生活倘然也依了这个例，便是瞎了眼的挣扎"。因此，人要进步，要"达到超人"，"只有一个法子，那就是把这些条件的全体来变更了"。这种精神与五四彻底推翻旧社会、建立新社会的精神是完全一致的。但是对于社会进化论观点，茅盾却给予了严厉的批判。他说："但是我们要明白，人类固是求进步，但进步不一定从竞争——强吞弱——得来"，以为"强者求到超人，须得牺牲愚者弱者，这便是大错特错了"。因此对于尼采的超人说，茅盾的结论是：

[①] 雁冰. 学生与社会. 学生杂志，1917，4（12）.

"倘若细论它的节目,便见得尼采是崇拜强权,惨酷无人道。"作为弱国一员的有识见者,是绝不可能赞同任何社会达尔文主义的观点的。

　　茅盾又认为尼采说"人类生活中最强的意志是向权力,不是求生",这"实在有些意思"。但是茅盾心目中的"向权力的意志"根本不同于尼采所说的,如垒金字塔,用大多数平凡人民来打底,而自己成为塔尖上最高的一块石头。茅盾说:"唯其人类是有这'向权力的意志',所以不愿做奴隶来苟活,要不怕强权去奋斗,要求解放,要求自决都是从这里出发,倘然只是求生,则猪和狗的生活一样,也是求生的生活。"这里,茅盾已离开"向权力的意志"的唯心主义内涵,而相反地,把它作为被压迫民族和人民求解放的意志来理解和运用了。

　　由此可见,茅盾从总体来说并不赞成尼采的思想体系,尤其不赞成这一思想体系为之服务的根本社会目的。他只是把尼采的一些思想材料拿过来加以改造,使之服务于中国社会的实际需要,经过改造后的这些思想材料与尼采原来的用意往往不同。茅盾的态度正是他自己所说的"尽管挑了些合用的来用,把不合用的丢了,甚至忘却也不妨"。

　　对于其他外国思潮,茅盾也都是同样采取批判吸收、为我所用的态度。就拿茅盾很为推重并受到很大影响的法国文艺批评家泰纳来说,茅盾也从来没有全盘接受过他的论点。早在1922年,他就详细介绍了泰纳的批评方法,认为泰纳根据"作家所属人种、作家所处时代的社会现象、政治现象及个人环境,和作家所处时代及所居社会内的主要思潮"这样的"三段方式"来进行文学批评,原是"正当而且精密的",特别是对于校正中国文艺批评中"痴人说梦式的全然主观的批评论和谨奉古代典型而不敢动这二点而言",更是"有益的方法"。但是,他同时也指出这样的批评方法没有注意到作家的主观条件,用他自己的话来说就是"竟完全忽略了作家个性的重要与天才的直觉力……忘记了有时候大作家亦能影响时代。结果,他堕入了自己的偏见的网里,他的批评虽说是科学的,实在近于独断了"①。因此在写《文学与人生》谈到这个问题时,茅盾在讲了"人种""时代""环境"三要素之后,又加了第四个要素——作家的人格,指出:"革命的人,一定做革命的文学。"

即使是对于新兴的苏联文学,茅盾也不是盲目歌颂的。他一方面肯定十月革命成功后,"无产阶级登上政治舞台,突然发展了潜伏的伟大之创造力,对于人类文化克尽其新贡献",另一方面也研究了这一新兴文学存在的问题。他首先指出"题材的范围太狭小,只偏于一方面——劳动者生活及农民憎恨反革命的军队,实在太单调",无产阶级要建设"全新"的人类生活,它的文学就必须"以全社会及全自然界的现象为汲取题材之泉源"。他又指出新兴的苏联文学"还有一点毛病,就是误以刺戟和煽动作为艺术的全目的"。他认为这"只是艺术所有目的之一,不是全体"。另外,他认为苏联一些作品也过于着重写对反动阶级成员个人的仇恨了,以致没有充分写出一个阶级对另一个阶级的斗争:"一个资本家,也许竟是个品性高贵的好人,但他既为他一阶级的代表,并且他的行动和思想是被他的社会地位所决定的,则无产阶级为了反对资产阶级的缘故,不能不反对这个代表人。"② 并不是说茅盾这些意见都完全正确,但从这里可以看到茅盾绝不对任何事物盲目崇拜,一切都要经过自己的检验和吸收。

以上这样的例子还可以举出很多。例如对于举世闻名的拜伦,茅盾说:"中国现在正需要拜伦那样富有反抗精神的,震雷暴风般的文学,以挽救垂死的人心,但是同时又最忌那狂纵的,自私的,偏于肉欲的拜伦式的生活。我们现在所纪念的,只是那富于反抗精神的,攻击旧习惯道德

---

① 雁冰."文艺批评"杂说. 文学周报,1921 (51).
② 雁冰. 论无产阶级艺术. 文学周报,1925 (172,173,175,196).

的，从军革命的拜伦。"① 1924 年，印度著名诗人泰戈尔来华访问，引起了截然相反的两种态度——欢迎和反对。茅盾的态度是"我们决不欢迎高唱东方文化的太戈尔，也不欢迎创造了诗的灵的乐园，让我们的青年到里面去陶醉去冥想去慰安的太戈尔；我们所欢迎的是实行农民运动（虽然他的农民运动的方法是我们所反对的），高唱'跟随着光明'的太戈尔"，希望太戈尔"本其反对西方帝国主义的精神，本其爱国主义精神，痛砭中国一部分人底洋奴性"②，让青年们回到现实社会来切实地奋斗。

西方的学者往往喜欢把中国的五四新文化说成是西方文化的"反响"，是西方文化在中国的"表现"，美国的费正清博士 1954 年就曾专门写过一本书来说明这一点。③ 中国也有人把五四新文化说成是西方文化的"移植"。这是完全不符合五四新文化运动的实际情况的。毋庸讳言，西方新思潮对五四新文化运动起了不可估量的巨大作用，它触发并引导了整个运动的勃兴。正如茅盾所描述的"民族的文艺的新生常常是靠了一种外来的文艺思潮的提倡"④，但这"新生"的，毕竟是自己"民族的文艺"，这是任何"移植""反响"所不能代替的。近年来一些西方学者也已逐渐注意到这个问题。例如，1978 年 8 月《亚洲研究》杂志上的一篇文章，就论证了五四时期的新文学作家们虽曾企图"用外国文学理论去改造中国文学"，但"他们对于世界思潮的热忱深深受到中国特殊条件的影响"⑤。提出这种比较符合实际的看法，是外国学者研究中国现代文学逐步深入的表现。

---

① 雁冰. 拜伦百年纪念. 小说月报, 1924, 15 (4).
② 雁冰. 对于太戈尔的希望. 民国日报·觉悟, 1924, 4 (14).
③ BANK F. China's response to the west. Cambridge, Mass: Harvard University Press, 1954.
④ 雁冰. 自然主义与中国现代小说. 小说月报, 1922, 13 (7).
⑤ SCHWARCZ V. How literary rebells became cultural revolutionaries. Journal of Asian Studies, 1978 (8).

从五四新文化运动主要活动家之一茅盾的态度来分析,我们可以清楚地看到西方文化传入的一切,都要经过中国社会实际需要的检验和扬弃,都要加以改造使之成为对自己有用的东西。这个检验、扬弃、改造的过程也就是使外来思想民族化的过程。

同样,对于中国旧有的东西,茅盾也从来不认为是绝对的坏,一切皆坏。他认为旧时代有新的东西,新时代也有旧的东西。早在1920年他就明确提出:"我们该拿'进化'二字来注释'新'字,不该拿时代来注释。所谓新旧,在性质,不在形式。"[①] 在同一篇文章中,他举出蒋贻恭的《咏蚕》("辛勤得茧不盈筐,灯下缫丝恨更长。着处不知来处苦,但贪身上绣鸳鸯。")和范仲淹的《江上渔者》("江上往来人,但爱鲈鱼美。君看一叶舟,出没风波里。"),认为这些同情劳动人民疾苦的作品都是"何等有意思,也都可以算是新文学"。总之,"'美''好'是真实,真实的价值不因时代而改变,旧文学也含有'美''好'的,不可一概抹煞"[②]。茅盾认为五四新文学运动的一大成功就是把旧文学中有价值的,"美""好"的东西提到应有的地位,"从中国旧文学把词曲歌谣、白话小说升作文学正宗"[③]。他的结论是必须研究中国旧文学,以便"提出它的特质和西洋文学的特质结合,另创一种自有的新文学"[④]。

二

茅盾想要创造的新文学内容是人民大众的,方法则是现实主义的。他的文学思想在这个基础上不断发展变化,随着1925年革命高潮的到来而

---

① 雁冰. 新旧文学平议之评议. 小说月报, 1920, 11 (1).
② 雁冰. "小说新潮"栏宣言. 小说月报, 1920, 11 (1).
③ 雁冰. 进一步退两步. 文学周报, 1921 (122).
④ 同②.

到达一个更明确、更成熟的新阶段。

茅盾的写作活动一开始就着眼于"平民",他这时所理解的平民就是他1918年所写的《履人传》《缝工传》中所说的"非生于高贵之家,传乎儒者之口"的"穷巷牛衣之子",也就是区别于"达官显宦、贵族阶级"的普通老百姓。在这两篇文章中,他介绍了欧美曾经当过鞋匠、裁缝,而终于取得重大成就、名垂青史的人物,鼓励平凡"卑贱"的劳动者以他们为榜样开创一番事业。1920年,茅盾在《俄国近代文学杂谈》中指出"英国文学家如狄更司未尝不曾描写下流社会的苦况,但我们看了,显然觉得这是上流人代下流人写的";俄国文学家则不同,如托尔斯泰、屠格涅夫,特别是高尔基,他们的作品使"压在最下层的悲声透上来","看了他们的著作如同亲听了污泥里人说的话一般"。可见茅盾所说的"平民"是指包括被压在社会最底层的"下流人"在内的广大人民。因此,当我们读到他1918年写的"转衰为兴,实恃民气之不堕"①,1920年写的新文学是"为平民的,非为一般特殊阶级的人的"②,还有许多文章谈到平民、平民文学时,不能把"平民"仅仅理解为知识分子、小资产阶级。在茅盾心目中,"平民"的确包括了"下流社会"最下层的"污泥里人"在内,而且主要是指这些被压迫、被损害的普通人民。

当然,茅盾也曾多次谈到过"欲使文学更能表现当代全体人类的生活,更能宣泄当代全体人类的感情,更能声诉当代全体人类的苦痛与期望,更能代替全体人类向不可知的运命作奋抗与呼吁"③ 等类的话,似乎是在鼓吹普遍的人性和文学的"全人类性",但是,仔细分析一下,就可以看到茅盾并不是在准确的概念上来运用"全体人类"这类说法的,他所

---

① 雁冰. 缝工传. 学生杂志,1918,5(9-10).
② 雁冰. 新旧文学平议之评议. 小说月报,1920,11(1).
③ 郎损. 新文学研究者的责任与努力. 小说月报,1921,12(2).

着重强调的仍然更多的是被压迫人民。例如就在写这段话的同一年,茅盾主持的《小说月报》出版了"被损害民族的文学"专号,在专号的引言中,茅盾说:"在榨床里榨过,留下来的人性,方是真正可宝贵的人性,不带强者色彩的人性。他们中被损害而向下的灵魂感动我们,因为我们自己亦悲伤我们同是不合理的传统思想与制度的牺牲者;他们中被损害而仍旧向上的灵魂更感动我们,因为由此我们更确信人性的砂砾里有精金,更确信前途的黑暗背后就是光明。"这里,他所关注的显然是被损害与被压迫者的"人性",因为它最能引起被损害被压迫的中国人民的共鸣。

1922年7月,茅盾进一步提出新文学家应该"注意社会问题,同情于第四阶级,爱被损害与被侮辱者"①。1923年12月他提出新文学应当能够"担当唤醒民众而给他们力量的重大责任"②。1924年8月,他大声疾呼:"一切不同派别的文学者联合起来……一致鼓吹无产阶级为自己而战。"③ 1925年5月,他严肃地批判了他一向很推崇的罗曼·罗兰,指出罗曼·罗兰提倡的"民众艺术","究其极,不过是有产阶级智识界的一种乌托邦思想而已",无非是"徒有美名"。茅盾说:"在我们这世界里,'全民众'将成为一个怎样可笑的名词!我们看见的是此一阶级和彼一阶级。何尝有不分阶级的全民众?"因此,茅盾提议抛弃"欠妥的""不明了的""乌托邦式"的"民众艺术"的口号,而换上一个"头角峥嵘、须眉毕露的名儿——这便是无产阶级艺术"④!

茅盾一开始就着眼于人民大众,因此他一向认为文学应真实地反映人民的生活。他认为五四新文学与旧文学的根本不同点之一,就是旧文学的

---

① 雁冰. 自然主义与中国现代小说. 小说月报,1922,13 (7).
② 雁冰. 大转变时期何时来呢?. 文学旬刊,1923 (103).
③ 雁冰. 欧战十年纪念. 文学旬刊,1924 (133).
④ 雁冰. 论无产阶级艺术. 文学周报,1925 (172,173,175,196).

写作方法是"但凭想当然,不求实地观察"①。旧文学者"抛弃真实的人生不去观察",只"主观地向壁虚造",他们缺乏"观察人生,入其堂奥"的"思想力",于是,"只知把圣经贤传上朽腐了的格言,作为全篇'柱意',凭空去想象出些人来附会他'因文以见道'的大作,或本着他们吟风弄月,文人风流的素态,……写了些佯啼假笑的不自然的恶札"②!新文学与此相反,努力求真。茅盾说"这几年来的新文学运动都是向这个'假'上攻击而努力于求真的方面,现在已差不多成一个普遍的记号"③,"新文学的写实主义于材料上最注重精密严肃,描写一定要忠实"④。他一方面认为文学要忠实地反映现实,另一方面又认为"文学是描写人生,犹不能无理想做个骨子"⑤,文学是时代、社会的反映,就"或隐或显,必然含有对于当时时代罪恶反抗的意思和对于未来光明的信仰"⑥。这种看法显然与西方流行的自然主义思潮并不相同。那么,为什么过去有不少人认为茅盾是自然主义的无条件的鼓吹者,是"只问病源,不开药方"的文学的倡导人呢?其实,这是很大的误会。茅盾确实提倡过自然主义,但这时在他的思想中,自然主义与现实主义并没有很明确的界限。有时他甚至是在同一个概念上来运用这两个词的,即使有差别也只是程度不同而已。他说"文学上的写实主义与自然主义实为一物",其区别仅在于"写实派作者观察现实,而且努力要把他所得的印象转达出来,并不用理性去解释,或用想象去补饰,自然派就不过把这手段来推之于极端罢了"⑦。因此他认为莫泊桑、契诃夫都是自然派大师。茅盾提倡自然主义,主要是由

---

① 雁冰.一年来的感想与明年的计划.小说月报,1922,12(12).
② 雁冰.自然主义与中国现代小说.小说月报,1922,13(7).
③ 沈雁冰.什么是文学//张若英.新文学运动史资料.上海:光明书局,1934.
④ 沈雁冰.文学与人生//张若英.新文学运动史资料.上海:光明书局,1934.
⑤ 雁冰.文学上的古典主义浪漫主义和写实主义.学生杂志,1920,7(9).
⑥ 沈雁冰.创作的前途.小说月报,1921,12(7).
⑦ 雁冰.通信.小说月报,1922,13(6).

于他认为中国旧文学极大的弊端就是观察不深入，描写不真实——"想当然"。这一弊病甚至波及于新文学。1921年他就说"中国国内创作到近来比起前两年来，愈加'理想'些了，若不乘此把自然主义狠狠的提倡一番，怕新文学又要回原路呢"①。为要"校正"这一弊病，"不论自然主义的文学有多少缺点"，介绍到中国也是"利多害少"②。另外，茅盾提倡自然主义还因为他当时认为"文学上某种主义一方面是指出一时期的共同趋势，一方面是指出文艺进化上的一个段落"③，"我国还停留在'写实'以前"，所以"应该先从写实派自然派介绍起"④。但是，自然主义一开始就和茅盾认为新文学应该"指导人生"的思想相冲突。实际上，他从来不曾认为"只问病源，不开药方"的作品是理想的作品。早在1919年，他就比较了易卜生和托尔斯泰的不同，指出："伊柏生言社会之恶，独破其假面具而已，而托尔斯泰则确立其救济之法。"⑤ 不久，在《脑威写实主义前驱般生》一文中，他又再次强调："易卜生的社会问题剧本的唯一使命是揭开社会黑幕，指出社会病的根源给我们看，却毫不说到一个补救办法——是只开脉案，不开药方子。般生可就不然，他于补救方法一面，也略略讲一点。"茅盾对于揭露社会黑暗的易卜生的作品曾给予很高评价，但他同时认为如果能提出一些改造社会的"补救方法"则更有益。从这一点出发，他早就指出了自然主义的缺陷："自然派作品里的主人公大都是意志薄弱不能反抗环境而终为环境压碎的人。"⑥ "自然派只用分析的方法去观察人生，表现人生，以致见的都是罪恶，其结果是使人失望悲闷……

---

① 雁冰. 最后一页. 小说月报，1922，13（8）.
② 雁冰. 一年来的感想与明年的计划. 小说月报，1922，12（12）.
③ 雁冰. 通信. 小说月报，1922，13（2）.
④ 雁冰. "小说新潮"栏宣言. 小说月报，1920，11（1）.
⑤ 雁冰. 托尔斯泰与今日之俄罗斯. 学生杂志，1919，6（4—6）.
⑥ 希真. 霍普德曼的自然主义作品. 小说月报，1922，13（6）.

而在社会黑暗特甚，思想锢弊特甚，一般青年未曾彻底了解新思想意义的中国提倡自然文学，盛行自然文学，其害更甚。我敢推想它的遗害是颓丧精神和唯我精神的盛行。"① 因此茅盾在介绍自然主义时十分小心谨慎，一开始就把自然主义的社会观和它的写作方法严格区分开来，多次强调自己提倡的只是后者。1922年，他写了《"曹拉主义"的危险性》，明确指出："我们若说自然主义有注意的价值，当然是说自然主义的科学的描写方法一点有注意的价值。至于曹拉的偏见是什么，毫不相干。（如果我们要大赞扬曹拉的人生观，大吹大擂介绍他的小说，那自然又当别论。）"但茅盾从来没有这样做过，相反，他总是小心地指出："我们要自然主义来，并不一定就是处处照他，从自然派所含的人生观而言，诚或不宜于中国青年人，但我们现在所注意的，并不是人生观的自然主义而是文学的自然主义，我们所要采取的是自然派技术的长处。"② 这"技术的长处"就是"科学的描写法，见什么写什么，不想在丑恶的东西上面加套子"。茅盾认为这一"自然主义的真精神""终该被敬视……它是文学者的 ABC，走远路人的一双腿"③。可见茅盾所取于自然主义的无非是"如实地描写现实"，这和我们现在所理解的"自然主义"这一概念并不是完全相同的。

然而，即使这样，茅盾在提倡自然主义的过程中也还是经常怀疑动摇，不很自信。从他自己的文学主张来看，毋宁说他往往更接近于有理想、能指引人向上、以罗曼·罗兰为代表的所谓新浪漫主义。1920年，他明确地说："写实文学的缺点，使人灰心，使人失望……新浪漫主义的声势日盛，他们的确有可以指人到正路，使人不失望的能力，我们定然要走这路的。"④ 茅盾常常一方面提倡自然主义，另一方面指出自然主义的缺点，

---

① 雁冰. 为新文学研究者进一解. 改造，1920，3（1）.
② 雁冰. 自然主义的怀疑与解答. 小说月报，1922，13（6）.
③ 郎损."曹拉主义"的危险性. 文学旬刊，1922（50）.
④ 雁冰. 我们现在可以提倡表象主义的文学么？. 小说月报，1920，11（2）.

同时表明自己也"尝怀疑,几乎不敢自信"①,甚至说:"能帮助新思潮的文学应是新浪漫的文学,能引我们到正确人生观的文学该是新浪漫的文学,不是自然主义的文学,所以今后的新文学运动该是新浪漫主义的文学。"② 1923年,他更加充满热情地宣称:"我相信文学是批评人生的,文学是要指出现人生的缺点并提示一个补救此缺憾的理想的。所以我……尤爱读'Jean Christopher'*,因为作者教我们以处恶境而不悲观,历万苦而不馁的真勇气。"并指出这样的作品是"对症良药",可以"提起国内青年的精神"。当然,茅盾并不曾详细讨论新浪漫主义的内容及其理想,也没有认真分析这些理想是否真正对中国社会有益。以上材料只是说明茅盾提倡自然主义常是"三心二意",动摇不定的。我们现在所理解的那样的自然主义从来没有成为茅盾文艺思想的主流。

当然,在写作方法上,茅盾的思想也经历着一个发展过程。如果说1921年前后他更多地强调了文学"表现人生",应该"没有一毫私心,不存一些主观"③,并宣称自己"迷信'文学者社会之反影'"④,"譬如人生是个杯子,文学就是杯子在镜子里的影子"⑤,表现出多少受到自然主义文艺思潮的影响,那么,1925年以后,他就有了完全不同的看法。1925年,在《告有志研究文学者》中,他指出:"文学中所表现的当代人生实在是经过作者个人与社会的意识所拣选淘汰而认为合适的。"因此,他呼吁作家和批评家都要"确定站在一阶级的立点上,为本阶级的利益而立论"⑥,并坚

---

① 雁冰.自然主义的怀疑与解答.小说月报,1922,13(6).
② 雁冰.为新文学研究者进一解.改造,1920,3(1).
* 今译约翰·克利斯朵夫。——编者注
③ 沈雁冰.文学和人的关系及中国古来对于文学者身分的误认.小说月报,1921,12(1).
④ 雁冰.通信.小说月报,1922,13(6).
⑤ 沈雁冰.文学与人生//张若英.新文学运动史资料.上海:光明书局,1934.
⑥ 雁冰.论无产阶级艺术.文学周报,1925(172,173,175,196).

定地指出:"文学决不可仅仅是一面镜子,应该是一个指南针。"①

三

茅盾的批判精神和进步文艺观点使他在新文学的发展中做出了不可磨灭的贡献:他反击阻碍新文学发展的逆流;指出新文学发展中带有倾向性的问题,提出有益的建议;非常及时而又满腔热忱地评论新出现的作家作品,推动新文学运动不断向前发展。

茅盾反击文化逆流的斗争是有着显著特点的。他首先把文化逆流与政治逆流结合起来考察,指出它们的目的是要全面否定新文化运动。1924年,他针对学衡派的主张和执政当局鼓吹"尊孔读经",写了一篇题为《文学界的反动运动》的文章,指出"一支反动运动"是"反对白话,主张文言","另一支"则是标榜"六经以外无文",主张文学的意义要到"经"里面去找求。他认为这是一种全面的倒退。因为"新文学运动第一成功的是'说什么,写什么',现在的反动派却令小学生读文言、做文言了。""第二成功是把词曲歌谣、白话小说升作文学正宗,请经、史、子另寻靠山,自立门户……现在反动派又提出'六经以外无文'的旧招数,叫人到经书里寻求文章的正宗了。""第三事是介绍西洋文艺思潮,研究西洋文艺作品,但是反动派却不问牛头不对马嘴,借了'整理国故'的光,大言西洋人的文艺思想乃中国古书里所固有。"② 这种企图全面扼杀新文学的反动运动又是以政治压迫为后盾的。茅盾指出:"以上两种运动现在已经到了最高潮,正像政治上的反动已经到了最高潮一样。"③ 在另一篇

---

① 沈雁冰. 文学者的新使命. 文学周报, 1925 (190).
② 雁冰. 进一步退两步. 文学周报, 1921 (122).
③ 雁冰. 文学界的反动运动. 文学周报, 1921 (121).

《四面八方反对白话声》中，他从各地反动统治当局的压制行动揭露了反动派从政治上对新文化运动的反扑，他呼吁为了应付这一严重局面，"文艺界必须成立一个扑灭反动势力的联合战线"①。

第二，茅盾是把反动复古运动的猖獗与五四新文化运动统一战线的分化、右翼的向后转联系起来考察的。他指出："在白话文的势力尚未十分巩固的时候，忽然做白话文的朋友自己谦逊起来，自己先怀疑白话文是否能独立负担发表意见、抒写情绪的重任，甚至怀疑到白话文要做通是否先要文言文有根基！""在白话文尚未在广遍的社会里取得深切的信仰、建立不拔的根基时，忽然多数做白话的朋友跟了几个专家的脚跟，埋头在故纸堆中做他们所谓'整理国故'，结果是上比专家不足，国故并未能因多数人'趋时'的整理而有了头绪，社会上却引起了'乱翻古书'的流行病。"②他认为文言文和古书当然是要总结、整理，但那是以后的事。他和鲁迅站在一条战线上，提出"我们做白话文的，遇着有言不尽意的时候，应该就民众的日常话语中求求解决的方法，不应该到文言中找求"③；"我们必须十分顽固，发誓不看古书"④！他认为正是"做白话的朋友"的倒退才"促成这一年来旧势力反攻的局面，暴发为反动运动"⑤。

第三，在反击文化逆流时，茅盾对文学本身的问题更为关注，在斗争过程中提倡和捍卫了现实主义。早在1920年《学衡》杂志尚未创刊之时，茅盾就在《东方杂志》上和后来学衡派的主将之一胡先骕就现实主义问题展开了论争。当时，胡先骕在《解放与改造》杂志第二卷第十五期发表了长篇论文《欧美新文学最近之趋势》，认为现实主义有许多缺点，在西方

---

① 雁冰. 进一步退两步. 文学周报，1921（122）.
② 同①.
③ 雁冰. 杂感. 文学周报，1924（109）.
④ 同①.
⑤ 同①.

已趋衰落,并特别指出写实文学"专写下级社会罪恶","使人不得艺术之美感"。茅盾立即写了《〈欧美新文学最近之趋势〉书后》为现实主义辩护,论证了它不可磨灭的功绩,并驳斥说:"文学既为表现人生,岂仅当表现贵族阶级之华贵生活而弃去最大多数之平民阶级之卑贱生活乎?"1921年,茅盾主编《小说月报》之后,更是持续地宣传文学的现实主义,对以鸳鸯蝴蝶派为代表的反现实主义逆流进行了沉重打击。多次批判其把文艺当作"消遣品""游戏之事""载道之器""牟利的商品",只顾迎合社会心理而"主观向壁虚造","在枯肠里乱索"并且出之以"记账式"的叙述方法①。值得注意的是当时一些复古派为了抹煞新文学的成绩,竟把鸳鸯蝴蝶派的作品作为现实主义的代表来加以批判,引起了混乱。如学衡派干将之一吴宓就曾写过一篇题为《写实小说之流弊》的文章(载《中华新报》1922年10月22日),荒谬地把写实小说分为三派:"一则翻译之俄国短篇小说","二则上海风行之各种《黑幕大观》及《广陵潮》《留东外史》之类","三则为少年人最爱读之各种小杂志,如《礼拜六》《快活》《星期》《半月》《紫罗兰》《红》杂志之类"。攻击说,凡写实小说都是"劣下之作","以不健全之人生观示人,养成抑郁沉闷之心境,颓废堕落之行事",在写作方法上则以"抄袭实境为能事"。这种论调激起了茅盾的极大愤慨。吴宓文章发表一周后,茅盾就写了批判文章《写实小说之流弊?》,副标题是《请教吴宓君,黑幕派与礼拜六派是什么东西?》,有力地驳斥了吴宓对俄国写实小说的诬陷。他指出写实派作品"第一义是把人生看得非常严肃,第二义是对于作品里的描写非常认真,第三义是不受宗教上伦理上哲学上任何训条的拘束";在写作方法上,"实地观察并不是定取实事做小说材料的意思",他以果戈理、屠格涅夫、托尔斯泰、陀思妥耶夫斯基

---

① 雁冰. 自然主义与中国现代小说. 小说月报, 1922, 13 (7).

的作品为例，捍卫了俄国文学的现实主义传统。他指出吴宓的"最大谬点"就是"以坊间'新小说'上的作品比西洋写实小说而把俄国写实小说混捉在一处"。他质问说："吴君难道不见《礼拜六》《星期》《半月》里的小说常把人生的任何活动都作为笑谑的资料么？不见他们的'马车直达虎丘'等等的描写么？不见他们称赞张天师的符法，拥护孔圣人的礼教，崇拜社会上特权阶级的心理么？"吴宓把这类作品和现实主义联系在一起显然是荒谬的，目的无非是贬低新文学运动中影响巨大的俄国文学和其他现实主义作品。茅盾对这一论调迎头痛击，揭露了鸳鸯蝴蝶派，也捍卫了现实主义。

茅盾一方面反击阻碍新文学发展的各种逆流，另一方面注视着新文学发展中存在的问题。

他认为新文学最严重的问题就是反映的生活面太窄，作家们"对于农村和城市劳动者的生活很疏远，对于全般的社会现象不注意"[1]，"只管把题材的范围自拘于'公园相遇，遂生爱情'这类狭小圈子里"[2]。茅盾1921年曾根据当年4、5、6月发表的120多篇作品做了一个统计，其中：描写农民生活的8篇，城市劳动者生活的3篇，家庭生活的9篇，学校生活的5篇，一般社会生活的20篇；描写男女恋爱的却在70篇以上，而这70多篇作品又多是千篇一律的公式化的爱情故事。[3] 他认为这种状况必须改变。他号召作家们去写生活中的重大问题和重大事件，要求他们在写作前"先须具备一个条件：就是的确已经从现实人生中看见了一些含有重大意义的事"[4]。他认为像五四这样"永久令人于回忆时鼓舞兴慨"的伟大运

---

[1] 郎损. 评四五六月的创作. 小说月报, 1921, 12 (8).
[2] 雁冰. 杂感. 文学旬刊, 1923 (76).
[3] 同[1].
[4] 雁冰. 通信. 小说月报, 1922, 13 (5).

动必须在新文学中得到反映,"极盼有'五四'的 *Illiad* 和 *Odyssey*＊"①。他希望新文学作品能把"新旧思想不同的要点及其冲突的根本原因用极警人的文字赤裸裸地描写出来",他指出:一方面描写"中国式普通老百姓"、"勇敢进取分子"和"中间派"这"三条对角线的现象","另一方面又隐隐指出未来的希望,把新理想新信仰灌到人心中,这便是当今创作家的最大职务"②。

新文学创作的另一重要问题是概念化、千人一面,"许多人物都只是一个模型里的产品"③,"描写学校生活的小说这个人物是穿着学生的制服,拿着书本和笔砚,而在描写无产阶级生活的小说里这个人物是穿着工人装,拿着工作的器械罢了"④。相当多的新文学作品"内容单薄,内容欠浓厚,欠复杂,用意太简单,太表面"⑤。产生这些缺点的根本原因就是:"现在做小说的人大概是青年,他们的家庭生活、学校生活大概是相仿佛的,他们四面的思想的空气也是相仿佛的,环境既然相似,作品安能不趋于一途而成为单调?"⑥"勉强描写素不熟悉的人生,随你手段怎样高强……总要露出不真实的马脚来。"⑦ 因此,他认为作品要求真,求忠实,作家就必然要深入社会。"未曾在第四阶级社会内有过经验,像高尔基之做过饼师,杜斯退益夫斯基之流过西伯利亚,印象既然不深,描写如何能真?"⑧ 因此,茅盾说:"我对于现今创作坛的条陈是:'到民间去'!'到

＊ 今译《伊利亚特》和《奥德赛》。——编者注
① 雁冰. 杂感. 文学旬刊, 1923 (74).
② 沈雁冰. 创作的前途. 小说月报, 1921, 12 (7).
③ 郎损. 新文学研究者的责任与努力. 小说月报, 1921, 12 (2).
④ 雁冰. 文学家的环境. 小说月报, 1922, 13 (11).
⑤ 雁冰. 自然主义与中国现代小说. 小说月报, 1922, 13 (7).
⑥ 同④.
⑦ 同⑤.
⑧ 郎损. 社会背景与创作. 小说月报, 1921, 12 (7).

民间去经验!"① 不但要到民间去实际经验,而且还要懂得"伦理学、心理学(社会心理学)、社会学"②,以便更深刻地了解社会,只有作家真正具有深刻的思想才可能在选取一段人生来描写时,"目的不在此段人生而在另一内在的根本问题",如屠格涅夫"写青年恋爱不是只写恋爱,是写青年的政治思想和人生观"③。

茅盾也清楚地看到在当时的政治条件下,要克服以上两个根本弱点是不大可能的。因为"有暇写的人偏偏缺乏实际的经历,而有实际的经历的人偏没有功夫写",因此,"在无产阶级(工农)不能执笔做小说以前,我们将没有合意的无产阶级小说可读"④。对于五四新文学不能为广大工农群众所接受的情形,茅盾是深感忧虑的。他多次指出新文学和普通民众缺乏联系,"文学自文学,民众自民众"⑤,"中国目下果然缺乏作者而尤缺乏读者,中国的作者界就是读者界"⑥。但是由于他把这种情形归因于"民众的鉴赏力太低",而又"不能降低文学的品格以就之",因此始终找不到解决这一问题的途径,只好渺茫地鼓励人们:"这种现象是不会长的","我们现在只知努力,有灯就点,不计光之远近;眼前有路就走,不问路之短长"⑦。

对于当时出现的新文学作品,茅盾总是及时做出评价,树立好的榜样,推广有益的经验,指出应该改正的缺点。当时出现的重要作家如鲁迅、周作人、朱自清、叶绍钧、冰心、郁达夫、田汉、张资平等无一不受到茅盾的关注,可以说茅盾是五四新文学的第一个评论家。

---

① 郎损. 评四五六月的创作. 小说月报, 1921, 12 (8).
② 佩韦. 现在文学家的责任是什么?. 东方杂志, 1920, 17 (1).
③ 雁冰. 自然主义与中国现代小说. 小说月报, 1922, 13 (7).
④ 玄珠. 现成的希望. 文学周报, 1921 (164).
⑤ 雁冰. 通信. 小说月报, 1923, 13 (8).
⑥ 雁冰. 文学界的反动运动. 文学周报, 1921 (121).
⑦ 同⑤.

茅盾是第一个对鲁迅小说做出极高评价的人。在《故乡》刚刚发表的 1921 年，他就说"我最佩服的是鲁迅的《故乡》"，并指出其"中心思想是悲哀那人与人中间的不了解，隔膜，造成这不了解的原因，是历史遗传的阶级观念"[①]。《阿 Q 正传》还只发表到第四章，茅盾就指出这"实是一部杰作"！它所创造的典型可以和世界第一流作品所创造的典型（如冈察诺夫的奥勃罗莫夫）媲美。"阿 Q 这人要在现社会上实指出来是办不到的，但是我读这篇小说的时候，总觉得阿 Q 这个人很面熟。"他批评了那些把《阿 Q 正传》视为讽刺小说的意见，认为那实在是"未为至论"[②]。《呐喊》出版不久，茅盾就写了长篇书评《读〈呐喊〉》，这是全面评论《呐喊》的第一篇文章。这篇文章一开始就高度评价了鲁迅在《狂人日记》中所表现的"离经叛道的思想"和对"传统的旧礼教"的"最刻薄的攻击"，预计它必因此遭到国粹派的"恶骂"。他热烈歌颂《狂人日记》的出现使"犹如久处黑暗的人们骤然看见了耀眼的阳光"。这篇文章最早反映了《阿 Q 正传》深广的社会影响，他指出："现在差不多没有一个爱好文艺的青年口里不曾说过阿 Q 这两个字"，"我们不断地在社会各方面遇见'阿 Q 相'的人物，常常疑惑自己身中免不了带着一些'阿 Q 相'的分子"，看来"'阿 Q 相'未必全然是中国民族所特具，似乎也是人类的普遍特点的一种"。在 1923 年写的《大转变时期何时来呢？》一文中，茅盾首次用了"阿 Q 式的精神胜利法"这个概念来抨击某些社会现象。在《读〈呐喊〉》中，茅盾还高度评价了《呐喊》的艺术形式，他正确指出："《呐喊》里的 10 多篇小说几乎一篇有一篇新形式，而这些新形式又莫不给青年作者以极大的影响，必然有多数人跟上去试验。"茅盾的结论是："除了欣赏惊叹而外，我们对于鲁迅的作品还有什么可说呢！"

[①] 郎损. 评四五六月的创作. 小说月报，1921，12（8）.

[②] 雁冰. 通信. 小说月报，1923，13（2）.

茅盾也是第一个对郭沫若诗歌做出高度评价的人。1921年5月，郭沫若《女神之再生》刚刚发表，他就在《文学旬刊》第二期《文学界消息》中指出："这是一篇诗体的剧本，用了古代的传说来描写现代思想的价值与其缺陷。委实不是肤浅之作。近来国内很有些人谈什么艺术，然而了解艺术的人实在很少。对于郭君此篇，我不能不佩服为'空谷足音'"。

除此而外，茅盾还对许多作家提出过一分为二的评论，这正是他20世纪30年代写《冰心论》《落花生论》《徐志摩论》等作家论的先声。这些评论有些在今天看来也还是颇精到的。例如他指出郁达夫的《沉沦》"主人翁的性格描写得很真，始终如一，其间也约略表示主人翁心理状态的发展，在这点上我承认作者是成功的，但是作者自叙中所说的'灵肉冲突'却描写得失败了"[①]。当一些卫道者攻击郁达夫的小说"不道德"，"于青年思想上很有妨碍时"，他挺身而出，赞扬了郁达夫作品的主流。[②]田汉的剧作刚露头角，他就指出"《咖啡店一夜》颇非佯啼假笑之类的作品"，《灵光》"伶俐有趣"，但前者不免用"法国颓废派青年的悲哀"代替了"国内一般青年的悲哀心境"，后者"描写灾民苦况没有深刻的悲哀的印象"。总之，从早期作品看来，"田君于想象方面尽管力丰思足，而于观察现实方面尚欠些功夫"[③]。茅盾还曾因张资平在《上帝的儿女们》中肯"费笔墨为这一个平常的不幸的女子鸣不平"而"表示敬意"，并赞赏"书中人物的说话各依着身份"，又说"《约檀河之水》很使我感动"，但茅盾也最早提出张氏作品"急就粗制"，"情节太直，太简，太无曲折"的倾向。[④]

茅盾还评论过冰心的小说"明白婉约，处处表现女性艺术家的特点"，

---

① 雁冰. 通信. 小说月报, 1923, 13 (2).
② 郎损.《创造》给我的印象. 文学旬刊, 1922 (37–39).
③ 郎损. 春季创作坛漫评. 小说月报, 1922, 12 (4).
④ 同②.

"散文富于诗趣",虽"想超脱现实而仍不逃避现实,并不闭起眼睛来否认现实"①。朱自清的诗真实反映了被压迫的知识分子的痛苦心情,"他的话就是我想说的话"②,他所描述的悲哀"是不灭的"③。叶绍钧写的虽是"灰色的人生,但他提出的现象和问题是值得研究的"。"题材尽管平淡",仍"无碍其为艺术品",汪静之的作品虽然"描写粗率",但仍是"真情绪的热烈流露,比无病呻吟、摇头作态的东西至少要好十倍"④。茅盾的这些批评意见非常及时地指出了青年作家存在的缺点,大大地鼓舞了他们前进的信心。今天看来茅盾当时提出的很多问题还有借鉴的价值,他对许多作家所做的评价也仍然是值得参考的。

批判的、发展的、不断趋近于马克思主义,这就是五四时期茅盾思想的主要特征。过去曾有人认为进化论是茅盾这一时期思想的主流。茅盾的确也曾多次讲到"文学的进化""心理的进化"。他赞赏过泰纳(Hippolyte Adolphe Taine)"以进化论的原则直接应用于文学批评",也谈到过蒲鲁纳契亥(Ferdinand Branetière*)的"文学进化论确乎有些意思"。但是,他所说的"进化"显然只是指一般的发展变化而言,作为进化论理论核心的生存竞争、优胜劣败、弱肉强食、适者生存等观点在五四时期已远不如辛亥革命前后盛行,这些观点也从来没有在茅盾的思想中占过主导地位。在茅盾思想中占主导地位的是不断根据中国社会斗争的实际需要,广泛接触、批判吸收外国思潮,不断改造和发展自己的思想,最后达到马克思主义。如果不是孤立静止地看问题,那么,这种不可避免地日益接近马克思主义的趋势就是五四时期最鲜明最突出的社会主义因素。

---

① 沈雁冰.读《小说月报》第 3 卷第 6 号.文学旬刊,1922(40).
② 雁冰.通信.小说月报,1923,13(12).
③ 雁冰.通信.小说月报,1923,13(6).
④ 同③.
* 今译布吕纳介。——编者注

茅盾的文艺思想则处处体现着文艺服务于人民革命这一时代要求。他所倡导的文艺理论的核心就是文学"应担当唤醒民众而给他以力量的重大责任"。因此，好的作品在忠实反映现实的同时必然包含对于未来光明的信仰。他从来不认为反映现实本身就是目的，他这一时期文艺思想的主流不是自然主义，也不是西方批判现实主义所能概括的。它和鲁迅的文艺思想相一致，是中国社会和时代的产物，如果一定要加上一个名目，那么，革命现实主义也许与实际情况较为切近。

　　1917年至1926年，这是茅盾文艺思想发展的最初10年。这是一个很好的开始。当然，正和中国革命道路本身的曲折复杂一样，这个好的开始并没有能使茅盾避免下一阶段思想上的重大反复。然而，在这10年中，他却以可贵的热情、活跃的思想、辛勤的劳动为中国现代文学的发展做出了不可磨灭的贡献，给我们留下了一份值得认真总结的宝贵财富。

（1981年）

茅盾的现实主义理论和艺术创新

——为悼念茅盾同志逝世而作

中国现代文学奠基人之一茅盾同志在持续勤奋的写作中溘然长逝。他的影响遍及世界，他的功绩永存于中国现代文学 60 年发展历程的各个段落。他的名字将和鲁迅、郭沫若一起作为中国新文学创始者而永远载入史册。

一、现实主义理论的开拓

茅盾和鲁迅、郭沫若不同，他不仅未曾留洋，而且从未上过大学。清贫的家境和长子的责任使他不得不在念完三年北京大学预科之后就到上海商务印书馆去做一名小职员。那是 1916 年，茅盾 20 岁。如果说茅盾在开始其奋斗生涯时有什么准备的话，那就是卓有远见的父亲和明达的母亲所曾赋予他的较为开阔的眼界和清醒冷静的心理素质。父亲是一个在家行医的落魄秀才，崇拜谭嗣同，鼓吹科技，赞成维新。母亲颇通文理，一直以教育孩子自立成才为己任，并爱读小说，使茅盾自幼接触不少中国传统小说名著。① 并不富裕的经济情况和不受重视的社会地位使他从小就倾向于自我奋斗和同情被压迫人民；冷静清醒的心理素质使他一向能较为理智地直面人生而很少在激情和幻想中寻求逃遁；开阔的眼界使他从不偏狭自限，而对一切外来事物采取考察、分析、鉴别、吸收的科学态度。这样的思想心理背景正是茅盾一进入文坛就倾向于现实主义的一个重要原因。

茅盾的第一篇文艺论文不是一般人认为的《新旧文学平议之评议》（1920年1月25日），也不是《现在文学家的责任是什么？》（1920年1月10日）②，而是1919年4月—6月在《学生杂志》连载的《托尔斯泰与今日之俄罗斯》。这篇文章与1920年1月—2月连载于《小说月报》的《俄国近代文学杂谈》一起，充分体现五四思想解放运动的时代特征：突破一切传统束缚，以清醒的理性重新估价一切；从广泛比较鉴别和批判中取我所用，创立新知。茅盾在这两篇文章中通过对英、法、美、俄及北欧诸国文学的比较分析，提出了自己的现实主义原则。首先，他认为文艺必须不受限制地彻底揭露黑暗现实。托尔斯泰之所以比易卜生伟大，就因为"伊柏生多言中等社会之腐败，而托尔斯泰则言其全体"。英法文学家揭露现实还不够彻底，就因为他们在思想上仍受着传统的束缚："英之文学家"虽"极文学之美事"，但"其思想不敢越普通所谓道德者一步"，"不能于众论之外，更标异论，更辟新境"；"法之文学家则差善矣……顾犹不敢以举世所斥为无理，为可笑者形之笔墨"；"独俄之文学家决不措意于此，决不因众人之指斥而委曲其良心上之直观"。但是，揭露现实本身并不是目的，揭露现实是为了唤起人们的觉悟，唤起对被压迫人民的同情。他批评

---

① 茅盾. 我的小传. 文学月报, 1932, 1 (1).
② 庄钟庆. 茅盾的第一篇文学论文. 新文学史料, 1980 (3).

法国作家莫泊桑、雨果的作品"悲惨有余,惋叹不足",不能像俄国文学那样"使人下泪,使人悔悟";而英国作家狄更斯"未尝不曾描写下流社会的苦况,但我们看了显然觉得这是上流人代下流人写的",俄国作家的作品则使人们听到"压在最下层的悲声透上来","如同亲听污泥里人说的话一般,决不信是上流人代说的"。1921 年,茅盾广泛考察了西方近代文学后,曾得出结论说:近代文学之所以重要,就因为"它是社会的工具,是平民的文学,是大多数平民生活的反映,是大多数平民要求正义人道的呼声,是猛求真理的文学"①。他所谓的平民就是"压在最底层"的"污泥里人",也就是他在 1918 年写的《履人传》《缝工传》中赞扬的被压迫的普通劳动者——鞋匠、裁缝。茅盾提倡的"平民文学"显然比陈独秀的"国民文学"、周作人的"人的文学"有着更具体和更明确的内容。文学的作用既在于唤起人们对被压迫者的同情,就不能停留于对现实生活的客观摹写而必须贯穿作者对生活的理想。他认为欧美小说家写短篇小说大都"注重在结构(plot)",而俄国优秀作者则首先"着眼于思想用意(cause)"。因为"文学的最后目的""到底还在表示至高的理想",所以"纯粹科学色彩的文学不能涵和人的精神界,仅使人失望悲闷,是个大缺点"②。他指出深刻反映时代社会的文学就"或隐或显,必然含有对于当时时代罪恶反抗的意思和对于未来光明的信仰"③。他"诅咒一切命运论的文学","诅咒悲观的诗人",甚至"诅咒赞叹大自然的伟力以形容人类的脆弱的文学",他号召新文学家"要有钢一般的硬心去接触现代的罪恶","要以我们那几乎不合理的自信力去到现代的罪恶里,看出现代的伟大来"④。总之,突破传统思想束缚,彻底揭露现实;同情社会底层的被

---

① 沈雁冰. 近代文学体系的研究//刘贞晦,沈雁冰. 中国文学变迁史. 上海:新文化书社,1921.
② 同①.
③ 沈雁冰. 创作的前途. 小说月报,1921,12(7).
④ 玄珠. 乐观的文学. 文学旬刊,1922(57).

压迫人民；从黑暗中看到光明的未来。这就是五四时期茅盾所提倡的"为人生的文学"的具体内容。它的核心是如实反映现实，因此是现实主义的；同时它又要求显露作家爱憎，指引未来前途，怀着有益于被压迫人民的明确目的，因此又不同于西方批判现实主义而具有中国社会和时代的鲜明特色。

从1919年至1927年的八年间，茅盾写了大量文艺论文，但都是对以上原则的探讨、充实和提高，主要表现在两个方面：

一方面是关于如实描写现实与表现作家感情和理想的关系问题。茅盾认为旧文学的病根就在于"抛弃真实的人生不去观察"，只是"主观地向壁虚造"，因此，"这几年来的新文学运动都是向这个'假'上攻击而努力于求真的方面，现在已差不多成一个普遍的记号"①，而"新文学的写实主义于材料上最注重精密严肃，描写一定要忠实"②。为了强调"忠实"，他曾提出"譬如人生是个杯子，文学就是杯子在镜子里的影子"③，提倡"不用理性去解释""不用想象去补饰"的"自然主义真精神"，但他始终不满于"自然派作品里的主人公大都是意志薄弱不能反抗环境而终为环境压碎的人"④。1923年，他更明确地宣称"文学是要指出现人生的缺点，并提出一个补救此缺憾的理想的"，作者应"教我们以处恶境而不悲观，历万苦而不馁的真勇气"，这才可以"提起国内青年的精神"⑤。1925年以后，反映现实与描写理想的矛盾得到了新的统一。茅盾指出，"文学中所表现的当代人生实在是经过作者个人与社会的意识所拣选淘汰而认为合式

---

① 沈雁冰. 什么是文学//张若英. 新文学运动史资料. 上海：光明书局，1934.
② 沈雁冰. 文学与人生//张若英. 新文学运动史资料. 上海：光明书局，1934.
③ 同②.
④ 希真. 霍普德曼的自然主义作品. 小说月报，1922，13（6）.
⑤ 雁冰. 杂感. 文学旬刊，1923（76）.

的"①，因此作家应"确定站在一阶级的立点上，为本阶级的利益而立论"②，"文学决不可仅仅是一面镜子，应该是一个指南针"③。

另一方面是文艺为什么人服务的问题。茅盾虽然一开始就着眼于社会底层的被压迫者，但他同时也多次谈到过文学的"全人类性"，如"欲使文学更能表现当代全体人类的生活，更能宣泄当代全体人类的感情，更能声诉当代全体人类的苦痛与希望"④等。可以看出茅盾关于这一问题的思考是逐步深入的。1922年他提出文学家应"注意社会问题，同情于第四阶级，爱被损害与被侮辱者"⑤；1923年，他说新文学应当能够"担当唤醒民众而给他们力量的重任"⑥；1924年他号召"不同派别的文学者联合起来……一致鼓吹无产阶级为自己而战"⑦；1925年，他指出"全民众"是一个"可笑的名词"，"我们看见的是此一阶级和彼一阶级。何尝有不分阶级的全民众？"他认为应该抛弃乌托邦式的"民众艺术"的口号，而换上一个"头角峥嵘，须眉毕露的名儿——这便是无产阶级艺术"！⑧

茅盾现实主义文艺思想的发展充分体现着中国现代文学与中国社会革命密切联系的特点，从一个侧面反映着中国革命日趋高涨的进程。

1927年北伐战争的失败在革命知识分子中引起了极大的震动。鲁迅、郭沫若、茅盾恰好代表了革命知识分子在革命转折关头的三种不同类型。革命失败和白色恐怖使鲁迅以往的思路因而轰毁，他感到先前的攻击社会如一箭之入于大海，正因未真正威胁反动派，才作为"废话"而得以存留

---

① 雁冰. 告有志研究文学者. 学生杂志, 1925, 12 (7).
② 雁冰. 论无产阶级艺术. 文学周报, 1925 (172, 173, 175, 196).
③ 雁冰. 文学者的新使命. 文学周报, 1925 (190).
④ 郎损. 新文学研究者的责任与努力. 小说月报, 1921, 12 (2).
⑤ 雁冰. 自然主义与中国现代小说. 小说月报, 1922, 13 (7).
⑥ 雁冰. 大转变时期何时来呢？. 文学旬刊, 1923 (103).
⑦ 雁冰. 欧战十年纪念. 文学旬刊, 1924 (133).
⑧ 雁冰. 论无产阶级艺术. 文学周报, 1925 (172, 173, 175, 196).

(《而已集·答有恒先生》），因而投身于实际革命斗争，他是由于革命的失败而参加革命的。郭沫若则不同，反革命屠杀激发了诗人百倍的仇恨，他恨不得一切知识分子都能在一夜之间获得无产阶级意识。革命失败所引起的激愤使他一时看不清斗争的实际条件而在一定程度上脱离了群众。茅盾又是另一种情形：革命夭折给他带来的是痛苦的思索，是暂时离开革命的漩涡，重新审视自己走过的道路，是经过一段曲折回流，以更深刻的认识、更坚定的决心，重新汇入革命洪流。

清醒的理智使茅盾看到"左"的盲动主义只会使人民遭受更大损失。他说："我实在是自始就不赞成一年来许多人所呼号呐喊的'出路'，这'出路'之差不多成为'绝路'，现在不是已经证明得很明白？""我就不懂为什么像苍蝇那样向窗玻璃片盲撞便算是不落伍？"① 但是新的出路究竟在哪里？暂时失去了前进的方向和远景，茅盾总结过去，又面临了过去所曾感到的矛盾。

第一，理想与现实的统一骤然破裂了。他曾要求文学成为指南针，现在他自己也失去了方向！是将真实，包括作者内心的真实不加"补饰"地展现在读者之前，还是将迷惘埋在心底而给大众显示理想的光明？茅盾基本采取了前一种态度，他不讳言自己"不能积极地指引一些什么"，"因为我既不愿昧着良心说自己以为不然的话，而又不是大天才能够发现一条自信得过的出路来指引给大家"，于是只能做"能够如何真实便如何真实的时代描写"②。但是，他又始终反对将现实生活无目的、照原样地纳入作品。就在革命最低潮的 1927 年 11 月，他写了一篇文章《看了〈真善美〉创刊号以后》，批评该刊的小说作品只是些"砖石木料"，不能表现"现代人的心情——悲哀、疑惑、反抗，对于新理想的憧憬和追索"；在 1928 年

---

① 茅盾. 从牯岭到东京//茅盾论创作. 上海：上海文艺出版社，1980：28.
② 同①.

1月写的《欢迎〈太阳〉》中,他又劝告太阳社的青年作家不要"惟实际材料是竞","希望他们先把自己的实感来细细咀嚼,从那里边榨出些精英、灵魂",如果不能从实际材料中得到"新发现,新启示",这些材料就不是文学而只是新闻。①

第二,革命的失败使茅盾不得不重新回顾曾经走过的文学道路。他虽一向提倡描写底层劳苦人民,但在严峻的现实面前,他很早就感到新文学和人民缺乏联系,"文学自文学,民众自民众"②,"中国目下果然缺乏作者,而尤缺乏读者,中国的作者界就是读者界"③。革命失败所引起的严肃的反省使他更加感到"新文艺运动虽然产生了若干作品,然而并未走进群众里去……因为新文艺没有广大群众基础为地盘,所以六七年来不能长成为推动社会的势力"。他说,"我很愿意,我很希望被压迫的劳苦群众'能够'做革命文艺的读者对象",然而,"劳苦群众并不能读",于是,"为'劳苦群众'而作的新文学只有'不劳苦'的小资产阶级知识分子来阅读了","这便是最可痛心的矛盾现象"。他认为要解决这个矛盾,新文学就"不得不从青年学生推广到小资产阶级的市民"中去,于是提倡以小资产阶级为对象的文艺。从1925年的无产阶级文艺到1928年的小资产阶级文艺,不能不说是一种后退,但是这也说明茅盾开始更多地从中国社会实际而不是从主观愿望来考虑问题,他提出了五四新文学发展进程中最关键的问题——有为劳苦大众服务的理想和目的,却始终跳不出少数知识分子的小圈子这一"最可痛心的矛盾"。尽管一时还未找到解决这一矛盾的正确途径,但却为下一阶段中国现实主义的发展提出了新的要求和目的。茅盾在怀疑、总结和思索的基础上,迈开了更沉稳有力的步伐。

---

① 方璧. 欢迎《太阳》. 文学周报,1928,5(23).
② 雁冰. 通信. 小说月报,1922,13(8).
③ 雁冰. 文学界的反动运动. 文学周报,1924(121).

1930年4月，茅盾结束了在日本一年零八个月的流亡生活回到上海。从此，他的现实主义文艺理论发展到更成熟的阶段。

茅盾这一阶段的现实主义理论是以反对公式化、概念化、脸谱主义为重要特征的。他认为这种倾向"很严重的拗曲现实，这是很严重的不能把真确的现实给读者看，并且很严重地使得作品对于读者的感动力大大地减削"[1]，因此是新文学发展的严重阻碍。当时的许多新文学作品虽有革命性，却不能不使"并不反对革命文艺的人们叹息摇头"，正是由于公式化、概念化这个原因。茅盾指出产生公式化、概念化的根源是"有革命热情而忽略于文艺的本质"，"把文艺视为狭义的宣传工具"和"缺乏文艺素养"[2]，解决的办法只有深入生活，"能够自己去分析群众的噪音，静聆地下泉的滴响，然后组织成小说中人物的意识"，同时，"刻苦地磨练自己的技术"，"拣自己最熟悉的事来描写"[3]。

"最熟悉的事"并不等于身边琐事，茅盾"唾弃那些不能够反映社会的'身边琐事'的描写"[4]，号召"抉取伟大的时代意义的题材而加以正确表现"[5]。在有价值的文艺作品中"时代演进的过程将留下一个真实鲜明的印痕，没有夸张，没有粉饰，正确与错误赫然并在，前人的歪斜的足迹，将留与后人警惕"，在作者笔下，"敌人、友军乃至革命自身，都要受到严密的分析、严格的批判"。在公式化、概念化泛滥的年代，茅盾和鲁迅站在一起坚决捍卫现实主义的基本原则，为左翼文艺的健康发展做出了重要贡献。

既要"抉取伟大的时代意义的题材"，又要"拣自己最熟悉的事来描

---

[1] 茅盾.《地泉》读后感//茅盾论中国现代作家作品.北京：北京大学出版社，1980.
[2] 茅盾.从牯岭到东京//茅盾论创作.上海文艺出版社，1980：28.
[3] 茅盾.读《倪焕之》.文学周报，1929，8（20）.
[4] 茅盾.我们这文坛//茅盾文集：第9卷.北京：人民文学出版社，1961.
[5] 茅盾.创作不振之原因及其出路.北斗，1932，2（1）.

写",二者如何统一?根本办法当然是突破个人的狭小圈子投身于沸腾的生活。针对当时不少左翼作家都有一定革命经历却缺乏分析能力、不善于提炼的弱点,茅盾特别强调"不但须要有广博的生活经验,亦必须有一个训练过的头脑,能够分析那复杂的社会现象,尤其是我们这转变中的社会,非认真研究过社会科学的人,每每不能把它分析得正确"①。也就是说作家要反映现实,首先要正确认识现实,要正确认识现实又首先要有深刻的分析能力和科学的认识方法。茅盾所说的社会科学和科学认识方法指的都是马克思列宁主义。这一问题的提出标志着茅盾的现实主义文艺思想和20世纪20年代相比有了新的突破。

总的来说,20世纪30年代茅盾提倡的现实主义,其理论核心就是"对社会现象的正确而有为的反映"②。"正确"就是要真实地反映出时代的某些重要本质方面,既反对歪曲现实的"宣传大纲加脸谱的公式",又反对毫无意义的"身边琐事"。"有为"就是要使文艺成为"表现时代,解释时代,推动时代的武器"③,"像一把斧子",帮助人们"创造生活"④。作品要"正确"而"有为"地反映社会现象,作家就必须有广博的生活经验和善于分析的"训练过的头脑"。

茅盾的这些主张和他后来所写的许多有关写作技巧的具体分析一起,构成了我国现代文学主流——革命现实主义的主要理论内容。这一理论对我国现代文学,特别是左翼文学有着巨大影响,它不仅指导茅盾本人在创作中取得了重大成果,而且培育了一代中国青年左翼作家。直到今天,这些理论对我国文学发展也仍然具有深远意义。

---

① 茅盾.我的回顾//茅盾选集.上海:中央书店,1947:6.
② 同①.
③ 茅盾:文学家可为而不可为//话匣子.上海:上海良友图书印刷公司,1934.
④ 茅盾.我们所必须创造的文艺作品.北斗,1932,2(2).

二、艺术个性与小说创新

茅盾和许多从创作开始进入文艺界的作家不同,他是首先以文艺批评家、文艺理论家的身份进入文坛的。在开始创作以前,他已有近十年时间致力于研究中国社会、世界潮流、西方文艺和中国作品,对于文艺的性质特点、社会作用、创作方法,他都已有一系列自己的看法。他是有明确目的并在一定理论方法指导下进行创作的,这构成了他的艺术个性的一个重要方面。冷静、清醒、偏重理性的心理素质则发展为茅盾艺术个性的又一方面。他自己说:"在我,尖锐的理性总不肯让我跌进了玄之又玄的国境,让幻想的抚摸来安慰了现实的伤痕,我总觉得,梦,不是来挖深我的创痛,就是来嘲笑我的失意;所以我是梦的仇人。"[1] 的确,不管现实多么恐怖、痛苦,他从不遁入幻梦,也从不把"历史的必然当作自身幸福的预约券"[2],而逃避现实或加以粉饰。他永远坚定地面对现实,正视一切苦难,对它们进行理性的剖析,将现实的历程,包括自己心灵的历程,一并客观地如实呈现在自己的作品里。另外,较少狂热的呐喊或激越的呼号,如他自己所说"我素来不喜欢痛哭流涕、剑拔弩张的那一套志士气概"[3],这也可以说是茅盾艺术个性的一个特点。

以上这些特点鲜明地反映在茅盾的小说创作之中。茅盾的小说大都是冷静而清醒的,着重理性分析的客观描写,他所塑造的人物多半是作者观察到的客观存在,而绝少是作者个人的投影或化身。茅盾曾引过普希金的一封信来说明这两种不同的写法。他说:"莎士比亚写的人物一个个是活

---

[1] 茅盾.严霜下的梦//茅盾散文速写集.北京:人民文学出版社,1980:49.
[2] 茅盾.写在《野蔷薇》的前面//茅盾论创作.上海:上海文艺出版社,1980:48.
[3] 茅盾.从牯岭到东京//茅盾论创作.上海:上海文艺出版社,1980:28.

的人，在社会中可以找出来的，而拜伦写的人物往往是他自己的化身，往往以拜伦的性格的一部分赋予一个人物。"① 茅盾认为从人物描写来说"莎士比亚要比拜伦高明得多"，他自己正是以莎士比亚的方法来创造人物，不断从客观世界发掘出新的典型，当"无意中积聚起来的原料用得差不多了"，就"带了'要写小说'的目的去研究人"②。用拜伦式的方法写"自叙传式"的人物虽也能写出很深刻的作品，但其所反映的社会面终究会受到一定局限，茅盾的作品虽然有深有浅，但却概括了整整一个时代。取其大者而言，按内容时间先后排列即可看出：《霜叶红似二月花》（五四前夕，新兴资产阶级的发展与农村封建势力的斗争）——《虹》（五四至五卅，知识分子的觉醒与成长）——《蚀》（北伐战争前后小资产阶级知识分子的幻灭、动摇、追求）——《泥泞》（北伐战争时期农民运动和随之而来的白色恐怖）——《路》《三人行》（1930年前后的学生生活）——《子夜》（20世纪30年代初期中国社会生活断面）——《农村三部曲》（20世纪30年代前半叶的中国农村）——《林家铺子》《小巫》（20世纪30年代前半叶中国小市镇生活）——《第一阶段的故事》《右第二章》《锻炼》（抗日战争的前前后后）——《腐蚀》（20世纪40年代初期国统区政治概况）。在茅盾创造的小说画廊中，资本家、买办、工贼、地主、恶霸、帮会流氓、市井恶棍、交际花、知识青年、"时代女性"、教授学者、工人农民、市镇群众、革命领导人等无所不包，30余年中国社会生活无论从时间的纵的剖面还是从社会各阶层的横的断面，几乎都可以在茅盾的小说中一览无余。在反映社会生活的广度方面，没有一个中国现代作家可以和茅盾相比拟。

---

① 茅盾.杂谈文学修养//茅盾论创作.上海：上海文艺出版社，1980：496.
② 茅盾.谈我的研究//茅盾论创作.上海：上海文艺出版社，1980：23.

从总结西方近代文学所得出的"不朽的文学总是关切着人生"①的结论以及擅长于理性分析的特点使茅盾的小说创作总是带有鲜明的目的性。他总结自己的创作实践说:"我所能自信的只有两点:一,未尝敢'粗制滥造';二,未尝为要创作而创作,——换言之,未尝敢忘记了文学的社会的意义。"②他始终不渝地"关切人生",努力做到"有益社会"。因此,他在写作时所着重研究的就不仅仅是生活的材料,而是这材料后面所隐藏的含义。他认为:"小说家选取一段人生来描写,其目的不在此段人生本身,而在另一内在的根本问题。批评家说俄国大作家屠格涅夫写青年的恋爱不是只写恋爱,是写青年的政治思想和人生观。"③茅盾始终认为从材料中提炼出正确深刻的思想是创作过程的重要一环。但这些思想只能产生于形象。"若脑中只有一个概念(主题),下笔时再忙于形象化,未有不失败的。……因为文学创作上所谓'思想'是离不开'形象'的……在创作过程中,决没有什么不与形象相伴随的光杆的所谓思想。"④例如《蚀》的思想就是从作者多次接触过的"时代女性"的形象中产生的。她们对革命抱着异常浓烈的幻想,或在生活的另一方面碰了钉子,愤愤然要革命。正是这些形象形成了《蚀》的思想:小资产阶级知识分子在革命前夕的亢昂兴奋和革命既到面前时的幻灭;革命斗争剧烈时的动摇;幻灭动摇后尚思做最后之追求;而"他们所追求者,都是歧途",所以只有"全部失望""全是黑暗"的结局。⑤另外如《子夜》说明"中国并没有走向资本主义发展的道路,中国在帝国主义压迫下是更加殖民地化了"。这也不是什么

---

① 沈雁冰. 近代文学体系的研究//刘贞晦,沈雁冰. 中国文学变迁史. 上海:新文化书社,1921.
② 茅盾. 我的回顾//茅盾选集. 上海:中央书店,1947:6.
③ 雁冰. 自然主义与中国现代小说. 小说月报,1922,13(7).
④ 茅盾. 从思想到技巧//茅盾论创作. 上海:上海文艺出版社,1980:509.
⑤ 茅盾. 读《倪焕之》. 文学周报,1929,8(20).

凭空产生的"光杆思想",而是长期观察他的朋友——实际工作的革命党、自由主义者、企业家、公务员、商人、银行家的结果①。读茅盾小说,差不多都能透过形象看到作者对某方面社会问题的思索和分析。其中的优秀部分往往对整个时代和社会进行了发人深思的有力的概括,当然也有一些作品由于作者急于表明对某些问题的看法而在艺术上显得较为粗糙。更遗憾的是,往往由于作者企图概括的社会面太广,企图剖析的问题太复杂,有些作品往往有一个宏大的开头而终于难以卒篇,《虹》《霜叶红似二月花》《锻炼》都是明显的例子。

由于茅盾是从研究西方文学经验而开始其文学生涯的,这在他的艺术表现方面也不能不留下鲜明的痕迹。他自己曾说:"我开始写小说时的凭借,还是以前读过的一些外国小说。"②在艺术表现方面,如果说鲁迅是白描的大师,茅盾则是善于绘制色彩浓郁、富于立体感的油画的巨匠。读茅盾的小说为什么会使人得到一种类似欣赏油画的美感呢?可能是由于以下三个原因:

第一,茅盾很善于构筑复杂的结构,往往同时提出多条线索,使之像蛛网一般密结,然后同时交错发展。《子夜》的结构就是如此。第一、第二章,吴老太爷来沪,通过父与子的冲突,概括了吴荪甫与封建势力的血缘关系和矛盾,也反映了农民革命高涨,资本家与农民的矛盾。接着,雷鸣的出现从侧面写了吴荪甫与妻子的矛盾,刻画了他精神世界的空虚。作为雷鸣与林佩瑶关系的对比而写的雷鸣与徐曼丽的关系则引进了"杀多头"的赵伯韬,是吴、赵矛盾的开始。另外,朱吟秋等人的诉苦介绍了吴荪甫与其他小资本家的关系;四乡农民不稳,家乡来电告急,吴荪甫决定联名请省政府"火速派保安队镇压";工厂削减工钱,消息走漏,工人怠

---

① 茅盾.《子夜》是怎样写成的//茅盾论创作.上海:上海文艺出版社,1980:58.
② 茅盾.谈我的研究//茅盾论创作.上海:上海文艺出版社,1980:23.

工，吴荪甫吩咐请公安局增派警察，这又进一步揭开了吴荪甫与工农的冲突。这样多条线索同时展开的结构既符合生活本身的实际面貌，使作者有可能同时从各个侧面展示主人公的性格，也有利于揭露各种矛盾之间的相互关系而显出主要矛盾和矛盾的主要方面。例如与买办阶级既斗争又妥协，与工人农民则尖锐对立，这正是20世纪30年代民族资产阶级的主要特点，这一特点正是在多种矛盾的同时展开中得到表现的。这些同时提出的线索前后呼应，时而概述全局，时而特写细部，有张有弛，疏密相间，穿插发展。这就与单线条、单层面发展很不相同，而产生了一种嶂峦重叠的立体感。茅盾小说的优秀代表作如《林家铺子》《腐蚀》等大多采取这种多面多层结构，这种结构与"复杂世相"更为吻合。茅盾很重视这一点，他说："自平面而进于立体，这是紧要的一点。"①

第二，对人物精神世界纵深的发掘也是构成油画色彩的一个重要方面。1921年，茅盾在《近代文学体系的研究》一文中就已经把"心理解析的精微"作为近代小说的三大特征之一。他的小说在心理描写方面不仅开风气之先，而且取得了突出成绩。他采取的心理描写方法多种多样：有的通过联想，如静女士从晒台上一件半旧淡红色女衫想到自己的身世和前途；有的借助人物分裂为两个"自我"来表现心理冲突；也有的描写人物下意识的精神幻象或由作者直接叙述。在《子夜》中，多种心理描写方法更是融汇在交错发展的多种矛盾之中，尽量做到"故事即人物心理与精神能力所构成"②。下举第十七章的一个片段为例。作者先是布置了这一长段心理描写的氛围：满天乌云，公馆阴沉可怖；接着写吴荪甫到处"找讹头"，"威厉的声音在满屋子里滚"，从行动写出他内心的烦躁；然后转入

---

① 茅盾.回顾//茅盾论创作.上海：上海文艺出版社，1980：14.
② 沈雁冰.近代文学体系的研究//刘贞晦，沈雁冰.中国文学变迁史.上海：新文化书社，1921.

回忆对比，两个月前的宏图壮志如今空剩泡影，衬托出他内心的痛苦和感慨；再由作者对主人公进行了冷静的心理剖析："只有投降破产像走马灯似的在脑子里旋转……发展实业的狂热已经在他的血管中冷却……"但茅盾很少用某些外国小说常用的长篇大论的剖析，而是随时插进了环境与行动的交织描写："'然而两个月的心血算是白费了'，吴荪甫自言自语地哼出了这一句来，在那静悄悄的大客厅里，有一种刺耳的怪响。他跳起来愕然四顾，疑心这不是他自己的话。客厅里没有别人，电灯的白光强烈地射在他脸上。"动作和环境再次强调了他心理上的寂寞空虚和不甘失败。最后作者又用一系列逆境反衬出他的心理状态：妹妹一定要出走，弟弟不仅不遵命放弃飞镖而且玩起剑来，双桥镇又倒闭了十来家店铺……总之"到处是地雷，一脚踏下去就轰炸了一个"。种种逆境对心理的刺激于是结为下意识的精神幻象：那就是在钢丝软垫突然变成刀山，身旁的少奶奶又在梦中呻吟呜咽时的那些离奇的梦境……第二天，当他想到已经收买了女间谍这一得意之笔，立刻，"热烘烘的一团勇气又从他胸间扩散，走遍了全身"。这样的心理描写与客观事件密切相连，本身就构成了情节发展的一个环节，而且又是用多种方法从多方面同时表现出来，使读者看到其复杂多变，从而呈现出浓郁的色彩和立体感。

第三，人们感到茅盾的小说层次丰富、色彩浓郁还有一个重要原因，就是他很善于并经常采用侧面描写，也就是他所说的"戏剧描写"："戏剧描写，着意描写人物的动作和别人的议论、气氛，注意人物的串合，环境与事变的交互影响。"[①] 茅盾的小说从来很讲究环境、气氛对人物性格的衬托。例如《动摇》中陆梅丽的客厅给人留下了深刻的印象："厅的正中，有一只小方桌，蒙着白的桌布。淡蓝色的瓷瓶，高踞在桌子中央，斜含着

---

① 沈雁冰. 近代文学体系的研究//刘贞晦，沈雁冰. 中国文学变迁史. 上海：新文化社，1921.

腊梅的折枝。右壁近檐处,有一个小长方桌,供着水仙和时钟之类,还有一两件女子用品。一盏四方形的玻璃宫灯,从楼板挂下来,玻璃片上贴着纸剪的字是'天下为公'……"既洋溢着书香旧家的色彩,又烘染着当时的时代气氛,同时还衬托出陆梅丽的性格——玲珑文雅,端庄细腻。孙舞阳的住处却大不相同:有一棵梅树疏疏落落开着几朵花,方梗竹很颓丧地倚墙而立,头上满是细蜘蛛网。孙舞阳的衣服用具杂乱地放着,靠着窗户有一张放杂物的小桌,桌上放着一个黄色的小方纸盒,很美丽,很惹眼,很香。方罗兰揭开一看,恍然大悟地说:"原来是香粉。"(其实是一种新式避孕药)这一切都衬托着孙舞阳浮躁轻率、浪漫随便的性格,而与陆梅丽形成鲜明对比。《子夜》前半部吴荪甫显赫的声势和刚毅的性格也多半是通过间接描写显现出来的。例如一开头,作者就通过并非吴记的戴生昌轮船局大小职员"霍地一齐站了起来",肃然起敬,奔走效劳,轰走闲杂人,一片声喊脚夫等烘托出吴荪甫的气派。吴老太爷中风后,周围一片慌乱,吴荪甫却指挥若定,别人愈慌乱就愈反衬出吴的冷静和刚毅。在吴荪甫面前,周围的人总是"小心翼翼,蹑手蹑脚",或是"门悄悄开了,探进了一个头来",或是一个"长方脸在门缝中探一下,挨进身来又悄悄地把门关上"。总之,上下人等都是屏息侧立,侍候吴荪甫的一笑一颦!《子夜》中的重要人物赵伯韬也几乎全是通过侧面描写来完成的。例如从人们对徐曼丽所开的玩笑中,读者得知赵伯韬是一个"扒进"各式公债和女人的流氓;李玉亭背叛吴荪甫前来投靠,冯云卿出卖女儿设美人计都从侧面烘托了这个人物的神秘和威力。吴荪甫愈能干,愈努力,他的失败就愈能反衬赵伯韬的"法力无边"。作者很少直接写赵伯韬如何破坏吴荪甫的事业,但吴荪甫的每一失败都笼罩着赵伯韬的魔影,这比正面描写更能烘染出赵伯韬这个人物的无从捉摸和神秘色彩。茅盾还经常通过他作品中某些人物的叙述来描写另一些人物,这是一种经济的手法,不仅描写了叙述对象，同时也描写了叙述者。例如《子夜》第二章，整个时代气氛，国内外大事，人物之间的关系，各种私生活琐闻都是从一大群阔人、政客、军官、老板的寒暄、酬酢、互相吹捧取笑中表现出来的，而这些人物本身因而也得到了描写。《子夜》中许多人物都穿插着一种对比、映衬的关系。例如雷鸣刚和林佩瑶表演过一场"维特"式的活剧，转身又和徐曼丽胡缠。这种鲜明的对比有力地刻画了雷鸣的内心世界而带着浓厚的讽刺意味。其他如同是交际花的刘玉英和徐曼丽，同是豪绅子弟的曾家驹和阿萱，同是走卒的屠维岳和莫干丞，其间都存在着一种对比关系，这样的对比有助于写出不同性格。《子夜》中人物的动作，即使是最细微的动作也都反映着人物的特点。例如吴荪甫经常以行动的姿态出现，我们看见他"直奔二楼，闯进总经理办公室"，"一直走进轮船局"；而赵伯韬相对来说经常是静止的，他总是"元宝式地埋在沙发里，高高把腿翘到桌上，露出一腿毵毵黑毛"。前者的活动地点多是办公室或家里豪华的欧式客厅，后者则总是在大饭店堂皇的套间包房。这些细微末节都精细地反映着人物的历史背景、文化教养，同时进一步突出了人物性格。

另外，茅盾作品的叙述语言很重视明晰的层次，常用动态的、拟人的方法，力图通过听觉、视觉和心理印象的交织形成立体的感受；他的描写语言色彩浓烈，字里行间都寄托着作者的褒贬和爱憎；人物语言则多富于个性。

所有这些都使茅盾的小说显出丰富的层次：疏密、浓淡、远近、深浅，主从、轻重、张弛、快慢，各不相同，而又适度得体。这就构成茅盾小说最突出的艺术特点——油画式的立体感。

三、抒情象征与散文随笔

郁达夫曾评论茅盾的散文，指出他的特点在于"观察周到，分析清楚","然而,抒情炼句,妙语谈玄,不是他之所长"(《〈中国新文学大系〉散文二集序》)。第二句话只对了一半,茅盾的确很少"谈玄"。他自己就说:"我也曾尝试找找'性灵'这微妙的东西,不幸'性灵'始终不肯和我打交道。"① 但"抒情炼句"却未必是茅盾之所短。如果不计北伐战争前茅盾所写的《五月三十日下午》一类议论性较强的短文,可以说茅盾散文实际上是和他抒发内心矛盾积郁的需要同时产生的,换句话说,茅盾散文实自"抒情炼句"始。

北伐战争失败后,茅盾所写的一组散文如《严霜下的梦》《叩门》《卖豆腐的哨子》《雾》等都是抒情散文,都是通过一种情调和氛围的构筑来抒发内心的抑郁。《严霜下的梦》没有具体的人和事,只有怪异的梦,用灰色翅膀扇拂着人们脸颊的阴森的蝙蝠和瓦上的严霜肃杀的寒光。这一切构成一种非常痛苦的孤独而窒息的气氛,同时贯穿着作者清醒的理智:他深知所有的光亮都不是自己所期待的黎明的曙光,他只能无望地默默忍受噩梦的统治。这里没有明确的象征,也没有客观的分析,只是通过作者主观心情的抒发,烘染出一种浓郁的情调,使读者感受到他灰暗的心境,理智的个性,对反动政权不抱任何幻想的清醒的认识。《叩门》一方面写寒冷、凄厉和虚空,另一方面写"殷殷雷鸣","不知是北风怒吼抑或是'人的觉醒'"?幻想"跨在北风颈上,奄然驱驰于长空"。《卖豆腐的哨子》写"满天茫茫的愁雾","胸间回荡起伏的怅惘",也写"闷在瓮中,像是透过了重压而挣扎出来的地下的声音"。这些都是类似的写法。这种写法与具体的象征不同,后者如《白杨礼赞》,可以具体指出白杨象征什么,楠木象征什么,但我们却很难说明《严霜下的梦》中的蝙蝠和噩梦象征什么。1934年的《黄昏》《雷雨前》也是如此。《雷雨前》写的"热烘烘的桥石"

---

① 茅盾.《速写与随笔》前记//茅盾论创作.上海:上海文艺出版社,1980:70.

"苍白龟裂的泥土""飘飘扬扬踱方步的鸡毛""密不通风的灰色的幔",都不是具体有所指的象征。特别是桥上那个人,他先是感到浑身的毛孔全都闭住,像要呕出什么来,他窒闷得只好张开两臂,用力行一次深呼吸,可是只吸进了"热辣辣的一股闷";汗胶住他的全身,像结了一层壳;熬到下午三点,他像快要干死的鱼;他等待风暴,却迎来了苍蝇、蚊子和讨厌的蝉;他跳起来拿着蒲扇乱扑,神经质地大声叫喊;最后,只觉得世界末日也不会比这再坏!作者这样不厌其烦、极有层次地展示这个人物的心理感受就是为构筑一种气氛,使读者感染到作者所要表现的那种压抑、窒息、烦闷。这不只是表现气候的燥热,而是表现整个黑暗社会所造成的沉重的精神压力。因此《雷雨前》不是具体的象征,而是通过整个的气氛来描写 20 世纪 30 年代中国的政治与社会矛盾。

茅盾也有一些散文是通过具体的象征手法来抒情的。《白杨礼赞》以不折不挠、参天耸立的白杨树来表现伟岸、正直、平凡的北方农民的气质和"用血写出新中国历史"的意志。前者是具体形象,后者是抽象概念。用具体事物赋予抽象概念形象而使读者得到启发就是象征。如《沙滩上的脚迹》,以"夜的国"象征黑暗社会;以纵横重叠的兽迹象征生活中的歧路;以夜叉象征生活道路上总会遇到的凶险;以人鱼象征恶的诱惑;以鬼火排成的字象征引人堕落的伪善的招牌;而"心火的照明"则象征追求光明的意志和决心。这些都是以具体事物给抽象概念赋形。

茅盾还有很多散文依靠的是平实的叙述和对生活场景质朴的素描,但这类散文也仍是抒情的,其抒情方式有三:

第一,字里行间浸染着浓厚的感情色彩。如《戽水》一篇中的三幅素描。第一幅是欢快的:"……叶子板格格地憨笑似的,一边跟小河亲一下嘴,一边就喝了满满的一口,即刻又辘辘地上去,高兴得嘻嘻哈哈地把水吐了出来……小河也温柔地微笑,河面漾满了一圈一圈的笑涡。"第二幅是痛苦的："小河渐渐瘦了……满脸土色，吐着叹息的泡沫……水车叫人牙齿发酸地轧轧乱响……从干瘪的小河榨出些浓痰似的泥浆来。"第三幅是绝望的："河心里的泥开始起皱纹，像老年人的脸，水车也都噤了口。"全篇都是事实的叙述，同时又处处洋溢着作者的关切之情。

第二，叙事和形象的议论结合在一起，以达到抒情的目的。如《谈月亮》在叙事中结合月亮的形象，发表了反对调和、短视、敷衍、苟安的议论。作者写道，月亮"把凹凸不平的地面幻化为一片模糊虚伪的光滑"，"把黑暗潜藏着的一切丑相幻化为神秘的美"，"水样的猫一样的月光"使人变得感情脆弱；月亮的圆缺使人悟出恬淡知足的哲理；月亮的光"既不能使五谷生长也不能晒干衣裳"，这光"只够你看见五个指头却不够辨别稍远一点的地面的坎坷"，它"消弭了一切轮廓"而使你变得短视，在你心上"遮起一层迷迷糊糊的苟安的雾"。通过这种叙事和议论的生动结合，作者充分抒写了自己渴望进取、追求光明的磊落情怀。

第三，截取生活中本身就富于诗情画意的片段，加以再现，作为抒情的手段。《风景谈》就是运用这类写法最成功的一篇。在这里，作者很少发议论，也不大着意渲染自己的感情，一切都含蕴在一个个生动精美的画面之中。正是所谓"寓情于景"，这"景"本身就具有浓厚的抒情色彩：在"蓝的天，黑的山，银色的月光"的背景上"姗姗而下"的唱着粗朴短歌的种地人；在喧哗的小河里洗濯，燃起熊熊野火晚炊，说着七八种方言，唱着同一个雄壮音调的年轻的一群；被雨赶到天然石洞中促膝谈心的一对，憩息在桃林茶社一片简陋的绿荫下各得其乐的男女，还有那在银白色天幕前粉红色霞光中扬起系红绸的喇叭的小号兵和那位犹如雕像一般的战士。这些都是茅盾所说的富于表现力的"生活剪片"。这些"剪片"明暗相间，对比鲜明，错落有致地交织在一起。例如那稀稀落落黄毛癞头式的黄土高原并不美,但配上那幅荷犁晚归的美丽的剪影,立刻幻出神奇的色彩;秃顶的山,浅濑的水,由于年轻人的欢声笑语变成"静穆的自然与弥漫着生命力的人"交织而成的美妙图画;沉闷的雨天,寂寞的荒野,原始的石洞,因为"安上了"一对促膝谈心的年轻人而顿时生色;半片磨石,几尺断碣,荞麦、大麻、玉米,粗劣而简陋,但有满溢着青春活力的青年男女点缀其间,马上就成了人间乐园。作品中的许多场景都是按对比原则安排的:如大城市西装革履烫发旗袍高跟鞋的一对儿与原始石洞中的革命青年;过去拿调色板木刻刀,如今"一律被锄锹的木柄磨起老茧";过去调朱弄粉,如今煮小米饭炒油菜;一方面是柔和的粉红的朝霞,另一方面是刚性的刺刀闪亮的寒光等。色彩的明丽丰富多变也是这篇散文的特色:天的蓝、山的黑、月光的银色、小米饭的金黄、油菜的翠绿、河水泡沫的雪白、荞麦花的粉红、桃林树叶的绿、太阳给磨石断碣抹上的金,还有银白色背景前一个淡黑的侧影,霞光和晨风吹动着的喇叭上的红绸……这些由鲜明对比和富丽色彩构成的画面不再是平面的、单线条的、白描的,而是明暗、浓淡相映衬的和色彩复杂的油画,这些油画立体地、丰富地展示了作者对敌后根据地的一片深情。

郁达夫曾说:"现代散文之最大特征,是每一个作家的每一篇散文里所表现的个性比以前的任何散文都来得强。"(《〈中国新文学大系〉散文二集序》)茅盾的散文也鲜明地表现着他的艺术个性。首先就是郁达夫总结的,"唯其阅世深了,所以每不忘社会"(《〈中国新文学大系〉散文二集序》),也就是茅盾自己说的"未敢忘记文学的社会意义""未尝为创作而创作"[①]。即使是北伐战争刚失败的失望彷徨之际,他也从不曾想逃避退

---

① 茅盾. 我的回顾//茅盾选集. 上海:中央书店,1947:6.

隐。他的散文始终表现出正视现实，不满现状，热切地追求着未来，期待着新的召唤。阿英说："在中国小品文活动中，作为社会的巨大目标的作家，在努力的探索着这条路的，除茅盾、鲁迅而外，似乎还没有第三个人。"[1] 事实正是这样。其次就是"观察的周到，分析的清楚"。茅盾的散文抒情味再浓，也始终贯穿着清醒的理智，始终包含着对社会、对人生、对自己的冷静而理智的分析。这种分析往往是辩证而全面的。他能从"满天白茫茫的愁雾中"听到"震破了凝冻的空气"的"地下的声音"，并"从这单调的呜呜中，读出了无数文字"（《卖豆腐的哨子》）；虽然"浓雾抹煞了一切"，但他仍能看到"红鲤鱼的活泼泼的跳跃划破了死一样平静的水面"（《雾》）。茅盾散文也始终贯穿着他冷静清醒而理智的个性。再次则是前面着重分析的抒情的多样性和油画式的丰富色彩。当然，茅盾的散文大部分是反映社会的平实的叙述，特别是后期。正如茅盾自己所说："从《太白》发刊以后，我就打算——借郁达夫先生的一句话：'利用他的所长而遗弃他的所短'。我打算写写通常所谓随笔，以及那时很风行的速写。"后来又说："这些文章好像是日记账，文字之不美丽自不待言，又无非是平凡人生的速写，更谈不上什么玄妙的意境。读者倘若看看现在社会的一角，或许能隐约窥见少许，但倘要作为散文读，恐怕会失望。"这是客观而正确的分析。他的确有意地压抑了自己"抒情炼句"的才能。抒情的多样性和油画式的丰富色彩，包括情调的渲染、象征的运用、形象的议论、鲜明的对比等这些特点并不存在于茅盾全部散文之中，但茅盾散文脍炙人口、传诸后世的作品却是兼有以上三个特点的名篇。

茅盾从1919年开始其文学生涯，他生命中的60余年与中国现代文学

---

[1] 阿英．现代十六家小品．上海：光明书局，1935．

发展的 60 余年密切相关。他的现实主义理论和艺术创新已经引起普遍的兴趣和关注。他的著作被翻译成十几种文字，研究他的成就的专著不下数十种。茅盾作为中国现代文学奠基者之一的伟大功勋将永垂史册。

　　茅盾同志永垂不朽！

（1982 年）

《蚀》和《子夜》的比较分析

茅盾说："一个已经发表过若干作品的作家的困难问题，也就是怎样使自己不至于粘滞在自己所铸成的既定的模型中；他的苦心，不得不是继续地探求着更合于时代节奏的新的表现方法。"(《宿莽》弁言)在我国现代文学中，茅盾的确是一个勇于探索、不满足于既得成就的作家，他的主要作品在处理生活与创作的关系，作家思想与人物形象的关系，以及艺术结构、心理分析、描写技巧、语言特色等多方面都各有创造，互不雷同。如果把这些作品联系起来研究，就可以看出作者不断突破"自己所铸成的既定的模型"的可贵努力，从中获得深刻的教益。本文仅就《蚀》和《子夜》做一些比较分析。

一

早在1934年，《子夜》刚发表不久，朱自清先生就曾评论说：

这几年，我们的长篇小说渐渐多起来，但真能表现时代的，只有茅盾的《蚀》和《子夜》。前一本是作者经验了人生而写的，这一本是为了写而去经验人生的。《子夜》是细心研究的结果，并非写意的创作。[1]

事实确实如此。茅盾写《蚀》三部曲，曾"真实地去生活，经验了动乱中国的最复杂的人生一幕"[2]。这些经验给他留下了难忘的印象，特别是他接触过的一些人物长久活跃在他心头，以致他"凝神片刻，便觉得自身已经不在这个斗室，便看见无数人物扑面而来"[3]。真正激发茅盾的创作热情的正是这些人物，尤其是其中的几个"时代女性"。他曾回忆说，我又"忙里偷闲来试写小说了。这是因为有几个女性的思想意识引起了我的注意。那时正是'大革命'的'前夜'。小资产阶级出身的女学生或女性知识分子颇以为不进革命党便枉读了几句书。并且她们对于革命又抱着异常浓烈的幻想。是这幻想使她走进了革命，虽则不过在边缘上张望。也有在生活的另一方面碰了钉子，于是愤愤然要革命了，她对于革命就在幻想之外再加上一点怀疑的心情……她们给了我一个强烈的对照，我那试写小说的企图也就一天一天加强"[4]。这种由生活中实有的形象所唤起的创作冲动，有时是很强烈的。例如作者就曾回忆过有一次曾与这样一位女性同行于滂沱大雨之中，"忽然感到文思汹涌，……在大雨下也会捉笔写起来"。后来，作者又谈到怎样"眼见许多'时代女性'发狂颓废，悲观消沉"，又怎样在从武汉到牯岭的客船"襄阳丸"三等舱内，"发现了在上海也在武汉见过的两位女性"[5]。在速写体小说《牯岭之秋——一九二七年

---

[1] 朱佩弦.子夜.文学季刊，1934（2）.
[2] 茅盾.从牯岭到东京//茅盾论创作.上海：上海文艺出版社，1980：28.
[3] 茅盾.写在《蚀》的新版的后面//茅盾论创作.上海：上海文艺出版社，1980：44.
[4] 茅盾.几句旧话//茅盾论创作.上海：上海文艺出版社，1980：3.
[5] 同[4].

大风暴时代一断片》中,作者更是详尽地描述了这位在"襄阳丸"上相逢的密斯王,她曾是湖北妇女协会常务委员,曾在纱厂组织女工放足闹解放的。

这些生活中实有的人物经常萦回在作者心中,形成鲜明的意象,使作者"只觉得倘不倾吐心头这一点东西,便会对不起人也对不起自己似的"①,于是不能自已地要把它表现出来,结果就是《蚀》三部曲中的"时代女性"的典型形象。这些形象又可分为两型,如作者所说:"《幻灭》《动摇》《追求》这三篇中的女子虽然很多,我所着力描写的,却只有二型:静女士、方太太,属于同型;慧女士、孙舞阳、章秋柳,属于又一的同型。"② 这两型恰好与上述作者在《几句旧话》中所分析的两种不同的女性知识分子相呼应。这"时代女性"的两型反映了时代和生活的真实内容,丰富了中国现代文学的画廊,这是茅盾的一个重要贡献。

《蚀》三部曲的确不是有意为之、苦心搜求的结果,它是从作者的生活经历中自然涌现出来的,也就是朱自清先生所说的"写意之作"。

写《子夜》时,情形就不同了。1929 年以后,茅盾已不大愿意再写那些熟悉的素材,他说:"那些无意中积聚起来的原料用得差不多了,而成为我的一种职业的小说还不得不写,于是我就要特地去找材料。我于是带了'要写小说'的目的去研究'人'。"③ 这时,他的"日常课程就变做了看人家在交易所里发狂地做空头,看人家奔走拉股子,想办什么厂,看人家……"④ 而"朋友中间,有实际工作的革命党,也有自由主义者,同乡故旧中间,有企业家,有公务员,有商人,有银行家,那时我既有闲,便和他们常常来往。从他们那里,我听了很多……当时我便打算用这些材

---

① 茅盾. 回顾//茅盾论创作. 上海:上海文艺出版社,1980:14.
② 茅盾. 从牯岭到东京//茅盾论创作. 上海:上海文艺出版社,1980:28.
③ 茅盾. 谈我的研究//茅盾论创作. 上海:上海文艺出版社,1980:23.
④ 同③.

料写一本小说"①。《子夜》所写的生活,不是作者所曾亲身经历的,而是通过"看"、"听"、调查研究所得,正如朱自清先生所说,是"细心研究的结果",作者是为写小说才去经验人生的。但《子夜》同样取得了巨大的成就,它所提供的中国民族资本家的典型形象,对中国现代文学史是一个不可磨灭的贡献。

由此可见,写自己的亲身经历,可以写出优秀的作品;写自己未曾经历过的生活,而有目的、有计划地深入调查研究,也能写出成功的巨著。朱自清先生早就认为《蚀》和《子夜》同样都"真能表现时代",茅盾也曾引一位批评家的话说:"左拉因为要做小说,才去经验人生;托尔斯泰则是经验了人生以后才来做小说。"他强调指出:"这两位大师的出发点何其不同,然而他们的作品却同样的震动了一世了……我爱左拉,我亦爱托尔斯泰。"②

作家当然应该写自己经历过的、熟悉的生活,但这也并不是绝对的。事实上,作者的亲身经历总有一定限制,他必须不断扩大眼界,深入调查,接触新情况,了解新问题,研究新人。如果总是局限于写自己经历过的事,那么,所写的东西势必愈来愈琐细,愈来愈离开目前正在发展的沸腾的生活。茅盾很早看到了这一点,他毅然放下自己熟悉的题材去开拓新的领域。这种开拓使他的创作达到了新的高峰,他的这种不满足于既往,不断突破自己的精神,给我们做出了一个很好的榜样。

二

《蚀》和《子夜》的不同还表现在作者的思想感情如何在创作过程中

---

① 茅盾.《子夜》是怎样写成的//茅盾论创作.上海:上海文艺出版社,1980:58.
② 茅盾.从牯岭到东京//茅盾论创作.上海:上海文艺出版社,1980:28.

起作用这个问题上。在写《蚀》时，作者很强调"我只注意一点：不把个人的主观混进去"，他只求"能够如何忠实便如何忠实"地反映生活，他承认自己不想，也"不能积极地指引一些什么——姑且说是出路罢"①。而《子夜》的创作则有着自觉的、明确的目的。作者通过深入的调查研究，加深了对中国社会性质的认识。他把这些认识和当时正在展开的关于中国社会性质问题讨论的一些文章的论点相比较，更增加了写小说的兴趣。于是，"打算用小说的形式"写出民族工业等三个方面。他要把自己对中国社会性质的认识"给以形象化的表现"，以"回答托派"②。作者对自己作品的这些解释曾引起过不少不公平的论断。例如认为《蚀》既然只是如实反映现实，不表现作者主观的思想感情倾向，又不指明出路或暗示历史发展的方向，那就是一部客观主义、自然主义的作品。至于《子夜》，一些评论家往往不是从作品实际出发加以归纳，而是从作者上述的主观意图出发，任意演绎，以致吴荪甫这个本来塑造得很成功的主要人物形象，愈来愈被分析成某种社会性质的"图解"，某种作者概念的形象化了。在讨论形象思维时，有人认为在文艺创作过程中，形象思维必须经过逻辑思维这个独立的阶段再还原为形象，才能写出有价值的作品。他们认为《子夜》的创作过程就是有意识地广泛接触生活中的各种人和事，然后认真分析，加深认识，找出其中本质的东西，最后通过精心安排的艺术手段加以表现，构成艺术形象。在批判"主题先行论"时，又有人提出，《子夜》不是也是"用小说的形式"来表现作者的思想么？作者要用小说来"回答托派：中国并没有走向资本主义发展的道路，中国在帝国主义的压迫下，是更加殖民地化了"。这不也是先行的主题么？一些国外的评论家也往往因此褒《蚀》而贬《子夜》，他们认为《子夜》是概念化的作品，艺术技

---

① 茅盾.从牯岭到东京//茅盾论创作.上海：上海文艺出版社，1980：28.
② 茅盾.《子夜》是怎样写成的//茅盾论创作.上海：上海文艺出版社，1980：58.

巧也远逊于《蚀》。要弄清楚这些问题，只能从作品的具体分析入手。

茅盾在开始创作五年后，曾总结说："我所能自信的，只有两点：一，未尝敢'粗制滥造'；二，未尝为要创作而创作，——换言之，未尝敢忘记了文学的社会的意义。"[①]《蚀》绝不是无目的地为写实而写实的作品。作者当时就说，写《蚀》的目的是"想要以我的生命力的余烬从别方面在这迷乱灰色的人生内发一星微光"[②]。这一星微光就是"写一些平凡者的悲剧的或暗淡的结局，使大家猛省"[③]。事实上，《蚀》不仅没有做到"不把个人的主观混进去"，恰恰相反，它强烈地表达着作者主观的思想感情，如对孙舞阳、章秋柳这类"时代女性"的同情和偏爱就是一例。作者多次强调这类人物虽然表面上都显得轻率放纵、浮躁浪漫，但实际上"却有一颗细腻温柔的心，一个洁白高超的灵魂"，而且"思想彻底，心里有把握"，她们神往于反抗破坏、冒险奋斗，醉心于戳穿假面、揭露真相；她们也曾渴望牺牲自己，做一点有益于别人的事，但她们不知道怎样去做，而且她们不免利己、自私、崇尚感官的享乐，"不愿在尝遍生之快乐的时候就死"，想在"吃尽了人间的享乐的果子之后再干悲壮的事"。革命被叛卖在她们的心灵上留下了难愈的创伤，她们觉得自己受了骗，"理想的社会，理想的人生，甚至理想的恋爱都是骗人的勾当"，她们不愿"拿着将来的空希望"，"为目前的无聊作辩护"，不愿做渺茫的将来的奴隶而愿执着地粉碎一切现实的束缚。她们声称，"既定的道德标准是没有的，能够使自己愉快的便是道德"。于是恣意追求一己的快意和刺激："我们正在青春，需要各种刺激，需要心灵的战栗，需要狂欢。刺激对于我们是神圣的，道德的，合理的。"她们憎恶平庸，厌恨周围停滞的生活，她们始终

---

① 茅盾.我的回顾//茅盾论创作.上海：上海文艺出版社，1980：7.
② 茅盾.从牯岭到东京//茅盾论创作.上海：上海文艺出版社，1980：28.
③ 茅盾.写在《野蔷薇》的前面//茅盾论创作.上海：上海文艺出版社，1980：48.

不能和革命失败后的黑暗社会妥协,而且挣扎着不愿在那灰色的生活中沉没。作者说:"慧女士、孙舞阳和章秋柳也不是革命的女子,然而也不是浅薄的浪漫的女子。如果读者并不觉得她们可爱、可同情,那便是作者描写的失败。"① 她们的可爱、可同情就在于她们奋不顾身地想要脱出那几千年来形成的腐败社会秩序,英勇反抗封建统治强加于人民,特别是妇女的道德镣铐(她们的浪漫、追求"性"的解放正是这种反抗的歪曲表现)。她们曾满腔热情地投入伟大的人民革命,革命的失败和她们自身的弱点使她们终于又被抛出革命的轨道,回到原来的旧生活,她们拼命挣扎,虽然并无结果,但毕竟远胜于屈服、苟活乃至同流合污。"只要环境转变,这样的女子是能够革命的。"② 作者写这一切,绝不是用客观主义、自然主义的态度,而是充满了赞赏与同情。当然,作者没有为她们指点什么"出路",没有给作品加上一个"光明尾巴"。这是因为在那个时代,对于"时代女性"这类人物来说,找不到出路,始终在黑暗中颠踬浮沉才是普遍的、本质的。作者说:"如果在他们中间插进一位认识正路的人,在病态中泄露一线生机……我应该尚能见到这一点,可是我并不做;因为我相信《追求》中人物如果是真正的革命者,不会在一九二八年春初还要追求什么,他们该是早已决定了道路了。"③ 另外,《蚀》也反映着作者的消极情绪,他并不讳言:"我有点幻灭,我悲观,我消沉,我都很老实地表现在三篇小说里。"特别在《追求》中,那种自始至终都存在的缠绵幽怨和激昂奋发的调子更是突出地显示着作者"忽而高亢灼热,忽而跌下去"的情绪。④ 而这种情绪对于当时相当大一部分知识分子来说也是普遍的、本质的。如果在《蚀》所描写的时代和环境中突然出现一位指点前途的伟丈

---

① 茅盾. 从牯岭到东京//茅盾论创作. 上海:上海文艺出版社,1980:28.
② 茅盾. 读《倪焕之》. 文学周报,1929,8(20).
③ 同②.
④ 同①.

夫，作者也能喜气洋洋地展望未来，那就完全破坏了作品的真实，既不符合当时的时代气氛，也违背了生活发展的逻辑。因此，认为《蚀》没有指明出路并反映了作者某些消极情绪，就判定这是自然主义、客观主义的作品是不公正的。

《子夜》也不是只表现作者思想观念而不寄托作者感情的作品。吴荪甫是一个从生活中涌现出来的活生生的形象，而不是什么"本质"的"化身"，作者写《子夜》未必经过一个独立的逻辑思维阶段，这部作品和"四人帮"提倡的"主题先行论"更是风马牛不相及。当然，这些问题由于作者的一些并不完全切合实际的解释显得复杂化了。例如1952年，作者在《〈茅盾选集〉自序》中说，《子夜》"这部小说写的是三个方面：买办金融资本家，反动的工业资本家，革命运动者及工人群众"，这不仅和20世纪30年代末作者在《〈子夜〉是怎样写成的》一文中所说的"（一）投机市场的情况；（二）民族资本家的情况；（三）工人阶级的情况三方面"不完全相同，更重要的是作者把"民族资本家"换成了"反动的工业资本家"，给吴荪甫戴上了一顶与赵伯韬并无本质不同的"反动"帽子。从此，人们只好不看作者对吴荪甫所曾倾注的同情，也不谈这种同情在读者心中引起的美学感应。其实，评论作品首先还是要从作品实际出发，作者对自己创作意图的事先设想或事后解释与作者进入创作过程时按形象思维规律来塑造人物本身，虽不能说没有关系，但毕竟不是一回事。茅盾在创造吴荪甫这个人物时，绝不是把他作为一个"反动的工业资本家"来处理的。相反地，他是在塑造一个失败的英雄，一个主要不是由个人的失误而是由历史和社会条件所必然造成的悲剧的主人公。作者曾对他的命运深感遗憾和惋惜，并激起读者同样的感情。这倒不是什么新发现，而是《子夜》发表当年，人们还无须顾忌或回避什么时的真实感觉。例如朱自清就曾说："吴、屠两人写得太英雄气概了，吴尤其如此，因此引起一部分读者对于他们的同情与偏爱，这怕是作者始料所不及的吧。"① 侍桁称《子夜》为"一本个人悲剧的书"，他说："这个英雄的失败，被描写得像希腊神话中的英雄的死亡一般地，使读者惋惜。"② 其实作者自己当时也并不隐讳这一点，他在作品中明确地说：这个"魁梧刚毅，紫脸多疱"的人"就是20世纪机械工业时代的英雄、骑士和'王子'"（1977年版，第90—91页）。在作者看来，他正是那一时代英雄传奇的理所当然的主角。正因为这样，《子夜》第一版扉页上印满了纵横交错的"A Romance of China in 1930"（1930年的中国罗曼司）的图案。是的，不论吴荪甫的主观动机如何，他的愿望是抵抗帝国主义、官僚买办，实现自己国家的工业化。这正与我国整个民族的历史愿望相吻合。他雄才大略，高瞻远瞩，是一个刚毅顽强、讲求效率、最恨拖沓不中用者的"铁铸的人儿"。无论是才干、人格、气质、风度，他都远远超过粗俗鄙陋的赵伯韬之流，然而他却惨败于后者之手，这不是他本人的过失，而是无法抗拒的社会和历史的必然。从他的败亡，我们也看到了某些比较美好的事物被毁灭。因此，作者对他的主人公的同情、赞赏、遗憾、惋惜，通过这个形象所激发的读者类似的美学感情是可以理解、可以接受的（当然，这是就他和官僚买办的关系而言，他和工农的关系是另一个问题）。作者显然不是用一个"反动的工业资本家"的概念来指导吴荪甫形象的创作，而是按照自己对生活本身的真情实感来写的。这种真情实感与他的主观概念甚至并不完全吻合，这就是朱自清所说的"作者始料所不及"。如果吴荪甫这个人物只是一个完全由作者"根据推理设想出来"的"反动资本家"的图式，这种效果就不可能产生，吴荪甫这个形象也就不可能在现代文学史上占有今天的地位。

过去也曾有人批评吴荪甫是一个"只有在像西欧那样的资本主义社会

---

① 朱佩弦.子夜.文学季刊，1934 (2).
② 侍桁.《子夜》的艺术，思想及人物.现代，1934，4 (1-6).

中"才可能存在的人物，"在中国社会里，他是并未实存"①。从半殖民地半封建的中国社会土壤能不能产生吴荪甫这样的人物呢？只要把吴荪甫和左拉在《金钱》中塑造的大资本家萨加尔略加比较就可以说明。瞿秋白同志很早就谈到"《子夜》带着很明显的左拉的影响，特别是左拉的长篇小说《金钱》"（《〈子夜〉和国货年》）。我们确实可以从这两个人物身上看到某些共同特点，例如他们都醉心于金钱的狂流从自己手中流过，变成更多的工厂、银行、城市，他们都有着活跃的生命力，有着为攫取利润而不惜赌上身家性命的野心家亡命徒气质，并且为此而使别的欲望和感情减退乃至瘫痪。但吴荪甫绝不是萨加尔，他为积累资金不得不一点一滴地搜刮农村，他面临的是占绝对优势的帝国主义和买办阶级的强大联盟，这个联盟不仅控制着雄厚的经济实力而且可以任意左右国家政权。赵伯韬为压垮吴荪甫们的"空头"，可以轻易"请财政部令饬交易所……没有现货交上去做担保，就一律不准抛空卖出"，以至"发一个所令"把卖方的保证金增加一倍而买方保证金仍旧。他们就是用这样的非经济强制手段，配合强大经济实力，拉走杜竹斋，迫使吴荪甫全军覆灭，这失败是必然的，和萨加尔偶然由情妇泄露经济秘密而遭失败完全不同。这位中国企业家虽也鄙夷那些"靠公债、黄金、地皮吃饭"的投机商人而一心想创办中国的现代化实业，但他几乎从一开始就动摇，一遇困难就自怨自艾，后悔当时不如投资办银行、搞投机。在挫折和威吓面前，这位"铁铸的人儿"也很难掩饰灵魂的颓丧和空虚。这与一败涂地，关进监狱仍然兴致勃勃地筹划未来银矿和轮船公司的萨加尔当然不可同日而语。吴荪甫游学欧美，很注意保持自己的绅士风度，尽量用"皱皱眉头摆摆手"来表示内心的不满，但他惯于作为封建家长，以自己的专横意志强加于全体家庭成员，作为"威严神

---

① 侍桁.《子夜》的艺术，思想及人物. 现代，1934，4（1-6）.

圣的化身"而出现，这也是和萨加尔完全不同的。这些不同之处生动地融汇在吴荪甫的性格之中，形成了这个性格的复杂矛盾。如果不是从具体的现实着眼，而只是从抽象的概念出发，吴荪甫的形象就不会像现在这样成为那一特殊时代、那一具体社会条件下独一无二的"这一个"。

另外，吴荪甫的结局也是他的性格发展的逻辑结果，而不是作者概念的安排。作者曾经强调"中国民族资产阶级的出路是两条：（一）投降帝国主义，走向买办化；（二）与封建势力妥协。他们终于走了这两条路"①，但作品实际却并不如此。吴荪甫虽曾把几个小厂出顶给日本公司，但那并不是他财产的主要部分，他把他资金的全部都用来和赵伯韬决一死战，结果一败涂地，以致不得不用手枪对准自己的胸膛。但他毕竟没有投降，也不曾妥协。如果作者按照自己上面所说的概念把吴荪甫写成一个终于投靠帝国主义、封建势力的人，与赵伯韬同属反动，那么这个人物就会全然失色而不再是现在的吴荪甫了。

由此可见，吴荪甫这个形象不是按照作者的主观概念而是按照生活本身的逻辑来创造的。作者认识的一些企业家的经历和遭遇反映在作者头脑中，经过作者的感知、想象、理智和感情的作用，逐渐形成一个企业家的美学意象，这个作家头脑中的美学意象通过艺术手段表现出来，就是客观存在的吴荪甫的艺术形象。在这个过程中，逻辑思维始终起着辅助的作用，它帮助认识和理解生活中的形象，帮助提炼和改造头脑中的意象，使之能概括更深广的生活内容，它也帮助安排结构等表现手段，使之更完善。但是在创作过程中，并没有一个独立的离开形象本身的逻辑思维阶段。如果一个艺术形象只是某种逻辑思维结论的形象化，那就绝不可能获得长久的艺术生命。从这一点来说，《蚀》和《子夜》的创作过程并没有

---

① 茅盾.《子夜》是怎样写成的//茅盾论创作.上海：上海文艺出版社，1980：58.

什么不同。但是,在作者的思想如何在形象形成的过程中起作用这个问题上,《蚀》和《子夜》的确存在着自觉与不自觉、作用大与作用小的区别。

茅盾写《子夜》时已经有了比较系统的科学的文艺理论的指导。他强调文艺必须是"社会现象的正确而有为的反映"[1],所谓"有为",就是要"指示未来的途径",成为一把"创造生活"的"斧头"[2]。为创造生活,作家就"不但须有广博的生活经验,亦必须有一个训练过的头脑,能够分析那复杂的社会现象"[3]。《子夜》是在这些原则指导下创作的。作者对中国社会性质的正确认识在《子夜》的创作中起着很大的指导作用,作者十分自觉地努力使这些正确思想通过作品对读者产生影响。《蚀》却与此不同,在这部书里,作者把自己的全部思想感情、印象和经验一起呈现在读者面前,并不像《子夜》那样有很明确的指导思想,也不是那样自觉、那样有目的地要告诉读者一点什么。这种不同是客观存在着的,但却并不能因此而判定作品的高下。有明确思想指导的作品固然可以更深刻地揭露生活的本质,没有明确思想指导的作品只要真正反映了典型的生活和人物,它本身就向人们揭示出深刻的真理;不曾自觉地要向读者说明什么思想的作品容易写得亲切自然,但自觉地要以某种思想影响读者的作品也不见得都是概念化的产物,更谈不上"主题先行"。"四人帮"所提倡的"主题先行论"具有它特殊的含义,那就是:领导出思想,群众出生活,作家出技巧,作家的任务就是把别人规定好的思想(主题)和材料图解化为形象。这当然是应该坚决反对的,但是这绝不等于不允许作家在深入生活的基础上事先构思与安排自己作品的思想和主题。茅盾想通过小说的形式告诉读者,中国并没有走向资本主义发展的道路,而是更加殖民地化了。这是他

---

[1] 茅盾. 我的回顾//茅盾选集. 上海:中央书店,1947:6.
[2] 茅盾. 我们所必须创造的文艺作品. 北斗,1932,2(2).
[3] 同[1].

研究人和研究生活所得出的结论,这个结论帮助他综合、选择和提炼许多生活中的企业家的形象,塑造成吴荪甫这个民族资本家的典型。作者一直没有离开形象的思维,他对中国社会性质的理性认识只是帮助他开拓了形象思维的深度和广度。这和"主题先行论"能有什么关联呢?如果我们批判"主题先行论",连作家自觉地事先考虑到用正确思想去影响人们这一条也否定了,那是不符合创作实际的。《子夜》的成功就是一个明显例证。当然《蚀》和《子夜》都不是没有缺点的作品,上面谈到的两本书的这种不同恰好也造成了他们各自不同的缺点。例如《蚀》提供了不少壮阔的历史场面,但有些情节如果经过更好的提炼,本来可以表现更丰富的内容,但却轻轻带过而难以启发读者的深思。《子夜》的缺点则在另一方面,由于作者总想告诉读者一点什么,总想表现一些"本质"的东西,而又缺少足以表现这种"本质"的具体生动的生活细节,这就难以避免概念化的毛病,而使读者感到有些人物"是作者根据推理设想出来的"。如用秋隼律师和经济学教授李玉亭来表现法律、经济从属于政治就是明显的一例。即使塑造得相当成功的吴荪甫有时也难免有这种概念化的痕迹。特别是当作者离开了形象思维的规律,不是严格按照生活的逻辑,而是主观地想强加给人物一点什么自己的理论时,这种弱点就更其明显。例如茅盾在回忆瞿秋白同志详细看过《子夜》时曾说:"秋白说:'福特'轿车是普通轿车,吴荪甫那样的资本家该坐'雪铁龙'。又说:大资本家到愤怒极顶而又绝望时就要破坏什么,乃至兽性发作。这两点,我都照改,照加。"[①] 于是,在《子夜》中,我们就读到:"他疯狂地在书房里绕着圈子,眼睛全红了,咬着牙齿,他只想找什么人来泄一下气!他想破坏什么东西……一切不如意这时全化为一个单纯的野蛮的冲动,想破坏什

---

① 茅盾. 回忆秋白烈士. 新华月报,1980 (3).

么东西。"以下是强奸王妈的情节。这样的情节缺乏生活的基础,是从"兽性发作"的概念出发而附加上去的。王妈这个人物来无迹,去无踪,她的出现只是为了说明吴荪甫的"兽性"而已。尤其重要的是这种行为完全不符合人物性格发展的逻辑,显得很不协调。实际上,他这样做了,也很难说达到了"想破坏什么东西"的目的。一贯持身颇为严谨的吴荪甫在那样愁绪纷繁、万事攒心、亟待挣扎的情况下,竟然冒着被人识破而威名扫地的风险,在自己家中去强奸一个他从未关注过的并不吸引人的女仆,真是很难令人置信的事。由此不难看出这种属于作者概念的外加的东西是怎样妨碍了艺术创作。

三

下面,再从艺术表现的技巧方面来对《蚀》和《子夜》进行一些比较。作家头脑中的意象要转化为客观存在的艺术形象,必须借助于艺术表现的技巧。在这方面《蚀》和《子夜》也有很多不同。

首先是由构思过程不同而表现出来的艺术结构的不同。写《蚀》时,茅盾是"文思汹涌","信笔所之,写完就算",作者还来不及全盘考虑作品的结构。因此三部曲虽然写来自然流畅,但整个结构则比较粗疏松散,正如作者所说:"结构上的缺点,我是深切地自觉到的。即在一篇之中,我的结构的松懈也是很显然。"[1]《幻灭》所取的是一种单线结构,以静的经历为主线,许多人和事随着静的故事或出现或消失。《动摇》以胡国光和方罗兰为中心形成两条线索,时有交叉,但并未拧成一股。《追求》则以王仲昭、张曼青、章秋柳对生活的三种不同追求为主体,各有自己的发

---

[1] 茅盾. 从牯岭到东京//茅盾论创作. 上海:上海文艺出版社,1980:28.

展脉络，时而互通音响，但也并未真正交织起来。整个人物的安排、情节的发展显然都缺乏统一的全盘筹划。

《子夜》的情况则完全不同。作者说："《子夜》的写作方法是这样的：先把人物想好，列一个人物表，把他们的性格发展以及联带关系等等都定出来，然后再拟出故事的大纲，把它分章分段，使它们联接呼应。"《子夜》的确是精心结构之作，它"把好几个线索的头同时提出，然后交错地发展下去，在结构技巧上，竭力避免平淡"[①]。《子夜》的结构使它所反映的生活矛盾像蛛网一样密结交织在一起，共同向前发展。作者不肯把这些矛盾一个接一个陆续引出，而是同时铺开来，形成统一的高潮。这样做有两个好处：其一是可以同时从不同的生活角度，展开对人物性格、身份、教养等各方面的描写，收到丰满而富于立体感的效果，符合生活本身的面貌；其二是各个矛盾同时呈现可以起鲜明的对照作用，便于揭露矛盾的内在联系和相互影响，而描写出时代的全貌。例如第二章吴荪甫一面要求派兵镇压双桥农民起义，一面请公安局派警察保护工厂；一面准备吞并朱吟秋，一面酝酿和赵伯韬联合搞投机。这不仅从多方面立体地刻画了吴荪甫的性格，而且表现了这些矛盾的相互关系，使读者看到20世纪30年代初期中国民族资产阶级与工农对抗，与官僚买办则既矛盾又联合的时代特点。由于作者对结构做了通盘考虑，《子夜》情节的发展有张有弛，富于节奏。如第一、第二、第三章，随着矛盾的铺开和发展，节奏紧张明快（第四章是一个不大成功的插入，先不论）。第五章对第三章做了一些补充和润色，行文明显地舒缓。第六章矛盾突然中断，节奏一弛，暂时离开了紧张的冲突而轻松地展开了青年男女之间的趣事和罗曼史。第七章拾起中断的情节，形势开始明朗化，作品的第一个高潮以吴赵联合得胜、工潮结

---

① 茅盾.《子夜》是怎样写成的//茅盾论创作.上海：上海文艺出版社，1980：58.

束而告终。第八章有关冯云卿的描写是第一个高潮的余波,而又与下一个高潮有关。从第九章起,形势突变,情节急速发展,以后三章写吴赵斗法,节奏逐渐加快。第十三章后,由于吴荪甫失利,他加紧了对工人的压榨,作品转入对罢工的描写,直到第十六章,这两部分都是为最后的高潮做准备。第十七章夜游黄浦,气势一挫,表面的平静预示着即将到来的风暴,渲染着挣扎和绝望。最后两章吴荪甫背城一战,是全书最紧张的高潮,情节急转直下,几经波折,直到吴荪甫全军覆灭,与第一个高潮吴赵联盟取得的胜利形成强烈对比,全书就在这最高潮中,以沉重而迅速的节奏戛然而止。至于《子夜》结构的严密,"前后联结呼应",以至细节的相互关照,那更是许多人所称道的。总之,"作者精慎的布局,把许多错综混乱的线索,应用了高明的艺术手段,织成一部成熟的艺术品"[①]。《子夜》在结构方面的艺术成就,是"信笔所之,写完就算"的《蚀》的写法所难以达到的。

心理描写是茅盾刻画人物的一个重要手段。早在1921年,他在《近代文学体系的研究》中就曾认为近代文学的特点之一就是"心理解析的精研"。正是多方面的、颇有深度的心理描写使《蚀》在当时的创作中显得很独特。但《蚀》的心理描写多半出于直抒——由无所不知的作者直接叙述人物心理;或联想——如静女士从晒台上一件半旧的淡红色女衫想到了自己的身世和前景;有时也借助于人物的精神分裂,借两个"自我"的冲突来表现心理矛盾。另外,写下意识的精神幻象也是作者常用的方法,如静仿佛看到的"人间丑恶结成的"飞速旋转的巨大黑柱,在王仲昭"脑盖骨下飞速旋转的""留声机唱片"等。《子夜》的心理描写已经不再是这种比较单纯的写法,而是以多种

[①] 赵家璧.子夜.现代,1933,3(6).

方式融汇在交错发展的多种矛盾之中,尽量做到"故事即人物心理与精神能力所构成"①。例如吴赵最后一次会谈,吴荪甫被逼得走投无路,想在更有利的条件下投降,而又于心不甘,这是故事如何向前发展的关键。第十七章后半部,作者综合多种方法把这一关键时刻吴荪甫的心理写得淋漓尽致,构成了故事发展的重要组成部分。作者先是精心布置了这一长段心理描写的氛围:没有人在家,当差的、女仆在门房里偷打小牌,满天乌云,公馆阴沉可怖;接着写他在客厅里叫骂,到处"找讹头",威厉的声音在满房子里滚,从他的行动写出他内心的烦躁;然后转入回忆对比,从两个月前的壮志宏图到两个月后的空剩泡影,满目凄凉,写出他内心的痛苦和感慨;以后由作者对主人公进行了冷静的心理剖析:"只有投降破产像走马灯似的在脑子里旋转,并且绝对没有挣扎反抗的泡沫在意识中浮出来……发展实业的狂热已经在他的血管中冷却……"但这又不是像某些外国小说那样长篇大论的单调的剖析,而是随时插进了环境与行动的交织描写:"'然而两个月的心血算是白费了',吴荪甫自言自语地哼出了这一句来,在那静悄悄的大客厅里,有一种刺耳的怪响。他跳起来愕然四顾,疑心这不是他自己的话,客厅里没有别人,电灯的白光强烈地射在他脸上。"这种动作和外在环境的描写再次强调了他心理上的寂寞、空虚和不甘失败。最后,作者又用一系列逆境的刺激进一步激发和反衬出他的心理状态:妹妹一定要出走,弟弟不仅不遵命放弃飞镖,而且还进一步玩起剑来。这不能不使一向无人敢拂逆其意的吴荪甫大为震怒。而双桥镇又倒闭了十来家店铺,老板在逃,要求救济。总之,他的权威处处露出败象,"到处是地雷,一脚踏下去就轰炸了一个"。种种逆境对心理的刺激遂结为下意识的精神幻象。那就是在钢丝软垫忽然变成刀山,而身旁的少奶奶却

---

① 沈雁冰.近代文学体系的研究//刘贞晦,沈雁冰.中国文学变迁史.上海:新文化书社,1921.

又在梦中呻吟呜咽时的那个离奇的梦境：妹妹要出家当尼姑，把头发剪得光光的，弟弟要分家产自立门户，阿萱和许多人在客厅里摆擂台，园子里挤满了三山五岳奇形怪状的汉子，最后是刘玉英灼热的诱惑。梦境消散后，第二天当他想到已经收买了女间谍这一得意之笔，立刻"热烘烘的一团勇气又从他胸间扩散，走遍了全身"。这样的心理描写与客观事件密切相连，本身就构成了情节发展的一个环节，而且又是用多种方法从多方面同时表现出来，使读者看到其复杂多变，从而呈现出浓郁的色彩和立体感。

和心理描写一样，茅盾早就强调对人物的间接描写，即"戏剧描写，着意描写人物的动作和别人的议论、气氛，注意人物的串合，环境与事变的交互影响"[①]。人们常说茅盾的小说像层次丰富、色彩浓郁的油画，这和他大量采用对照、烘托、陪衬、反衬等间接描写手法，而且很注意人物肖像、动作、氛围等细节描写是分不开的。这些特点在写《蚀》时已经初具规模，而到写《子夜》时则更为成熟。

《动摇》中陆梅丽的客厅给人留下了深刻的印象："厅的正中，有一只小方桌，蒙着白的桌布。淡蓝色的瓷瓶，高踞在桌子中央，斜含着腊梅的折枝。右壁近檐处，有一个小长方桌，供着水仙和时钟之类，还有一两件女子用品。一盏四方形的玻璃宫灯，从楼板挂下来，玻璃片上贴着纸剪的字是'天下为公'……"既洋溢着书香旧家的色彩，又烘染着当时的时代气氛，同时又衬托出陆梅丽的性格——玲珑文雅，端庄细腻。孙舞阳的住处却大不相同了，在那里，"有一株梅树，疏疏落落开着几朵花。墙上的木香仅有老干；方梗竹很颓丧地倚墙而立，头上满是蜘蛛网……孙舞阳的衣服用具就杂乱地放着……靠窗的放杂物的小桌……"桌上放着一个黄色

---

① 沈雁冰. 近代文学体系的研究//刘贞晦, 沈雁冰. 中国文学变迁史. 上海：新文化书社, 1921.

的小方纸盒,很美丽,很惹眼,很香。方罗兰揭开一看,恍然大悟地说:"原来是香粉。"(其实是一种新式避孕药)这一切都衬托着孙舞阳浮躁轻率浪漫的性格而与陆梅丽形成鲜明的对比。又如《幻灭》中,作者并没有直接写静女士为全无出路而感烦恼,只是写"一头苍蝇撞在西窗的玻璃片上,依着它的向光明的本能,固执地硬钻那不可通的路径,发出短促而焦急的嘤嘤的鸣声",当她心情略微平静时,苍蝇也已不再"盲撞",而是"静静地爬在窗角,搓着两只后脚"。这些用细节烘托人物性格的间接描写,在《蚀》三部曲中是常见的,但应该说《子夜》是更自觉地运用了这些方法,并取得了更大成功。作品前半部吴荪甫显赫的声势和刚毅的性格多半是通过间接描写来完成的。例如一开头,作者就通过并非吴记的戴生昌轮船局大小职员"霍地一齐站了起来",肃然起敬,奔走效劳,轰走闲杂人,一片声喊脚夫等来烘托出吴荪甫的气派。接着,吴老太爷中风后,周围一片慌乱,有的惊叫,有的打碎茶杯,有的满屋乱跑,有的泪流满面,有的满脸惊慌,只有吴荪甫指挥若定。人们只听到他威厉的斥骂和一系列命令,别人愈慌乱就愈反衬出吴的冷静和刚毅。在书的前半部,吴荪甫周围的男女仆人和办事员总是"小心翼翼,蹑手蹑脚",或是"门悄悄地开了,探进了一个头来",或是一个"长方脸在门缝中探一下,挨进身来又悄悄地将门关上",连屠维岳也是"悄悄地开门"。总之,上下人等都是屏息侧立,伺候吴荪甫的一笑一颦。作品后半部,随着情节发展的需要,描写方法也做了相应的改变,除较多用细腻的心理刻画外,多半用对照的方法,通过主人公本身性格和行为的前后矛盾、反常和对待同样事物的不同态度来揭示人物性格的发展变化。

作品中的重要人物赵伯韬主要也是通过侧面描写来完成的。例如从人们对徐曼丽和雷鸣所开的玩笑中,读者得知这是一个扒进各式公债、各式女人的坏蛋。李玉亭背叛吴荪甫前来投靠,冯云卿出卖女儿设美人计,都从侧面烘托了这个人物的威力和神秘。吴荪甫愈能干，愈努力，他的失败就愈能反衬赵伯韬的"法力无边"。作者很少正面写赵伯韬如何破坏吴荪甫的事业，他只是写益中公司的窘迫和挣扎，写杂牌军的临时变卦，写山西军的迟迟不出或突然出动，写杜竹斋突然退出益中，存户纷纷提款，交易所忽然增加空头保证金等，这一切都从侧面描写了赵伯韬的为人和性格。如果没有这些侧面描写，全书就会枝节横生，臃肿不堪，而且这个人物也不会像现在这样，带有一种无从捉摸的神秘色彩。

作者很善于通过某些人物的眼光来描述另一些人物的特色，这是一种经济的手法，不仅描写了叙述对象，同时也描写了叙述者的主观特点。例如第二章，整个时代气氛，国内外大事，人物之间的关系，各种私生活琐闻，都是从一大群阔人、政客、军官、老板的寒暄、酬酢、互相吹捧、取笑中表现出来，而这些人物本身同时也就得到了相应的生动描写。另外，作品中的许多人物都穿插着一种对比、映衬的关系。例如雷鸣刚和林佩瑶表演过一场"维特"式的活剧，转眼又和徐曼丽不堪入目地胡缠。这种鲜明的对比有力地刻画了雷鸣的内心世界而带有浓厚的讽刺意味。其他如同是交际花的刘玉英和徐曼丽之间，同是豪绅子弟的曾家驹和阿萱之间，同是走卒的屠维岳和莫干丞之间都存在着一种对比关系，这种对比有助于写出不同的性格。

《子夜》的细节甚至极微小之处也都经过精心安排，表现着作者的匠心。举个简单的例子：吴荪甫经常是以行动的姿态出现，我们看见他或"直奔二楼，闯进总经理办公室"，或"一直走进轮船局"；而赵伯韬则总是"元宝式地埋在沙发里，高高把腿翘到桌上，露出一腿毵毵黑毛"。前者的活动地点多是办公室或家里豪华的欧式客厅，后者则总是在大饭店堂皇的套间包房。这些细微末节都精细地反映着人物的历史背景及文化教养，同时又进一步起着突出人物性格的作用。应该说《子夜》在侧面描写方面确是一个成功的范例。

《蚀》和《子夜》的语言也有明显的不同。在《蚀》的叙述描写语言中，作者很重视明晰的层次，常用动态和拟人的描写，力图通过听觉、视觉和心理印象的交织形成立体的感受。例如《幻灭》中黄鹤楼头，孔明墩边月夜谈心的一幕：

> 汉阳兵工厂的大起重机，在月光下黑魆魆地蹲着，使你以为是黑色的怪兽，张大了嘴，等待着攫噬。武昌城已经睡着了。麻、布、丝、纱四局的大烟囱，静悄悄地高耸半空，宛如防御隔江黑怪兽的守夜的哨兵。西北一片灯火，赤化了半个天的，便是有三十万工人的汉口。大江的急溜，澌澌地响，武汉轮渡的汽笛，时时发出颤动哀切的长鸣。此外，更没有可以听到的声音。

"蹲""等待着攫噬""高耸""赤化""长鸣"都是动态的描写。先写视觉形象：如怪兽，如哨兵，还有一片灯火的汉口；然后写听觉形象：大江急溜的澌澌声，汽笛颤动的长鸣。这历史悠久的武汉三镇仍旧隔江相望，但早已不是古代的名城，这里满布着起重机、兵工厂、烟囱之类近代工业的痕迹。整个描写造成一种壁垒森严、形势险恶、巍然对峙的心理印象：三十万工人的汉口虽已赤化，但仍无法摆脱那虎视眈眈的"攫噬"的威压；大江急流、深夜船笛都带着浓郁的悲壮而哀切的色彩；也许还加上黄鹤楼、孔明墩这类为历代文人反复咏叹的历史名胜所能引起的远为廓大的时间和空间的联想，这就形成一种沉郁而压抑的感觉，潜在地期待着最后决战的悲壮的时代气氛。这种时代气氛与鲜明的地方色彩的动态描写相交织，再加上现实和历史所能激发的心理印象，这就达到了远远超出于文字本身的强烈艺术效果。这种写法在中国传统小说中是很少见的。在人物语言方面，尽管作者在五四时期就曾指出一些作品"千人一腔"的毛病，但《蚀》在这方面的成就并不很大，不少人物都说着一种一般的知识分子语言，缺乏鲜明的个性色彩。又由于作者认为在这个过渡时期"语体文"采用一些"西洋文法"是可以的，"不能因为一般人暂时不懂而便弃却"①，《蚀》的语言的欧化倾向相当明显。

《子夜》无论在叙述描写语言还是在人物语言方面都有了一些变化。这个变化首先是由于作者写《子夜》时，经常考虑到怎样使这本书能为群众所接受。吴组缃先生曾回忆说："听朱自清先生谈，他亲自听作者和他说，作者写本书有意模仿旧小说的文字，务使它为大众所接受。"② 《子夜》叙述描写语言的特色首先是明快有力，色彩浓烈，字里行间都寄托着作者的褒贬和强烈的爱憎。例如，同是写雷雨，工人们身边的雷雨是"闪电、响雷、豪雨，一阵紧一阵地施展威风，房屋也似乎岌岌震动，但是屋子里的三位什么都不知道，她们全心神都沉浸在另一种雷，另一种风暴里"。吴荪甫身边的雷雨却是另一副模样："电闪、雷鸣、雨吼充满了空间……风夹雨的声音又加上满园子树木的怒号……又有个霹雳，像沉重的罩子似的落下来，所有的人声都被淹没。"这种语言的主观色彩在《蚀》中是较少见的。《子夜》中人物语言的性格化也更突出了，不仅吴荪甫、赵伯韬的语言很有个性特色，就是一些次要人物如冯云卿的小老婆那种上海滩恶女人刁悍泼辣、威逼利诱、挑拨离间的一大套话也是非常生动、很有特色的。即便是人对人的称呼也都很有讲究。例如各种政客大亨称吴荪甫都是"三爷""荪翁"，唯独比吴荪甫年轻许多的诗人范博文却可以当面直呼"荪甫"。这不仅因为他们原有一点亲戚瓜葛，而且为了表现范博文自命不凡、满不在乎的诗人气质。对这样的细微之处，作者也不放弃个性化的追求。《子夜》的语言虽然还不曾达到作者所希望的"为大众所接受"的程度，但欧化的句法词汇大量减少了，整个行文也较《蚀》更为明快

---

① 雁冰. 语体文欧化之我观（一）. 小说月报，1921，12（6）.
② 吴组缃. 子夜. 文艺月报，1933，1（1—3）.

清晰。

《蚀》和《子夜》代表着茅盾创作的两个高峰,它们都从不同的方面取得了不同的成就。这说明了作者不断突破自己的创新的探求,也说明了文艺创作的广阔天地,并将鼓舞我们像作者那样,永远"不粘滞在自己所铸成的既定的模型中",而"继续地探求着更合于时代节奏的新的表现方法"。

(1980 年 10 月)

20 年代青年知识分子心态的探索

——论茅盾的《蚀》与《虹》

一、茅盾的心态与《蚀》《虹》的创作

　　1927 年国共合作破裂，北伐战争失败，反动派对革命者的屠杀在知识分子中引起了极大的震动。鲁迅、郭沫若和茅盾恰好代表了革命知识分子在革命转折关头的三种不同类型。白色恐怖使鲁迅感到先前的攻击社会为一箭之入于大海，正因为未真正威胁反动派，才作为废话而得以存留（《而已集·答有恒先生》），这促成了鲁迅投身实际革命的决心，他是在革命失败的关头参加革命的；郭沫若则不同，革命失败所引起的仇恨和激愤，使他一时看不清实际条件，恨不得一切知识分子都能在一夜之间"获得无产阶级意识"，他是因为要革命而走上了不利于革命的、脱离群众的路；茅盾又是另一种情形：革命夭折给他带来的是痛苦的思索，是暂时离

开革命的漩涡，重新审视自己走过的路，是经过一段曲折回流，重新汇入革命队伍，他暂时离开了革命，为的是以后更正确地走革命的路。

茅盾和许多仍然高喊"革命正在进入高潮"的"左"倾分子不同，他客观而冷静地承认，革命是失败了，不顾实际情况地"革命"下去，只能走向绝路。他说："我实在是自始就不赞成一年来许多人所呼号呐喊的'出路'。这'出路'之差不多成为绝路，现在不是已经证明得很明白？""我就不懂为什么像苍蝇那样向窗玻璃片盲撞便算是不落伍？"①

他又不愿把失望和怀疑藏在心里，装出一副乐观的面孔来"指引"群众。他坦白承认自己"不能积极地指引一些什么"，"因为我既不愿昧着良心说自己以为不然的话，而又不是天才，能够发现一条自信得过的出路来指引给人家"，他宣称自己只能做"能够如何真实便如何真实的时代描写"。

同样实事求是的精神使他检讨了过去的文学道路。他感到新文学的读者实际上是小资产阶级知识分子，那么，新文学为什么在理论上只能以"并不能读"的"劳苦大众"作为对象呢（这是当时"革命文学"提倡者的主张）？于是，他提倡以小资产阶级为对象的文艺，来结束"为劳苦大众而作的新文学，只有不劳苦的小资产阶级知识分子来阅读"的矛盾局面。

在这样的思想背景上，茅盾于 1927 年 9 月至 10 月写了《幻灭》，11月至 12 月写了《动摇》，1928 年 4 月至 6 月写了《追求》。这三部小说有一定连续性，但主要人物并不雷同，时间也有重叠。1930 年，这三部小说再版时，合为一册，由作者定名为《蚀》。1928 年 8 月茅盾离开上海去东京，于 1929 年 4 月至 7 月写了未完成的长篇小说《蚀》。《蚀》和《虹》

---

① 茅盾. 从牯岭到东京//茅盾论创作. 上海：上海文艺出版社，1980：28.

都是以小资产阶级为对象，写的是中国青年一代知识分子的心态和生活。如作者所说，《蚀》是写"现代青年在革命壮潮中所经过的三个时期：(1) 革命前夕的亢昂兴奋和革命既到面前时的幻灭；(2) 革命斗争剧烈时的动摇；(3) 幻灭动摇后不甘寂寞，尚思做最后之追求"①。三部作品写作的时间大约是从1927年9月到1928年春天。《虹》则是通过四川一个女学生从18岁到23岁求学、教书，在军阀省长家里当家庭教师，最后来到上海的经历反映出从1919年五四运动到1925年五卅运动之间中国青年知识分子思想、生活的动荡和变迁。

《幻灭》主要是写刚从巴黎留学两年归来的慧女士回到上海后找不到工作，只好与她过去的同学静女士同住，发生了复杂的爱情纠葛，后来又同到武汉参加北伐战争。静女士是因发现自己的爱人原来是军阀暗探，失望之余而投奔革命的。革命过程中阴暗的一面使她感到更加沮丧和幻灭。最后，她在伤兵医院工作，爱上一个未来主义者，未来主义者所追求的是强力的战争刺激，不久又重新出发去打仗，于是，静女士所赖以为生的这一点纯真的爱情也幻灭了。

《动摇》描写北伐战争政权占领武汉后，武汉附近一个小县城所发生的一切。——"由'左'倾以至发生左稚病，由救济左稚病以至右倾思想逐渐抬头，终于为大反动"② 和对革命者的残酷屠杀。并在这个背景下写知识分子方罗兰在处理革命事务、领导民众运动以及结婚恋爱问题上的左右动摇。

《追求》则是写革命失败后，一群知识分子从革命前线撤退到上海后的遭遇。他们有的把希望寄托于下一代，献身于教育事业；有的想扎扎实实做一点事，前进不了一步，半步也行（当时称为"半步主义"）；有的追

---

① 茅盾. 从牯岭到东京//茅盾论创作. 上海：上海文艺出版社，1980：28.
② 同①.

求办社团，重新组织起来；有的则追求刺激，追求恋爱，甚至追求自杀。但他们最后都是一事无成，连追求自杀也因多次被救活而无法实现。

《虹》的色调远比《蚀》明朗，主人公梅女士"力求适应新的世界，新的人生"，"颠沛的经历已把她的生活凝成了新的型，而狂飙的五四也早已吹转了她的思想的指针"，她靠自己粉碎了婚姻的枷锁，几经曲折，接近了群众运动的核心。

在《蚀》和《虹》中，一代青年知识分子的面貌被如实地呈现出来，我们可以从中看到许多前所未有的社会现象，这一代知识分子和过去传统的知识分子相比有了完全不同的心态。他们是第一代脱离了所谓"耕读"，不再依靠地主经济的"薄海民"，挣扎徘徊于中西新旧之间成了他们生活的主要内容。应该说茅盾的《蚀》和《虹》是反映这些变化的重要成功之作。

二、与社会统治权威全面对抗的一代"薄海民"

反映在《蚀》和《虹》中的突出现象之一就是知识分子从旧家庭（主要是地主家庭）关系中游离出来，传统的依附于地主经济的所谓"耕读世家"土崩瓦解了。知识分子流入城市，形成瞿秋白所说的一代"薄海民"（Bohemian）①。他们靠脑力劳动为生，流浪于各大城市。这种"自由流动资源"（free floating resource，马克斯·韦伯语）的出现对中国社会文化发展起着重大作用。共产党的形成、西方文化（包括马克思主义）的传入、抗日战争的动员和宣传，以至延安根据地的建设都与这一现象有关。

由于这一社会结构的变化，知识分子与社会统治权威的关系以及他们

---

① 瞿秋白. 瞿秋白文集：第3卷. 北京：人民文学出版社，1953：995.

所持的社会价值标准都发生了很大变化，魏晋以来知识分子"以德抗位"，他们对统治者的反抗往往只是部分的、消极退隐的，而且时时存在着与统治者重新合作的可能性。连鲁迅笔下的"狂人"最后也是走上"往某地候补"做官的道路。但茅盾笔下的青年知识分子由于时代的不同，走上了更全面、更富于行动性的彻底反叛的路，在政治方面、社会方面、道德文化方面都形成了全面的对抗。

他们对于占统治地位的军阀势力绝无幻想，绝无妥协的余地，他们和军阀之间的关系是过去从来不曾有过的革命者和革命对象的关系。《幻灭》中的慧和静都曾参加北伐战争；《动摇》中的方罗兰虽然左右摇摆，但他与军阀的矛盾仍是你死我活的矛盾；《追求》中的知识分子都在困苦中挣扎，想为自己找一条出路，但与政府合作则绝对排除在外。

对政治权威的彻底否定同时也导致了对这一政治权威所维护的社会价值标准的彻底否定，传统中国是一个以家庭为重、以孝悌治天下的社会。鲁迅笔下的知识分子多半还是通过与父母兄弟的关系被表现出来。如在与兄长的关系中写"狂人"，在与母亲的关系中写吕纬甫，在与祖母的关系中写魏连殳，在与叔父、父亲和丈夫的关系中写子君等。"狂人"和子君表现了对孝悌观念的否定，吕、魏则表现了同一观念在知识分子思想感情上的深远影响。当然，这已不是正流的孝悌观念，而是嵇康、阮籍所坚持的对亲属的"真情"。在茅盾的小说中，父母兄弟的关系已从主要情节中退出，作者多半描写一群在都市流浪的青年知识分子，他们的家庭只是一个隐约的背景，例如仅仅提到静女士有一个爱她的母亲，慧女士有一对不贤的兄嫂等。父母兄弟在这些知识分子的生活中已经不占重要地位，孝悌观念对他们来说已不是什么重要的价值标准。旧家庭已不再是他们生活中的主要牵累，他们可以自由地流动，或上学，或工作，或革命。

男性中心、男尊女卑是中国传统社会的重要特征。在茅盾的作品中，男女平等的价值观以非常突出的形式表现出来。女性知识分子在《蚀》和《虹》中占了主要地位，这在中国小说史上是第一次，这也是茅盾对中国现代文学的重要贡献。

茅盾所写的"时代女性"对传统的生活方式和传统的道德教训都做了彻底否定。她们宣称："既定的道德标准是没有的，能够使自己愉快的便是道德。"(《蚀》)她们认为在一个平庸停滞的社会，唯一能够使自己愉快的只有"刺激"："我们正在青春，需要各种刺激，可不是么？刺激对于我们是神圣的，道德的，合理的。"(《蚀》)她们自称"现在教徒"(《虹》)，认为"理想的社会，理想的人生，理想的恋爱，都是骗人的勾当"(《蚀》)。只能"将来的事，将来再说，现在有路，现在先走"(《虹》)。这对于几千年来的社会秩序和压迫妇女的道德镣铐是一种强烈的反动和对抗。

这种反动和对抗更鲜明地表现在两性关系之中。这些新女性首先打破了几千年的男性中心，即在两性关系中以男性享乐为主的旧观念。梅女士说："天生我这副好皮囊，单为的供人们享乐么？如果是这般，我就要为自己的享乐而生活，我不做被动者。"(《虹》)她们公开提出性的享乐也是女性的权利，甚至夸张地把性作为向男性报复的一种手段。孙舞阳说："我有不少黏住了我胡缠的人，我也不怕他们胡缠，我也是肉做的人，我也有本能的冲动，有时我也不免——但是这些性欲的冲动拘束不了我。所以没有一个人被我爱过，只是被我玩过。"(《蚀》)她们彻底颠倒了过去男性为主的秩序，夸张地采取主动。《追求》中的新女性章秋柳甚至变态地认为："女子最快意的事，莫过于引诱一个骄傲的男子匍匐在你脚下，然后下死劲把他踢开去。"(《蚀》)她们对传统的婚姻制度也采取了完全否定的态度，认为"不受指挥的倔强的男人，要行使夫权拘束她的男人，还是没有的好！"(《蚀》)。孙舞阳说："我老实对你说，我是自由惯了，不能做

人家的老婆！"(《蚀》)

　　这种新的两性观念产生于学校和某些职业向妇女开放，妇女进入社会，特别产生于北伐战争中男女交往频繁的局面，反过来，这类观念又加深了北伐战争时知识分子中两性关系的随便和混乱。男人"近乎疯狂地见了单身女人就要恋爱"，"人们疯狂地寻觅肉的享乐，新奇的性欲的刺激"，作者分析说："然而这就是烦闷的反映。在沉静的空气中，烦闷的反映是颓丧、消极；在紧张的空气中，是追寻感官的刺激。所谓恋爱遂成了神圣的解嘲。"(《蚀》)这类现象和苏联十月革命后普遍流行的"杯水主义"颇有类似之处。

　　总之，从茅盾所描写的婚姻恋爱这个角度，我们也能看到旧社会价值观念的全面崩溃。在中国知识分子中长期存在的"情"和"礼"的冲突呈现了全然不同的局面。传统的"礼"已经不再有规范作用，"性"代替"情"在知识分子生活中占据重要地位，在两性关系中，女性转而采取主动。这些现象反映了中国知识分子生活和社会变动的一个独特方面。茅盾的作品忠实记载了这些现象。他的贡献是独一无二的，不仅前无古人，后来也再没有别的作品能如此大胆而创新地探索这一领域。

三、摸索在中西新旧之间

　　20世纪初叶，西方文化传入中国与魏晋时期印度文化传入中国的情况很不相同。由于中国社会自身的危机，西方文化与其政治、经济、军事力量同时到来，而晚清学术界多做考据诠释学，虽有谭嗣同、康有为等思想界之先驱，但由于客观条件的限制，究竟缺乏自成一统的、强固的、适合于时代需要的思想体系；加以西方文化的确在许多方面高出于当时已经没落的封建帝国文化，因此当西方思潮"如狂涛般卷来"时，中国知识分子多处于一种无选择的被动状态，或认为西方文化一切都好，旧有文化一切都坏；或由于担忧自身文化之覆灭而拒绝审视其弱点与局限。茅盾的小说生动地反映了五四以后，中国青年知识分子对新思潮或西方思潮的追求，及革命失败后对这一追求过程的反省与怀疑。

从茅盾的小说中，我们可以看到以西方思想文化为主要内容的"新思潮"已经打开了中国的大门，使中国不再闭守一隅而带上了世界的色彩。在上海，人们"吃法国菜"，"打网球"，跳 Tango（探戈）舞，看美国电影，中学生历史课讨论的题目是第二次世界大战将于何处爆发？在远东还是巴尔干？大学生所感受的幻灭的悲哀、向善的焦灼和颓废的冲动，是世界性的世纪末的苦闷。在武汉，革命政府录取干部考试的题目涉及慕沙里尼（Benito Mussolini[*]）、季诺维也夫（Grigory Yerseyevich Zinovyev）。在闭塞的四川，梅女士的丈夫为了讨妻子欢心，"凡是带着一个'新'字的书籍杂志，他都买了来；因此，《卫生新论》《棒球新法》，甚至《男女交合新论》之类，也都夹杂在《新青年》《新潮》的堆里"（《虹》）。

然而，西方传入的"新"东西往往新旧杂陈、互相抵触，正如《虹》所描写的：

> 新的书报现在是到处皆是了。个人主义，人道主义，社会主义，无政府主义，各色各样互相冲突的思想，往往同见于一本杂志里，同样地被热心鼓吹。梅女士也是毫无歧视地一样接受。抨击传统思想的文字，给她以快感，主张个人权利的文字，也使她兴奋，而描写未来社会幸福的预约券又使她十分陶醉……

在《虹》和《蚀》中提到的西方人物和作品从托尔斯泰、易卜生、尼采、陀思妥耶夫斯基到墨索里尼、季诺维也夫，从《侠隐记》《查拉图斯特

---

[*] 今译墨索里尼。——编者注

拉如是说》《近代科学与安娜其主义》*《爱的成年》《马克思主义与达尔文主义》以至《中国向何处去?》……西方思潮于短期内大量涌入,各种"主义"不用说被消化吸收,就是较清楚的认知也还来不及,就已经成为过去。许多所谓"新思潮"无非是一个并无切实内容的时髦而浑沌的外壳。特别是一代青年知识分子,对自己固有的传统文化多半采取否定态度,对西方文化也缺乏深厚的系统知识。例如梅女士和徐女士"这一对好朋友谈论的时候,便居然是代表着托尔斯泰和易卜生的神气;她们实在也不很了然于那两位大师的内容,她们只有个极模糊的概念,甚至也有不少的误会,但同时她们又互相承认:'总之,托尔斯泰和易卜生都是新的,因而也一定都是好的。'"(《虹》)。在这种情况下,由于对待外来新事物的三种不同态度在茅盾的小说中新出现了三种不同类型的人物。

第一种人是急于探索新路的青年知识分子。他们对于西方思潮并无系统全面的理解,但他们对于新近传入的东西并非采取客观的赏析态度,而是从中汲取新思想,随即应用于行动。当梅女士所在的学校上演《玩偶之家》时,没有人肯担任重要女角色林敦夫人,认为她"恋爱了人又反悔,做了寡妇又再嫁"。梅女士的看法则恰恰相反,她认为"全剧中就是林敦夫人最好!她是不受恋爱支配的女子",她第一次结婚是为了养活母亲和妹妹,第二次结婚是为了救娜拉;而娜拉则相反,"虽然为了救人,还是不能将'性'作为交换条件……这种意见在梅女士心里生了根,又渐渐地成长着,影响了她的处世的方针"(《虹》)。后来,她果然以"性"作为交换条件,为替父亲还债而嫁给表哥,然后离家出走,使他"人财两空"。梅女士对于易卜生不见得全面了解,但她所了解的那一小部分却成了她行动的指南。对于托尔斯泰也是如此。韦玉"新近看了几本小说和新杂

---

* 今译《近代科学和无政府主义》。——编者注

志……这才知道爱一个人时，不一定要'占有'她；真爱一个人是要从她的幸福上打算，不应该从自私自利上着想……"（《虹》）。这便是他的"托尔斯泰的哲学"！这种哲学指导他为了梅女士的前途而牺牲了自己的爱情。《幻灭》中的强惟力也是如此，他按照他们理解的"未来主义"去生活，"追求强烈的刺激，赞美炸弹，大炮，革命——一切剧烈的破坏的力的表现"（《蚀》），于是，"做了革命党""进了军队"。总之，他们把接触到的外来思潮运用于实践，进行多方面的探索。改造社会、追求新路的迫切性使他们不可能停留在纯理论的探讨中，也很难做更深入的钻研。

第二种人是由于大势所趋，必须打着"新"的旗号。在茅盾的小说中，到处都可以看到"旧材料披上新衣服"的现象。"诊病的时候，不妨带一支温度表……那就是西学为用的国粹医生，准可以门庭若市"，"还是那些群经诸子，不过穿了白话衣，就成为整理国故，不然，就是国糠国糟"（《虹》）。梅女士所在的师范学校打着实验新式教育理论的旗号与另一所保守的县立中学相对峙。但除了国庆节让四五百名学生提着灯笼排成"中华民国万岁"六个大字而外，所谓新教育实在与旧教育并无不同。

更坏的第三种人是借着"新"的幌子，以满足一己私欲。《虹》描写的那位四川省省长旧军阀惠师长就是如此。他提倡女子剪发、女子职业、通俗演讲会，甚至计划"到上海、北京请几位新文化运动健将举行一次大规模的新思潮讲演"。但这一切都只是为了掩盖他在女学生中物色美人的实际目的。这种借"新"事物以营私的现象在北伐战争中就显得更其复杂危险。《动摇》中描写了一桩"解放婢妾尼姑"的"簇新的事业"。废除几千年的婢妾制度本来是一种合理的新事物，但在这个过程中情况十分复杂。首先是在农村，由于传统势力的顽固和农民的愚昧，解放婢妾被歪曲为在"耕者有其田"之外，加上了"多者分其妻"，于是出现了保守的"夫权会"与之对抗，当抓住"夫权会"的俘虏游街时，"打倒夫权会"的口号又变成了"打倒亲丈夫，拥护野男人"（《动摇》）。这件事传到城市，不了解实际情况的知识分子干部竟认为这是"婢妾解放的先驱"，"妇女觉醒的春雷"。一个混入革命队伍的土豪劣绅则"主张一切婢妾、孀妇、尼姑都收为公有。由公家发配"，否则就是不革命。他的实际目的是"一举而三善备：投机炫才，解决了金凤姐的困难地位（金凤姐是这个劣绅的妾），结束了陆慕游的孀妇问题（陆慕游是这个劣绅的好友，他垂涎于一位寡妇）"。这就使"废除婢妾制度"这一新事物完全变了质。

总之，旧事物打着新幌子又成了胜利者，这引起了很多青年知识分子对五四以来新文化运动的怀疑。梅女士感到"一切罪恶可以推在旧礼教身上，同时一切罪恶又在打破旧礼教的旗号下照旧进行，这便是光荣时髦的新文化运动"。她的朋友徐女士对于平日信仰的新思想也起了怀疑："人们是被觉醒了，是被叫出来了，是在往前走了，却不是到光明，而是到黑暗；呐喊着叫醒青年的志士们并没准备好一个光明幸福的社会来容纳那些逃亡客。"（《虹》）这种怀疑引起了一部分青年知识分子的颓废和消沉，但也迫使他们不再满足于一知半解而希望进行更深的探索。这就为20世纪30年代马克思主义在青年知识分子中的广泛传播进行了准备。

在《虹》和《蚀》中，茅盾是在进行"能够如何真实便如何真实的时代描写"，他紧紧抓住不再依附于地主经济流浪于城市和在西方思潮的猛烈冲击下于中外新旧之间挣扎摸索这两个主要特点来探索青年知识分子的心态。他不想粉饰什么，也不想解释什么，他如实地呈现了一幅时代的图画，呈现了当时知识分子的悲哀、幻灭与追求，也并不掩饰作者自己的颓唐。这正是这两部作品不朽价值之所在。

（1984年4月）

漫谈茅盾的抒情散文

郁达夫在《〈中国新文学大系〉散文二集序》中认为茅盾的散文特点在于"观察的周到，分析的清楚"，"然而，抒情炼句，妙语谈玄，不是他之所长"。这些话经常被人引用，几乎已成为茅盾散文的定评。其实，事实并不完全如此。茅盾固然很少"谈玄"，正如他自己所说："我也曾尝试找找'性灵'这微妙的东西，不幸'性灵'始终不肯和我打交道。"但"抒情炼句"却未必是茅盾之所短。应该说茅盾散文的表现方法多种多样，抒情炼句恰是其中很重要也很成功的一个方面。

如果不计北伐战争失败前茅盾在《文学周报》上发表的那些情绪激昂、议论性较强的短文，如《五月三十日下午》《大时代中一个无名小卒的杂记》等，那么茅盾的散文实际上是和他抒发内心的矛盾和积郁的需要同时产生的。换句话说，茅盾的散文实自"抒情炼句"始。当然，"抒情炼句"的方式也是多种多样的。

茅盾最早的抒情散文《严霜下的梦》主要采取构筑一种情调和氛围的表现方法。这里很少写具体的人和事，只有怪异的梦，写灰色翅膀扇拂着人们脸颊的阴森的蝙蝠和瓦上的严霜肃杀的寒光。这一切构成一种非常痛苦的、孤独而窒息的气氛，同时贯穿着作者清醒的理智。他深知所有光亮都不是自己所期待的黎明的曙光，他只能无望地默默忍受噩梦的统治。这里没有明确的象征，也没有客观的分析，只是通过作者主观心情的抒发，烘染出一种浓郁的情调，使读者感受到他灰暗的心境、理智的个性，对反动政权不抱任何幻想的清醒的认识。这种情调同时也鲜明地反映出大革命失败后，国民党统治区域普遍存在的一时尚难见到光明的悲观失望的时代气氛。

在旅居日本的两年中，茅盾用同样的表现方法写了一系列抒情散文以抒发胸中的抑郁和矛盾。《叩门》一方面写寒冷、凄厉和虚空，一方面写"殷殷雷鸣"，不知"是北风的怒吼""抑是'人'的觉醒"？幻想"跨在北风的颈上，奔然驱驰于长空"。《卖豆腐的哨子》写"满天白茫茫的愁雾"，"胸间那股回荡起伏的怅惘"，也写"闷在瓮中，像是透过了重压而挣扎出来的地下的声音"。这些都是为了造成一种感染力很强的特殊的气氛。

1934年写的《黄昏》《雷雨前》标志着作者在思想感情上有了很大变化，但仍采用了以上的表现方法。《雷雨前》和《白杨礼赞》写法很不一样，我们可以具体指出白杨树象征什么，楠木象征什么，可是我们说不出《雷雨前》所写的"热烘烘"的桥石、"苍白色的泥土"、"飘飘扬扬踱方步"的鸡毛、"密不通风的灰色的幔"究竟具体指什么。当然我们也可以说灰色的幔象征无处不在的反动统治，天外巨人象征革命人民，他手中的大刀则象征革命，还有红顶子金苍蝇象征国民党大员，像老和尚念经的蚊子象征帮闲文人，等等。但这样解释显然无助于启发，反而固定和压缩了读者的感受和联想。作者的意图显然远不限于此。倘若只为写以上的象征，作者何必那样细致入微、极有层次地展示那桥上的人的感受呢？我们看到这个人清早起来摸一摸桥石，太阳的威力（象征什么？）透过灰色的幔直逼他的头顶；然后他感到浑身的毛孔全都闭住，像要呕出什么来；这个人终于窒息得只好张开两臂，用力行一次深呼吸，可是只吸进了"热辣辣的一股闷"；汗胶住他的全身，像结了一层壳；熬到午后三点，他像快要干死的鱼，张开了一张嘴；他等待着风暴，却迎来了苍蝇、蚊子和讨厌的蝉；他跳起来拿着蒲扇乱扑，神经质地大声叫喊；最后，汗流尽了，嘴里干得像烧，手脚也软了，只觉得世界末日也不会比这再坏。如果说象征，这个被置于作品中心地位的人象征什么呢？作者如此不厌其烦、步步紧逼地写这个人的感受显然不是为了象征，而是为了构筑一种气氛，使读者具体感染到作者所要表达的那种烦闷、窒息、压抑到无法容忍的情绪。这里写苍蝇、蚊子、蝉也和鲁迅写《夏三虫》的表现方法不同，目的不在于用它们具体象征某一类人，而是从触觉（专拣你的鼻子尖上蹲）、视觉（红顶子金苍蝇）、听觉（哼哼嗡嗡、"要死哟"）等各方面来加深和烘染那使人极其腻烦的气氛。作者通过自然景物、人的感受、虫的飞鸣三条途径终于层层深入把这种气氛逼到顶点。然后，电光一闪，屋角雪亮，幔外的风超高速扑来，灰色的幔被扯得粉碎，虫子噤声躲藏，人像被剥落了一层壳。作者所要表达的强烈的心情和愿望——"让大雷雨冲洗出个干净清凉的世界！"也就以雷霆万钧之势划开了读者心中由作者造就的窒闷的幔，带来了无限光明的一闪。这种以构造情调、烘染气氛抒发作者胸臆、表现作者个性的方法在《雷雨前》的写作中达到了十分圆熟的地步。

　　茅盾抒情散文的另一种表现方法是象征。象征，并不只是一般所说的引起联想。用英国批评家卡莱尔的话来说："一个真正的象征永远是无限的赋形和启示。"也就是说，象征是通过有限的具体的事物赋予无限的抽象的观念形态而使人们得到启示。上面谈到的通过构筑一种可以触摸的情调和气氛来表现一种难以捕捉的抽象观念或情绪，从广义来说，也可以认为是一种象征，但我们通常说的象征多半是狭义的，仅指通过具体事物来表达抽象概念。《白杨礼赞》要写"磨折不了，压迫不倒"，伟岸、正直、平凡、温和而又严肃的北方农民的气质；要写我国民族解放斗争中不可缺少的质朴坚强、力求上进的精神；要写正在华北平原纵横决荡、用血写出新中国历史的意志。"气质""精神""意志"无论加上多少限定的修饰语，仍然是抽象的概念。而对抗西北风、不折不挠、参天耸立的白杨树却是可触摸的具体存在。"北方有佳树，挺立如长矛。叶叶皆团结，枝枝争上游。羞与楠枋伍，甘居榆枣俦。"白杨，它的生长条件、形态和风貌提供了客观基础，使人可以把本来属于自己的知觉或感情（平凡、伟岸、质朴等）外射出去，变为白杨的属性。这些属性并非白杨所固有，而是作者感情外射的结果。这就是所谓移情作用。移情不同于联想，如果说白杨树使你回忆起西北高原的一段生活、一个故事、一些人，那是联想；《白杨礼赞》写的不是这种情况，而是白杨树的线条、色调、形状等本身表现了你心中的情感，这是移情。引起移情作用的事物必定是一种情趣的象征，如松竹耐寒，象征劲节；火焰炙人，象征热情。所以法国美学家霸西（Victor Basch*）把移情作用称为"象征的同情"。茅盾把自己在西北高原感受到的崇高的气质和愿望外射于白杨树，通过移情作用，使它象征平凡、伟岸、质朴的气质、精神、意志，这就是一种"象征的同情"。读者通过由于这种外射而赋有了新的特殊属性的白杨树，感受到作者的气质和愿望而获得美感，达到了象征的目的。茅盾还有一些别的散文也是通过同样的象征手法写成的。如《沙滩上的脚迹》以"夜的国"象征黑暗社会，以"纵横重叠的兽迹"象征生活中的歧路，以"夜叉"象征人生道路上总会遇到的凶险，以"人鱼"象征恶的诱惑，以"鬼火排成的好看的字"象征引人

---

* 今译巴希。——编者注

堕落的伪善招牌,而"心火的照明"则象征追求光明的意志和决心。这些都是通过移情作用,通过具体事物给无限的抽象观念赋形。

茅盾抒情散文大量采用的方法是"寓情于事""寓情于景",主要依靠平实的叙述和对生活场景质朴的素描来表达。但这也绝非与"抒情炼句"无关。第一,这些叙述和素描往往以精练而美好的辞句抒发着作者的深情,字里行间浸染着浓厚的感情色彩。如《戽水》一篇写了三幅素描。第一幅是欢快的:"水车的尾巴浸着浅绿色的河水,辘辘地从上滚下去的叶子板格格地憨笑似的一边跟小河亲一下嘴,一边就喝了满满的一口,即刻又辘辘地上去,高兴得嘻嘻哈哈地把水吐了出来……小河也温柔地微笑,河面漾满了一圈一圈的笑涡。"第二幅是痛苦的:"小河也渐渐瘦了……满脸土色……吐着叹息的泡沫。"水车叫人牙齿发酸地轧轧乱响,只能"从这干瘪的小河榨出些浓痰似的泥浆来"。第三幅是绝望的:"河心里的泥开始起皱纹,像老年人的脸;水车也都噤口。"全篇都是事实的叙述,同时又处处洋溢着作者的关切之情。最后,精疲力竭的农民把不能给他们"风调雨顺"的土地神像全扔到烈日之下。作者总结说,当"'神'不能做得像个'神'的时候,他们对于'神'的报复是可怕的"。这也饱含着作者的义愤和期待。

第二,在另一些散文中,叙事又和形象的议论结合在一起来达到抒情的目的。如《谈月亮》,在叙事中结合月亮的形象,发挥了反对调和、短视、敷衍、苟安的议论。作者写道,月亮"把凹凸不平的地面幻化为一片模糊虚伪的光滑","把黑暗潜藏着的一切丑相幻化为神秘的美","水样的猫一样的月光"使一对追求婚姻自由的男女脆弱投降。月亮的圆缺使人悟出恬淡知足的哲理,月亮的光既不能使五谷生长也不能晒干衣裳,这光只够你看见五个指头却不够辨别稍远一点的地面的坎坷,它"消弭了一切轮廓"而使你变得短视,在你心上遮起一层迷迷糊糊的苟安的雾。通过这种叙事和议论的生动结合，作者充分抒写了自己渴望进取、追求光明磊落的情怀。

第三，茅盾还有一些以叙事为主的抒情散文，既不是用比喻、拟人等方法在字里行间增添感情色彩，也不是借助形象的议论，而是通过截取生活中本身就最富于诗情画意的片段加以再现，来达到抒情的目的。《风景谈》就是运用这类写法最成功的一篇。在《风景谈》中作者很少直接发议论，也不大着意渲染自己的感情，一切都蕴含在一个个生动而精美的画面之中。如果说《白杨礼赞》是"托物寄意"，那么《风景谈》就是"寓情于景"。这些"景"本身就充满了诗情画意：在"蓝的天，黑的山，银色的月光"的背景上，"姗姗而下"的唱着粗朴短歌的晚归的种地人；在喧哗的小河里洗濯，燃起熊熊野火晚炊，说着七八种方言，唱着同一个雄壮音调的年轻的一群；被雨赶到天然石洞中促膝谈心的幸福的一对；憩息在桃林茶社一片简陋的绿荫下各得其乐的男男女女；还有那在银白色天幕前粉红色霞光中扬起系红绸的喇叭的小号兵和那位犹如雕像一般的战士。这些都是茅盾所说的富于表现力的"生活的剪片"。这些"剪片"明暗相间、对比鲜明、错落有致地交织在一起，构成了色彩浓郁、立体感很强的油画画面。例如稀稀落落、黄毛癞头式的黄土高原并不美，但配上那幅荷犁晚归的美丽的剪影，立即显出神奇的色彩；"秃顶的山""浅濑的水"由于年轻人的欢声笑语顷刻变为"静穆的自然与弥满着生命力的人"交织而成的美妙的图画；沉闷的雨天、寂寞的荒山、原始的石洞，因为"安上了"一对促膝谈心的年轻人而顿时生色；半片磨石、几尺断碣、荞麦、大麻和玉米，粗劣而简陋，但有满溢着青春活力的青年男女活跃其间，马上就变成了人间乐园。作品中的许多场景都是按对比原则来安排的。如大城市西装革履烫发旗袍高跟鞋的一对儿与原始石洞中"只凭剪发式样的不同，方能辨认出一个是女的"的革命青年；过去拿调色板木刻刀，如今"一律被锄锹的木柄磨起老茧";过去调朱弄粉,如今煮小米饭炒油菜;一方面是柔和的粉红的霞色,一方面是刚性的刺刀闪亮的寒光;等等。色彩的明丽、丰富和多变也是作者在这篇散文中刻意追求的:天的蓝,山的黑,月光的银色,小米饭的金黄,油菜的翠绿,河水泡沫的雪白,荞麦花的粉红,桃林树叶的绿,太阳给磨石断碣抹上的金色,还有银白色背景前一个淡黑的侧影,霞光和晨风吹动着的喇叭上的红绸……这些由鲜明对比和富丽色彩构成的画面不再是平面的、单线条的、白描的,而是明暗、浓淡相映衬的和色彩复杂的油画,这些油画丰富地展示了作者对敌后根据地深情的崇敬和怀念。

从以上分析可以看到茅盾对于"抒情炼句"也是相当擅长的,他的抒情表现方法多种多样。如果进一步研究,又可以发现在这多种多样中存在着统一,存在着共同的特点。

特点之一是郁达夫所说的:"唯其阅世深了,所以每不忘社会。"也就是茅盾自己说的"未敢忘记文学的社会意义","未尝为创作而创作"。即使是大革命刚失败的失望彷徨之际,他也从不曾想逃避退隐或钻入什么"象牙之塔",他的散文始终表现出正视现实,不满现状,顽强地追求未来,期待着新的召唤。阿英说"在中国小品文活动中,作为社会的巨大目标的作家,在努力的探索着这条路的,除茅盾、鲁迅而外,似乎还没有第三个人",这是事实。

特点之二也是郁达夫说的:"观察的周到,分析的清楚。"他认为这是"现代散文中最实用的一种写法"。的确,茅盾的散文抒情味再浓,也始终贯穿着清醒的理智。在他的第一篇抒情散文《严霜下的梦》中就清楚地阐明了这一个性和气质。他说:"在我,尖锐的理性总不肯让我跌进了玄之又玄的国境,让幻想的抚摸来安慰了现实的伤痕。我总觉得,梦,不是来挖深我的创痛,就是来嘲笑我的失意。"他的抒情散文始终包含着对社会、对人生、对自己理智冷静的分析。这种分析往往是辩证而全面的。他能从"满天白茫茫的愁雾"中听到"透过了重压而挣扎出来的地下的声音……震破了冻凝的空气",并且"从这单调的呜呜中读出了无数文字"(《卖豆腐的哨子》),虽然浓雾抹煞了一切,但他仍能看到有"红鲤鱼的活泼泼的跳跃划破了死一样平静的水面"(《雾》)。以后的散文,这一特点就更其明显了。郁达夫认为"现代散文之最大特征,是每一个作家的每一篇散文里所表现的个性,比从前的任何散文都来得强"。茅盾冷静、理智的个性在他的散文中的表现正是如此。

但是,郁达夫由于过分强调这种"实用的写法""切实的记载",却忽略了我们前面所谈的应作为茅盾散文第三个特点的抒情的多样性。郁达夫屡次鼓励茅盾写散文要"利用他的所长,而遗弃他的所短"(指抒情炼句,妙语谈玄)。茅盾也虚心地接受了他的劝告,他说:"从《太白》发刊以后,我就打算——借郁达夫先生的一句话'利用他的所长而遗弃他的所短'。我打算写写通常所谓随笔,以及那时很风行的速写。"后来他又说:"这些文章就好像是日记账,文字之不美丽自不待言,又无非是平凡人生的速写,更谈不上什么玄妙的意境。读者倘若看看现在社会的一角,或许能隐约窥见少许,但倘要作为散文读,恐怕会失望。"事实确实如此,1934年以后,茅盾的确在很大程度上有意地抛弃了我们所说的第三个特点即抒情的多样性,包括情调的渲染、象征的运用、叙事的感情色彩、形象化的议论、鲜明的对比、浓郁的油画色彩等等。直到1940年写《风景谈》,1941年写《白杨礼赞》,他才又在新的高度上,使这些特色得到进一步发展。而1934年以后的五六年间,由于有意识地压抑了自己在"抒情炼句"方面的才能,这一时期,茅盾的散文创作虽然数量很多,也真实地反映了"社会的一角",但不免平淡无奇,这也许正是批评家对作家产生了消极影响之一例吧。

茅盾的散文脍炙人口，传诸后世的作品是兼有以上三个特点的名篇，如《严霜下的梦》《卖豆腐的哨子》《谈月亮》《雾水》《沙滩上的脚迹》《雷雨前》《风景谈》《白杨礼赞》等。

（1981年）

《雷雨》中的人物性格

曹禺的剧作《雷雨》所描写的时代早已一去不复返了,但是,这个剧本直到今天却还具有不朽的艺术魅力。为什么呢?它教给我们什么?又以什么吸引了我们?这种魅力是从何产生的呢?这就是我们现在要讨论的问题。

《雷雨》的作者首先在塑造鲜明突出的人物性格方面表现出巨大的艺术才能,"戏剧是从性格开始的,它只能从性格开始"(高尔基《论戏剧》)。《雷雨》正是这样,正是蘩漪、周萍等人物形象鲜明突出的性格,首先在一切看过《雷雨》的读者或观众的心目中留下了极为深刻难忘的印象。特别是剧作的女主人公蘩漪。

蘩漪是作者在《雷雨》中最着力刻画的一个人物。作者曾说:"在《雷雨》里的八个人物,我最早想出的并且也较觉真切的是周蘩漪。"(《雷雨》序)蘩漪不但在《雷雨》中,而且在整个现代文学史上都是一个不朽的生动形象,那么,蘩漪究竟是一个怎样的人呢?她为什么会唤起我们巨大的同情?在作者的心目中,蘩漪无疑是可爱的,他曾不止一次地强调说

"蘩漪自然是值得赞美的,她有火炽的热情,一颗强悍的心,她敢冲破一切桎梏""有着美丽的心灵",她热烈地渴望着自由,渴望着活跃的精神世界,渴望着另一种与她目前的境遇完全不同的丰富、充实的、真正的人的生活。她因此感到包围着自己的资产阶级的庸俗、贫乏和单调是难以容忍的重压,是残酷的束缚。她对于自私专横的周朴园和他那呆板阴沉的家庭感到多么厌倦呵!然而,她却无力也不知道如何摆脱这一切。她在"阴沟里讨着生活却心偏天样的高","热情原是一片浇不熄的火"却"偏偏枯干地生长在砂上",她不能不盲目地在"阴沟"和"砂"上寻求一线光明。她在绝望中错误地把周萍的爱情当作援助自己脱离苦海的一根小草,当这根小草被证明是虚幻的时候,她从绝望一变而为疯狂了,她灵魂中美好的东西因希望的全然死灭被扭曲了,变形了。她的热情变为冷酷,她的强悍变成怨毒,她的渴望自由变成希冀毁灭一切,同归于尽。她性格中原有的美就这样被毁灭了。是一种什么力量造成了这种毁灭呢?是有些人所说的"大家庭的罪恶"吗?不,作者所表达的要更为深远。蘩漪的被压抑、被窒息固然表面上是由于周朴园的家长统治和专横,但只要深入探索一下,就不难发现蘩漪头上的千斤重压实际是来自周朴园所代表的那一社会集团——与中国封建阶级有着千丝万缕联系的中国资产阶级。《雷雨》所表现的家庭关系除带着浓厚的封建色彩外,更多是资产阶级式的。周朴园并不要求蘩漪为他服役,他给她一定的人身自由,她可以自己关起门来,在不高兴见他的时候不见他,可以自由交际,可以在一定范围内自由支配钱财,就是在最表现周朴园蛮横的强迫蘩漪喝药的场面,他也没有直接强迫,而是通过儿子来威逼。那么,蘩漪在肉体上似乎是自由的,既然家庭这样烦闷,她为什么不在家庭以外寻求安慰呢?问题在于蘩漪所处的那一社会环境可以容忍女人有虚伪庸俗的"自由交际",但却根本反对女人有自己的愿望,有纯真的爱情,有对于理想的渴求。它要求女人活着像死去一样，只是成为资本家恭顺的装饰和玩物。繁漪内心的追求不但不能被这一社会集团所理解，相反是与它的需要尖锐对立的。周朴园就曾时刻不遗余力地来扼杀和磨灭这种追求，教训繁漪必须控制自己，做"服从的榜样"，把她的苦闷和追求视为不可理解的"精神失常"。就是周萍，对于繁漪性格中美好的东西也是完全漠然无视的。退一步说，假定周萍不是一个怯弱者，他能带着繁漪从家庭逃脱，那么社会舆论、同样的无聊和空虚仍然会把他们压得粉碎，除非他们完全抛弃资产阶级生活。因为繁漪灵魂的饥渴原绝非爱情所能疗救，因此，在繁漪所属的那一社会集团，她性格中美的被毁灭乃是必然的。这里只有两条路，一条是像繁漪一样爆裂出反抗的火焰（尽管是变态的）终于烧毁自己，另一条是忧郁压抑，抱恨终身，如《子夜》中的资本家太太林佩瑶。因此，繁漪的毁灭不是某个个人的过错，而是社会制度，是资产阶级生活本身规定了的必然的结局。她成为凶狠和怨毒的不能由她自己负责，她的命运是无可挽回的时代的悲剧，所以是值得同情的。正如作者所说："这类的女人许多有着美丽的心灵，然为着不正常的发展和环境的窒息，她们变为乖戾，成为人所不能了解的。受着人的厌恶，社会的压制，这样抑郁终身呼吸不着一口自由空气的女人，在我们这个现社会里不知有多少。"（《雷雨》序）繁漪正是这类女人中一个最成功的典型。

其实，周萍和周冲的性格，同样控诉着资产阶级生活对人的摧残和压抑。作者并没有把周萍写成一个坏蛋，因此他曾强调："演他的人要设法替他找同情，不然到了后一幕便会搁了浅。"（《雷雨》序）在作者笔下，他并不缺少一般的善良和聪明，他是"有情爱的"，又是"渴望着生活，觉得自己是个有肉体的人"（《雷雨》）。但同时他又只是一个"矛盾和情感的奴隶"，"他只能讨生活于自己的内心的小圈子里"，苍白、无能而且怯弱。他当然不能理解也不能爱繁漪那样的女人，他们的爱情关系对他来说原是出于一时冲动，随即成为不断引起悔恨的内心的残疾。空虚而又充满罪恶的资产阶级生活同样使他窒息，因为"他还觉得自己是个有肉体的人"。于是渴望在四凤的"青春"和"新鲜"中找到解脱，然而，四凤并不能拯救他，正如他不能拯救繁漪一样，因为他所感到的空虚和无聊乃是整个资产阶级生活的结果。别林斯基曾说："对于人，除了内心世界以外，还有一个伟大的生活世界，不间断的工作，不停歇地活动和创造的世界。"周萍的教养，他养尊处优的环境，他不劳而获的寄生生活，使他根本不懂得"还有一个伟大的生活世界"。他已经是一个"经过雕琢的"、被资产阶级所"蛀蚀了的""美丽的空形"（《雷雨》）。通过周萍的形象，作者再一次展示了罪恶的资产阶级生活是怎样毁灭着一切与它的庸俗、腐朽相抵触的东西，怎样强制地将人的性格纳入它所要求的轨道。显然，摆在周萍面前的，除了死亡就只有一条道路——到矿上去继承他父亲的事业，而听任他那一点善良和对真正生活的渴望逐渐泯灭，成为和他父亲完全一样的人。

周冲的性格用另一种方式说明着同样的问题。这个原是天真可爱的孩童由于资产阶级教育，由于脱离劳动的上层生活，完全与现实隔绝了。他生活在憧憬和幻想的轻纱里，他被一重一重的幻念茧似的缚住了，他看不清社会也看不清他所爱的人们，他需要现实的铁锤来一次一次地敲醒他的梦：在喝药那一景他才真认识了父亲的威权笼罩下的家庭；在鲁贵家里忍受着鲁大海的侮慢，他才发现他和大海中间隔着一道不可填补的鸿沟；在末尾，繁漪唤他出来阻止四凤和周萍逃奔的时候，他才看出他的母亲全不是他所想的那样，而四凤也不是能与他在"冬天的早晨，明亮的海空，乘着白帆船向着无边的理想航驶去"的伴侣。周冲的一生注定了是痛苦的，他注定了要无止境地忍受一次次幻灭的悲哀。正如作者所说："理想如一串串的肥皂泡，荡漾在他的眼前，一根现实的铁针便轻轻地逐个点破，理想破灭时，生命自然化成空影。"(《雷雨》序）这样一个年轻无辜的生命就如此短暂而痛苦地消逝了。是资产阶级生活造就了周冲绵绵不尽的渺茫的梦，也是资产阶级生活注定了要一个一个来击碎这些幻梦，而给周冲带来巨大的创痛。周冲的毁灭是必然的，即或他不毁于死亡，当一系列美梦全部幻灭后，周冲也就不再是原来的周冲了。

在《雷雨》所描写的上层社会中，能够自由自在、心满意足地生活的，只有周朴园和鲁贵，因为他们对这个社会毫无抵触，他们本身就是这个社会的代表者和支柱。他们更"理智"、更"世俗"地生活着，靠损害别人来养活自己，又都有一套哲学来辩解和掩盖自己的罪恶。例如周朴园用"家庭秩序"，用对侍萍虚伪的纪念来缓和内心的谴责，使自己"心安理得"；鲁贵用"人生在世不过吃喝玩乐"来支持自己的狂喝滥赌。他们的区别只不过前者是专横威严的主子，后者则是卑躬屈节的奴才。他们共同维护着现存社会制度，在《雷雨》中构成浓重的阴影，衬托出蘩漪、周冲等性格的可爱处。

至于鲁妈和四凤，如作者所说"是这明暗的间色"，她们属于平凡善良的劳动人民，直接受着社会摧残而不知道应该归罪于谁。鲁妈由于自己惨痛的经历，对一切"有钱人家"怀着天然的仇视和警惕，但是她仍然以为一切苦难是由于"自己的罪孽"，由于"命"，由于"天"。四凤对于周围的环境和自己悲惨的命运更是全然无知的。不过，与《雷雨》中的其他人物相比，作者对这两个人物性格的描写是显得较为逊色的。

如上所述，我们可以看到这些具有不同性格特色的人物生活在同一环境中，必然导致冲突的发生。作者并不是先想好了情节和冲突再把性格"配置"进去，而是随着对于性格的发掘，冲突也就自然产生了。蘩漪的热烈和强悍使她再也无法忍受周朴园的专横和冷酷，她死死地抓住周萍，寻求一条援助自己得到解脱的路，而周萍的无能与怯弱，迫使他急于摆脱繁漪，企图在另一个少女的爱情中找到寄托。随着人物性格的发展，这些冲突已尖锐到不可解决也无法缓和的地步，而充满着幻梦的周冲置身于这样紧张的冲突中，理想和现实的矛盾也就达到了不可调和的顶点。这些冲突被严密地组织在一条纵的线索上发展，同时贯穿着完整的故事、紧张的场面和奇妙的穿插。作者在择取富于表现力的戏剧情节方面特别表现了巨大的艺术才能。例如，周朴园强迫繁漪喝药的一场，不但尖锐地表现了周朴园对繁漪精神上的摧残，繁漪的反抗挣扎，同时也表现着周萍的怯弱和恭顺，周冲关于家庭的幻梦的破灭。其实，这些线索本来已构成了剧本的"结"，作者又更用一条血缘的绳索（周萍与四凤原是同母兄妹）将这个"结"束得更紧，使得这些冲突的发展一步步逼近死亡，而终于只有死亡才解开了这个剧本的"结"。

这样，通过人物性格的发掘，通过冲突的发展和解决，作者在这个剧本中所要提出的问题就很明显地呈现在读者面前：为什么生活中美好的东西要遭到毁灭，为什么无辜的生命要白白地遭受牺牲，为什么？应该指出，作者主观上对于这个问题的答案与读者自己从剧本中所感受到的答案之间存在着距离。作者原想告诉我们这悲剧的原因是"宇宙里斗争"的"残忍"和"冷酷"。"在这斗争的背后或有一个主宰来使用它的管辖，这主宰希伯来的先知们赞它为上帝，希腊的戏剧家们称它为命运，近代人抛弃了这些迷离恍惚的观念，直截了当地叫它为'自然的法则'。"（《雷雨》序）然而我们在看《雷雨》时能感受到的却不是这样。我们感到产生悲剧的原因就是资产阶级生活在灭绝着一切与它相抵触的美好的东西，在压抑和残害着反抗者，在将怯弱者强制地塑造成它所需要的类型。这种作者主观意图与作品客观效果之间的距离，对许多作家来说都是一个常见的现象。曹禺自己也感到了这种距离，他曾说写《雷雨》原是"出于一种神秘的吸引"，"并没有显明地意识着我是要匡正、讽刺或攻击什么"，但是，

"写到末了"却"有一种情感的汹涌的流来推动我,我在发泄着被抑压的愤懑,毁谤着中国的家庭和社会"(《雷雨》序)。为什么会这样呢?首先是由于作者对于生活的认识有它正确的一面。曹禺对于当时半殖民地半封建社会上层生活是十分熟悉的,同时深感它的黑暗和罪恶,他曾说在这样的环境中,他"素来有些忧郁而暗涩","自己不断地来苦恼着自己","不晓得宁静是什么"(《雷雨》序)。他预感到这种矛盾百出的腐烂生活已经濒于毁灭的边缘,就像郁然的暴风雨的前夜,而素朴的正义感和人道主义使他对于平凡善良的劳动人民(如鲁妈、四凤),对于黑暗生活的反抗者(如蘩漪)和它无辜的牺牲者(如周冲)都寄予深厚强烈的同情。特别是作者在这里塑造的罢工运动领导者鲁大海的形象具有特殊的意义。显然这是一个与《雷雨》中其他人物完全不同的新人,是一个粗犷的、"火山爆发式"的、"满蓄着精力的,白热的人物"。《雷雨》中的其他人物都注定了走向毁灭,而鲁大海却能昂然地离开这黑暗的深渊。作者清晰地透露出未来是只能属于鲁大海这样的新人的,可惜鲁大海的性格在《雷雨》中没有得到更进一步的发展,但它已足够使我们看到作者对生活所寄予的希望,看到作者所受当时社会主义现实主义作品的影响。

同时,不可否认作者对生活的错误解释必然影响到作品的艺术成就,局限着作品反映现实的深度和广度。《雷雨》按照它在塑造性格和发掘冲突方面的成就,本来可以更鲜明地展示出这一时代罪恶的社会生活,更深刻地揭示出产生这一悲剧的社会原因,然而,最后那条血缘和性爱纠缠的绳索却使作品的结局充满着并非必然的巧合。例如,似乎只是因为四凤与周萍原是同母兄妹,所以周萍不能与已经怀孕的四凤出奔,于是毁灭成为不可避免的。其实,按照人物性格的发展,就是没有这层血缘的障碍,四凤与周萍也不可能达到幸福的结合,因为他们原是互不了解、极不相同的人,四凤并不能拯救周萍,就在他们热烈相爱的时候,周萍也不能不仍然因痛苦"而纵于酒,于热烈的狂欢,于一切外面的刺激"(《雷雨》)。而四凤的前途不是死亡就是被践踏和遗弃。那条血缘和性爱纠缠的绳索显然只是混淆和模糊了悲剧的社会原因,错误地使人沿着作者的思想线索体味到一切是命中注定的,所谓"宇宙正像一口残酷的井,落在里面怎样呼号也难逃脱这黑暗的坑"(《雷雨》序)。这就大大削弱了雷雨的艺术成就和社会意义。尤其是在"序幕"和"尾声"未被删去之前,作者企图用"序幕"和"尾声""把一件错综复杂的罪恶推到时间上非常辽远的处所",造成所谓"欣赏的距离",以便"不至于使情感或者理解受惊吓"(《雷雨》序),这种削弱就更其明显。因此,就从《雷雨》所达到的和未曾达到的,我们也可以清楚地看到正确的世界观对于艺术创作具有怎样重大的决定性意义。

以上简略地分析了《雷雨》中的人物性格、冲突和主题,我们可以看到《雷雨》之所以直到今天还有新鲜的生命力,正是因为它通过清晰的性格、尖锐的冲突展示了半殖民地半封建社会上层生活恐怖的黑暗景象,揭示出这种生活是怎样扼杀一切美好的东西,怎样成为善良人们的监狱而给他们带来难以想象的痛苦,从而激发我们更深刻地理解生活,懂得真正的生活应该是怎样的。

(1957 年)

小说世界的外延研究
——传统的小说分析

小说和诗歌散文不同。诗人和散文家对于时代、人生、事态的看法，他的感叹、悲悼、体验和评价，往往从作品中自我抒发出来，作者的主观世界和作品同时呈现，不需要中间媒介。小说家则不一样，他不能将自我直接表现于作品之中，而必须通过一个他所构造的小说世界。无论用什么人称，那个小说中的"我"未必就是作者的"我"，小说必须经过一道"客观化"的手续，构成一个"自足的客观世界"。即便是自传体小说，作者所呈现的也不是直接的"我"，而是由这个"我"所构成的一个"客观自足的世界"。

戏剧家也必须通过戏剧场景这一媒介来呈现自己，但戏剧家可以依靠导演、演员、道具、服装，以及灯光、布景等手段所营造出来的气氛来呈现他所构想的世界；他不需要详细描述人物肖像，演员可以完成他的简单素描；他不需要费尽心思来描写热闹的场面，布景和表演可以完成一切。

小说家就不同了，他唯一的手段只是纸和笔。凭靠一支笔，他要写出男女老幼、残弱壮嫩诸色人等。他的工具只适用于一个平面，但却要构造出一个立体的世界。他不得不在写一个人物的同时用几副笔墨去写其他人物；在写一个场景的同时照顾到上下左右前后、听嗅味触视的多层次时空。随便举个《三国演义》中关于诸葛亮空城计的描写，或是《子夜》中吴老太爷出现在上海滩的一瞬都可以看到技巧高超的小说巨匠如何用一支笔使得场里场外内外交错、前前后后交相呼应而营造出一个使读者真如身临其境的立体印象。

总之，小说的技巧是复杂的，世界上有成千累万研究小说技巧的著作，各种新的文艺思潮的出现也往往要在小说分析方面开辟途径才能站得住脚。

小说分析和其他文类的分析一样都要从作者、读者、作品三者的关系出发，西方批评家称之为"三R"，即作者（writer）→作品（writing）→读者（reader）的研究。过去传统的小说分析大多停留在作者和作品的关系这一范围，是一种"外延"的研究。例如，关于小说作品资料的分析：作者的生卒年月、事迹考证，作品的年代、真伪，版本的搜集、考订，等等。这对我们来说仍然是一门重要的学问，诸如《金瓶梅》的作者是谁，曹雪芹的生卒年月，以及现代文学中作者的随意修改与原作的比较等很多问题都值得认真研究，但这毕竟不是对小说本身的分析。

分析小说作品最容易抓住的就是作者的生活经历在作品中的反映及其影响。这就是所谓小说的"传记分析"。评论家首先分析作者真实的生活事件，然后在作品中寻找其对应部分。例如，以曹雪芹的身世与《红楼梦》的某些情节相印证。这种分析方法有一定意义，特别是当作家的某些经历构成了作者在创作时的某种心理状态，而这些状态又转化成小说的某些情节和意念时。例如，鲁迅儿时为父亲买药的经验和他对革命先烈秋瑾的崇敬，汇合成他写短篇小说《药》的最初意念。这种研究可以提供有关作者创作心理和创作过程之间的关系分析的有用素材。但是，作者个人生活与作品之间并不是简单的因果关系，不能说一个作家必须在悲哀的情绪中才能写出一本悲剧性小说，也不能说只有当他愉快奋发之时才能创造出喜剧性作品。特别是对于一些复杂多产的作家，更不能说作者本人就一定具有作品中某些人物的观念、感情、看法和德行。小说批评家如果过分强调小说是作家传记的真诚表现，就往往会把小说降低为某种个人生活的复制品。一件艺术品（包括小说）绝不只是某种经验的复制或具体化，它同时是一系列作品中的"尖端产品"，它是整个艺术传统在新形式中的继承。因此，过于强调小说作品中作家个人的传记因素，就会打破文学传统本身的发展秩序而代之以某个个人的生命过程。即使我们确确实实在作品中判断出作家生平的成分，那也是被重新安排和组织过的，是被整个艺术传统和作品的艺术需要改造过的，已失去其作为作家传记一部分的个人意义。当然，这并不是说不需要研究作家传记，恰恰相反，这种研究可以帮助我们了解作家在艺术方面的发展、成熟以及可能发生的衰退；如果我们对于作家的生活背景、他与别人的交往、他的阅读兴趣和所受的影响一无所知，我们就很难真正了解他所创造出来的作品，尽管这仍然是一种"外延"研究，还是没有进入作品本身。

小说的社会分析在许多西方评论家看来也属于一种"外延"的分析，这种分析首先强调作家的阶级出身和社会经历，这里也有许多有趣的现象，例如作家对自己阶级的背叛。欧洲文学家颇多中产阶级，因为贵族忙于追逐名誉地位，不屑于写作，贫民则很少受教育。俄国却相反，除个别例外，大部分作家都出身贵族。而现代西方，据说作家的阶级束缚已大为松弛，形成了一种相当独立的职业的"知识阶级"。这些现象都还有待于更深的认识。而作家的宣言活动又绝不能与作品的社会内容混为一谈，巴尔扎克在思想上倾向于保皇党，在创作实践上却倾向于资产阶级，这就是一个明显的例证。另外如作品的社会影响也曾经是一个重要的课题。目前，西方对于文学社会学的研究还是很发达的。特别是在口头历史、地方历史盛行的潮流中，人们已经不满足于只研究大人物、大事件、大都市的历史，而认为只有通过对最平凡、最普通的大量存在的地区和人民生活的实际研究才能探寻到真正历史的脉搏。这样，具体描写社会生活的小说作品就大量被作为社会史料来加以研究。当然小说描写的社会生活绝不等于真实的社会生活，但历史家们认为即使是作者对于社会现象的夸大或歪曲，作者自身的道德选择和生活偏见本身也是一种值得探索的社会现象，是普通人历史的一个组成部分。小说的社会分析属于文艺社会学，是社会学与文艺学的边缘科学，但它所研究的项目，不论是作家的社会经历、作品的社会内容，还是作品的社会影响，在某些批评家看来都还是停留在"作者与作品"或"作品与读者"的关系分析上，仍然没有进入小说的那个只属于"文学性"的"内在王国"。

小说的观念分析，亦即思想分析，曾经在我国小说批评中占有突出地位。有时候，小说甚至被理解为一种被特殊形式包裹着的观念。这种观念可以从小说中提取出来，而小说作品就是根据这种观念被"形象化"了的一种"图解"。所谓"主题先行"，所谓"领导出思想""群众出生活""作家出技巧"就是由这种错误的理解中产生出来的。这当然是极端的例子，但在小说分析中，离开整个小说的具体创作实践而孜孜于最后分析出一种抽象思想的做法，不论在中外都有一定的市场。例如某些关于《红楼梦》的分析，所要论证的就是全书只表现一个观念——"色即是空"，或是封建大家庭的崩溃，或是一个历史时期的阶级斗争，认识到这些非常重要，但却不能说明《红楼梦》本身的艺术价值。当然，小说作品总反映着一定的思想，为阐明某种伟大思想而做图解的小说未必伟大，但伟大作品必然阐明某种伟大的思想或独特的思考,即使这种思想在作者写小说时未必十分自觉,十分清醒。美国文学评论家韦勒克和沃伦(Rebert Pen Warren)在他们合著的《文学理论》中强调说,文学史家往往夸大了作家的哲学观念,即思想观念的明晰度,这有一定道理。作家在创作时当然考虑哲学问题,分享某种人生哲理,但他们思考哲理的方式与哲学家并不相同,不是把哲学观念转化为小说中的某个形象,而是作为小说中的某个形象来思考。如果我们在研究这一问题时,不是只着重于小说家头脑里的哲学思考,而是研究这些思考如何进入小说,成为小说的一部分,那就意味着进行小说本身内在的艺术分析。因为最伟大的思想也不是艺术,只有这些思想已不是平常意义上的思想而成为小说中一种艺术的象征,才是艺术的。事实上,最伟大的艺术家也常因未能真正处理好这一艺术与思想的关系而受到指责,例如意大利文艺批评家克罗齐就认为但丁的《神曲》是"由诗的章句交错着一些押韵的神学和伪科学所组成的","《浮士德》的第二部毫无疑问地为过度的知识化所损伤,而不断地在接近明显的寓言的边缘"。韦勒克自己则认为:"在陀思妥耶夫斯基的作品中,我们经常感到艺术的成功和思想的重负之间的不协调。"[①] 如果我们不去分析这种矛盾而只满足于从作品中搜寻作者的思想和意图,那就仍然是一种"外延分析",尽管是有价值的分析。

最后,还要谈到一点小说的印象分析。从我们上面谈到的作者→作品→读者的过程来看,小说的印象分析是从其终端即"读者"出发的。主张印象分析的批评家认为只有艺术家才是够格的批评家,他们不承认文学创作与文学批评是两回事,坚持批评和欣赏本身就是一种艺术的再创造。因此,对批评家来说,重要的不在于批评家对于"美"应有一个正确的定

[①] 韦勒克,沃伦. 文学理论. 北京:三联书店,1984:129.

义，而在于一种气质，一种因美的事物而感动的能力。正如法国作家和批评家法朗士的名言：批评就是"灵魂在杰作中的冒险"。他们坦白承认他们分析莎士比亚，分析拉辛，讨论的并不是莎士比亚、拉辛，而是批评家自己。可见他们所触及的只是读者自己的感受而远不是作品本身。

总而言之，在 20 世纪 40 年代前后勃然兴起的美国新批评派评论家看来，过去传统的小说分析都没有真正触及小说本文，而只能说属于真正的小说分析的"史前时期"。

（1985 年）

文学是一种特殊的语言形式
——新批评派与小说分析

新批评派起源于 20 世纪二三十年代，大盛于 20 世纪四五十年代的美国，而在 20 世纪 60 年代逐渐衰落。新批评派以其主要评论家兰色姆（Ransom）的论文集《新批评》(1941)而得名，他们不满于传统的文学批评只徘徊于作品外围，而不接触作品本身，提倡排除一切非文学因素的"纯批评"。在他们看来，有关读者的研究是可以排除的，因为作品的意义不以读者为转移；有关作者的研究也是可以排除的，因为如果作者在创作中的自我意识已在作品中实现，那么研究作品即可，如果没有实现，那就与文学批评不相干。后来，新批评派的两个年轻理论家维姆萨特（W. K. Wimsatt）和比尔兹利（C. Beardsley）合写了《意图谬误》("The Intentional Fallacy"，1946) 和《感受谬误》("The Affective Fallacy"，1948)，这两篇文章企图为新批评派的"纯批评"打下理论基础。《意图谬误》论证作品一出现，就不再是作者的所有物，而是不再受作者主观制约的客观产品，即使有文献记下作者明确宣言的意图，也不能以此作为批评的依据，不能将作品与其产生过程相混淆。试图从创作的心理原因来推导批评标准是完全错误的。其实，马克思也曾指出过这一点，他说："对一个著作家来说，把某个作者实际上提供的东西和只是他自认为提供的东西区分开来，是十分必要的。"①《感受谬误》指出从作品所产生的效果来推导批评标准同样错误，因为读者的水平和心理是各种各样的，将作品本身和作品产生的结果相混淆，这样的作品分析就没有客观标准，就会徒劳无功，甚而导致"批评的毁灭"。

新批评派用这两种"谬误"划定了他们认为正确的"向心式"批评，即排除一切"非文学"因素，只做"本文"分析的"细读"批评，有时也称之为"本体批评"或"客观批评"。

"向心式"批评或"细读"批评首先遇到的问题就是：哪些是属于"本文"的"文学"因素，哪些则不是。为此，新批评派的主要理论家兰色姆提出了"构架—肌质论"，他认为"构架"是使作品意义得以连贯的逻辑线索，是在作品中负载"肌质"的材料，是可以从作品中抽取出来，用散文加以转述的。"肌质"则是无法用散文转述而决定艺术品之所以是艺术品的部分。例如，一篇小说我们可以写成几十个字的梗概，转述整个故事，但它并不动人，不能产生美学效果，这只是一个逻辑"构架"；只有将这个梗概还原为小说，在这个构架中附上全部"肌质"，小说才能恢复它的艺术魅力。兰色姆所讲的"构架—肌质"与我们一般理解的形式与内容的关系并不完全对应。例如，小说中演述的事件本该属于内容部分，但这些事件又是在特殊的处理方法中存在的，取消了这种处理方法，那事件也就失去了艺术效果，因此，从处理方法来看，它又属于形式。所以，

---

① 马克思恩格斯全集：第34卷．北京：人民出版社，1972：343．

新批评派一再引用法国诗人叶芝的著名诗句：

哦，随风摇摆的身体，哦，明亮的眼睛，
我们怎能把舞者与舞蹈区分？

意思是说，停止了舞蹈，舞者也就不存在了。正如维姆萨特所说："形式拥抱信息，组织成一个更深沉、更有实质性的整体，抽象的信息不再存在，孤立的装饰物也不再存在。"① 但这样会不会导致内容消失于形式之中或取消了内容和形式的对立呢？德国理论家曾试图用"内的形式"和"外的形式"来加以区分，但界限仍然含混。韦勒克提出："最好把那不具审美意义的统称为'材料'，而把那具有审美效果的别称为'构造'。那么，'材料'所含有的成分，是兼有一向被认作内容和形式的部分，'构造'一词的涵义则兼括着为审美目的而创作的内容与形式。"② 韦勒克所说的"材料—构造"大体相当于兰色姆的"构架—肌质"。新批评派把作品这样区分为"具有审美意义"和"不具审美意义"的两部分有一定意义，为过去只注意作者意图和读者感受的传统批评打开了新的视野，使批评家注意到分析作品首先要分析"本文"，研究"构架"如何转为"肌质"，用韦勒克的话来说就是"材料"如何转为"构造"，以跟踪艺术魅力所以产生的每一步骤。但是新批评派终究把小说分析的范围规定得太狭窄了，把小说作品看作一个独立自足的本体，与作者的意图、读者的感受完全隔绝，剩下的就只有对本文进行逐字逐句的分析，其所能容纳的理论也就只有以瑞恰慈为代表的传统语义学。

瑞恰慈认为语词意义在作品中是发展变化的。它首先从过去曾发生的一连串重复出现的事件组合中获得自身的意义，同时它又受具体使用时的

---

① WIMSATT W K, Brooks C. Literary criticism: a short history. London: Routledge, 1957.
② 韦勒克，沃伦. 文学理论. 北京：三联书店，1984.

语言环境（上下文、风格、情理、习俗等）所制约。也就是说，语词的意义是由纵横这两种"语境"的相互作用而选定的，传统语义学就是要研究语词一旦被创造出来并赋予一定意义后，它是怎样扩大和缩小这个意义的，是怎样把这一组概念转化到另一组概念的，是怎样提高或贬低这个意义的价值的，总之是怎样产生种种变化的。新批评派认为文艺作品就是由这些词义不断变化的文字所组成的。作者所构思的意象（即意识中再造的形象，例如我们看见一个花瓶，花瓶拿开后，我们头脑中还留存着花瓶的形象）通过文字的中介转化为读者头脑中的意象。作者是否能在读者心中构成作者意欲构成的意象，对小说家来说除了依靠文字，别无其他手段。文字构成的图像就叫作"语像"。韦勒克和沃伦认为"语像"可以分为三个层次：第一个层次是白描性语像，即不带任何暗示意义的语言形象。第二个层次是比喻，包括明喻和暗喻，新批评派在比喻的研究方面做了很多有益的工作。兰色姆认为"比喻的出发点是比喻物（喻体）和被比喻物（喻本）之间的局部的相似性；明喻小心地把这同一性保持在局部之中，而暗喻则把这局部同一性变成完全的合一"[①]。维姆萨特指出，当我们将A比B时，我们所得的并非两者的机械的比较结果，而是两者合一时所产生的第三物C，"这是个抽象的品质，是在两个事物的张力性矛盾关系（A不是B）中加入的一种智力性联系（人所赋予的新的联系）"[②]。例如茅盾在《幻灭》中的一段描写：

> 汉阳兵工厂的大起重机，在月光下黑魆魆地蹲着，使你以为是黑色的怪兽，张大了嘴，等待着攫噬。武昌城已经睡着了，麻、布、

[①] RANSOM J C. Beating the bushes: selected essays 1941 – 1970. New York: New Directions, 1972.

[②] WIMSATT W K. The verbal icon: studies in the meaning of poetry. Lexington, KY: University of Kentucky Press, 1946.

丝、纱四局的大烟囱，静悄悄地高耸半空，宛如防御隔江黑怪兽的守夜的哨兵。

大起重机与黑色的怪兽完全合一，用"蹲""攫噬"等字样正是强调这种合一，而我们所得到的印象既不是起重机也不是怪兽，而是一种威压的、形势险恶的印象。这就是维姆萨特所说的"智力性联系"。江对岸的四个大烟囱与守夜的哨兵的比喻则只是局部的相似，是一种明喻。语像的第三个层次是象征。象征是用一个具体形象来表现难以捉摸的抽象概念或感情，象征不是通过两个具体形象的比较，而是依靠暗示和广泛的联想。例如鲁迅小说《药》中夏瑜坟上的一个红白相间的花环象征着关于未来的若干亮色。

新批评派认为，文学既然是一种特殊的语言形式，文学批评家的任务就是对作品的文字字义进行分析，探究各部分文字之间的相互作用和文字所包含的隐秘关系。至于作者是否曾经这样想过，大多数读者能否接受这样的解释全都无关紧要。

字义分析就是要从纵的历史和横的环境的交互作用中最深最广地发掘出字词的含义。例如《红楼梦》中多次写到"水"，水的意义当然首先是"洁净"。说"女人是水做的"，显然并不只是说"花得水而活"，而且是说生活在深闺、尚未被肮脏的社会所玷污的少女和水一样洁净。水的第二层意思是深情。汉语历史上常以水波来形容含情的眼睛，如"临去秋波"，又常说"柔情似水"，在《红楼梦》的特殊环境中，林黛玉所有的泪水都是柔情所化，是情的标志。第三层，水又代表正在流逝的时间，如《论语》记载："子在川上曰：'逝者如斯夫，不舍昼夜。'"李白古风诗："逝川与流光，飘忽不相待。"《红楼梦》多处以水流表现时光的消逝，如林黛玉听到梨香院的女子彩排，唱出"只为你如花美眷，似水流年"，又想起古人"水流花谢两无情""流水落花春去也"，再听到《西厢记》"花落水流红，闲愁万种"，这都是以水流象征时日之不可追。不论从纵的或横的分析，"水"这个字都有它自己的多层内涵。再看《红楼梦》第五回，警幻献给宝玉的一香、一茶、一酒：

> 说毕，携了宝玉入室。但闻一缕幽香，竟不知其所焚何物。宝玉遂不禁相问。警幻冷笑道："此香尘世中既无，尔何能知！此香乃系诸名山胜境内初生异卉之精，合各种宝林珠树之油所制，名'群芳髓'。"
>
> 大家入座，小丫鬟捧上茶来，宝玉自觉清香异味，纯美非常，因又问何名。警幻道："此茶出在放春山遣香洞，又以仙花灵叶上所带之宿露而烹，此茶名曰'千红一窟'。"
>
> 少刻，有小丫鬟来调桌安椅，设摆酒馔。真是：琼浆满泛玻璃盏，玉液浓斟琥珀杯。更不用再说那肴馔之盛。宝玉因闻得此酒清香甘冽，异乎寻常，又不禁相问。警幻道："此酒乃以百花之蕊，万木之汁，加以麟髓之醅，凤乳之曲酿成，因名为'万艳同杯'。"

这"群芳髓""千红一窟""万艳同杯"，也绝不仅是字面上的意思，而可以从纵的横的方面做更深的发掘。例如"髓"自古就有两种意思，一种是骨髓，如《史记·扁鹊仓公列传》："酒醪之所及也；其在骨髓。"另一种是精华，如"笔头点点文章髓"。在《红楼梦》的具体环境中，"群芳髓"的"髓"显然是指"初生异卉"和"各种宝林珠树"的精华，但读者不免想到珍贵的宝林珠树被熬成油，含苞待放的美丽鲜花被榨成髓，于是有一种骷髅之感。再如"千红一窟"，"窟"字在古书中常指动物潜藏的巢穴，如"狡兔三窟"，它所引起的联想往往是带有一定恐怖或神秘色彩的"仙窟""盗窟""鬼窟"之类，如"西山一窟鬼"。同时"窟"与"哭"同音，这是脂砚斋早就指出的。脂砚斋还指出"万艳同杯"的"杯"与"悲"同音，"百花之蕊，万木之汁"都被挤出榨干，经过蒸煮而成为酒，也给人一种玉断香消、同归于尽的悲哀。再如"妙玉赏茶"一回，妙玉谈到她用来沏茶的水乃是"五年前我在玄墓蟠香寺住着收的梅花上的雪，统共得了那一鬼脸青的花瓮一瓮"，这段话除字面上的意义外，的确给人一种阴沉不祥的预感。"玄墓"本是苏州地名，但这里它就不仅是代表某一地方的符号，而且给人幽暗坟墓的联想，再加上"蟠香寺"意味着香花蟠曲委伏于地，花瓮的鬼脸青的颜色也意味着无情和冰冷。水、髓、窟、杯、玄墓、蟠香、鬼脸青都不再只限于原有的词义而有了新的深广的开拓，被赋予了新的意义，提高了原有的价值。

按新批评派的要求，只做这样的语义分析还很不够，还必须探究各部分之间的相互作用及其隐秘关系。例如上面谈到的水的三重意义，在"洁净"这个层次上，我们看到水与石的关系："石中清流滴滴"；"一带清流，从花木深处泻于石隙之下"；"俯而视之，但见清溪泻玉，石磴穿云，白石为栏，环抱池沼"。石保持水的清洁，泥则使之污浊，宝玉乃石所化，他和黛玉的关系相应于水和石的关系。在"情"这个层次上，也是"水"把两位主人公联结在一起的。黛玉所有的泪水都是为宝玉而流，灵河岸上三生石畔，绛珠仙草与神瑛侍者的姻缘也是由"灌溉之恩""甘露之惠"来维系的。那贯穿全局的象征时间的"逝水"，更是把灵河、沁芳河、迷津三条水连成一气。灵河是仙境之河，是整个故事的缘起；沁芳河是人间之河，它浸渍、销蚀着落花，"溶溶荡荡"，流逝而去；迷津则是沉溺之河、地狱之河，把人引向"无舟楫可通"的万丈深渊。时间之流从灵河开始，引出沁芳河两岸的繁花似锦、七情六欲，最终流向如宇宙一般深沉的黑暗。"水"的象征就这样通过各种词义的暗示，呈现着各个部分之间隐秘的关系。

"群芳髓""千红一窟""万艳同杯"的一香、一茶、一酒也同样构造着巨大的象征之网，在那虚幻之境中，这三者都呈现着世态的虚无。"放春山""遗香洞"者，意谓春天已被放逐，香花已被流放，而烹茶的"宿露"亦象征着时间的短暂。时限一到，众花遂被敲骨吸髓，因而哭（千红一哭），因而悲（万艳同悲）。沉迷于色相的贾宝玉却不理会警幻仙姑的种种暗示，仍然高唱着"窗明麝月开宫镜，室霭檀云品御香"（香），"却喜侍儿知试茗，扫将新雪及时烹"（茶），"女儿翠袖诗怀冷，公子金貂酒力轻"（酒）。他志得意满地享受着现实生活中的香、茶、酒，反衬着幻境中所揭示的这三者的虚无。如果说贾宝玉的《四季即事诗》反衬着香、茶、酒的象征，那么第七回所写薛宝钗的冷香丸则是对这一象征的正面呼应。冷香丸同样是斫"百花之蕤"，要春天开的白牡丹花蕊十二两，夏天开的白荷花蕊十二两，秋天开的白芙蓉花蕊十二两，冬天开的白梅花蕊十二两……和在末药一处，一齐研好，而又要在次年春分这日晒干。春分在三月底，正是"三春去后诸芳尽""万花同悲"之日。薛宝钗吃冷香丸是根据和尚的教导，要治疗"胎里带来的一股热毒"，既然要和尚而不是要医生来治疗，可见不是生理之病而只是心理的欲求，无奈宝钗不能领悟这群芳衰萎、千红一哭、万艳同悲的哲理，所以她的"热毒""久不久发作"，不断要吃这冷香丸，直到真正"人冷香完"，才能止息。此外，如第五回"在会芳园游玩，先茶后酒"，在秦可卿房中闻到"一股纯细的甜香"，六十三回为宝玉祝寿时抓签行令，史湘云抽中"开到荼蘼花事了"，第四十一回品茶栊翠庵关于各种杯子的铺张描写（万艳同杯）等都可以听到香、茶、酒亦即髓、窟、杯这一象征系统的变调和回响（此例参阅了胡菊人的《小说技巧》）。

如果用新批评派的"细读方法"来分析《红楼梦》，我们就会发现一个暗喻和象征的宝库。当然，不用这种方法也不是不能分析出以上谈到的这些事例，新批评派只是给我们提供了一个更科学、更周密的理论系统。其实，我国的小说评点在某种意义上来说也是一种"本文细读"。金圣叹、毛宗岗、张竹坡、脂砚斋都十分重视逐字逐句分析小说语言的奥秘，例如毛宗岗所总结的《读三国志法》十一条，细细分析"同树异枝，同枝异叶，同叶异花，同花异果""星移斗转，雨覆风翻""隔年下种，先时伏着""横云断岭，横桥锁溪""将雪见霰，将雨闻雷""浪后波纹，雨后霡霂""寒冰破热，凉风扫尘""笙箫夹鼓，琴瑟间钟""添丝补锦，移针匀绣""奇峰对插，锦屏对峙""近山浓抹，远树轻描"等语言文字叙述描写之妙。金圣叹在评点《水浒传》时强调"有用笔而其笔不到者，有用笔而其笔到者，有用笔而其笔之前，笔之后，不用笔处无不到者"，而以最后一种为运用语言文字的最高境界。这些虽然和新批评派的字义分析不尽相同，但从微观出发，强调对本文细读细评的精神则不无相通之处。

新批评派在20世纪60年代受到以宏观批评为主要目标的结构主义的挑战，后来的现象学批评、接受美学理论等更进一步对新批评派提出的"意图谬误""感受谬误"做了理论上的否定，但新批评派提出的某些论点已成了公认的真理，例如本文分析的重要性，必须对作品的"文学性"进行探讨等。其提倡的细读法在西方仍然被广泛采用，许多新的文艺思潮都不得不从对新批评派的回顾开始，而在与其比较中确定自己的立足点。正如厄立斯（John Ellis）所说："无论我们喜欢与否，今天我们大家都是新批评派。"[①]

（1984年）

---

① ELLIS J. The theory of literary criticism. Berkeley: University of California Press, 1974.

决定着表达方式的深层结构
——结构主义与小说分析

结构主义是盛行于20世纪五六十年代的一种影响很广泛的社会思潮，它的基本理论最早源于瑞士著名语言学家索绪尔（1857—1913）的《普通语言学教程》。索绪尔认为语言是一种符号，这种符号与它所表示的意义之间并无必然逻辑联系，只是约定俗成。例如，为什么"猫"这种动物要用"mao"这个声音来表示，这里全无道理可言。它武断而世代相传，个人只能全盘接受。语言本身又是一个具有严密完整的内在联系的结构，离开这个结构，个别的符号就失去意义。正如离开球赛规则，球赛就毫无意义一样。人们想通过语言互相交往，就必须无条件地依从这一先天的、笼罩社会的语言结构。对于这个结构来说，重要的不是被表达的具体项目，而是决定着表达方式的深层结构——语码（使语言能被理解的密码）。

上述理论运用到文化研究方面，结构主义学者就认为各种文化现象也都是一种符号，这种符号本身并没有什么固定意义，它们的意义只是建立在同一系统相互关联的网络之上。例如,中国的"红白喜事",所谓"白喜事"就是殡仪出丧,一切孝服全是白色的。离开了中国文化礼仪的"密码","白喜事"就变成不可理解的。在西方,白色的菊花和纱衣倒是"红喜事"——结婚的礼服。因此,文化研究不应止于对事实和现象的描述,而要探讨决定这些事实和现象的、"深深积沉在底层"的、赋予事实和现象意义的深层结构。中国古代有许多关于生命变形的神话,如炎帝少女溺于东海化为精卫鸟,鲧治水不成化为黄熊,嫦娥奔月化为蟾蜍,还有蛇化为鱼,鱼化为鸟,草化为萤,雀化为蛤,等等。按照结构主义的观点,关键不在什么化为什么,而在决定这一系列变化神话的深层结构,那就是用变形来逃避死亡的共同心理。正如文化哲学家卡西勒在他的名著《论人》中所说的:"整个神话就是对死亡现象固执而永恒的否定。"这正是决定这类变形神话大量重复并获得意义的内在的"语码"。

在文学界,结构主义者和新批评派一样,他们都把文学本文看成一个独立自足的体系,既不涉及作者的主观经历和意图,又与对读者所产生的效果无关;他们都不重视作品的内容,甚或将它抽出,悬置起来,而只致力于形式的分析。但如果说新批评派所追求的是一种精巧的微观分析,结构主义者所追求的却是文学形式的一种宏观架构,并且把任何作品都还原为表现这一架构的一个具体事例。

1957 年,加拿大学者诺斯罗普·弗莱(Northrop Frye)出版了他的《批评的剖析》一书,认为西方文学批评处于零碎的、非科学的混乱之中,需要加以整饬。整饬的方法就是把所有文学作品都归纳于四种"叙述类型"的结构之中。这四种类型即"喜剧的""浪漫的""悲剧的""反讽的"。决定这四种类型的"语码"就是作品中主人公与其他人物的关系。例如,在浪漫故事里,主人公的品质和能力在程度上优于他人,他可以完成别人无法完成的事;在悲剧类型中,主人公优于他人,但不优于他的环境，他常常成为命运或环境的牺牲品；喜剧主人公则和其他人相等，有同样的弱点和失误；反讽作品的主人公则低于他人，是别人嘲讽的对象。按照弗莱的理论，在神话中，主人公的智能不是程度上而是绝对高于他人，他具有神力，能够完成别人绝不可能完成的事情。之后，主人公的能力逐渐减弱，经过浪漫的、悲剧的，逐渐下降到喜剧的、反讽的最低点，然后又会向神话复归，如西方科幻电影中已经出现的超人和英雄。在弗莱看来，这就是文学发展的总体结构。

20世纪70年代中期，美国文艺理论家罗伯特·史柯尔斯（R. Scholes）出版了《文学结构主义》一书，他认为一切小说都可以按照虚构世界与经验世界之间的三种可能的关系（语码）分属于三种主要模式：

（一）浪漫小说——虚构世界胜过经验世界

（二）历史小说——虚构世界相当于经验世界

（三）讽刺小说——虚构世界不如经验世界

欧洲近代小说是在中世纪后盛行的讽刺小说和浪漫小说的基础上成长起来的。文艺复兴后，逐渐成熟起来的历史意识吸引讽刺小说和浪漫小说向反映历史现实的历史小说的方向发展，前者经过流浪汉小说和喜剧小说的过程，后者经过悲剧小说和抒情小说的过程，都向历史小说靠拢。喜剧小说和抒情小说合流而成现实主义小说，这是18世纪以后科学昌明的结果；19世纪，现实主义小说向悲剧小说转化，着重描写异化和崩溃的题材，形成自然主义小说；20世纪，欧洲现代小说在讽刺和浪漫两种力量的牵引下呈现出解体的趋势，人物变得荒唐怪诞，结构变得支离破碎，语言变得晦涩难解。这个总体结构的分析如果画成图形（见下图），那就是一个倒三角[①]：史柯尔斯的结构体系已开始突破结构的封闭性，承认社会

[①] 史柯尔斯. 文学结构主义. 纽黑文：耶鲁大学出版社，1974：137.

变革、哲学思潮对整个文学体系的牵引。

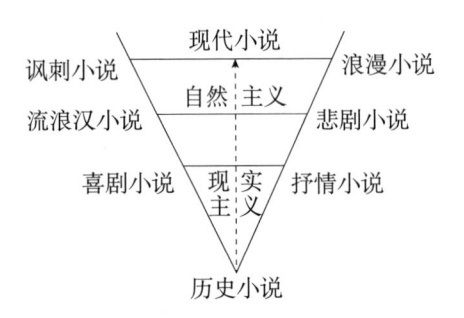

```
       现代小说
讽刺小说         浪漫小说
      自然 主义
流浪汉小说        悲剧小说
         现 实
喜剧小说  主  抒情小说
         义
       历史小说
```

上面谈的是用结构主义方法来分析整个小说发展的系统,企图撇开各种具体现象而找出其本质联系。同样的方法也被用来研究某一类型的作品。例如俄国批评家普洛普（Vladimir Propp）就曾在他的《民间故事形态学》一书中把俄国民间故事概括为 31 种功能。所谓功能就是作品中稳定不变的一个动作。例如,（一）国王送一只老鹰给主角,老鹰把主角带到另一个王国;（二）老人送给主角一匹马,马把主角载到另一个王国;（三）法师送给伊凡一艘船,船把伊凡带到另一个王国;（四）公主送一枚戒指给伊凡,从戒指中跑出几个年轻人,把伊凡带到另一个王国。总之,人物是可变的变数,被带到另一王国这一动作却是一个不变的常数,普洛普认为这就是构成故事最小单元的"功能",民间故事总是从一个"邪恶出现"的功能开始,到一个"化解万事"的功能结束,这就是民间故事最根本的共同结构。

法国的托多洛夫（T. Todorov）用类似方法分析了意大利短篇小说集《十日谈》中的一百个故事,写成了《〈十日谈〉语法》一书。他把这些故事的叙述结构分为四个层次：故事、序列（即一个完整的情节）、命题（即句子）和词类（以名词表示人物,动词表示动作,形容词表示属性）。找出构成这些序列、命题、词类排列规律的"语码",那就是：从一个平衡或不平衡的状态发展到另一种相同的状态。例如两主角间的夫妇关系构成最初的平衡，后因妻子（或丈夫）的不忠而破坏了平衡，然后通过某种解决办法，夫妻都习惯于这种互不忠实的现实而达到新的平衡。这就是贯穿《十日谈》的基本结构。

托多洛夫在他的另一名著《文学的结构主义分析：亨利·詹姆斯的小说》中，更着重探讨了一组作品的内容上的深层结构，他指出詹姆斯的作品都是"基于对一个绝对的、不存在的原因的追寻"。也就是说故事总是围绕着一个人物或现象而形成的，而这人物或现象又被一种神秘气氛所笼罩，直至最终才能揭开。例如亨利·詹姆斯的《多明尼·法伦公爵》一书叙述一个穷作家买了一张旧桌子，偶然发现其中有一个无法打开的秘密抽屉，他所爱恋着的房东太太总是阻挠他对这一秘密的探寻。但他终于打开了抽屉，发现了记载已故法伦公爵秘密恋情的一束信件。穷作家对房东太太的爱恋终于阻挠了他将这些信件卖给某编辑，最后发现房东太太就是公爵的私生女——这一秘密恋情的结晶。显然，所有事件的秘密和起因都是一位并不存在的人物——已故的公爵，和一个秘密——公爵与其私生女即房东太太的关系。还有一个次要的秘密——桌子抽屉的秘密。次要秘密引出了主要秘密，关于追寻这些秘密的神秘气氛笼罩全书，秘密的揭露也就把故事带向终局。亨利·詹姆斯的许多其他小说归根结底也都是对类似秘密或原因的追寻。

由此可见，结构主义的文学分析方法就是要透过具体复杂的现象去找出作品在形式和内容方面的最深层的结构。它反对像新批评派那样只对作品进行孤立的、个别的、精微的微观分析，而是把一组作品放在一起进行比较研究，企图找出其隐沉在深处的内在共同特征。这种从宏观的角度找出内在联系的分析方法也可以在一定程度上用来分析中国小说，例如，纵观鲁迅描写知识分子的小说，就会发现贯穿许多作品的深层结构就是知识分子活动的徒劳无益的圆圈，像苍蝇一样，被什么东西来一吓，就飞出去，绕了一个圆圈又回到原地点。狂人从封建社会出发，由于感到中国是一席吃人的筵席而发狂，实际他是清醒地认识了现实，却被认为失去了理智，等到他回到原来的出发点，与封建社会妥协——"赴某地候补去矣"，实质上是失去对现实的敏感，和大家一样发狂，倒被目为清醒，完成了一个圆圈。吕纬甫曾经"连日议论些改革中国的方法以至于打起来"，如今却在教《孟子》《女儿经》，"无非做了些无聊的事情，等于什么也没有做"。魏连殳"已经躬行我先前所憎恶，所反对的一切，拒斥我先前所崇仰，所主张的一切……"。他曾经是一个反对军阀统治的"可怕的新党"，死后却被人们穿上嵌红条的军衣，戴着标志军衔等级的金闪闪的肩章，旁边还有金边的军帽和纸糊的指挥刀。这些都是一个自我返回的圆圈。再如，子君从旧家庭、旧道德中奋勇而出，终于又回到了原来的旧家。涓生离开会馆去追求个人幸福，而后又回到会馆。这一切都显示了鲁迅心理上的一个深层的圆形结构。从鲁迅的很多作品中我们都可以看到这种不断向原出发点复归的结构，《祝福》的始于爆竹声，终于爆竹声；《故乡》的始于篷船，终于篷船；《风波》的始于在土场上吃饭，终于在土场上吃饭……阿Q最后一件伟业乃是努力画一个圆圈，他最后的一句话是"过了二十年又是一个……"，这些都使人联想到向原出发点复归的圆圈的意象。

从茅盾的小说中则很少发现这种圆圈的结构，而往往看到一种二元对立的双线发展。如《幻灭》中的静女士和慧女士，《动摇》中的方太太与孙舞阳，《追求》中的陆俊卿和章秋柳，《虹》中的徐女士和梅女士，《诗与散文》中的表妹和房东少妇，《子夜》中的林佩瑶和张素素……我们都可以看到茅盾所致力于描写的所谓"时代女性"的"二型"。总之，慧、孙舞阳、章秋柳等浮躁浪漫，轻率放纵，追求刺激，崇尚享乐，她们勇敢地冲击几千年形成的腐朽社会秩序，藐视强加于妇女的一切道德镣铐，性格开朗奔放，满溢着青春活力；静、方太太等另一组女子形象则保存较多的中国传统女性的特点，温和、谨慎、熨帖、匀称。这两种性格体系的对立有其世界意义，可以追溯到最早的希腊戏剧。德国思想家尼采在他的名著《悲剧的诞生》中把艺术的产生归结为两种原理的冲突：一种是酒神狄俄尼索斯精神，它代表盲目的无穷尽的生命力，奔放、陶醉、狂欢、刺激、破坏、青春的享乐；另一种则是音乐之神阿波罗精神，它代表均衡、恬静、高雅和形式上的和谐。不能说茅盾的时代女性二型就正与这两种精神相当，但显然其间有一定的内在联系。田汉1919年就翻译了尼采的《悲剧的诞生》，登载在当年的《少年中国》杂志上。1920年茅盾写了很长的专稿《尼采的学说》在《学生杂志》上六次连载。尼采的理论至少加深着他对现实生活中两类女性的理解而形成他内心反复出现的一种深层的意念。

结构主义的方法不仅可以用来分析一组小说，也可以用来分析单个作品，但这种分析往往与某种假想的模式相连接。例如很多结构主义者都认为人类语言和思维的基本结构是一种"二元对立原则"。这种原则也反映在小说的基本结构上。例如《红楼梦》中就充满着"动、静""雅、俗""悲、欢""离、合""盛、衰""和、怨"，以及"情、淫""清、浊""真、假""反、正"等二元关系的复杂重叠。鲁迅的小说《药》也可以作为一个典型的例子。小说全篇由两个对立的结构因素组成。一个结构因素是革命者夏瑜。他为麻木的、不觉悟的中国人民献出了自己的鲜血，但这鲜血并不能治愈小栓的病，不过是一剂无效的药，连他在世上唯一的亲人母亲也不能了解他，她与他最后的联系是希望他能"显灵"——这正是夏瑜为反对它而献出了生命的愚昧；另一个结构因素是小栓，他善良而无知，任人摆布，始终处于愚昧状态，莫名其妙地活着，莫名其妙地死去。这两个结构因素先是通过人血馒头联系在一起，后来又通过与人血馒头对应的

"馒头一样的坟头"永远连成一片,通向永恒。之后,两个母亲隔着一条小路相遇,继续了两个结构因素的发展,小栓坟上的青白色的小花(自然的)和夏瑜坟上红白相间的花环(人为的,带有西方的象征意味)也是二元结构的表现。甚至那树上的乌鸦,先是铁铸般站着,后是张开翅膀,箭也似的飞去,也可以理解为静与动、凝固与腾飞的二元的象征。

当然,这只是最简单的结构分析,许多作品的结构远比《药》的结构要复杂隐晦得多,例如王蒙的《布礼》。

《布礼》所写的不是"打人、流血、离婚等旧社会也有"的现象,而是写"极左面貌下对人的迫害冤枉",写"对人的灵魂的极大考验",作者所注重的不是实际的生活经历,而是心灵活动的历程。可以说《布礼》不是按一般小说所用的事件或时间的线索,而是按主人公的内心活动来结构作品的。在现实生活中,时间和事件都属于一种"定向"发展(也可以说是"二元的"),即由过去到现在,由现在到将来;从近到远,从无到有,从简单到复杂;等等。心灵活动则不受这种时间和空间的限制,但它也有自己的较为隐蔽的"二元结构",即由强到弱,由浅入深。王蒙说:"客观世界总是按照时间的顺序从古到今这样发展的,是定向的……空间运动,它也是由远到近或者由近到远。可是人的心灵的感情的运动却不见得……他有自己的心灵活动的逻辑,根据他印象的强弱、深浅,往往强的在前头,弱的在后头,浅的在前头,深的在后头。"[①]《布礼》就是按照这种强、弱、浅、深的二元结构来安排的。对主人公来说,最强烈的印象当然是从一个忠诚的党的干部突然变成"人民敌人"这一完全无法接受的事实。在小说中,作者四次描写了这个最强烈的印象,然后带出一些次强的印象,构成了小说的主要骨架:

---

① 王蒙. 在探索的道路上//王蒙,等. 夜的眼及其他. 广州:花城出版社,1981:218.

第一次，当钟亦成的四句小诗被曲解为"号召公开举行反革命叛乱"时，他感到"花草、天空、报纸、笑声和每个人的脸孔，突然都硬了起来"。

第二次，他被正式宣布为"反党反社会主义的资产阶级右派分子"，这意味着，从组织上、政治上、经济待遇上、人和人的关系上，他都永远被正式地、无可改变地从人民的机体上切除。

第三次，经过"文化大革命""清队运动"，钟亦成被判定为"自幼思想极端反动……向党猖狂进攻……至今拒不服罪"的假党员。这不仅说明十多年来他的拼命劳动，他写的30多万字的思想检查全都白费，而且连他心中最宝贵的——曾经是一个共产党员的事实也被全盘否定了。

第四次，钟亦成奋不顾身地救火，却被怀疑为纵火者。可怜的钟亦成！如果说他精神上还有什么支柱的话，那就是老老实实劳动总还会有益于人民，然而事实恰恰相反，分明是好事落在他身上也成了坏事，除了死亡或局势根本转变，主人公已经无路可走了。

硬把一个忠诚热心的青年人强压成有罪的卑劣的敌人，这四次对钟亦成的定案，也就是对他的灵魂最残酷的戕害和扭曲。以这种戕害和扭曲所产生的最强烈、最痛苦的印象为中心，引出一些次强的印象，这就形成了作品的基本结构。

此外，认识的由浅入深也构成了作品的另一条辅助线索。钟亦成对他的遭遇和周围的社会先是根本无法理解，幻想错判很快得到纠正，以后，又盼望从拼命的劳动和无穷尽的检讨中获得谅解。然后，开始怀疑："为什么要千方百计地塑造一个定型的敌人？""祥林嫂！为什么生活在社会主义新中国的一个共产主义者，一个赤诚无邪的年轻人的命运，竟然像了你？"最后，他终于认识到自己的盲目、天真、不切实际和被愚弄。当他的妻子喊出"到底谁有罪，还需要历史来作结论"时，他也并不反对。这条认识由浅入深的线索也是贯穿全局的。

"布礼",这个极富于象征意义,包含着丰富内容的意念始终在全篇作品中彼此呼应。它代表着与作品所描写的现实生活恰好相反的另一极——有共同理想和信仰的、相互信任和友好的人与人之间的关系。当年轻的钟亦成迎接 P 城解放的战斗之后和他的女友告别时,她说"致以布礼",然而革命 25 年之后,同样年轻的 17 岁的红卫兵却把这"烈火狂飙一样的""神圣而又令人满怀喜悦"的问候怀疑成日本特务的接头暗号。"布礼"像一个反复出现的旋律,始终对抗着与它相反的现实的另一极。这种对抗在作品中到处回响:在新中国成立后第一次党员大会上,入门证好像在向战士致敬:"致以布礼。"钟亦成被判决为"右派"而他的女友仍奉献给他忠贞的爱情时,这个"被恶毒和污秽的语言,被专横和粗暴的态度,被泰山压顶一样的气势压扁了、冻硬了的心灵……开始融解……'布礼,布礼,布礼!'这欢呼,这合唱,这霞光和彩虹重又成为对他的被绞杀着的灵魂的呼唤"。当钟亦成的妻子因和他结婚而被开除出党时,他所想的是"布礼","文化大革命"时,在无际的黑暗中,只有"要追逐这'布礼'的意念使他抬起被强按着的难抬的头",老魏去世时,"他默默地垂下头——致以布礼",他的冤案得到昭雪时,首先来到他心里的也是"致以布礼"!"布礼",作为潜在的心理的、理想的一极,始终与现实相碰撞而最后得到胜利。

王蒙说,"与古人相较,我们的生活的显著特点,一是它的复杂化,一是它的节奏快了。表现在结构上,反映这样的生活就会有复线或者放射线的结构……交响与和声是必然会日益发展的"①。《布礼》用的就是这样的复线结构。

---

① 王蒙. 对于一些文学观念的探讨//王蒙,等. 夜的眼及其他. 广州:花城出版社,1981:232.

如果我们完全不关心《布礼》的具体内容，而只找出它的联系两极的三根轴（一是由强到弱，一是由浅入深，一是由现实到理想交叉的结构形式）并把它和其他作品的类似结构联系起来分析，这就是结构主义分析。英国马克思主义者特雷·伊格尔顿认为："结构主义者的分析试图分离出符号借以结合并产生意义的一套潜在的规则，它极度忽视符号实际所'说'的是什么，而只集中注意它们内在的相互关系。"（特雷·伊格尔顿《文学理论》）

新批评派专注于分析文学作品本文的精微的技巧，精细地培养人们对某一具体文学作品的敏感。结构主义与此相反，它抛弃了这种个别、烦琐的分析，把文学作品视为一个大的系统或"建构"，它的机制能像任何其他的科学对象一样被归纳和分析。这就打破了过去文学分析的神秘性和主观随意性，为文学领域开拓了前所未有的宏观的视野。在这个意义上，结构主义有其正确的一面，并为文学研究做出了贡献。但是，结构主义不承认历史的发展，不承认"个别"对于"一般"的作用和意义，总是力图寻找出一个普遍的、不变的、可以解释一切的"深层结构"。他们认为这种"深层结构"植根于超越任何特定文化的"集体心灵"。结构主义大师列维-斯特劳斯（Levi-Strauss）甚至猜想这一"集体心灵"乃扎根于人脑本身的结构之中。这就使得结构主义的文学分析既不关心作为创作主体的作者的具体特点，也不关心作为接受主体的读者的反应，甚至也不关心作品具体写什么，所剩下的只是悬于三者之上的一个规则的排列系统。正如伊格尔顿所说："结构主义是惊人地反历史的。结构主义要求分析出的心灵规律如平行、对立、倒转等在远离人类历史具体差异的一个普遍性平面上运动，从这个高度俯视，所有的心灵都十分相似。因此，在表明一个文学本文的潜在规则——系统的特点之后，留给结构主义者所做的一切就是往后一坐，不知道下一步该做什么。"（特雷·伊格尔顿《文学理论》）

伊格尔顿的批评是有道理的。只有把结构主义的分析方法与具体的社会历史内容联系起来，这种方法才能对文学研究有所启发。前面提到的史柯尔斯关于整个小说发展的分析，以及我们关于鲁迅、茅盾、王蒙的小说结构的分析都说明了这一点。

（1985 年）

潜意识及其升华

——精神分析学与小说分析

奥地利心理学家弗洛伊德首创的精神分析学，20世纪以来对西方社会科学的根本观念和方法论产生了极其广泛深刻的影响，以至有的学者把西方社会科学划分成为前弗洛伊德和后弗洛伊德两个主要时期。也有人认为，如果说爱因斯坦代表了20世纪人类对于社会结构的认识，马克思代表了20世纪人类对于社会结构的认识，那么弗洛伊德则代表了20世纪人类对于人类本身、对于人类心理结构的认识。总之，20世纪以来，无论在文学创作还是文学研究方面，精神分析学都留下了难以磨灭的鲜明的痕迹。

人类的精神活动是自然界和宇宙间最高级、最复杂的运动形式。精神活动不仅把人和动物区分开来，而且使人具备了认识自己和认识世界的能力。因此，对于人类精神活动的内容和形式的研究不能不深刻地影响着人们的世界观和方法论。

弗洛伊德认为，精神生活和其他物质运动形态如机械运动、化学反应、天体演化，以及有机体的生命发展相比，无疑要复杂很多，但仍然是可以认识的。任何一种心理现象，正常的、变态的、简单的、复杂的、现实的、虚幻的……都不是独立于人的神经系统的"灵魂"，既不是上帝的"最高意志"，也不是客观独立的"精神实体"，而是可以认识、可以分析、可以从实验得到证明的内心的深层活动。他把这种内心的深层活动分为三个组成部分，比作一座冰山。浮在水面上的可察觉部分是"意识活动"，包括由外在世界经感觉器官导入的"感觉流"，即通过耳、眼、口、鼻、舌而得到的感觉、知觉、表象；和内在的、人类本身特有的精神装置，如大脑皮层所产生的精神流，即思维、情感等。作为冰山底部，隐藏在水面下的更大部分则是"前意识活动"和"潜意识活动"。"前意识"指目前已退居于意识幕后但比较容易召唤到意识领域中来的意识。例如早已遗忘的事，由于某种机遇或睡梦中意识处于休息状态，往往会突然闯入我们的意识领域。"潜意识"则是人类心理最原始、最基本的因素，深藏于人的心理内层，高度活跃，具有无穷无尽的生命力，永远为人类精神活动提供无穷尽的源泉。一切意识都可以在潜意识中找到相应的因素，但并不是所有潜意识都发展为意识，前者比后者的范围要广阔得多。民族传统精神及其心理结构、个人的心理素质等都以潜意识的海洋作为它们的总贮藏库。

弗洛伊德对潜意识进行了非常丰富而有说服力的分析，指出潜意识的特征就在于它的原始性、主动性、非逻辑性、非语言性和非社会性，潜意识遵循的是原始人时期或孩童时期的思考法则，不完备、无明确分野、互相渗透，牵连为一个连绵无穷的"精神内海"。潜意识最直接联系于人类的精神冲动，是一切心理生活的先驱。它优先从大脑神经获得能量，犹如受到水流最先冲击，因此最具生命力。弗洛伊德把潜意识比作内心深处运行的火苗，从人体内的精神组织及与外界生活的相互交往的刺激中不断激发潜能，时刻想冲破意识的罗网以求得自我实现，意识因此不断得到生命力而处于高度敏感的心理态势。潜意识无逻辑性，不认识自己，不认识世界，无因果连贯，无目的如婴儿。因此也不用语言，不能严格地区分自己，又不能正确地区分对象，处于混沌状态，为所欲为，分不出肯定与否定，只能用形象而不是用语言来表达。它以一种最原始的欲望为基础，本身就是非道德性、非社会性的。

由此可见，潜意识与带有逻辑性、语言性、道德性的"意识"相反，它和"意识"的关系是提供能源和施加威胁，使"意识"始终处于戒备状态，而"意识"对"潜意识"的统治和压制正是人类高于一切动物的最重要标志，是自然界由低级进入高级的不断发展的结果，是人的社会性战胜自然性的凯歌。因此，弗洛伊德认为，人不应做潜意识的奴隶，而应做"意识"的主人。"意识"必须对"潜意识"进行检查、选择和压制并为之定向。

为了更好地了解意识和潜意识的关系，弗洛伊德提出了"原我"、"自我"和"超我"的概念。"原我"是潜意识的具体化，是本能冲动的源泉，是原欲（Libido）的贮藏库。它的基本原则是"追求快乐"，一味追求无条件的满足。如果让"原我"主宰了整个心理活动，不顾客观环境，就必然导致毁灭。例如看到一样美味的食物，根据"原我"的意识活动总是按照"快乐原则"，想过去拿来吃。但如果没有钱，又不愿乞讨，这种"吃"的"原欲"在点燃某种心理活动之后，就被压抑到心理内层去了。生活经验愈丰富，对自己和客观世界的认识愈深刻，"原我"所起的作用就愈受到控制和修正。

"自我"从"原我"发展而来，以现实原则或利害原则为准绳，或修正，或延迟"原我"的欲望，或找到适当时机使"原我"满足。弗洛伊德认为，就全体而言，"自我"必须实现"原我"的意向，如果它能创造实现这些意向的条件就尽到了自己的责任。"自我"意识到客观世界规律性的存在,尽量遵循客观规律活动以便趋利避害。

"超我"以"自我"为基础而又不限于"自我"的狭小范围,这是一种外在权威的内部化,如"良心"、对父母的态度等。"超我"行动的原则是道德。例如饥饿时见到食物就要吃,这是"原我"的冲动;想一想吃了是否会引起麻烦,是否害大于利,这是"自我"的检验;想到父亲也正在饥饿中,就分一半给他,这是"超我"的道德原则。在弗洛伊德看来,"自我"是一个四面受敌的可怜实体:受"原我"的贪得无厌的冲击,受"超我"的无情打击和限制,受外部世界的折磨和约束。他认为现代社会的压抑和反压抑已经到了暴虐的程度,而"一个使如此众多的成员感到不满并且驱使他们反抗的文明既不能也不该永世长存"。

根据弗洛伊德的精神分析学说,由于生活太艰难,太多不能满足的欲望,太多失望的痛苦,不能没有减轻这种痛苦的办法,这种办法就是"原欲的转移",把本能冲动转移到不会被世界所挫败的方向上去。艺术就是拒绝欲望的现实与满足欲望的幻想之间的缓冲地带。艺术家虽然和平常人一样也无法放弃那种本能的欲望,但他却能在一种幻想的生活中去放纵自己,把他的幻想铸成一个崭新的现实——小说世界中的现实。因此,艺术本身就是一种补偿手段,艺术家从事创作就是去寻找满足他内在欲望的代替物。艺术家进入他所构筑的虚幻世界,他和精神病患者的不同仅仅在于他能找到一种重返现实的方法而不会被禁锢在幻觉的世界中。艺术作品之所以有魅力,就在于读者或观众也有和艺术家一样的苦闷,但他们不能创造出一个丰富的幻想世界使自己得到补偿。因此作品不但是对于艺术家的补偿,同时又是一种社会性的治疗手段和一种使公众摆脱苦闷的出路。艺术家正是借助于一定的艺术形式使幻觉成为可供鉴赏的对象,而使痛苦得到移位和升华。这种对于艺术本身及其作用的理解,在中国文论中也常可以看到。例如李笠翁在《笠翁偶集》中说自己写剧本就是因为"生忧患之中，处落魄之境"，只有"制曲填词之顷，非但郁籍以舒，愠为之解，且尝僭作两间最乐之人……未有真境之为所欲为，能出幻境纵横之上者。我欲做官，则顷刻之间便臻荣贵；……我欲作人间才子，即为杜甫、李白之后身；我欲娶绝代佳人，即作王嫱、西施之原配"。周楫在《西湖二集》中也说写小说的动机就是"发抒生平之气，把胸中欲歌欲笑欲叫欲跳之意，尽数写将出来"。

弗洛伊德的精神分析学不但在文学理论方面提出了新的见解，也在文学创作方面引起了很大的变革。这种变革首先表现在对于作为文学主体的人的理解的变革上。在荷马史诗时代，人是坚强意志和实现能力完全统一的人物，是崇高品德和健全体魄的化身。希腊悲剧的主人公虽然崇高伟大，但却无法战胜命运的捉弄。在中世纪的欧洲，人的价值被降到最低点：人生而有罪，必须谦卑而恭顺地面对一个受惩罚的上帝。文艺复兴重新肯定了人的价值，文艺作品歌颂一切具有人性特征的感情、智慧和欲望。18世纪理性主义强调人的主要特征是高贵的理性，用启蒙主义的理性和个性解放反对封建主义的蒙昧。19世纪浪漫主义推崇人的感情而蔑视理性，作品中的人物多半可以分为具有热情和高尚情操的英雄和冷酷无情的小人。弗洛伊德精神分析学产生以后情况完全不同了，人，既不是超凡入圣的英雄，也不是绝对卑鄙的歹徒；既不是充满纯洁高尚的理智和情操，也不是完全无情无义。按照弗洛伊德学说，每个人的内心都充满着盲目、黑暗、无意识的冲动，面对客观现实，他的生的力量可以创造人间奇迹，他的黑暗的欲望也可以毁灭一切，人是一种永远生活在冲动和压抑中，挣扎于无法解脱的自我矛盾的痛苦中的生物。从弗洛伊德以后的艺术作品来看，人的形象在很大程度上被世俗化、散文化和非英雄化了，而且往往带着病态、古怪、混乱和心理畸形的特征。个人主义的发展加深了个人和社会的对立，人格遭到肢解而丧失其完整性。西方现代派的意识流手法就是在这样一种对人的理解中产生出来的，它不只是一种与本体论无关的单纯方法。

现代派作家认为过去文学那种理性和逻辑秩序以及从而产生的单线条发展的叙事结构，已经不大可能表现当前已被人们所认识到的社会和心理的复杂性。著名女作家维金利亚·吴尔芙（Virginia Woolf[*]）抱怨过去的文学作品经常用编织情节的办法歪曲了生活的一般性质。因为这些作品不能表现出人的头脑在日常生活中每时每刻接触到的万千印象，描绘不出现实生活中往往同时发生而又转瞬即逝、无逻辑、无因果、无次序的多方面复杂现象，只能把现实简化为只有生活外壳的虚假模式。吴尔芙和乔伊斯（James Joyce）都着重探索如何能更有灵性地揭示出人的内心深处闪过的火焰给人带来的信息，强调突破传统方法的束缚，为现代化社会和现代人的复杂性找到一种恰当的表现形式。意识流的方法就是在这样的探索中形成的。

意识流在理解人的意识和心理时突出意识和潜意识的交织，注意人的外部活动和内心活动的相互关系，研究多种因素的相互联系和作用，强调过去经验对现在的影响及其与现在活动的统一，在作品中表现一种把时间的发展序列在内心中重新加以组织而形成的心理时间，使作品呈现复杂的层次，在一种新的透视的基础上形成立体的经验结构和叙述结构，表现了一种在复杂性的基础上掌握和表现世界与人的能力，表现了复杂的现代意识、现代感受和现代经验。总之，现代派作家认为只有意识流的方法才能引导读者进入人的意识深处，才能使深藏而充满混乱的黑暗的意识得到真实的再现。而表现意识深处的真实情况在他们看来正是文学的根本任务。

---

[*] 今译弗吉尼亚·伍尔芙。——编者注

他们认为行为和动作只是表现极其复杂的意识和潜意识的"载体",无数心理活动从这个主干上滋蔓生长。不懂的人会感到这样写来就如一座纷乱的迷宫,懂的人却会看到这是一座气象万千的大森林。

事实上,以弗洛伊德学说为基础的超现实主义就认为只有潜意识、梦境、幻觉和本能才是艺术的源泉,其提倡"无意性的认识"和"无意识的书写",也就是快速地把头脑里涌现的一切都杂乱无章、互不关联地记录下来,排除一切理智、道德、宗教、逻辑对意识的束缚,认为这才是人类最本原的真实。

弗洛伊德学说还有一个很重要的内容就是关于"情结"(complex)的论述。"情结"是潜意识丛集而多次表现出来的集结,是潜意识的复合体,是人类世世代代普遍性的心理经验长期积累而形成的一种"沉积"。弗洛伊德认为他的全部精神分析学的贡献就集中在所谓"恋母情结"(Oedipus complex)上。[①] 他认为这种女儿偏爱父亲,儿子偏爱母亲,女儿把母亲看作限制她的意志、强迫她服从各种禁制的敌手,儿子把父亲看作他所不甘服从的社会势力的化身等情形,正是人类心理活动的出发点,是多年潜意识的丛集。台湾地区一位批评家认为中华文化也是如此,薛仁贵和薛丁山的故事就是一例。薛仁贵十八年远征后与妻子相会,误认自己的儿子为妻子的情人,误杀薛丁山,后来薛丁山得救后杀死薛仁贵,这就是这类潜意识丛集的表现。但一般说来这种例子在中国是极少见的。中国人固有的心理结构显然很难套进这种西方文化的固定模式。

但弗洛伊德的精神分析学对于我们分析作品仍然有实际的借鉴意义,这种意义表现为两个层次:一个层次是对于作品所创造的小说世界的分析,另一个层次是对于这个小说世界所隐含的作者潜意识的分析。

[①] 希腊神话中俄狄浦斯由于命运和无知,应了"杀父娶母"的预言,又因悔恨而自己挖掉双目。

用精神分析学来研究小说中的人物，往往可以帮助我们发掘出一些被忽略或不易理解的层面。例如《子夜》中的吴荪甫原是一个事业心很强、"不近女色"的人物，对于刘玉英强烈的诱惑和挑逗，他可以毫不介意地回答："我们原是亲戚，我仍旧是表叔。"但是，她"妖媚的笑容，俏语，眼波，一次又一次闯回来诱惑他的筹划大事的心神"，尽管"他向来不是见美色而颠倒的人"。然而，睡梦中，"刘玉英红着脸，吃吃地笑，她那柔软白嫩的手掌火一般热，按在他胸前"。而王妈一只"指节上有小小的涡儿"的"又白又肥的手"就诱发了他的全部冲动。通过这些描写，作者引导我们窥见主人公内在的潜意识，揭示了"自我"在"原欲"和"超我"以及客观世界的挤压中挣扎，描写了意识和潜意识的交织、外部活动和内心活动的关联，这样，人物就不再是一个平面的、单一的英雄人物，而是非英雄化的、复杂的、立体的经验结构的整体。从精神分析学来看，我们也可以从莎菲（《莎菲女士的日记》）到林佩瑶（《子夜》），从繁漪（《雷雨》）到愫芳（《北京人》）中发现关于中国女性的意识和潜意识的交织，对沉重的传统负担以及被压抑的深沉痛苦的极为精彩的描写。

除了这种对于作品本文中人物潜意识的分析外，另一层次则是对并非明确表现于作品本文中的"潜本文"的分析。这种分析着重研究作者的潜意识如何转移（或升华）为作品的虚构世界。例如，1933年沈从文写的一个短篇小说《生》，写一个木偶戏艺人的生活故事。这位老艺人总是表演白脸傀儡王九和黑脸傀儡赵四打架，最后总是赵四一败涂地，被王九打死。原来老艺人的儿子王九正是被一个叫作赵四的流氓打死的，失去儿子的悲哀和无法报仇的压抑积沉于老人的潜意识，而在他的艺术中得到转移。这当然只是一个简单的例子，实际情况要比这复杂得多。当代优秀女作家冯宗璞在她的代表作《红豆》《弦上的梦》《核桃树的悲剧》中多次写到一种已失落的、无法完成的爱情。如果联系起来分析也不难发现这里有一个共同的"潜本文"。鲁迅的《药》和他多次对中医的嘲讽也都反映着他幼时为父亲买药治病、心灵受伤在他的潜意识中留下的痕迹。

总之，精神分析学无论在文学创作、文学理论和文学批评方面都开辟了新的视野，在文学发展史中留下了不可磨灭的印记。

（1985年）

作品的框架与意象的发掘
——接受美学与小说分析

阅读一本小说与欣赏一幅绘画同样可以得到美学享受，但获得这种享受的途径和方式却全然不同，这种不同至少有以下三个方面。

第一，绘画在一瞬间全部呈现在我们眼前。例如阿Q的画像，他的衣着打扮、面部表情、发式脸型等都同时呈现在画像中。阅读小说却不能同时看到由许多篇章构成的形象，例如读《阿Q正传》，读第一章时，我们只知道这是一个姓名籍贯都不很清楚的人；读第二章时，我们知道了他的"怒目主义"和"精神胜利法"；读第三章时，我们知道了他的欺弱怕强；读第四章时，我们了解了他的恋爱悲剧……总之随着阅读的进展，阿Q的形象才逐渐在我们头脑中形成，而不是像看一幅阿Q的画像那样，"一眼"就看到这个形象。视觉艺术（如绘画）中的阿Q是一个整体，它一出现就是完整的，小说中的阿Q形象的形成却是一个阅读过程，从不完整到完整，读者需要把他在不同情景中向我们展示的各个方面整合起来,例如求爱、求食、革命等,每一方面都和别的方面联结在一起,每一印象都可能被继之而来的另一印象所加深或改变而重新加以组织。用文艺批评术语来说,小说阅读就是"时间系列性"的,而绘画却是"空间并列性"的。

第二,视觉艺术如绘画,需要对象的实际存在,画一棵树就需要在画面上有一棵树。我们对绘画的欣赏是通过"感知",通过视觉来感觉和认知所画的对象。阅读小说却依赖于对象的不实际存在。如果有一个实实在在的阿Q在眼前,我们在自己心目中通过想象构筑起来的阿Q就受到了局限。阅读小说获得美感,不是通过"感知",而是通过"呈像"。"呈像"就是赋予不存在存在,即通过阅读过程,使原来在我们心目中并不存在的形象逐步呈现出来。"呈像"远比"感知"更为复杂。通过"感知"得到的形象往往具体、切实,但难免有一定局限。通过阅读小说构成的形象则丰富很多,因为它有待于读者的想象和创造。每个人在看《红楼梦》时都在自己心中创造了一个并不实际存在的贾宝玉,当越剧电影《红楼梦》中的贾宝玉出现在我们眼前时,我们往往觉得这不是我们想象中的贾宝玉,不够俊秀,不够聪慧,不够洒脱……不少文学名著被改编成电影,出现在银幕上,往往不能使文学爱好者完全满意,重要原因之一就是通过视觉、听觉来"感知"的电影艺术,不如依靠想象以"呈像"的文学阅读来得丰富、自由、灵活(当然,电影有它别的方面的优点)。实际上,小说并不提供已经完成的形象,而是提供一个框架,一种可能性,一个意义的"持载者",必须有待于读者的创造性的阅读活动,框架才能充满,可能性才变为现实,"持载者"所"持载"的意义才能显示出来。

第三,我们欣赏一幅画或一座雕塑,是站在对象之外,由"我"来欣赏某一客体。在阅读小说时,"我"却居于篇章之内。例如,我们阅读《阿Q正传》时,是按照作者提供的框架和可能性走进作品,通过想象,创造了阿Q这个形象，阿Q存在于我们的想象之中，我们的想象也存在于阿Q之中，阅读小说所产生的阿Q不是一个离开我们主观意识的客体，如在我们主观之外的一幅阿Q的画像或一座阿Q的雕塑。画像和雕塑都是已经制作好的客观存在的对象，对此，我们只能观看、欣赏，而很少能参与创造。阅读小说则不然，读者必须通过自己主观的想象参与创造，形象才能产生。这个形象有其客观的依据，但首先存在于我们的主观之中。小说中的阿Q不是一个客观存在的作为欣赏对象的实体，而是主观想象的产物，任何读者心目中的阿Q，都包含着读者本人的主观存在，是读者在作者提示下进行再创造的结果。

由于以上这些不同，当我们谈到"小说"时，"小说"二字本身就有一种二重性：其一是指某种"艺术成品"即印有许多语言符号的小说书；其二是指能给人美学享受的"审美对象"，即能打动你，能使你快乐或悲哀的人生故事。对于完全没有文学素养的人来说，小说只是一本白纸黑字的书，他不能从阅读中受到感动，因而也不能从阅读中获得美学享受，小说对他永远不可能成为"审美对象"。由此可见，没有读者的积极参与，文学作品就不可能体现其价值。任何小说只有在被能欣赏的读者阅读时才能从语言符号转变为"审美对象"，而具有文学价值。

现象学美学的创始者罗曼·英伽登（Roman Ingarden）因此把文学作品的内在结构分为四个层次。第一层次是"语词—声音"层，指语言现象中稳定不变的因素，一定的语词能发出一定的语音，并按语法规律组成句子。第二层次是"意群"，有了词和句，就可以组成许多意义单位，作品的内容就是由这许多不同的意义单位组织起来的。第三层次是系统方向，许多"意群"联系在一起，规定读者联想的方向，为读者提供进一步想象和再创造的因素。第四层次是所表现世界的图式结构，由语调、意群和系统方向结合在一起构成作品所体现的世界的基本骨架。英伽登认为，文学作品是一种"纲要性、图式性的创作",它只提供一个它所表现的世界的图式结构,而留下很多"显示特性的空白",即各种不确定的领域。举例来说,在鲁迅的《故乡》中,我们看到"欢喜""凄凉""恭敬""老爷""打了一个寒噤"等字样,这些都是有一定语音、按照一定语法规律组织起来、说明一定现象的稳定不变的语言因素:"凄凉"就是"凄凉","打了一个寒噤"就是"打了一个寒噤",这是恒常的,每个人都会有类似的理解,这是第一层结构。这些词和句合成了第二层结构,即"意义层",如"他站住了,脸上现出喜欢和凄凉的神情,动着嘴唇,却没有作声",这是一个意义层次,或称为"意群",作品所再现的内容和作者所要表达的主观思想意识就寓于这些意义单位,借这些"意群"的"持载"而得以表达。但作者所要表达的显然不只是这些"字面上"的意义,而是要给读者一种暗示,向他们提供进一步想象和再创造的因素,引导读者联想的方向。例如从以上引的这几句话,读者会想,为什么他既喜欢又凄凉呢?为什么他动着嘴唇却又说不出话来?和作者先前所描写的"深蓝的天空""金黄的圆月""一望无际的碧绿的西瓜""其间有一个十一二岁的少年,项带银圈,手捏一柄钢叉,向一匹猹尽力的刺去"联系起来,读者自然就会联想到几十年来这个少年所曾度过的悲惨生涯。眼前虽然还有一丝内心的喜悦,但已变得麻木,再加上那一声恭敬的"老爷",读者就不能不想到人与人之间那层可悲的无法互相理解的"障壁",这就是比字面意义更深一层的即英伽登称为"系统方向"的第三层次,字词、意群、作者的意向(系统方向)结合在一起就构成了作品所反映的世界的图式。在《故乡》中,这就是几十年痛苦生涯对于美的摧毁,对于人性的磨灭。这一图式固定在尚未被社会玷污和压碎的美好童年生活,与被"兵、匪、官、绅"压榨得像一个"木偶人"的尖锐对比中。作者并没有具体告诉我们作品中的人物究竟遭遇了什么,而只是留下很多"显示特性的空白,即各种不确定的领域"，有待于读者根据自己的想象加以补充和充实。这种由作者的意向所决定、用字句和意群组织起来、用以激发读者想象和思考的基本框架，就是作品结构的第四个层次。

由以上的层次分析可以看出，作者创造的作品其实只是一个半成品，如果没有读者的创造与合作，作品的美学价值就无法实现。因此从接受美学的观点看来，最好的作品就是能提供最广泛的联想空间、最能激发读者想象的"框架"。德国美学家沃尔夫冈·伊瑟尔（Wolfgong Iser）认为文学作品与非文学作品不同，其主要区别在于后者用解释性语言说明事实，要求明确清楚，力图避免含义模糊；前者却用描写性语言激发读者想象，要求含义不确定性和某种意义空白。因为在伊瑟尔看来，作品的美学价值并不是早就存在于作品本身的不可捉摸的东西，而是在阅读过程中作者与读者相互作用的产物。不定点和空白正是促成这种相互作用的桥梁。它们促使读者寻找作品的意义，赋予不确定的意义确定的内容，这就是英伽登所谓"召唤结构"。"召唤"读者参与再创造，参与使作品潜藏的意象得以实现，因此愈是伟大的作品就愈能"召唤"读者进行再创造，而赋予作品更多的意义和解释。一部《红楼梦》从"评点派"到"索隐派"再到"题咏派"，从王国维的借《红楼梦》以谈人生之苦到陈蜕的借《红楼梦》以谈民主之要义，再到汪精卫的借《红楼梦》以谈"家庭之感化"，以至胡适强调"自叙传"、俞平伯强调"色即是空"，以及新中国成立后强调阶级斗争……不同时期对《红楼梦》的不同解释足足形成了一部"红学史"。可见正是由于伟大作品的"召唤"作用，不断"召唤"读者参与再创造，这才形成了伟大作品的生命之不朽。

另一位德国美学家姚斯（Hans R. Jauss）进一步强调，读者不仅在文学阅读过程中发挥作用，而且在作家创作之始，这种作用就已经存在。他提出了读者的"期待视野"这个概念。所谓"期待视野"就是读者在接受一部作品时的全部前提条件，例如他必然生活在文化历史发展的一定脉络之中，他肩负着传统的重担，而又具有自己时代的思想感情和趣味风习。任何作家在创作时不能不考虑到自己读者的"期待视野"，不能不考虑到读者期待于作者的是什么。正如特雷·伊格尔顿所说，"接受是作品自身的构成方面，每部文学作品的构成都出于对其潜在读者的意识，都包含着它的写作对象的形象……作品的每一种姿态里都暗含着它预期的那种'接受者'（特雷·伊格尔顿《文学理论》）。这种现象对于赵树理这样的作家来说固然非常明显，他宣称创作必须"摸住读者的喜好，进一步研究大家所喜好的东西"（《随〈下乡集〉寄给农村读者》），不能"把群众不喜欢的或暂时不能接受的东西，硬往他们的手里塞"（《当前创作中的几个问题》），就是对一个根本不在乎谁来读他的作品的作者来说也是如此。可能他心中完全没有某种特定的读者，但是某种读者已经作为作品的一个内在结构被包括在写作活动本身之内了，因为他至少总在期待一个潜在的读者，否则创作就失去了意义。

读者的"期待视野"又是随着时代精神与风尚的变化而不断变化的。读者"期待视野"的变化引起了文学价值标准的变化，体现了旧的题材和技巧的死亡，新的题材和技巧的产生。例如，在"文化大革命"中，高、大、全的形象和主题先行的创作方法的确符合某些读者的"期待视野"，因此也曾获得大量读者；但"文化大革命"后，读者"期待视野"的变化就宣布了这类题材和技巧已经过时。从这个意义上说，正是读者推动着文学向前发展。当然，这并不排除某些作品只反映了极少数人的"期待视野"，因而在一定时期内不能为广大读者所接受，这种突破性的作品往往在若干年以后才能获得大量读者。

总之，接受美学是现象学哲学思潮在文学评论方面的运用，它源于20世纪60年代的德国，而繁荣于20世纪70年代的欧美各国。现象学不是研究客体的科学，也不是研究主体的科学，而是集中探讨物体与意识的交接点，研究主体和客体在每一经验层次上的交互关系。应用到文学评论方面，就是集中讨论作为客观存在的作品——艺术成品与读者意识之间的关系。其代表人物是现象学美学大师英伽登和后起的德国康士坦萨学派的五位年轻的美学家如伊瑟尔、姚斯等。接受美学彻底改变了迄今为止文学史只是作家和作品的历史的现象，强调只有创作意识与接受意识共同作用才能构成作品的美学价值，如以上所分析，接受意识在更大程度上具有决定作用。因此要革新文学评论就必须改变只研究作家作品的惯例而从研究读者入手；要革新文学史就必须用文学的接受史来充实和提高作家史与作品史。

这种文学研究的倒转——从"作者→作品→读者"变为"读者→作品→作者"，大大开拓了文学研究的视野。过去我们评价作品只从作者和作品出发，往往很难说明作品价值的变化，例如何以同一作者创作的同一作品在不同的时代和不同的社会条件下却具有不同的价值？从接受美学的观点来看，一方面，这就是读者"期待视野"的不同和不断变化的结果；另一方面，作品潜藏的意象的含义只能在无限的阅读链条的延伸中才能被不断发掘出来。因此，有的作品可能轰动一时，随之无声无息，这是因为作品当时最能符合读者的"期待视野"，而当这种"期待视野"发生变化而作品又无丰富的潜藏意象供读者发掘和联想时，作品就会被遗忘。相反，某些作品发表后，可能受到第一批读者的拒斥，但当"期待视野"有了变化，作品丰富的潜藏意象不断被发掘出来后，作品就终于受到肯定。因此不但需要研究某一作品在同一时期内占主导地位的接受状况，同时还要研究其占非主导地位的接受状况以及这种状况改变的可能性。这种垂直的（历史发展的）接受和水平的（同时并存的）接受，决定了接受的全部广度和深度，也决定了不断变化的作品的价值。

接受美学的发展带来了一系列文学观念的革新。例如，关于文学的本体论，究竟什么是文学？从接受美学的观点看来，文学就是能最大限度地激发读者想象，使他们体认到"对象之直接感知所无法呈现的那些方面"的一种框架。文学价值的标准在很大程度上取决于它的"内基域"（Horizon Intérieur），"内基域"就是作者并未写在字面上但却可以提供读者再创造的潜在可能性；创作过程不再是仅仅取决于作者自身的精神活动，而是从一开始就受读者的"期待视野"所制约，创作过程本身包含着接受过程；文学史不再是单纯的作者和作品的历史，而在更大程度上是作品被接受的历史。

（1985 年）

事序结构和叙事结构

——叙述学与小说分析

作家在小说中曾经十分动人地叙述过的故事，如果由另一个人转述其梗概，往往不一定能使人感动，不一定会产生审美价值；有的小说甚至并没有故事，但却使人感动。可见故事本身并不一定是决定小说美学价值的必然因素。那么，什么是这种必然因素呢？

如果说绘画依靠色彩和线条给人美学享受，音乐依靠音符和节奏，诗歌依靠激情和韵律，戏剧依靠表演和冲突……那么，小说的魅力首先就在于把读者引入一个小说世界，使读者和这个世界里的人物一起思索，一起感觉，从而获得在一般日常生活中难以获得的集中、强烈、新鲜的感受。如何造就一个小说世界并将读者引入呢？小说家不能依靠线条、色彩、音符、节奏，也不能依靠激情、韵律、表演、冲突（或者说主要不能），他的根本手段就是"叙述"。同样题材、同样主题的小说往往在审美价值的创造上相距甚远，其根本原因就在于叙述技巧的高下。因此，在现代西方小说理论中专门研究叙述的"叙述学"有了很大发展。

叙述学专门研究小说家如何通过叙述向读者呈现一个小说世界，并将读者引入这一世界，叙述学大致可以从以下几个方面来理解：叙述角度（或称视角）；作者、叙述者、人物和读者的关系；见事眼睛；叙述的次序、频率和距离；等等。

要成功地引导读者进入小说世界，首先遇到的就是叙述角度的问题，即从哪一个角度来构造这一世界。

"今天晚上，很好的月光……那赵家的狗，何以看我两眼呢？"《狂人日记》从一开始就从狂人的观察角度把读者引进狂人的世界。之后，读者就跟随狂人的观点一起去感受，去思索。这种通过作品主人公的观点来叙述的方法称为"自知观点"。我国传统小说中用这种自知观点的作品很少，直到沈复的《浮生六记》和苏曼殊的作品才有所改变。

《祝福》的主角是祥林嫂，叙述祥林嫂故事的却是那个不安、惶惑、对一切都"说不清"的"我"。读者正是跟随这个祝福之夜来到江南小镇的"我"，去体验那令人惶惑、不安而又对一切都"说不清"的世界。"我"不是故事的主角，而只是一个旁观者或见证人。故事由一个旁观者来叙述就拉开了距离，把祥林嫂的悲惨故事嵌于作为尖锐对比的虚伪而愚蠢的地主生活的框架中。如果和《狂人日记》一样采取自知观点，让祥林嫂通过第一人称来叙述自己的故事，作品就会受到祥林嫂自己主观世界的很大局限，许多只能通过一个敏感而富于同情心的青年知识分子的眼光才能看到的社会特征就不可能表现出来。这种通过旁观者的观点来叙述的方法称为"旁知观点"。五四以后，受到西方文学的影响，采取这种方法的小说很多，鲁迅的很多作品如《孔乙己》《孤独者》等都采取了这种方法。

既不是通过主人公，也不是通过一个旁观者，而是通过不同人物的不同观点来构造小说世界的叙述方法称为"次知观点"。例如鲁迅的《药》，第一、第二节都是通过华老栓的观点来展示小说世界的：他如何去看那夜半的屠杀，如何买人血馒头，如何为小栓治病等。但当需要谈到革命者夏瑜，需要展开革命者的世界时，华老栓的眼光就受到了局限，于是通过刽子手康大叔的观点呈现了监狱中的黑暗世界。当作者进一步想要说明革命者的鲜血不但没有治愈劳动人民的痼疾，甚至对自己母亲的麻木愚昧也全无影响时，作品又换用了瑜儿母亲的观察角度展现了始终被人为的界限隔绝的小栓和瑜儿的两个世界，以及母亲与儿子的无法交通、无法互相理解。这种随着作品内容的需要，不时换用不同人物观察角度的方法就是次知观点的叙述方法。

当然用得最多的还是由一个全知全能的作者在作品之外，来加以叙述的所谓"全知观点"的叙述方法。我国传统小说多半采取这种形式——由一个全知全能的作者来"话说天下大事"。《阿Q正传》采取的也是这种方法。作者不仅知道和记述阿Q的种种行状和业绩，而且知道他夜里做什么梦，心里想什么女人，甚至知道他临死前因"圈儿"画得不圆而感到的遗憾。这种叙述方法的优点是作者直接面对读者，可以直接发议论，直接从小说世界升华到理论的高度。全知观点运用得好的作品，往往使小说世界充溢着作者的思想感情而起到别种叙述方式无法起到的作用，如《阿Q正传》中所充溢着的鲁迅特有的悲悯的主观色彩。但若处理不好，这种叙述方式常使作者"隔"在读者与小说世界之间，常要听到作者的议论而使读者脱离作者所呈现的小说世界。

叙述观点一经确定，作者所面临的就是确定作者、叙述者、人物、读者之间的关系，西方叙述学理论常把这些关系排成一个系列，以便逐步加以研究分析，即：作者→拟想作者→叙述者→人物→叙述对象→拟想读者→读者。

所谓"拟想作者"就是指写某一本正在被分析的作品时的作者,这和真正的、作为一个整体存在的作者并不相同。例如某个作者总的说来可能是乐观进取的,但作为局部,作为仅仅写某一部作品时的作者也可能是悲观消极的。叙述学的分析只涉及写某一作品时特定条件下的作者即拟想作者,以区别于一般作者。

拟想作者与叙述者之间的关系因叙述观点之不同而各异。采用全知观点时,作者与叙述者往往重叠,作者的叙述建造了小说世界,作者又直接出面对这个世界中发生的事件加以评论。在采用次知观点时,由于叙述角度的变化,作者与叙述者的分离很明显。在采用旁知或自知观点时则往往容易把两者混淆起来,这对于理解作品的深层结构很有妨碍。例如,读《祝福》时,把"我"和写《祝福》时的鲁迅混同起来,就难以发现鲁迅对"我"的惶惑、不负责任、以"不清楚"来逃避现实等弱点的既同情又不满的态度;读《伤逝》时,把涓生和写《伤逝》时的鲁迅混同起来,就不能看出鲁迅既在涓生这个形象中寄托了自己的部分情思,同时又对这个以"遗忘"和"说谎"作为前导的妥协者做了有力的反讽。在有些作品中,作者与叙述者的观点甚至是完全相悖的,作者正是用这种方法来达到某种特殊的美学目的,造成某种美学效果。例如吴组缃的名作《官官的补品》的叙述者就是这位地主大少爷,他滔滔不绝地叙述着、谈论着、辩解着,无非是说自己如何在上海和女友逛街遭遇车祸,吃人奶补养如何是价廉物美、天经地义的事,奶妈的贫穷是如何理所当然,奶妈的丈夫被"误认"为革命者而遭枪杀也是合情合理的,等等。作者显然是站在叙述者的对立面,让他自己暴露自己,淋漓尽致。这种作者与叙述者观点的背离造成了强烈的讽刺效果。因此,分清作者与叙述者的关系是分析小说作品的一个重要步骤。

叙述者与作品中人物的关系也是很重要的。这种关系直接影响到小说形式的更迭和作品风格的形成。在一般传统小说中，叙述者往往是全知全能的说书人，小说里的人物只是听其摆布的棋子，他可以随意把这些棋子摆成各种故事来体现他想给予读者的教训。例如《错斩崔宁》《十五贯戏言成巧祸》，作者通过人物讲述一个因出言不慎导致杀身之祸，并冤死一男一女，因偶然的机缘冤狱终得昭雪的故事，从而得出祸从口出、君子慎言的教训；同时天网恢恢，善恶有报，坏人终于难逃法网，于是矛盾得到解决，罪恶受到惩罚，世界又恢复了合理秩序，读者亦可心安理得，不必再费心思索。总之，封闭性的结尾宣布了万事大吉。台湾作家朱西宁的现代小说《破晓时分》写的是完全相同的故事，但把叙述者与作品中的一个人物——一位青年衙役合而为一，叙述的效果就完全不同了。这个农村出身的年轻人花钱买了衙役的差事，上班第一天就经历了这一惨绝人寰的冤狱。故事通过一个有血有肉、能爱能憎的活生生的当事人——青年衙役叙述出来，远较局外人的叙述来得真切动人。青年衙役也没有看到作恶者的下场，仅仅一天的经历就足以使他怀疑自己是否真心如铁石能继续吃这碗饭，读者也将带着同样的问题想想自己是否需要做一点什么来改变这不公平的黑暗世界。因此，作品所描写的故事并没有结束，而是留下一个发人深思的开放性的结尾。可见叙述者与主人公关系的改变不仅标志着传统小说向现代小说的演化，同时也说明叙述技巧的这种改进影响着整个作品的美学价值。

　　人物不仅与叙述者发生关系，同时也与作者发生关系。这种关系的不同也决定着叙述方式的不同。例如茅盾描写农民的三篇小说代表着叙述者与作品主人公的三种不同关系：《泥泞》描写大革命时期，不觉悟的贫苦农民莫名其妙地被政治运动推到第一线，反革命复辟时，又莫名其妙地成了牺牲品，作者比主人公知道得多，在主人公之上，作者用一种洞察一切、俯瞰全局的叙述方式来构成那个已经结束的、封闭的小说世界。《春蚕》描写 20 世纪 30 年代初期，由于天灾人祸蚕茧丰收成灾的反常现象。作者与人物的关系是平行的，作者并不在人物之上来解释或叙述任何原因，只是和人物一起经历各种事实，由读者自己从事实中得出结论。《水藻行》写于抗日战争全面开展的前夕，茅盾当时正像许多其他作家一样希望在广大农民中找到一种足以振兴民族的强力。《水藻行》中的青年农民财喜形象高大，他用"钢钳"一样的臂膊叉出了乡长，坚定地回答："天塌下来，有我财喜！"作者倾听着他的"长啸""时时破空而起，悲壮而雄健，像是申诉，也像是示威"。作者有意地把自己置于人物之下，对他仰望，对他歌颂，用一种崇敬、赞赏的叙述方式构成了他的小说世界。

苏联形式主义理论批评家巴赫金（Mikhail Bakhtin）提出复调小说的理论，他认为一般小说家设计叙述者与作品人物来构筑他的小说世界都是单一的，人物和叙述者都为体现作家的意图服务，都唱着作者要他们唱的单一的调子，而陀思妥耶夫斯基的小说不同，陀氏作品中的叙述者、人物各自唱着自己与作者不同的调子，他们和作者的关系不是按作者的希望和安排来行动，而是按他们自己的处境和性格的需要来行动，并与作者的意图相抵触和辩难，这就构成一种对话的关系而不是传声的关系。因此，这些作品不是一个调子的混声合唱，而是许多调子的交响。在中国，王蒙的《布礼》就是这种复调小说的一个很好的例子。书中人物钟亦成、凌雪、老魏、宋明、红卫兵、村干部和那个灰色的影子都从他们自己的处境出发，用他们自己的调子向作者提出了从作者的观点无法概括或包容，也无法解答的问题。从表面看来作者安排了他们的行动和命运，但是，同时这种行动和命运又反过来对作者的意图进行反对，甚至批判。我们从小说中听到的显然不只是作者和他所安排的单一的调子，而是许多人从不同的角度发出来的复杂的调子。巴赫金就陀思妥耶夫斯基的作品对复调小说进行了深入的探讨。从叙述学的角度来看，复调小说与一般小说的不同就在于作者与叙述者、人物之间关系的相异,关于这一问题的研究才刚刚开始,有待于进一步发掘。

作品中人物之间的相互关系,特别是主人公与其他人物的关系也决定着作品的叙述方式。著名加拿大文艺批评家弗莱就是以主人公和其他人物及其环境的不同关系,将作品划分为五种叙述类型。第一种,主人公在品质上优于他人,优于环境,具有常人所无的特殊才能,例如关于神的故事的叙述;第二种,主人公在程度上优于他人和环境,这是浪漫主义的叙述方式;第三种,主人公在程度上优于他人,但不优于他的环境,这是悲剧式的叙述方式;第四种,主人公既不优于他人,也不优于环境,这是现实主义的叙述方式;第五种,主人公低于他人,低于环境,这是反讽的叙述方式。① 以上这些叙述方式都可以在中国小说中找到相应的作品:第一种如《封神榜》,第二种如柳青的《创业史》,第三种如茅盾的《子夜》,第四种如张贤亮的《绿化树》,第五种如张天翼的《华威先生》。当然,在更多伟大的著作中,许多不同的叙述方式往往兼而有之,如《红楼梦》。

至于作者、拟想作者、叙述者、作品中的人物与叙述对象、拟想读者和读者的关系,属于对文学作品的"接受"问题,已在前章《接受美学与小说分析》中谈到,这里从略。

在叙述学中,"见事眼睛"是很重要的一环。为保持叙述的完整和前后一致,在一部作品中叙事观点不能随意变换。但小说的情节是复杂的,叙述几乎不可能局限在唯一固定的视角上而不加变换。能否找到一个自然、合理而又富有深意,能进一步开发其深层结构的转捩点——"见事眼睛"来转移视线,往往决定着叙述技巧的高下。小说和电影不同。在拍摄电影时,无论镜头如何转动,观众所看到的,都只是镜头拍摄的场面,不

---

① 弗莱. 批评的解剖. 普林斯顿:普林斯顿大学出版社,1957:33.

大会看见镜头本身。小说中,如果作者缺乏技巧地转换视角,读者就会感到作者"隔"在中间而难以进入那一小说世界。这种变换视线最简单的方法不外乎中国传统小说中常用的"花开两朵,各表一枝,且说……"。现代小说很忌讳这种方法,因为它把读者从小说世界中驱赶出来,再重新开始。著名的小说家,特别是短篇小说家都很注意这种"见事眼睛"的选择。例如美国作家亨利·詹姆斯的名著《多明尼·法伦公爵》包含两个故事:一是公爵生前的不合法爱情并私生一女的隐情;二是女房东与新来房客的爱情故事。作品采用新来房客的视角。如何才能自然地叙述公爵的故事而不改变原来安排的视角呢?作者采用了一个巧妙的构思:房客买了一张旧式桃花心木桌,发现其中有一个秘密抽屉,装着公爵的旧情书。女房东对这一事件的过度关切不能不引起房客的怀疑,终于发现原来女房东就是公爵的秘密爱情结晶——他的私生女。通过这张旧桌子,两个故事就都统一在房客的视角之内,读者始终没有离开作者构筑的小说世界。鲁迅小说《药》中的人血馒头也连接了小栓患肺痨而死、夏瑜为救中国而死两个故事,而以人血馒头作为"见事眼睛"使整个故事的视角统一在茶馆老板和茶客刽子手的视角之中。

"见事眼睛"不但有助于整个小说世界的构筑,而且有助于叙述笔调的变化和丰富多样。例如《红楼梦》中,通过宝玉的眼睛看黛玉,通过黛玉的眼睛看宝玉,通过尤家姊妹的眼睛从局外看贾府的荒淫,通过刘姥姥的眼睛看贾府的豪富,通过周瑞家的送宫花看各姊妹所住庭院位置……这些都是"通过一双眼睛,打开另一个带有主观色彩的世界",都是高超的叙述技巧。

叙述的次序、频率和距离也是叙述学的重要组成部分。在现实生活中,事件的发生是"并时的",也就是说有许多事件同时发生。用一种科学的说法来讲,那就是:现实生活中的事序结构是时间轴上的多项空间。

例如在同一时间内,有人在生病,有人在结婚,有人在考试,有人在散步……其间既无先后次序,也无因果关系。小说的叙事结构却只能是"顺时的",也就是说只能按一定次序或因果关系排列在白纸黑字的组合中,说得玄虚一点,就是说要将现实的事序结构变为小说世界中的叙事结构,那就必须把复杂的立体图形向单项的直线投影。一些西方评论家相信小说的艺术魅力就在于把事序结构变为叙事结构时的安排、取舍、详略、先后、剪接组合……例如法国结构主义批评家罗兰·巴特(Roland Barthes)在他的名著《S/Z》中把巴尔扎克的一部短篇小说《萨拉辛》打碎成561个小碎块,每一碎块都包含一个名词和一个动作,或一个名词和一种性质,罗兰·巴特认为这就是叙述的最小单位,他企图从这些最小单位的排列组合中寻求最佳方案,最大限度地显示出其艺术魅力而发掘出叙述技巧的秘密。

在这种关于叙述的最小单位的过细研究中,不但使顺叙、倒叙、插叙、旁叙等叙述次序的作用明显地表现出来,叙述的频率、距离等在叙述中的作用也更为清晰明确。

频率是指同一事件或同一话语被重复叙述的次数和密度。例如《祝福》中祥林嫂向人诉说"我真傻,真的……我单知道下雪的时候野兽在山坳里没有食吃,会到村里来;我不知道春天也会有……",紧接着下一页,祥林嫂又重复着相同的话,再翻过一页,祥林嫂又说着同样的话。这几句话出现的高频率使整个叙述充满了一种孤独、落寞、极度悲伤的情调。这种效果是另一种叙述方式所不能产生的。

叙述的距离指叙述者与题材的联系。叙述者可以讲述一个故事,如《祝福》中的"我"讲述祥林嫂的故事,其间始终存在着"我"和祥林嫂的距离,这种距离体现着阶级的障壁,体现着人与人之间的互不理解,产生了独特的美学效果。叙述者也可以让故事自己呈现,叙述者隐没在题材之中，消除了两者的距离。例如，鲁迅的《离婚》从头至尾呈现了爱姑与七大人的交涉，一切都是在"现在时态"中进行，看不到一个局外的讲述者。这种叙述方式增添了作品的现实感和冲击力。造成叙述距离的方式是多种多样的。有时通过叙述者对某一事件的交代，如《狂人日记》的小序，就把狂人的故事推到遥远的过去。叙述距离的形成有时是通过叙述者的回顾和展望。如《伤逝》在中国传统小说中，索性就用一个"楔子"来拉开距离。《红楼梦》一类的作品则从一个永恒的世界引入一个短暂而虚幻的世界，叙述者始终保持从永恒世界看虚幻世界的距离，因而能够更清醒地描写这一世界的形形色色。

总之，叙述学是一门相当复杂的学问，在小说分析中，它是揭露作品艺术魅力的重要环节和组成部分。

（1985年）

"推末以至本"和"探本以穷末"
——诠释学与小说分析

欧洲现象学哲学思潮在 20 世纪 60 年代开始渗入西方文艺理论。现象学，简单来说，就是研究"意识作用"，并把世界作为"意识作用的对象"来理解。它研究主体（意识）和客体（意识对象）在每一经验层次上的交互关系。如果说过去的哲学是面向客体，探讨人如何认识世界，那么现象学则倒过来，面向主体（意识），探讨世界如何被认识。当然对于"世界"也有不同解释：有人认为世界是主观感觉的综合，离开了主体的视、嗅、味、听、触等感觉，客体对于他来说就不存在；也有人认为世界是脱离主体而独立的客观存在，与主体无关。现象学者则认为世界存在于主体与客体的连接点。所有客体都是意识对象，所有主体都是在对客体起作用的意识。

诠释学（Hermenentics，或译传释学、解释学、解经学）以现象学为哲学基础，讨论文学作品（或其他文本）如何被理解，研究什么是"意义",并探讨其被解释的各种可能性。诠释学起源于《圣经》学者为《圣经》做注解的努力。他们除考据个别文字的原义外,还试图还原这些文字在其原有社会文化环境里实际被了解和接受的情况,也就是追寻文字在特定时空的"实在意义"。但所谓"实在意义"是很难确定的,因为写下来的"文本"的"意义"和原来作者心理上的"意义"已经分离了。首先,作者所写下来的东西和他心中真正想写的东西之间已经有了一定距离。其次,"意义"原是对作者心目中所拟想的某些读者而言,一旦写成"文本",它就只能面对无限的未知的读者,这就造成了读者之间对"意义"了解的距离。最后,参照系也不同了,在"文本"中,"意义"脱离了原来的环境,作者针对什么而言,相对于什么而言,都不清楚了,只有"文本"留下来了。作者写作时的时空与"文本"留传时的时空之间又出现了另一种距离。因此,要了解"意义"并不很容易。美国诠释学者赫尔希（E. D. Hirsch）把"意义"分解为"原义"（meaning）和"衍生义"（significance）。前者指"文本"本身意谓什么,后者指"文本"对我意谓什么。也就是说"原义"指作者想要表达的意义,"衍生义"指读者所理解的"文本"的意义。"原义"可以不变而"衍生"在理论上可以无穷。

例如,"表叔"这个词表示"父亲的表兄弟",这个原义是不会变的,后来由于《红灯记》的广泛传播,"表叔"泛指并非亲眷而又比"亲眷还要亲"的革命同志。"文化大革命"后,人们把"无事不登门""来必有所求"的人称作"表叔",因为《红灯记》中有一段唱词:"我家的表叔数不清,没有大事不登门。"最近,香港有些人把从内地出去的、没有眼光而又急功近利的商人称作"表叔",取意于《红灯记》中表叔的联络暗号:"卖木梳,要现钱。"由此可见一个词的意义可以变化无穷,一段文本的意义就更不用说了。

因此,赫尔希在《诠释的目标》一书中认为,"意义"并不来自分析者所面对的对象（即作品），而是来自诠释活动。他强调"作品的意义往往是我们自行塑造的"，"作品的意义不得不有赖于诠释活动方能存在"。因此，"我们（而不是我们的作品）才是我们所了解的意义的创造者"，而作品无非是这种意义的导火线。

那么，诠释活动又是如何进行的呢？特雷·伊格尔顿认为要依靠完整的上下文才能理解个别的特征，同时也只有通过个别的特征，完整的上下文才能被理解，这就叫"诠释的循环"（特雷·伊格尔顿《文学理论》）。我国乾嘉朴学教人必"先知字之诂"，而后"识句之意"，而后"通全篇之意"，进而"窥全书之指"。反过来说，必先解全篇之意，乃至全书之旨，才能解某句之意，定某字之诂。这种"积小以明大"，"举大以贯小"，"推末以至本"而又"探本以穷末"的方法也就是伊格尔顿所说的"诠释的循环"。

从这种理解出发，诠释学的文学批评特别强调要了解作家的全部著作，了解作家透过各个具体作品所流露的"主体意识"，以及在这种意识指导下，作家所构造的小说世界。这种看法显然与新批评派相左，新批评派提倡对单个作品细读，把分析作家与作品的联系看作一种"谬误"——"意图谬误"。诠释学文艺批评则强调要从所有作品的联系中，从作家与作品的联系中全面地追寻"意义"。其认为一个作家所写的全部作品具有某种统一性。这种统一性首先来自"主体意识"的"意向性活动"，作品所展现的虚构世界正是这种"意向性活动"的结果，因此，一方面要认识"主体意识"的"意向性活动"如何构成全部作品，另一方面又要认识各个作品在构筑总的小说世界中的作用及其如何透露出作者的"主体意识"。美国诠释学批评家米勒（Miller）写了一本《狄更斯小说的世界》，他在"引言"中指出，该书旨在"透过狄更斯全部作品，估量其想象力的特殊性质，指出其小说繁富的多面情景，持续不断出现的独特而又相同的世界观,并将这个视像从一部小说到另一部小说的发展追溯出来……通过所有片段的分析,窥见创作心灵的原始统一性。因为一位作家的所有作品是自成一种统一性的,好比同一个中心放射出来的千条道路……批评家的责任就是将自己认同于作品显露出来的主体性,从里面再次体验这个生命,然后在批评中重新构筑起来"。米勒在这里阐述了注释学文艺批评的主要内容。

如果我们用同样的方法来分析茅盾的早期作品,就会发现他的许多小说都在写"时代女性"之二型,她们都是北伐战争前后成长起来的新女性,其中一型接近于狂热浪漫、放纵恣肆的希腊酒神,另一型则接近于典雅均衡、平和自制的阿波罗。如《幻灭》里的慧女士和静女士,《动摇》中的陆梅丽和孙舞阳,《追求》里的章秋柳与王女士,还有《色盲》中的"活泼、热情、肉感"的李惠芳、"温柔、理性、灵感"的赵筠秋,《诗与散文》中诗一般的"灵感"的"表妹"和散文一样的"肉感"的、放纵的"桂"。其他科学女性形象如《虹》中的梅女士,《创造》中的娴娴也都可以归入两类中的一类。从这许多个别作品中,我们可以归纳出作者当时的"主体意识",那就是强烈地想要写出他在北伐战争——这"动乱中国的最复杂的人生一幕"中所接触到的革命女性。茅盾回忆说:"我又忙里偷闲来试写小说了,这是因为有几个女性的思想意识引起了我的注意。……她们给了我一个强烈的对照,我那试写小说的企图也就一天天加强。"[①] 正是这些"时代女性"构成了茅盾早期的小说世界,对于茅盾创作的"主体意识"的了解又反过来加深了我们对于每一个"时代女性"形象的认识。这就构成了一个简单的"诠释的循环"。

然而,茅盾的主体意识所创造出来的小说世界是茅盾所处的那个特定

---

① 茅盾.几句旧话//茅盾论创作.上海:上海文艺出版社,1980:3.

时空的产物。当我们来理解、说明、评价这世界时，又不能不带有我们自己所处的特定时空的特点。再举另一个例子来说，例如对于《子夜》的诠释：《子夜》的同时代人认为这是"一本个人悲剧的书"，"这个英雄的失败被写得像希腊神话中的英雄的死亡一般地，使读者惋惜"[①]，主人公"就是二十世纪机械工业时代的英雄、骑士和王子"（《子夜》）。但是，到了1952年，由于新中国成立，读者所处的时空有了很大变化，于是，人们（包括作者在内）把《子夜》解释为一本描写投机市场和"反动的工业资本家"的书。在"文化大革命"中，又有许多人把《子夜》看作美化反动资本家、歪曲和丑化工人阶级的作品。今天，我们进入建设四个现代化的新阶段，人们对《子夜》又有了全然不同的看法。显然，时代和社会的变化影响着对一部作品的诠释。不仅如此，个人的社会经历、美学爱好、文化修养也都会影响他对一部作品的欣赏和诠释。这就是说当一部作品从一个文化历史环境传到另一个文化历史环境时，一些新的"意义"就有可能从作品中被抽取出来，这种"意义"甚至是作者和作者的同时代人所无法预见的。例如把《红楼梦》的"意义"诠释为"四大家族"兴衰的历史，也就是阶级斗争的历史，尽管我们可以不同意，但它也能言之成理，也是一种诠释。

但是，这并不是说对作品的诠释是漫无边际、完全相对主义的。不能说一部文学作品可以在星期一表现一种意义，在星期五又表现相反的意义（虽然某些西方诠释学者持这种看法）。因为"意义"总是固定在一定语言的框架中，我们只能通过这个语言框架去了解作品，而语言的意义是社会性的，它在属于我之前，早已属于我的社会。人毕竟不能随意赋给"语言"意义。例如，说"开后门"可以意谓真的打开某座房子的"后门"，

[①] 侍桁.《子夜》的艺术，思想及人物.现代，1934，4（1-6）.

也可以意谓通过不合法的程序给某人方便……如果愿意，可以编造出千百种上下文来赋予"开后门"不同的意义。但如果讲这句话的语言环境是三面被围，急于逃命，那么就不可能把"开后门"理解为"给人方便"。同样的道理，人们可以对《红楼梦》做各样诠释，但总不大会有人说这是一部侦探小说或武侠小说。因此，诠释活动应是读者与作者的通过历史的对话。读者对作品的理解必然带有自己所处的时空的特点，带着这种特点去发现作品的新的意义，使作品中的潜能获得新的实现。而这一过程又必然通过作者所依赖的、受到一定社会制约和环境制约的"语言框架"才能实现。这就必须回到作者的时空，对作者所想表达的原意有所理解。当然，正如著名诠释学者葛德玛（Hans-Georg Gadamer*）所指出，作者的意旨本身绝不能穷尽一部文学作品的"意义"，但它总是引导我们进一步进入作者的时空，这是接触作品潜能的必由的途径。这种从读者的时空回溯到作者的时空，再回到读者的时空而得到新的理解的过程也是一种"诠释的循环"。实际上，"现在"只有通过"过去"才被理解，而"过去"又始终是通过我们自己在"现在"中的片面观点而被把握的。这样，"过去"和"现在"就在"诠释的循环"中形成一个生动的连续。

以上是就读者和作者的关系而言。其实任何作者的创作都是一个诠释过程，本身也包含着一个"诠释的循环"。作者必然受到他所生活的时空的局限，同时他又必须理解他所描写的对象的时空，并实现这一对象本身所包含的潜在可能性，赋予它新的意义。在历史题材的作品中，这种现象特别明显。例如王昭君的故事在《汉书》中只是一个抛舍家乡、远嫁匈奴的少女的悲剧，在郭沫若写于五四时期的《三个叛逆的女性》中王昭君却是一个敢于违抗皇帝旨意、自愿踏上征途的有个性的女人，到了曹禺笔下，王昭君

---

* 今译伽达默尔。——编者注

又成为一个促进民族关系、为祖国献身的巾帼英雄。每一部作品显然都包含着作者对这个历史人物的新的诠释,而这种诠释又被作者所处的时空诠释。作者所写的任何"文本"显然都是发生在写作之前,都是属于另一个时空,因此也都有一个"诠释的循环",只是"距离"的远近有所不同。

前文所讲的"循环",只是借用这个词,并不意味着真的"回到原地点",而是向更高层次的复归。实际上,诠释活动是一个无限的、开放性的过程,作品的意义是不可穷尽的。愈是伟大的作品愈是有广阔的"内基域"。所谓"内基域"就是一时尚未发现,但实际存在,并终会被开发出来的那些区域。例如一座房子,我们看到的只是一个平面,但我们当然不会认为这一面就是房子的全部,这一面是在其他方面所组成的背景上呈现的。事实上,每一面都必定以其他方面为背景。一个对象以某一面呈现时,其他不显的方面就是呈现一面的"内基域"。好的作品总是能撤除自己的界限,连接着一个广阔的"内基域"。它所呈现的世界既是人的感受当时即可通达的,又是反省所探索不尽的。如《红楼梦》,每一次阅读,它都呈现给你一个新的侧面,是你过去阅读时所不曾看到的,这种对你来说还是新的、生疏的东西和你在上次阅读中已经熟悉的东西结合在一起,构成了你对作品的诠释。

这样,"局部的、整体的""读者的、作者的""现在的、过去的""生疏的、熟悉的"动态地结合在一起,引向更深刻的潜在意义的发掘,这就是诠释的过程。诠释学的文艺批评就是要研究这个以作者和读者为核心的彼此互相交融的过程。因此,在诠释学者看来,"文艺批评就是批评者用自己的意识重建另一个意识的活动"。诠释学批评从理论上突破了新批评派只注重本文,孤立地、形式地研究文学的倾向,将文学研究重新纳入社会文化的背景。诠释学为发展的、相互联系的文学研究做出了自己的贡献。

(1985 年)

后 记

自1952年大学毕业后，我就跟从王瑶先生学中国现代文学史。先生在中国传统文学和外国文学方面都有很高的造诣，而我却深深感到自己的缺失。前人曾用两句话描述中国现代文学的奠基者鲁迅，曰："托尼学说，魏晋文章。"当时，我既不懂托尔斯泰、尼采，又不明嵇康、阮籍，如何能真正理解鲁迅呢？后来，进一步研究茅盾、郭沫若、巴金、老舍、曹禺、徐志摩、艾青……无不遇到同样的问题。实际上，从"文学研究会""创造社"开始，中国现代文学史就离不开古典主义、浪漫主义、现实主义、自然主义、象征主义、表现主义等世界文艺思潮在中国的传播。它们是怎样传到中国来的？怎样受到中国社会历史的筛选、淘洗、吸收、消化并使之变形？它们与中国传统的现实主义、浪漫主义、象征主义等有什么关系？这些思潮在中国与在欧美、苏联、日本、印度又有什么不同？在研究中国现代文学从中国传统文学的蜕变过程时，我想知道这和欧洲的文艺复兴以及世界其他国家的启蒙运动有何差异。在讨论20世纪30年代中国左翼文学的发展时，我觉得自己对苏联的文艺理论和政策以及文学发展的经验和教训知道得太少；在读林纾的翻译小说时，我想弄清楚哪些是原著的西方文学观念，哪些是林纾本人的传统文学观念，以及这两种观念如何冲突和互相取代。总之，我感到处处是我力所不能及的世界，于是深深地困惑。

幸而当时年轻，似乎真有点初生之犊的气概，也曾立志来探索这些对自己陌生和未知的领域。然而，由于众所周知的原因，我的学术生涯突然告终，连学阿Q喊一声"二十年又是一条好汉"的时间也没有。

1957年到1976年，20年过去了。20年"抉心自食，欲知本味"；20年深入底层，欲知我的根源和民族，我决不认为这是浪费，也从不怨尤。我对那些力挽狂澜，使中华民族得以复兴，为10亿人民开辟无限创造可能和一个崭新纪元，并造就一个前所未有的学术春天的民族英雄们始终怀有最深挚、最热忱的敬意。"中国正在走向世界，世界正在走向中国"，这无疑是当前时代的主潮！我十分庆幸自己尚能厕身于这一时代主潮之中，果真能"二十年又是一条好汉"么？

我重又拾起早已失落的头绪。

我发现所谓"陌生""未知"的领域，其实只是对我而言，从梁启超、王国维开始，先驱早就在这些领域内耕耘劳作。1926年，冰心就写过一篇《中西戏剧之比较》；20世纪30年代初，吴宓在清华大学讲授"文学与人生""中西诗比较"；1929年至1931年，美国新批评派代表人物瑞恰慈在清华大学开设了"比较文学""文学批评"等课程。我又重读了朱光潜、钱锺书先生的许多著作，发现他们无一不是在中西比较文学的基础上来建设自己的文学观念的。季羡林先生关于中国文学和印度文学关系的研究更是把我带进了一个崭新的天地，我懂得了"中西兼通"正是这一代学者——我的前辈治学的基石。我确实感到"虽不能至而心向往之"。于是，当季羡林、杨周翰、李赋宁等先生1980年在北京大学号召重建中国比较文学时，我即毫不犹豫地充当了一名马前卒。

1981年，由于一个偶然的机缘，我有幸到哈佛大学访问一年，接着又在加州大学伯克利分校访问两年，假期又两次访问了欧洲，参观了英、法、德、意各国的一些学校。我深深感受到世界学者对中国文化的热忱。欧洲中心论早已过时了，如果要谈世界文学，那就必须包括中国文学、印度文学、日本文学、拉美文学……；如果你想证实你所坚持的某项文学原理是真实的，那就不仅要运用于西方文学，也要适用于中国文学——东方文学。"中西文学关系""中西文学中的人的自我形象""东西文学的共同主题"，这类课程愈开愈多。美国的印第安纳大学从20世纪60年代后期就开设"世界文学中的主要主题与形象"，每年都讲授大量中国、日本、印度的作品。1985年，选修这门课程的学生达400多人，由3个教授主讲，10个研究生辅导，分为13组（引自尤金·欧阳1985年8月在国际比较文学学会第十一届年会上的报告《东西比较文学的原则和课程》）。许多著名学者都正在致力于把中国文学作品作为世界文学的一部分来加以研究，并得出有益于世界文学的结论。在和国外学者的交谈中，我常为我的祖国及其灿烂的文化宝藏感到深深的骄傲，同时也常为自己的处境感到难言的悲哀。我毕竟失去了20年时间！当他们在攻读博士学位、阅读大量书籍、为自己的学术工作打基础的时候，我在养猪、修路、种玉米、打砖瓦……！近40年来中国失去了世界文学发展的踪迹。第二次世界大战以后的世界文学，无论是理论还是作品，我们都知之甚少。要达到20世纪三四十年代我们的前辈学者朱光潜、钱锺书等人博古通今、兼知中外、掌握数国语言的水平已经很难，在他们已达到的基础上做出新的开拓就更是难上加难。"二十年又是一条好汉"？真是谈何容易！

然而，我寄厚望于年青一代。他们在攻读硕士、博士学位，他们在博览群书，他们在为自己的学术工作打下深厚的基础，有什么能停止他们的脚步，阻碍他们的发展呢？他们可以成为世界第一流的学者，他们可以成为中外兼通、博采古今的文化巨人。中国文化将通过他们在世界文化宝库中发出灿烂的永恒的光辉，他们将到达一个辉煌的世界，这个世界不太可能属于我和我的同辈人。然而，在这启程之际，也许他们还需要在雄浑的莽原中找到一条小径，在严峻的断层中看到一座小桥？换言之，在他们登上那宏伟壮丽的历史舞台之前，也许还需要一些人鸣锣开道、打扫场地？我愿做那很快就会被抛在后面的启程时的小径或小桥，我愿做那很快就会被遗忘的鸣锣者和打扫人。正是这样，我以这本小书奉献于我的后来者。

收集在这本集子中的文章[①]，写作的时间跨度达20年，发表在不同的刊物上，我对某些问题的看法也在变化，其中有个别文章还有重复的地方。为了尊重历史，我不做修改，让读者特别是青年读者批评指正。

最后，我必得向我的老师王瑶、季羡林先生和我的年轻的诤友张文定同志致以最深切的谢意，没有他们的鼓励和督促，这些文章的结集将永远成为不可能。

于加拿大汉密尔顿市
1986 年 4 月 30 日

[①] 这里收集的文章大多是1978年后写的，只有两篇例外：一篇是《五四以前的鲁迅思想》，发表于《新建设》1958年2月号。当时，我已入另册，编辑同志曾因发表这篇文章而受到牵累。另一篇是《〈雷雨〉中的人物性格》，发表于1958年《新港》4月号，署名用了我母亲的姓"徐"，以我夫姓拆成的"水易"为名，后来为《曹禺研究资料专集》所收，但读者多半不知"徐水易"何许人。一并收入本集，以证明我之"不甘寂寞"。在这里，我还要再次感谢《新建设》和《新港》的编辑同志。

图书在版编目（CIP）数据

比较文学与中国现代文学 / 乐黛云著. -- 北京：中国人民大学出版社，2025.4. -- （中国自主知识体系研究文库）. -- ISBN 978-7-300-33863-7

Ⅰ. I0-03；I206.6

中国国家版本馆CIP数据核字第20254R6N60号

中国自主知识体系研究文库
比较文学与中国现代文学
乐黛云　著
Bijiao Wenxue yu Zhongguo Xiandai Wenxue

出版发行	中国人民大学出版社		
社　　址	北京中关村大街31号	邮政编码	100080
电　　话	010-62511242（总编室）		010-62511770（质管部）
	010-82501766（邮购部）		010-62514148（门市部）
	010-62511173（发行公司）		010-62515275（盗版举报）
网　　址	http://www.crup.com.cn		
经　　销	新华书店		
印　　刷	涿州市星河印刷有限公司		
开　　本	720 mm×1000 mm　1/16	版　次	2025年4月第1版
印　　张	21　插页3	印　次	2025年7月第2次印刷
字　　数	264 000	定　价	129.00元

版权所有　　侵权必究　　印装差错　　负责调换